厦门大学211工程三期建设成果

厦门大学人文学院青年学术文库

批评的召唤：
文学启示与主题思考

史　言　●著

中国社会科学出版社

图书在版编目(CIP)数据

批评的召唤:文学启示与主题思考/史言著.—北京:
中国社会科学出版社,2013.9
ISBN 978 - 7 - 5161 - 3169 - 5

Ⅰ.①批… Ⅱ.①史… Ⅲ.①巴什拉,G.(1884~1962)—
诗学—研究—文集 Ⅳ.①I565.072 - 53

中国版本图书馆 CIP 数据核字(2013)第 210832 号

出 版 人	赵剑英	
选题策划	张 林	
责任编辑	张 林	
责任校对	李 莉	
责任印制	戴 宽	

出 版	中国社会科学出版社	
社 址	北京鼓楼西大街甲 158 号(邮编 100720)	
网 址	http://www.csspw.cn	
	中文域名:中国社科网 010 - 64070619	
发 行 部	010 - 84083685	
门 市 部	010 - 84029450	
经 销	新华书店及其他书店	

印刷装订	三河市君旺印装厂
版 次	2013 年 9 月第 1 版
印 次	2013 年 9 月第 1 次印刷

开 本	710×1000 1/16
印 张	24.5
插 页	2
字 数	402 千字
定 价	59.00 元

目　录

辑一　身体思辨

辑二 嗅觉书写

辑三　孤独心态

附　辑

自　序

借厦门大学人文学院与中国社会科学出版社"青年文库"协作计划之机缘，拙著得以刊行面世，甚为荣幸和感念。作为一部批评文集，本书所载二十余万文字，基本是由笔者已发表或未发表的一部分学术文章增删修订而来，主要收录的则是2004—2009年于香港大学（HKU）攻读文学学士及哲学硕士学位期间的一批科研成果。

2002年深秋，我有幸获得中国国家留学基金管理委员会资助，以山东省教育厅唯一选拔推荐的全额奖学金预科生身份，入读香港李宝椿联合世界书院（LPCUWC），自此开始了远离故土、艰辛求学的征途。时光荏苒，回首已是十个年头，十年的岁月好似东向之水，伴随着掷笔于案的此刻，皆成为往昔而不可复得。

香港乃中国辽阔大地之东南一隅，十年亦不过百代光阴之飞逝一瞬，天地长久而生命短暂，大道无亲唯人间有情。寓居逆旅的过客，谛听时间流程之无尽，凝神空间境遇之局促，即使宇宙潜匿的奥秘寥暗岑寂，即使夜航彼岸的星火招摇明灭，吾人仍志愿将有限的浮生追寻那未知的幽光，并恃此愿投身如漆的孤寂。

所幸，十年之间，尚有前辈良师不离不弃，亲朋好友相伴左右，予以心灵的指引、生活的照顾，使我身在异地却常有归家之感！借此时机，谨向他们献上最真诚的谢意与祝福！

俱往矣，逝者如斯。挥别香江，踏上鹭岛，人生又是一段崭新的旅程。时下已然入秋，闽南的天气渐为爽朗，遥想香港大学的紫荆花，也将

迎来另一个花期了。在此，就以本书铭记那些居港求学的日子、秉烛夜读
的岁月以及花开花谢的回忆吧。

　　　　　　　　　　　　　　　　　　2012 年仲秋于厦门大学海滨公寓

第 一 章

绪言:从"古宅之喻"谈起

在一个布满怀疑的时代,诗歌研究可能具有最重要的价值,但它自身并非目的。那时,批评将是当务之急,因为它有助于维持一种能补偿信仰衰竭的文化。

——爱德蒙森(Mark Edmundson,1952—)[1]

如果我们承认心智接近文学具有自然的步骤,或者说,同意一个人对文学的认识是逐渐获得的,那么,关于这一渐进过程,梵第根(Paul Van Tieghem,1871—1948)借"古宅之喻"所做的总括和象征便甚为恰当。作为比较文学"法国学派"重要奠基人,梵第根在《比较文学论》(*Littérature Comparée*)开篇,虚构了这样一则情境[2]:

某人身处一所偏僻的古旧宅院,不得不数日闭门不出。幸好他在这座古宅发现了一个丰富的书库,里面积聚了数代热爱文学的读书子弟的大量藏书。这令他饶有兴味,于是便开始了阅读。最初,此人阅读的目的不过在于消遣长日、感受享乐。要么是由于一本书的名字引起了他的兴趣,要

---

① [美]爱德蒙森(Mark Edmundson,1952—):《文学对抗哲学:从柏拉图到德里达——为诗一辩》(*Literature Against Philosophy*,*Plato to Derrida*:*A Defence of Poetry*),王柏华、马晓冬译,中央编译出版社2000年版,第19页。

② 戴望舒(戴朝安,1905—1950)1937年翻译的《比较文学论》,是该书最早的中文译本。按照戴氏原始译法,作者译名为"提格亨",而鉴于现今中文学界大多译为"梵第根",故我们亦使用"梵第根"加以重新标注。对重要参考资料的外文人名,若有不同中译的情况,本书皆以当下学术界的约定俗成进行统一,特此说明。

么是某书的作者他曾有耳闻，总之，他任意地从书架上抽出几本翻开。那些毫无精彩或太过专业的，读不到几页，便被抛置一旁，而能够令他读得津津有味的作品，则在通读一遍之后，又被重温第二遍。继之，他再去读另外更多的书①。

如是过了一段时日，他渐渐感到仅仅阅读是不够的。他很明显地发觉，一部小说、一本戏曲、一首诗歌，与其他相比，自己本能和直觉地偏爱着。于是他便想要探求为何如此，以及为何一个作家的作风使他感到可爱，而另一个却让他觉得厌恶。这时，他完全单凭一己的思考去做批判，所依据的无非是鉴赏和艺术的一些通则，或其个人的感悟。后来他偶然碰到论及同一部书的解释性述略、印象、注释、论文集等（非史实性的材料），于是他便在其中找到一些独到的观点、深刻的意见，这些见解可能与他自己的看法相同，也可能相悖。而还有一些书，则是教人如何以正确的方法去做评论②。

几乎在进行批判的同时，一种好奇心难免在他的头脑浮现出来：曾经反复阅读和批评的一部或一批书，其来历、出处、际遇如何？那位令他钦佩和钟爱的作家，其生涯又怎样？作家生前身后给世人留下过什么影响？带着这些问题，他仔细搜索书库，发现了许多诸如作家生平、传记等相关历史的资料，知晓了写书人当时的环境和时代，以及文学传统。此刻，当他再一次把那些觉得有趣味，甚至让自己感动的部分重读时，便得到了一种更加完备的"新乐趣"：一部作品不仅在他的智能中和感受性中唤起了深深共鸣，并且使他觉得作品里"充满了它的作者的，它的时代的，以及它所属的文学传统的实质"③。

第一节　心智接近文学的自然步骤

上面三个环节，大致来讲，便是梵第根所谓"认识书籍的阶段"，亦即"心智接近文学之认识的自然的步骤"。对此，梵第根曾给出一段较为

---

① ［法］梵第根：《比较文学论》（*Littérature Comparée*），戴望舒译，吉林出版集团有限责任公司 2009 年版，第 1 页。

② 同上书，第 2 页。

③ 同上书，第 2—3 页。

明确的总结性表述:

> 第一个手续便是"选择":只有那具有一种价值,一种"文学的"价值,即艺术的最低限度的,才配得上文学这个名称。这些作品供给心和智一种多少有点强烈的"享乐",而在这"享乐"中,有时已有钦佩的分子了。在这最初的接触后面,接续着"文学批评"的阶段,这文学批评有时是主断派的、论争派的或哲学派的……有时是印象派的……但往往总是主观而并非完全史料性的……接着"文学史"来了,它重新把作品和作者安置在时间和空间之中,把作品和作者之可以解释者均加以解释。①

这里所接近的"文学",很大程度上,属于梵第根强调的"一般文学"范畴②。"一般文学"囊括了"关于文学本身的美学上的或心理学上的研究",并与"文学之史的发展"无关,"凡同时地属于许多国文学的文学性的事实,均属于一般文学的领域之中"③。梵第根的"一般文学"概念,是区别于"国别文学"、"民族文学"的,也有别于"比较文学","一般文学"包含了文学批评、诗学或美学的因素,因此与历时性研究相对,而强调跨越多民族和国家文学现象的共时性讨论④。虽然梵第根在对"一般文学"进行划分论证时存在偏颇之处⑤,但这一概念及"古宅之喻"

---

① [法] 梵第根:《比较文学论》,第3—4页。
② "一般文学"是保留戴望舒的译法,即当今比较文学领域较通用的"总体文学"概念。与此相对的是"国别文学"或"民族文学",戴译为"各本国文学"。就中国本土文学发展脉络而言,不论中国古典文学,还是现当代文学,"中国文学的发展总是在无可逃避地接受外域民族文化与文学的影响下脉动着"。吕超、孟昭毅(1946—):《梵第根〈比较文学论〉导读》,《比较文学论》,第3页。杨乃乔(1955—):《比较文学:一种无可回避的国际学术研究现象》,载《求是学刊》2006年第2期,第106—108页。
③ [法] 梵第根:《比较文学论》,第141页。
④ 吕超、孟昭毅:《梵第根〈比较文学论〉导读》,第10页。庞希云(1958—):《"法国学派"影响研究理论与体系的建立和完善:从梵第根到基亚》,载《广西大学学报》2006年第2期,第61—65页。
⑤ [美] 韦勒克(René Wellek, 1903—1995)、[美] 沃伦(Austin Warren, 1899—1986):《文学理论》(Theory of Literature),刘象愚(1942—)译,江苏教育出版社2005年版,第43—44页。吴锡民(1954—):《"关系"探究图式的现实价值:重温梵第根的〈比较文学论〉》,载《广西教育学院学报》2006年第3期,第123—127页。

所象征的三个基本步骤，形象描绘出心智于文学逐层深入的接触过程，是具有启发意义的，同时，我们援引的主要原因，亦在于其对作家、作品、读者的涵盖，以及对文学理论、文学批评和文学史等诸多方面的贯穿①。

从读者的阅读本位出发，"古宅之喻"作为一个理想中的模型，当然仅是复杂现实状况的简化。梵第根在"古宅之喻"后紧接着也指出，面对一件"固定了的文学作品"，仍有更为"广大的课目要完成"，并应区分"作品以外"与"作品以内"两个方向的研究：前者指研究一部著作的"本原"和"际遇"，即配合该书作者的生涯，探求该书的前驱、源流、帮助它产生的影响，以及在读者大众间的成功、批评界的好评、重版等。后者则包括这部作品的"内容"和"艺术"，例如书中表现的故事、思想、情绪，结构、作风、技法等②。梵第根强调这些"课目"的内部与外部研究，其初衷在于帮助"文学史"正名，以洗脱那种"文学史给名著拖泥带水地加了许多评注，而妨碍人们去欣赏那些名著"的看法③。

不论梵第根描绘"古宅之喻"的出发点为何，文学与文学研究的差异毋庸讳言，就像韦勒克（René Wellek，1903—1995）所说，二者是"截然不同的两种事情"，文学"是创造性的，是一种艺术"，文学研究则"是一门知识或学问"④，从接触文学到步向文学研究，心灵和资质确实需要经历逐渐成熟的阶段。韦勒克尽管曾对梵第根"一般文学"的概念存有微词，但他在看待文学作品与文学研究的关系上，却颇受这一概念影响。韦勒克认为，文学研究的对象是文学本身，具体作品是研究的核心，而文学作品的价值恰在于其摆脱了创作时的时代背景和历史原因⑤。有必

---

① 关于"东西方语境下的文学概念"、"比较文学如何定义"、"文学的广义与狭义之分"、"大文学与纯文学的区别"等宏观课题之探讨，并非本书撰述题旨下所要解决的问题，故而在此暂不展开讨论。杨乃乔主编：《比较文学概论》，北京大学出版社 2006 年版，第 61—76 页。

② ［法］梵第根：《比较文学论》，第 4—5 页。

③ ［法］梵第根：《比较文学论》，第 5—6 页。张汉良（1943—）：《比较文学理论与实践》，东大图书公司 2004 年版，第 3—12 页。

④ ［美］韦勒克、［美］沃伦：《文学理论》，第 3 页。赵炎秋（1953—）：《应当重视文学基本问题的研究》，载《中国文学研究》2005 年第 2 期，第 3—5 页。

⑤ 同上书，第 3—8 页。

要插言，梵第根"古宅之喻"并不考虑如下因素，即那个居于古老宅院中的读者是否具备文学创作的亲身经历，如果有，将会在多大程度上对文学研究造成影响，因为历来就存在消除"文学"与"文学研究"之区别的意见，比方说，"除非一个人自己创作，否则他就不可能理解文学，遑论研究文学"等诸如此类的见解。就此问题，我们赞同韦勒克《文学理论》(*Theory of Literature*) 所持的立场:

> 文学创作的经验对于一个文学研究者来说固然是有用的，但他的职责毕竟与作者完全不同。研究者必须将他的文学经验转化成知性的 (intellectual) 形式，并且只有将它同化成首尾一贯的合理的体系，它才能成为一种知识。①

不难看出，文学研究 (literary scholarship) 在韦勒克，被视为"一个不断发展的知识、识见和判断的体系"，与一般的"共鸣理解" (sympathetic understanding)、广义的"阅读"或"阅读艺术"有所区分，文学研究不仅仅服务于阅读艺术，也不只是个人修养的目标②。

通常来讲，"文学研究"由"文学理论"(theory of literature)、"文学批评"(literary criticism) 和"文学史"(history of literature) 三大要项构成，就像"古宅之喻"暗示的那样，正常心智接触文学，势必引发这三个项目的自动涌现。一方面，三者辩证统一，相互依存且彼此渗透。另一方面，在分工日趋明确的现代社会，对其加以区别，也至为关键和势所必然，"三个学科是而且将来也是各自不同的"③。依韦勒克之见，文学理论旨在概括"所有戏剧、所有文学、所有艺术"的"一般性"特征，是关于原理、范畴和标准的研究，是一种方法上的原则 (organon of methods)。而文学批评和文学史则偏向具体文艺作品，"均致力于说明一篇作品、一个对象、一个时期或一国文学的个性"，当然，"这种说明只有基于一种

---

① [美] 韦勒克、[美] 沃伦:《文学理论》，第 3 页。

② 同上书，第 8 页。

③ [美] 韦勒克:《文学理论、文学批评和文学史》("Literary Theory, Criticism, and History")，载《批评的概念》(*Concepts of Criticism*)，张今言译，中国美术学院出版社 1999 年版，第 18 页。杨冬 (1951—):《西方文学批评史》，吉林教育出版社 1998 年版，第 1—2 页。

文学理论，并采用通行的术语，才有成功的可能"①。

应该说，文学理论、文学批评、文学史的区分"是相当明显和得到普遍承认的"，但三门学科的密切蕴涵又决定了其"合作的必要"，毕竟很难想象脱离其他而孤立存在的任何一方，只是由于三者施力重点有所不同，各自面临和担负的任务便不尽相同②。鉴于本书很大一部分章节最终将落实到具体作家作品的阐释评价，我们的定位和取径，是以三者中的"文学批评"为聚焦之根本，于批评实践中探索旁涉的文学理论，并介绍文学史上的有关议题③。

第二节 "普通读者"还是"文学行家"？

总体而言，文学批评作为一门正式学科（a formal discipline），其最终的任务是对文学作品进行"分解"，然后重新组合，以弄清楚我们正在阅读的文学文本（literary text）④ 究竟是什么，意味着什么，如何以及为何

---

① ［美］韦勒克、［美］沃伦：《文学理论》，第7—8页。［美］韦勒克：《文学理论、文学批评和文学史》，第1—3页。

② ［美］韦勒克：《文学理论、文学批评和文学史》，第1页。

③ 有必要说明，"批评"（criticism）是一个目前应用范围相当广泛的词汇，从"最平常"到"最抽象"的用法，从评论"一个词或一个行为"到评论"政治、社会、历史、音乐、艺术、哲学"等，甚至被"过分滥用到一个危险的程度"。从词源学上讲，"to criticize"最初是"分析"（to analyse）之意，后演变出"评判"（to judge）的意思，本书基本在这两个意义范围内使用"批评"一词，以便确立我们审视的界限。［美］韦勒克：《文学批评：名词与概念》（"The Term and Concept of Literary Criticism"），载《批评的概念》，第19—20页。［英］福勒（Roger Fowler, 1939—1999）：《现代西方文学批评术语词典》（A Dictionary of Modern Critical Terms），周永明译，春风文艺出版社1988年版，第163—164页。

④ 现代批评领域，"文本"（text）是一个常常出现却十分复杂的术语，在语言学、符号学、后结构主义、文化研究等范畴的用法和观点均有所不同。本书中，我们主要关注的是"文学文本"（literary text）概念，即"文学的、书写下的文本"，由通常所谓的作品（work）引申而成，是作家创作的结果，是需要通过读者阅读体验而获得存在价值的文学实体，因而特指处于作者、读者、作品三方关系讨论中的"作品本身"。与"text"相对的另一个术语是"document"，主要指一些相互之间没有直接关系的文献材料，或译为"本文"。中文学界对这两个术语的翻译有时并不统一，往往互用，为方便讨论，我们所谓"文本"，皆指前者而言，特此说明。王先霈（1939—）、王又平（1949—）：《文学理论批评术语汇释》，高等教育出版社2006年版，第213—215页。［英］詹克斯（Charles Jencks, 1939—）：《解构：不在场的愉悦》（"Deconstruction：The Pleasure of Absence"），陈同滨译，载《建筑师》编辑部编《从现代向后现代的路上（II）》，中国建筑工业出版社2007年版，第230页。

具有这样的性质和意义①。它是一种物体、一种行为、一种抽象意识的媒介，还是文字方面的表演或游戏？文学为什么不同于其他语词结构和语言行为的方式？某部文学作品又凭借什么区别于其他作品？作家在运用语言中是否享有某种特权？同一作家不同作品的文本间关系如何？批评家对语言、结构和文学使命的看法是否出于个人的成见？抑或意识形态下集体意见的反映？……凡此种种，均是当代文学批评学科视野之内极其重要，且有待解决的一些问题②。

"古宅之喻"的第二个环节，形象对应了"文学批评"这一阶段。我们看到，那位身居古宅的读者随着时间的流逝，从最初仅仅为了消磨时光、欣赏享乐，到后来朴素地思考为何喜好或厌恶一部作品，再到比较和批判他人的评论文字，进而学习专门的批评技术及方法，他对文学的领悟和认识处于逐步深入的过程。然而，正如所有模拟都不可能与实际完全相合，这种笼统的对应尚未达到原则性体系的层次。为了使我们的讨论更为深入，不妨加进一个戏剧化情节，令状况稍微复杂一点。

我们假设这个读者暂时克制了对"文学史"的好奇之心，而不满足一己印象式的感悟和那些鉴赏的通则，经过钻研努力，他渐渐由一个普通的读者变成了富有专业知识的文学批评的行家。然而恰在这时，当他回首自己的成长，不禁扪心自问：到底应该纯粹凭个人热情和自然明显的态度讨论文学艺术，还是应该采用正规的分析手段一丝不苟加以研读？一方面，他发觉若完全依恃前者，其极端很可能会像那些"不能自制，若痴若狂"的神经质患者一样，陷入狂迷的主观状态而丧失理智；但另一方面，他也意识到，假如毫无保留地抛却初步的、个人的、欣赏性的反应，又不免承受一个巨大的损失，即无法享受到完整欣赏一件艺术品所产生的那种自发的快乐，对文学的分析甚至会由此而成为极其枯燥的智力活动，或晦涩难解的哲学思辨。

这则"进退两难的窘境"，其实正是长久以来困扰文学批评的一个难

---

① ［美］古尔灵（Wilfred L. Guerin）等：《文学批评方法手册》（*A Handbook of Critical Approaches to Literature*），姚锦清等译，春风文艺出版社 1988 年版，第 2 页。Wilfred L. Guerin，*A Handbook of Critical Approaches to Literature*，6th ed. New York：Oxford U P，2011 1 - 2.

② 王逢振（1945—）：《意识与批评：现象学、阐释学和文学的意思》，漓江出版社 1988 年版，第 iii—iv 页。

题：尊重普通读者（common readers）的"批评前反应"（the precritical response），还是强调文学"行家"（literary "technicians"）的专业技能①？近代西方文学批评界曾对此有过十分激烈的论争，从约翰逊（Samuel Johnson，1709—1784）到桑塔格（Susan Stontag，1933—2004），从费德勒（Leslie Fiedler，1917—2003）到布雷奇（David Bleich），从霍兰德（Norman Holland，1927—）到施瓦茨（Murray Schwartz，1929—）等文学理论家，都曾主张更为主观主义的、属于更具个人色彩的欣赏性反应和批评方法②。桑塔格直言，一度流行的大多数文艺批评实际上侵占了艺术作品的地位，批评分析是对艺术形式的玷污，使艺术陷于平庸、僵化和贫瘠之中③。而持反对意见的学者也不乏其人，像齐亚迪（John Ciardi，1916—1986）、穆尔斯（J. Mitchell Morse，1912—2004）、伯尔索夫（Ann E. Berthoff，1924—）及托斯特尔（Eva Touster，1915—2009）等，均认为只有高水平的文学批评，才能获得丰富的真知灼见。齐亚迪曾明确斥责道，所谓的主观"欣赏"（appreciation）根本"无用"，而"自由联想"（free association）更是"随心所欲，毫无意义"的无聊之举④。

虽然"进退两难的窘境"确实需要认真考虑解决方案，但我们的原则，是尽量避免滑向上述两个极端的任何一极。在我们看来，文学"行家"具备的素养，及其所做的专业分析或评价不会破坏美感，正如普通读者自发的批评前反应不是毫无价值一样。批评前反应不一定是低级的文学反应，它不但是最全面的文学欣赏所必需的，而且是至关重要的。如果说艺术最初级的目的是使人快乐或欢悦，那么主要运用直观和情感的批评前反应无疑是不可或缺的，没有这样的反应，批评家的工作就很有可能像校对人员校阅清样一般，仅仅是核对事实的准确性，或者做一些技术性的纠错而已⑤。当代文学批评的发展趋向也表明，对批评前反应

---

① ［美］古尔灵：《文学批评方法手册》，第9—10、23页。

② 同上书，第1—3、4—7页。

③ ［美］桑塔格（Susan Stontag，1933—2004）：《反对阐释》（"Against Interpretation"），载《反对阐释》（*Against Interpretation and Other Essays*），程巍（1966—）译，上海译文出版社2003年版，第5—10页。

④ John Ciardi（1916—1986），*How Does a Poem Mean?* （Boston：Houghton Mifflin，1975）xix - xxi. ［美］古尔灵：《文学批评方法手册》，第9页。

⑤ ［美］古尔灵：《文学批评方法手册》，第12—13页。

的重视日益增加,恰如伊格尔顿(Terry Eagleton,1943—)《二十世纪西方文学理论》(*Literary Theory*:*An Introduction*)指出近年来朝向读者的明显转向①。但也不应忘记,有时本能的直觉会把批评引入歧途,这是不言而喻的事实,因此我们不仅需要纯粹为了得到快乐的阅读,也需要对所研究的文学作品进行严格意义上的分析②。

第三节　重提文学研究"两隔"

20世纪至今,世界范围内的文学理论空前盛行,文学批评更是多元化发展,文艺思潮与批评活动此起彼伏,在丰富的多样性和敏感性中,新的思想、新的方法层出不穷,相互对立交锋,又相互吸纳补充,展现了五彩纷呈的态势和庞杂繁复的景象③。而中国的文学理论与批评,百余年间,不仅将西方文论作为重要参照体系以及资源养料,更深深融会进自身本土的文学传统,成为中国"五四"新文化运动以来,所形成的"新传统"的一个部分④。随着东西方文化交流的日益频繁,这一情形不但短时间之内难以改变,更有逐渐加强的趋势。中国文学评论界已然达成这样一个基本共识:密切关注当代西方

---

① 伊格尔顿(Terry Eagleton,1943—)曾把现代文学理论粗略地分为三个阶段:全神贯注于研究作者[浪漫主义(Romanticism)和19世纪]阶段;专注于文本[新批评(New Criticism)]阶段;以及朝向读者的转向阶段。[英]伊格尔顿:《二十世纪西方文学理论》(*Literary Theory*:*An Introduction*),伍晓明译,陕西师范大学出版社1987年版,第82—83页。[美]拉比诺维兹(Peter J. Rabinowitz,1944—):《无尽的回旋:读者取向的批评》("Whirl Without End:Audience—oriented Criticism"),王金凌(1949—)、廖栋梁译,《当代文学理论》(*Contemporary Literary Theory*),[美]阿特金斯(George Douglas Atkins,1943—)、[美]莫洛(Laurd Morrow,1953—)编,张双英(1951—)、黄景进(1945—)中译主编,合森文化事业有限公司1991年版,第141—143页。
② [美]古尔灵:《文学批评方法手册》,第11页。赵炎秋:《文学活动中作家与批评家的自由与不自由》,载《广州大学学报》2005年第3期,第16—21页。
③ 朱立元(1945—):《当代西方文艺理论》,华东师范大学出版社2005年版,第2—3页。陈海艳(1979—)、詹艾斌(1971—):《文学批评实践的意识要求与方法论特征》,载《前沿》2010年第5期,第173—176页。
④ 童庆炳(1936—):《走向新境:中国当代文学理论60年》,载《文艺争鸣》2009年第9期,第6—30页。阎嘉(1956—):《多元文化与汉语文学批评新传统》,巴蜀书社2005年版,第2—9页。

文学理论和批评走向，是开创中国文学理论及批评新局面的重要动力之一①。

20世纪80年代，沈阳春风文艺出版社曾编辑推出了一套名为"X与文学"的丛书，共收录六部翻译专著，是分别从语言学、现象学、阐释学、符号学、结构主义、存在主义等角度，切入文学研究的西方经典之作②。这套丛书的编译，旨在从文学着眼，探讨现当代西方"系统论"（System Theory）、"控制论"（Cybernetics）、"信息论"（Information Theory）等较为重要的美学、哲学思想于文学研究的关系和建树。在"出版说明"中，有这样一段话颇值得注意：

> 近年来，这些西方知识学问的引入，对于我国文学界有两"隔"：一是其与文学隔；二是其与我国文学理论、实践隔。③

"X与文学"丛书的出版，就是要"为了于消弭这第一'隔'方面做些工作"④。

20多年过去了，在解决"第一'隔'"的问题上，应该说，中国学术界取得了不菲的成绩。诚如前文所言，大量的文学理论翻译著作，不同层面的比较诗学专书，各式各样的精粹读本、导引、述评等，可谓屡见不鲜，在关注当代西方人文思潮走向的同时，亦相当程度地提防了简单

---

① 杨乃乔：《第三文化空间，兼论中国现当代文学研究的发展命脉》，载《文艺争鸣》2009年第11期，第43—50页。阎嘉：《21世纪西方文学理论和批评的走向与问题》，载《文艺理论研究》2007年第1期，第90—96页。

② 六部专著包括：查普曼（Raymond Chapman，1891—1920）的《语言学与文学：文学本体学导论》（*Linguistics and Literature：An Introduction to Literary Stylistics*）；马格廖拉（Robert R. Magliola，1940—）的《现象学与文学》（*Phenomenology and Literature*）；霍伊（David Couzens Hoy）的《阐释学与文学》（*The Critical Circle：Literature，History and Philosophical Hermeneutics*）；肖尔斯（Robert E. Scholes，1937—2010）的《符号学与文学》（*Semiotics and Interpretation*）、《结构主义与文学》（*Structuralism in Literature：An Introduction*）；麦克罗伊（Davis Dunbar McElroy，1917—）的《存在主义与文学》（*Existentialism and Modern Literature：An Essay in Existential Criticism*）。

③ 编者："出版说明"，《语言学与文学：文学本体学导论》，［英］查普曼著，王士跃、于晶译，春风文艺出版社1988年版。

④ 编者："出版说明"。

"西化"和一味"拿来",从而兼顾到西方知识与我国文学理论的磨合创新①。

但是，"与文学实践隔"的不足，却迟迟未得到妥善解决，至少中国现当代文学研究领域，天平的砝码仍明显倾向理论的引进与梳理，而忽略了批评实践。部分学者已指出，之所以如此，与东西方文艺理论教学体系的差异不无关联，西方文学理论的研讨往往在批评中进行，较着重实际运用，而中国学界则普遍重视理论的宏观架构，相比之下，文学批评的微观操作则不够健全，缺乏系统性，有待完善。尽管 20 世纪 90 年代之后，特别是新世纪十年，学院的中文专业和比较文学专业内，具体作家作品的解读逐渐受到注意，但毕竟仅是十数年才发生的转变，再加上以往惯性作用，开展的力度还远远不够②。

就中国文学批评的现状，2009 年，学界曾一度引起热烈讨论。不少学者均注意到，中国当下的文学批评依然局限于模仿、阐释、接受、甚至照搬一些外国文艺理论的见解，对文学批评的"原创力"缺乏认识③。针对这一情况，有学者提出，需重新厘定我国文学批评与文学理论的位置，不宜故步自封于成见，像"理论的普遍性意义永远大于对个别作品的论述解释，批评只是理论武器的操练场"等看法，应予以质疑和深刻的反思。亦有学者把文学批评视为一种对既定文学规范、机制、积习或评价体系的质疑过程，目的在于建构一种良性的、全新的文学鉴赏系统。还有学者认为，目前以"表扬"和"酷评"为代表的"异端批评"，使文学批评失去了应有的"判断力"、"公信力"，因此必须重申"文学批评的美学品格"，从"审美"视角亲近文本，从而"回到文学本身"、"回到批评

① 汪正龙（1965—）：《文艺学研究三十年》，载《文艺争鸣》2008 年第 11 期，第 51—58 页。黄念然（1967—）：《论中国文学批评观念的现代转型》，载《中国政法大学学报》2010 年第 6 期，第 142—150 页。

② 赵炎秋：《绝对、相对与多元：对建国后文论发展的反思》，载《湖南师范大学社会科学学报》2009 年第 4 期，第 91—95 页。赵炎秋："前言"，《文学批评实践教程》，中南大学出版社 2007 年版，第 1—2 页。

③ 汪正龙：《2009 年文学理论研究扫描》，载《文艺争鸣》2010 年第 13 期，第 143—146 页。

的本真状态"，这样才不失严肃、认真的学术态度①。

上述观点所触及当代中国文学批评的某些症结，不能不加以重视，任何研究文学的理论，只有与实践相结合，在对于具体作品及文学现象的批评中，方能真正彰显其意义与价值，这是文学理论不可回避的使命和考验。否则，仅仅把握了许多理论知识，却不能具体而微地应用到实际分析，将十分遗憾，"社会需要理论家，更需要具体的文学分析家、评论家、批评家"②。有鉴于此，寻找一个可以结合理论与批评的有效平台，作为二者的汇通之所，势在必行，而东西方文学研究领域近三十年的一项新潮流，为我们带来了的启示，简言之即"核心范畴、问题或主题词模式"的出现。

第四节 由"主题词模式"看"理论批评"
与"实用批评"

纵观 20 世纪欧美学界对文学研究的探讨和总结，大致经历了三种模式为主要手段的演变，在此值得一提。

首先，是 20 世纪上半叶流行的"本质主义模式"，其特点在于，由一个先在的前提出发，对文学的本质采取某种理论上的设定，继而在此前提设定下进行述论和演绎，编者或著者的基本思路贯穿始终，表现出维度较为集中的板块论证形式③。前文提及韦勒克、沃伦的《文学理论》一书，又如瑞恰兹（Ivor Armstrong Richards, 1893—1979）的《文学批评原理》（*Principles of Literary Criticism*）④ 等，当属此类。

---

① 王一川（1959—）：《通向询构批评：当前文学批评的一种取向》，载《当代文坛》2009 年第 1 期，第 4—8 页。赵惠平：《对于文学批评困境的一种判断》，载《当代作家评论》2009 年第 3 期，第 74—77 页。梁海：《文学批评的美学品格》，载《光明日报》2009 年 11 月 27 日，第 2009 版。

② 赵炎秋："前言"，第 1 页。吴志峰（1977—）：《文学批评的实践意识》，载《艺术广角》2010 年第 6 期，第 28—33 页。

③ 汪正龙：《英美文学理论教材的现状与走向管窥：兼谈对我国文学理论教材改革的启示》，载《江汉论坛》2009 年第 6 期，第 101—105 页。

④ ［英］瑞恰兹（Ivor Armstrong Richards, 1893—1979）：《文学批评原理》（*Principles of Literary Criticism*），杨自伍（1955—）译，百花洲文艺出版社 1992 年版。

　　而自 20 世纪八九十年代以来,逐渐出现了冠以"导论/引论"(Intro-duction)或"指南"(Guide)等为标志的另外两种新型模式①。其一,可称作"流派理论史模式",这种模式的显著特征是,侧重各个理论派别的演变发展,在历时性梳理过程中,陈设各类文学问题,像我们引用的伊格尔顿《二十世纪西方文学理论》,此外,还有塞尔登(Roman Selden)的《当代文学理论导读》(*A Reader's Guide to Contemporary Literary Theory*)②、莱恩(Michael Ryan,1951—)的《文学理论:实用性的导论》(*Literary Theory：A Practical Introduction*)③、布雷斯勒(Charles E. Bressler)的《文学批评的理论与实践导论》(*Literary Criticism：An Introduction to Theory and Practice*)④ 等。其二,是选择多个重大的辩题,展开项目讨论,介绍关于这些题目的论辩以及从中可以学到的东西,此类可归为"核心范畴、问题或主题词模式",代表作品有卡勒(Jonathan Culler,1944—)的《文学理论入门》(*Literary Theory：A Very Short Introduction*)⑤、韦伯斯特(Roger Webster,1950—)的《研究性的文学理论导论》(*Studying Literary Theory：An Introduction*)⑥、本尼特(Andrew Bennett,1960—)的《关键词:文学、批评与理论导论》(*An Introduction to Literature，Criticism and Theory*)⑦ 等。这种模式与一般理论、批评类的术语辞典、百科全书或工具书的最大区别,莫过于注重主题词(或关键词)的能动作用而非传统

　　① 胡亚敏(1954—):《英美高校文学理论教材研究》,载《中国大学教学》2006 年第 1 期,第 58—62 页。

　　② 〔英〕塞尔登(Raman Selden)、〔英〕威德森(Peter Widdowson)等:《当代文学理论导读》(*A Reader's Guide to Contemporary Literary Theory*),刘象愚译,北京大学出版社 2006 年版。

　　③ Michael Ryan(1951—),*Literary Theory：A Practical Introduction*(Malden，MA：Blackwell Publication，2007).

　　④ Charles E. Bressler,*Literary Criticism：An Introduction to Theory and Practice*(Upper Saddle River，N. J.：Pearson Prentice Hall，2007).

　　⑤ 〔美〕卡勒(Jonathan Culler,1944—):《文学理论入门》(*Literary Theory：A Very Short Introduction*),李平译,译林出版社 2008 年版。

　　⑥ Roger Webster(1950—),*Studying Literary Theory：An Introduction*(London：Arnold,1996).

　　⑦ 〔英〕本尼特(Andrew Bennett,1960—)、〔英〕罗伊尔(Nicholas Royle,1957—):《关键词:文学、批评与理论导论》(*An Introduction to Literature，Criticism and Theory*),汪正龙、李永新(1978—)译,广西师范大学出版社 2007 年版。

含义,换言之,这些书不是要为所录的词汇下可靠定义,而是要与具体文学现象和文本相结合,所以,在这些书中可以看到数量颇丰的实际例证与作家作品。

"流派理论史模式"与"核心范畴、问题或主题词模式"的共同之处,均主张撤销对文学的先入意见,于各家各派的学说平等交代,关注和重视理论的阐释功能以及文学知识生成的历史条件和特殊面貌,因而允许容纳多种成分与不同元素,通常以链接互补、多维交错的开放式书写为撰述策略①。我们认为,就提示性而言,这两种模式更具拓展潜力,尤其"核心范畴、问题或主题词模式",更多地给本书带来取法依恃。一方面,此模式有望真正实现文学批评、文学理论与文学史的对立统一,在打破三者传统意义上明显分野的同时,又可于某一特殊主题词之下,涵盖文学研究三大领域所涉及的共同议题,因而是最佳的切入"节点"。另一方面,不可否认今时今日的文学批评正在走出文学,走向更为广阔的人文研究领域而与社会学、人类学、文化理论等达成有机契合,文学批评从文艺批判之根上已然长出了各种跨学科思考的参天大树。对此现况之利弊双刃,主题词模式可以确保我们的文学批评于众声喧哗的年代,在借鉴其他学科特长、走出文学的路途上,不至走得离文学太远②。2000 年至今,中文学界除了译介西方此类著作,亦相继出版了多种主题词模式的学术专书,例如,廖炳惠(1954—)编写的《关键词 200:文学与批评研究的通用词汇编》③;柯思仁(1964—)、陈乐的《文学批评关键词:概念·理论·中文

---

① 汪正龙:《英美文学理论教材的现状与走向管窥:兼谈对我国文学理论教材改革的启示》,第 101—105 页。张法(1954—):《中国文学理论学科发展回望与补遗》,载《文艺研究》2006 年第 9 期,第 31—38 页。

② 近年来"文化研究"(cultural studies)领域亦不乏"核心范畴、问题或主题词模式"的力作,并且与文学范畴多有交叠,尤其自霍加尔(Richard Hoggart,1918—)将文学批评导入文化研究之后,文学更成为与文化研究相关的主要学科之一。但囿于题旨所限,在此暂不介绍和列举文化研究类的主题词模式著作。罗岗(1967—):《读出文本和读入文本:对现代文学研究和"文化研究"关系的思考》,载《文学评论》2002 年第 2 期,第 85—86 页。王逢振:《文化研究和文学研究的关系》,载《天津社会科学》2000 年第 4 期,第 95—97 页。

③ 廖炳惠(1954—):《关键词 200:文学与批评研究的通用词汇编》,江苏教育出版社2006 年版。

文本解读》① 等, 均堪称范例②。

　　"主题词模式"于本书而言, 恰符合我们确立以文学批评为基本定位的初衷, 作为一部批评文集, 本书各章节在处理核心范畴、问题或主题词时, 将尝试选择"理论批评"(theoretical criticism)与"实用批评"(practical criticism)相结合的复调式或嵌套式撰写策略。

　　所谓"理论批评", 或"理论化文学批评", 是就一般批评原则层面而言的。根据艾布拉姆斯(Meyer Howard Abrams, 1912—)的定义, "理论批评"之目的, 在于确定一套统一的批评术语、区分标准、归类依据、评价方法等, 以研究和解释作家作品③。而理论批评的结果, 是形成"批评理论"(critical theory), 好的批评理论能够首尾一致地、合适地、相对充分地解释一整套文学现象, 因此"自有其存在的理由", 行之有效的理论则绝非仅有一种, 而是多种, 这也体现出理论的多样性④。且注意, 把"批评理论"与"批评本身"加以区隔, 是福勒(Roger Fowler, 1939—1999)一贯坚持的看法。福勒认为, "批评理论"是一种带有哲学性质的活动, 与其说与作品有关, 毋宁说与概念的分析评判有关, 它"应成为批评的基础", 但"不应该视为批评的一部分"⑤。不难看出, 福勒对"批评本身"的理解, 更贴近于"实用批评", 或"应用批评"(applied criticism)。

　　与寻求一般原理或普遍原则的"理论批评"相对, "实用批评"旨在讨论具体的作家和作品, 那些支配分析、评价活动的理论性原则, 通常是

---

　　① 柯思仁(1964—)、陈乐:《文学批评关键词:概念·理论·中文文本解读》, 南洋理工大学中华语言文化中心八方文化创作室, 2008 年。

　　② 在此, 有必要说明, 尽管"核心范畴、问题或主题词模式"给本书带来启发, 但仍须强调我们看重的, 是其提示性和导引性意义。如前文所言, 此模式之助益, 是为我们提供了一个可以结合理论与批评的有效平台。"核心范畴、问题或主题词模式"的出现, 本身最主要的目的, 其实并非完全出于具体实践的考虑, 而是文学理论或批评的总结性研讨和教学上的示范, 因而更多地表现为"导论"、"引论"与"指南"的辅助参考样貌, 其涵盖面广、信息量大的特色, 也造成论题过宽、论证简略的弊端, 深度不足往往成为这一模式难以避免的局限。

　　③ 〔美〕艾布拉姆斯(Meyer Howard Abrams, 1912—):《欧美文学术语辞典》(*A Glossary of Literary Terms*), 朱金鹏、朱荔译, 北京大学出版社 1990 年版, 第 64 页。

　　④ 〔美〕艾布拉姆斯:《镜与灯:浪漫主义文论及批评传统》(*Mirror and the Lamp:Romantic Theory and the Critical Tradition*), 郦稚牛、张照进译, 北京大学出版社 1989 年版, 第 3—4 页。

　　⑤ 〔英〕福勒:《现代西方文学批评术语词典》, 第 163 页。

含而不显的，或者只有在需要时才予以适度的引入、说明①。在艾布拉姆斯看来，"实用批评"可以包含多种形式，例如，"印象式批评"（impressionistic criticism），其特点是试图表现一部文学作品的直接特征，或该作品给评论家造成的直接反应和印象；又如"评判式批评"（judicial criticism），以分析解释和其他佐证为基础，力求得出客观一致的判断。艾布拉姆斯认为，这两种主要形式在实际运用中，很少表现出截然相反的性质（当然也不乏偏重一方的实例）②。然而，亦有不同意见述称，由于评价标准无论清楚或模糊，在各类批评中都存在，甚至最个人化的批评也不例外，所以"评判式批评"才应被视为"批评的主要表现形式"，它凝缩了"对文学作品清晰、全面的理解"③。福勒亦不赞成把"印象式批评"和"评判式批评"都归入"实用批评"，而主张将前者与后两者区分开来④。

　　"理论批评"与"实用批评"的界定，以及个别术语的运用，或许至今仍存在许多争议，我们无意纠缠于此，如果尚未忘记前文曾谈到关于普通读者与文学行家的那则"进退两难的窘境"，这些争议便不足为奇⑤。在此，我们仅希望强调两点。第一，就"实用批评"而言，须谨记并非每一部作品都同样贴切地适用于某一套批评理论或批评方法，因此有必要为一部既定的文学作品选择最合适的批评方法（一种或是多种）⑥。第二，就"理论批评"来说，不应带有"立法教条主义者"的痼习，尤其对文学批评解读方法所做的讨论。诚如马格廖拉（Robert R. Magliola，1940—）所说，绝大多数优秀的文学批评家，其实都是相当"灵巧的人"，他们在精细阅读与入微评论时，"借用哲学的一些理论，随顺自己的目

---

　　①　［美］艾布拉姆斯：《欧美文学术语辞典》，第 64 页。

　　②　同上书，第 64—65 页。

　　③　Joseph Twadell Shipley（1893—1988），*Dictionary of World Literature：Criticism，Forms，Technique*（Totowa，New Jersey：Littlefield Adams，1968）87 - 88. 王先霈、王又平：《文学理论批评术语汇释》，第 190—191 页。

　　④　［英］福勒：《现代西方文学批评术语词典》，第 165—166 页。

　　⑤　例如，刘若愚（1926—1986）在《中国的文学理论》一书开篇，曾将"文学批评的研究"与"文学研究"加以区分，并质疑以"文学批评"这一术语概括"理论探讨"和"实用批评"的做法，主张"保持二者的区别，而把它们都看作是文学批评的再划分"。刘若愚：《中国的文学理论》（*Chinese Theories of Literature*），赵帆声、王振铎等译，中州古籍出版社 1986 年版，第 1—6 页。

　　⑥　［美］古尔灵：《文学批评方法手册》，第 iii - v 页。

的，或显或隐地凑合成自己的基本理论"①。

综上所述，本书主体拟由三个专辑组成，分别是："辑一：身体思辨"、"辑二：嗅觉书写"、"辑三：孤独心态"。这三个专辑各自围绕相对独立的核心关键词展开"理论批评"与"实用批评"，以期在双轨并进的探求中对我们所选择的批评主题进行发掘探微。涉及的具体作家作品主要有洛夫（莫洛夫，1928—）、余光中（1928—）、郑愁予（郑文韬，1933—）、闻一多（闻家骅，1899—1946）的新诗和朱天文（1956—）、村上春树（HARUKI Murakami，1949—）、陈染（1962—）的小说等。各辑的主题关键词可以说就是该专辑的阐述"经线"，而根据不同作家作品的殊异特色，我们在"理论批评"之主轴"经线"上，亦会延展多条"纬线"，即"实用批评"所谓的相对隐而不露的指导原则，这些理论性原则在本书包括"元素诗论"、"想象的动力学言说"、"神话原型批评"、"空间诗学"、"迷宫论"、"疾病隐喻"、"女性主义"等，凡此种种，随行文需要也将穿插不同程度的介绍和论述。本书最后一个部分"附辑"，主要收录了笔者对武侠小说家金庸（查良镛，1924—）和香港青年作家杜若鸿（1976—）的作品研读，以及书评二则。特别强调一句，本书无论是哪一个部分，都从未尝试完成那种面面俱到的文学史学研究，显然，我们的撰写意图在于立足"批评"二字，部署一部思辨性质的著作，而基本的取径就是对文学带给我们的启示进行多层面、多角度的主题思索。

---

① ［美］马格廖拉（Robert R. Magliola，1940—）：《螽斯翼上之釉：现象学的批评》（"Like the Glaze on a Katydid－wing：Phenomenological Criticism"），李正治（1952—）译，《当代文学理论》，第173—174页。

辑一　身体思辨

第 二 章

论身体、意识及文学想象

第一节　对"身体"及"心—身"问题的反思

我们的身体本身是模棱两可性的最出色例子。

——詹姆斯（William James，1842—1910）①

近年来，不论东方或是西方，不论社会大众还是学术界，都在努力提高对"身体"（the body）的认识，"身体"已经成为很多学科以及媒体日渐注意的焦点。尤其自 20 世纪下半叶以来，在人文社会学科和文化理论里，"身体"成为一个引起众多兴趣的主题②。面对这种逐渐增长的兴趣，始终存在两种不同的主张，一些批评家倾向于将这一问题边缘化，而仅仅视"身体"主题为一种时尚（a fashion）。另一些批评家则认为"身体"主题之所以如此突出，是对其自身逐步消失的一种暗示（intimations of its disappearance），原因主要与电脑技术和随之而来的远程呈现取代身

---

① ［美］詹姆斯（William James，1842—1910）：《彻底的经验主义》（*Essays in Radical Empiricism*），庞景仁译，人民出版社 1987 年版，第 82 页。William James（1842—1910），*Essays in Radical Empiricism*，ed. Ralph Barton Perry（1876—1957）（Lincoln：U of Nebraska P，c1996）153。

② ［英］斯威尼（Sean Sweeney，1966—）、［英］霍德（Ian Hodder，1948—）：《绪论》（"Introduction"），《身体》（*The Body*），［英］斯威尼、［英］霍德主编，贾俐译，华夏出版社 2006 年版，第 2 页、［法］拉图尔（Bruno Latour，1947—）：《身体、控制论身体物体和肉体的政治》（"Body，Cyborgs and the Politics of Incarnation"），《身体》，第 120 页。

体接触所产生的游离文化（culture of disembodiment）及消费主义有关，因此把正在增长的对身体的兴趣都归诸时尚并不恰当，而应看成是一种响应快速变动的社会经济形势而对身体的意义变化的认识①。

这两种观念的对立，就其本质而言，所反映出的是对"心—身"关系（the relationship between the body and the mind）的不同立场和态度。前者承继的可以说是典型西方传统思想的看法，即采取从柏拉图（Plato，427BC-347BC）到笛卡尔（René Descartes，1596—1650）理性主义哲学"心身二元论"为宗旨的阐释策略。在此二元论中，身体与心智（心灵）存在着紧张的冲突，被区分开来，是两种不同性质的事物，各有各的运作法则，彼此不相干扰，但通常地，"心"具有优于"身"的地位②。后一阵营的观点则相对较为复杂，因为其内部本身就呈现多元杂合的趋势，却同时又是形构近几年身体研究风潮的主要推进动力。其中对身体研究的路径可以有很大的差异，但似乎都将传统的"心身二元论"作为共同的敌人，以推翻这个西方现代哲学中的重要论点为目标，对传统的"精神优越于身体"的观念进行了挑战。其中，有些彻底否认身体与心智可以区隔，理由在于不仅日常生活经验无法清晰辨别何为身体，何为心智，而且许多非西方文化体系亦不做此分隔。有的则承认身体、心智二元，但反对心身二元的断裂，而强调两者的互动，使身心处于持续变化的态势③。

按照上述后一种言说，目前关于身体的研究课题在不同领域呈现多端发展的趋势，诸如在变化中的女性主义议程里身体的地位，包括女人身体相关于消费主义与医学健康的新兴趣；社会对于身体健美的通俗关切；性欲特质在学院内外的广泛讨论；围绕艾滋病议题的男女同性恋团体的热烈争辩；后殖民理论中种族化身体概念产生的影响；以及当前对遗传工程和

---

① ［英］卡瓦拉罗（Dani Cavallaro）：《文化理论关键词》（*Critical and Cultural Theory：Thematic Variations*），张卫东等译，江苏人民出版社 2005 年版，第 104 页。Dani Cavallaro, *Critical and Cultural Theory* (London；New Brunswick，New Jersey：Athlone Press，2001) 97. William A. Ewing, *The Body：Photoworks of the Human Form* (London：Thames and Hudson，1994) 9.

② ［英］卡瓦拉罗：《文化理论关键词》，第 104 页。

③ 颜学诚：《"身体研究"专辑前言》，载《思与言》2006 年第 1 期，第 1 页。周庆华（1957—）：《身体权力学》，弘智文化事业有限公司 2005 年版，第 9—17 页。

生物技术发展的关注等①。凡此种种皆说明科学与当代思想对身体做出了根本性的重估。身体主题波及领域之广泛、研究程度之深入，早已证明人类的身体不只是一具生理机器那么单纯，它已被重新定义，且浸透了文化的、历史的、哲理的、精神的诸多意涵，其形式不仅只是一个自然的实体，更加是一个文化的概念，是一套通过其外观、尺寸和装饰的属性对社会价值观进行编码的手段②。

　　然而身体在成为如此重要论题的同时，也成为一个难以彻底解决的困惑论题。首先是对"身体"进行定义、把握和控制的困难。"身体"一词，在语言中缺少同一的意义，可以具有多重界定。说它是"人体"，就要与动物的躯体相对；说他是"活体"，就要与死去的尸体相对；说它是"肉体"，则显然是与精神相对。此外，"身体"是自然遗传的？还是历史话语建构的概念？"身体"的这种复合性和多层性，在科学领域、哲学领域、社会学领域、人类学领域以及宗教学与神学等领域，往往以持续表现出的复杂性，逃避和反抗对其限制和捕捉的企图。最明显的例子莫过于生物科学"人类基因组计划"③所引发的对生物最终天性及完整性的忧思，随之而来的是基因组版权的可行性困扰，这导致现今的基因研究仅仅可以较好的提供一个身体的地图，却无法适当勾画出它的界限④。

　　困惑远不止如此。当人们在谈论身体的时候，自己本身便已经被卷入问题之中了。"谈论身体"，或"人谈论身体"，又或"人谈论他的身体"，无不将我们的困惑重新指向那则古老的"心—身"问题（mind - body problem），因为"谈论"若是思想和语言行为，那么"身体"必然要成为所思考和所言说的对象，这样，所谓的身心关系，即身体和思想的关系问题便自然而然地产生，不可回避。然而，与谈论其他问题不同，作

---

　　① ［英］布鲁克（Peter Brooker）：《文化理论词汇》（*A Glossary of Cultural Theory*），王志弘等译，巨流图书公司 2003 年版，第 30 页。

　　② ［英］卡瓦拉罗：《文化理论关键词》，第 104—105 页。

　　③ "人类基因组计划"研究的范围包括描绘一个生物体全部的基因图等。这一计划所预期的发现被认为能够强健身体，特别是通过对引发致命疾病和遗传现象的原因的识别。［英］古德菲洛（Peter N. Goodfellow, 1951—）：《描绘人体：人类基因组计划》（"Mapping the Body：The Human Genome Project"），载《身体》，第 24—36 页。

　　④ ［英］卡瓦拉罗：《文化理论关键词》，第 105 页。

为谈论身体的"人"，在"谈论"的同时又回到了自身，这个"人"既是"言说之人"，也是"身体之人"，人和身体都在谈论中显示出来①。而身体又似乎无法被语言完全穿透，我们必须面对语言与身体断裂的局面②。这导致了通常情况下那种自我与他者的对立关系不复存在，但在谈论中显示出来的人和身体又是一种什么关系呢？至此我们牵引出了一个与"心—身"问题几乎同样复杂和费解的难题，那就是人类的"意识"（conciousness）之谜。

第二节　意识之谜：难以跨越的鸿沟

意识使得心—身问题确实成为难题。

——耐格尔（Thomas Nagel，1937—）③

或许诚如当代美国哲学家耐格尔指出的，正是人类的意识之谜触及了"心—身"问题的本质，并平添了讨论它的难度。"也许那就是关于这个问题的讨论或者很少注意它或许明显误解它的原因。④"之所以"很少注意"甚至"明显误解"意识问题，是由于对物质世界和精神世界之间的"巨大鸿沟"或"无底深渊"的忽视、简单化处理和先入为主。耐格尔从现象学（Phenomenology）角度称这一困难为"心理—物理还原的基本困难"，并强调"这与心—身问题直接相关"⑤。心理学家布莱克莫尔（Susan Blackmore，1951—）最近的研究亦将其视做"哲学家2000多年来一

---

① 彭富春（1963—）：《哲学与美学问题》，武汉大学出版社2005年版，第28页。

② 龚卓军（1966—）：《身体与想象的辩证：尼采，胡塞尔，梅洛庞蒂（一）/导论：从身体哲学到哲学的肉身化》，载《文明探索》2002年第1期，第128页。

③ ［美］耐格尔（Thomas Nagel，1937—）：《怎样才是一只蝙蝠？》（"What Is It Like to Be a Bat?"），楼新跃译，载《自然科学哲学问题》1989年第2期，第28页。Thomas Nagel（1937—），"What Is It Like to Be a Bat?," The Philosophical Review 83.4（1974）：435.

④ ［美］耐格尔：《怎样才象是一只蝙蝠？》，第28页。

⑤ 同上书，第31页。

直在思考的著名的心—身问题的现代版"①。

　　的确，在常人的体验中，似乎存在两类完全不同的事物，一方面我们拥有属于个人的体验，例如看见远处山上的果树，听见机车的鸣笛，享受咖啡的浓香，品尝美味的牛排，抚摸丝绸的滑腻等等，这些往往很难向别人清楚地表达。另一方面，我们也深信这些体验来源于存在着的那个物质世界，虽然我们可能质疑这个物质世界的构成或最深层的本质，但并不怀疑其存在的真实性。令人难以理解的是，这两类事物看起来是那么的截然不同。那些真实存在的实物，其大小、形状、重量等种种属性可以通过测量达成一致。而类似病痛感、颜色感觉等个人体验却很难有完全一致的共识。这一定程度上解释了为何历史上多数人都相信确实存在两个不同的领域和世界，而采用某种形式的二元论观点②。这种二元观在当今社会仍然深具影响力，几乎所有主流宗教都对此坚信不疑：基督徒、穆斯林相信永恒非物质的灵魂，印度教教徒则相信心中神圣的自我③。非宗教人士里，二元论也普遍存在于西方及非西方文化。许多替代疗法（alternative therapy）治疗师都赞同精神对身体的影响，精神和身体仿佛全然不同。人们在说"我的大脑"或"我的身体"时，似乎"我"与"它们"可以彼此分离，可见二元观在我们的语言之中是何等根深蒂固④。

　　然而，任何一个试图建立二元论的努力，当面对"身心之间如何相互作用"这个问题时，都会受阻。众所周知，笛卡尔正式宣称二元论理论，标榜心和脑由不同事物构成，非物质的"心"不可延伸，即没有空间位置或形状尺寸，而"身"则由有形的、可延伸的物质构成⑤。笛卡尔解释身心相互作用的问题时，借助了"松果体"（pineal gland）的概念，

---

　　① ［英］布莱克莫尔（Susan Blackmore, 1951—）：《意识新探》（Consciousnes：A Very Short Introduction），薛贵译，外语教学与研究出版社 2007 年版，第 148 页。

　　② ［英］布莱克莫尔：《意识新探》，第 147—150 页。

　　③ 宗教中，佛教是为数极少的否认存在连续内在自我或灵魂的宗教。［英］布莱克莫尔：《意识新探》，第 149 页。

　　④ ［英］布莱克莫尔：《意识新探》，第 150 页。

　　⑤ ［英］卡瓦拉罗：《文化理论关键词》，第 156—157 页。

认为正是这个存在于大脑中心的细小组织链接了精神与身体①。但这仅是暂时性的回答，"松果体"作为大脑的物质结构，为什么只有它可以通向精神世界？这是笛卡尔二元论所没能解释的。

上述情况也许正是大多数哲学家和科学家以及近几年来的身体研究者们完全拒绝一切形式的二元论，而主张某种形式的一元论的缘由。但他们同样面临很多问题，并且可供其选择的阐述向度和路径实在有限：他们一部分人或许选择唯心主义（idealism），对唯心主义者来说，精神是最根本的，但他们必须解释，协调一致的物质世界为什么存在，以及这个世界又是如何产生的。还有一些人是中性一元论者（neutral monists），他们反对二元论，但就世界的本质及其统一方式仍未能形成一致的见解。第三种选择是唯物主义（materialism），这在现今的科学家中颇受欢迎，他们认为物质是最根本的，但他们仍须面对意识的"困难问题"（hard problem），完全由物质构成的大脑（人脑中有数百万细小的脑细胞）如何通过脑细胞间的放电产生出主观的、个人的意识体验②？

意识的"困难问题"是相对于"容易问题"（easy problems）而言，这两条术语由澳大利亚哲学家邱马斯（David Chalmers，1966—）提出③。所谓"容易问题"，在邱马斯看来，是指那些即使目前尚未解决，但在原则上知道该如何解决的问题，包括诸如感知、学习、记忆之类的问题，也包括对环境作出分辨和反应的能力；系统理解自身的内在状态的能力；集中注意力；控制行为的深思熟虑；区分清醒与睡眠状态等④。意识的"困难问题"和"容易问题"刚一提出，就引发了激烈的争论，例如是否真的存在"困难问题"？美国哲学家丘奇兰德（Patricia Churchland，1943—）便称其为"伪问题"（hornswoggle problem），声称这一问题并不

---

① 周晓亮（1949—）：《自我意识、心身关系、人与机器：试论笛卡尔的心灵哲学思想》，载《自然辩证法通讯》2005年第4期，第51页。

② ［英］布莱克莫尔：《意识新探》，第150页。安道玉：《意识与意义：从胡塞尔到塞尔的科学的哲学研究》，中国社会科学出版社2007年版，第33页。

③ 汪云九、杨玉芳等：《意识与大脑：多学科研究及其意义》，人民出版社2003年版，第12、144页。

④ Chalmers（1966—），"Facing Up to the Problem of Consciousness," *Explaining Consciousness: the "Hard Problem"*, ed. Jonathan Shear（Cambridge, Mass.: MIT Press, 1997）9–30. 安道玉：《意识与意义：从胡塞尔到塞尔的科学的哲学研究》，第39—40页。

存在，人们并不能预先决定哪个问题才是真正令人费解的问题①。又如用什么样的方法去研究？还原论的（reductionism）还是非还原论的（non - reductionism）？即使解释了知觉、记忆、注意和所有其他细节之后，仍有很大可能遗漏意识本身这个问题②。

当然，我们认为邱马斯把意识问题分类，区别"困难问题"和"容易问题"还是有重要意义的。而身体议题最初、也终将要面临的正是这样一则"困难问题"带来的限制，或者由其争辩而将我们引入的困局。但不得不承认，至今为止，还没有任何人、任何理论学派、任何科研成果能够成功跨越精神和大脑，以及与此相关的主观和客观、内部和外部、心灵与物质的巨大鸿沟或者解释空白。

就上述"困难问题"本身及争辩，我们不打算深究下去，在纯粹的哲学、心理学或科学领域寻求某些突破毕竟不是本章的撰写目的。在此，我们希望限定一个基础的讨论范畴，在这一范畴下，可以将传统"心—身"二元认识论的争辩、身体和思想如何相互作用、身体与语言之间的断裂等等疑难暂时搁置，重新审视意识这则"困难问题"带给文学思考的启示。而我们所限定的这个方法学上的基础范畴，便是身体感（corpo-reality）与诗学想象（poetical imagination）的辩证视域。

第三节　身体感：意识研究的关键

心—身问题的核心是感觉器官的感知问题。

——卡瓦拉罗（Dani Cavallaro）③

20 世纪 50 年代，一个意识研究史上占重要地位却又十分古怪的问题被提了出来，那就是：成为一只蝙蝠会有怎样的体验？（What is it like to

---

① 安道玉：《意识与意义：从胡塞尔到塞尔的科学的哲学研究》，第 35 页。
② 同上书，第 34 页。
③ ［英］卡瓦拉罗：《文化理论关键词》，第 157 页。

be a bat?①）1974 年，耐格尔在他那篇同名的论文中使这一问题闻名于世，并用它来质疑唯物论。耐格尔认为意识是一种主观性（subjectivity）或可感性（phenomenality），意味着主观体验或可感知的体验，是事物对于“我”的所是，而非其客观所是。如果成为某种动物（或植物、计算器、婴儿等）会有体验，那么那个东西就是有意识的，反之就没有。例如，想象桌上的一个茶壶，然后回答成为茶壶会有怎样的体验？答案大概非常简单，茶壶根本没有体验，或茶壶没有知觉，或茶壶是死的等等，因而是无意识的存在。认为茶壶或茶杯没有意识并不困难，但如果谈到蠕虫、苍蝇、细菌或蝙蝠时，回答就不那么容易了。蝙蝠与人类体验外界的方式截然不同，它们用声音而非视觉来观察世界。耐格尔认为我们根本不知道，也永远无法知道成为蝙蝠会有什么体验，“纵使人类这个物种将永远延续下去，仅仅因为我们的结构不允许我们拥有所需类型的概念”②。由此他的结论说，这是一个无法解答的问题，并且相信“存在着人类用来表述真理的语言所无法表述的事实”，也就是说“有人类不可能把握的事实”，“我们不得不承认我们没法陈述或理解的事实的存在”③，耐格尔因此被称为神秘论者（mysterian）。持相同观念的还有美国哲学家麦克金（Colin McGinn，1950—）、心理学家平克（Steven Pinker，1954—）等人。他们都赞同人类也许可以了解心理活动过程的大部分细节，却可能永远无法解开意识之谜④。

　　毕竟像耐格尔这样彻底持悲观态度的学者并不是很多，但他的问题提醒了我们什么才是意识研究中的关键：只有在讨论“成为……会有什么体验？”这个问题时才能说真正在论述意识。美国另一位哲学家布洛克（Ned Block，1942—）用“可感性”（phenomenality）或“现象意识”（phenomenal consciousness）来指称意识这个术语的核心含义，即在某种状态下的感觉体验，与此相对的是“取用意识”（access consciousness），指其能否用于思考或指导言行。耐格尔所谈论的也正是现象意识，只有现

①　［英］布莱克莫尔：《意识新探》，第 152。

②　［美］耐格尔：《怎样才象是一只蝙蝠？》，第 30 页。

③　同上书，第 31 页。

④　［英］布莱克莫尔：《意识新探》，第 153—54 页。

象意识（或可感性或主观性）才是意识问题的核心①。

中国台湾学者龚卓军（1966—）、余舜德等人现象学角度"身体感"概念的提出，为我们进一步的研究提供了良好的平台②。虽然"身体感"一词当前还没有为学术界一致认可的定义，但根据龚卓军等学者基于现象学发展脉络的综合考察，至少可以勾勒出如下几个特点③：

（1）"身体感"可以说是种种身体经验中不变的身体感受模式，即习成身体感受或身体经验的项目（categories）。身体感的项目繁多，凡日常生活中感受之身体经验皆可包含在内，如冷/热、软/硬、明/暗、香/臭、肮脏/清洁等④。

（2）从空间角度来看，"身体感"是一个在内与外之间难以名状的现象，既对应人们体验外在对象时产生的动觉、触觉、痛觉等知觉活动经验，也牵涉身体运行知觉活动时内部产生的自体觉知。例如由阴暗感受到恐怖，从明亮与色彩感受到华丽，所以它是人们解读感官接受到的讯息的

---

① ［英］布莱克莫尔：《意识新探》，第 154 页。

② 在此，有必要插言"身体感"与"身体观"这两则关系密切的概念。一般来说，历来的身体研究或身体史研究往往是指"身体观"或"身体观的历史"研究，通常有两大论述途径：（1）借助文献讨论医学观念及其形成和变迁。例如气、阴阳五行、心与气等课题。这是一条思想史或社会史的取径。（2）借助图像，即与身体相关的图解，分析医学传统对身体观看的方式。例如研究古代医学望诊相法，从而了解医学论述及其文化脉络。不论是哪一途径，均将"身体"当作一个客观的考察对象。然而，从我们前文的讨论不难看出，"身体"不仅仅是研究者探索的客体，更是人感知主观的载体。日本学者栗山茂久（Kuriyama Shigehisa, 1954—）便指出，"对于身体的看法不但仰赖于'思考方式'，同时也仰赖于各种感官的作用"，客观知识的产生不可能从人类感知过程抽离，主体经验与医学论述之间有一层密切的关联，"身体感"与"身体观"存在着一种互赖关系。研究人们对身体的观念，不但是在研究某种思想结构，也是在研究某种感官认知。［日］栗山茂久：《身体的语言：从中西文化看身体之谜》（*The Expressiveness of the Body and the Divergence of Greek and Chinese Medicine*），陈信宏译，究竟出版股份有限公司 2001 年版，第 17—18 页。

③ 西方现象学的（phenomenological）身体观认为，"身体"有别于"躯体"（flesh），躯体为一堆血肉组成，是纯粹物理性的组成；"身体"则介于精神与躯体之间，是二者沟通的桥梁，是心灵与躯体的结合。应该说，"身体感"概念的意涵正是以此为基本出发点。王岫林：《魏晋士人之身体观》，博士论文，台湾中山大学，2005 年，第 3—9 页。龚卓军：《身体感：胡塞尔对身体的形构分析》，载《应用心理研究》2006 年第 29 期，第 159—160 页。

④ 龚卓军：《身体感与时间性：以梅洛庞蒂解读柏格森为线索》，载《思与言》2006 年第 1 期，第 50—51 页。余舜德：《物与身体感的历史：一个研究取向之探索》，载《思与言》2006 年第 1 期，第 23 页。

蓝本①。

（3）从时间角度来看，"身体感"也是一个过去、现在、未来之间难以名状的现象。身体当下感知模式与运作不仅来自过去经验与习惯的积淀，也指向对于未来情境的投射、理解与行动，是人们处理每一时刻所接受到的庞杂感受讯息时，将其放入秩序，加以解读、作出反应、展开另一种时空序列、另一种实在感受的根本，因而触及了"身体运作经验是否可能产生时间意识"的问题②。

龚卓军说，"身体感"涉及的问题具有高度"特殊性"，它是一个"活的（vivant，living）中间界面"③。这可从两方面加以说明：首先，"身体感"既不等同于纯粹内在的情绪感受，也不等同于外在物理的客观身体，而是介于两者之间的身体自体感受，伴随第一人称身体运作的经验而发生，亦即反映出耐格尔所说的意识之主观性或可感性④。其次，"身体感"的项目及其间相互关系的联结以某种方式"储存"在记忆里，且可以迅速"提取"，就像日常生活中人们总可以很快感知身体内外状况，快速做出相应的判断与反应。然而人们却难以明确解释，甚至缺少适当的言辞将其运作表达出来。"身体感"之存在是建立在某种非线性逻辑的、非语言的多重连接网络之中，也只有如此，人们才能以类似反射动作的方式不假思索地处理多重感官信息，感知环境，发挥日常生活的基本功能⑤。

"身体感"研究的一个重要意义就是直指意识研究领域中所谓的"小人谬误"（homunculus fallacy）⑥或"心灵剧院"（the theatre of the mind）错觉，这种谬误往往使意识研究陷入误区。当人们在思考意识的时候，通常最自然的方式可能会觉得心灵像是一座私人剧院，仿佛有另

① 龚卓军：《身体感与时间性：以梅洛庞蒂解读柏格森为线索》，第51—52页。余舜德：《物与身体感的历史：一个研究取向之探索》，第23页。

② 龚卓军：《身体感与时间性：以梅洛庞蒂解读柏格森为线索》，第56页。余舜德：《物与身体感的历史：一个研究取向之探索》，第23—24页。

③ 龚卓军：《身体感与时间性：以梅洛庞蒂解读柏格森为线索》，第56页。

④ 同上书，第52页。

⑤ 余舜德：《物与身体感的历史：一个研究取向之探索》，第24页。徐瞻塸：《间隙—流动的内在风景》，硕士论文，高雄师范大学，2006年，第48—51页。

⑥ 汪云九、杨玉芳等：《意识与大脑：多学科研究及其意义》，第32页。

外一个"我"（I）或"小人"（homunculus）在剧院里面，他大概在头部的某个位置，并通过这个剧场所拥有的多感觉通道观察外面的世界，所以感受到触摸、气味、声音和情感。"我"或这个"小人"也可以凭空想象出图像及声音，就像投射在心理荧幕上一般，可凭借"内眼"（inner eye）看或"内耳"（inner ear）听，感觉自己好像是从大脑的某个地方体验外部世界①。如此构想内心世界，听起来确实轻松而且自然，几乎不必有任何质疑。但事实却并非如此，只要问一下"这个小人是什么呢？是否还需要再有一个小人来观看前一个小人脑子里的图像？"你便会发现，这样循环往复永远也不会有穷尽②。美国哲学家丹尼特（Daniel Clement Dennett，1942—）对"心灵剧院"予以最强烈的质疑，他辩称，当今乐于否定笛卡尔二元论的人不在少数，但他们之中很多人还是通过类似"心灵剧院"的形式保留了明显二元论思维的痕迹，丹尼特干脆称这类科学家为"笛卡尔唯物主义者"（cartesian materialist），称"心灵剧院"为"笛卡尔剧场"（cartesian theatre）③。丹尼特予以否定的原因是，根据人类大脑的构造，其内部并不存在一个核心总部似的中心脑区与"心灵剧院"观点相符合，大脑是一个完全平行的处理系统，信息进入各个感觉器官，因不同用途而被分配至各处。在这一进程中，并没有一个中心位置让"我"或一个"小人"可以坐观各种事物穿过意识，也没有哪个脑区可以标记思想或感知变成意识的时刻。大脑不同脑区仅是各司其职，必要时相互沟通，绝没有一个中央控制系统。换言之，根本不存在任何脑区可与大脑活动的意识部分相对应④。由此观之，前文讨论的"身体感"关于空间与时间向度上的考虑及其特殊性，正是对丹尼特观点在现象学层面上的呼应。

　　与"心灵剧院"相吻合，另一个常见的谬误意象同样容易形成误区，即把意识看成像是一条不间断流淌的河流或溪水，其中充满了各种

---

　　① ［英］布莱克莫尔：《意识新探》，第 159 页。

　　② 汪云九、杨玉芳等：《意识与大脑：多学科研究及其意义》，第 32 页。

　　③ Daniel Clement Dennett（1942—），*Consciousness Explained*（Boston：Little，Brown and Co.，c1991）38 - 39，107 - 108. ［英］布莱克莫尔：《意识新探》，第 160 页。

　　④ Daniel Clement Dennett，pp. 142 - 144，256 - 257. ［英］布莱克莫尔：《意识新探》，第 159—160 页。

景象、声音、气味、触觉、思想、情感、忧虑和喜悦，凡此种种一个接
着一个，不停地发生在"我"身上。19世纪，"现代心理学之父"詹姆
斯（William James，1842—1910）由此创造了"意识流"（the stream of
consciousness）这个词，感觉足够贴切，然而却与"心灵剧院"一样被
后世越来越多的研究者诟病。詹姆斯的时代，还不具备实验研究的条
件，因而不可能对自己的观点进行实验检测。而自20世纪90年代以
来，当代科学家在视觉注意实验及听觉注意实验等方面的成果已经证
明，同一种感觉通道中存在注意间隙（attentional blink）现象，也就是
在注意某一个项目到注意相继的另一个项目之间，大脑对感觉信息加工
有一个短时间的中断，大约为数百毫秒。据此，有论者提出了"脑内信
息加工量子化假说"，即推测意识过程在时间上存在间断性，其数量级
当以"10^{-2}秒"为单位。但意识的间断进行并不会影响个体主观体验的
中断，因为一定信息在人的工作记忆中的保持时间的数量级是以"1
秒"为单位的，所以这种间断性就不会被人察觉到①，这就是因何"意
识流"一词在本质上虽然是一个谬误，但在文学领域，现今仍被广泛借
用于创作和批评②。

　　"心灵剧院"式的中央控制系统既然不存在，也没有"意识流"所谓
的不间断性或连续性，那么，"身体感"作为意识研究的关键，应该放置
在何种基石上讨论呢？这个呼之欲出的课题正是本章乃至本辑的核心及讨
论背景，即"诗学想象"，它与"身体感"之间存在着双向迂回的辩证关
系："诗学想象"是一条介于"心—身"之间的认识之路，"身体感"则
是开启通向这条道路大门的秘匙。

----

① 唐孝威（1931—）：《意识论：意识问题的自然科学研究》，高等教育出版社2004年版，
第107—108页。

② 我们应当强调，文学上的"意识流"是一个借用的概念，大多用来描述当代小说，以
指称将心灵内部状态的内容和节奏用一种未经修改的内心独白形式转换为文字的手法或技巧。乐
黛云（1931—）主编：《世界诗学大辞典》，春风文艺出版社1993年版，第683页。［英］布鲁
克：《文化理论词汇》，第66—68页。

第四节　诗学想象：介于"心—身"之间的认识之路

我奔向诗人，拜想象为师。

——巴什拉（Gaston Bachelard，1884—1962）①

之所以称诗学想象是介于"心—身"之间的认识之路，与想象在西方哲学两大知识论传统取向中的独特地位有关。一条取向是将想象视为通过知觉（perception）联系到知性（understanding）的认知机能，突显身体直观经验的知性提炼，这是一种模仿、复制和再生意义上的想象力，一般与经验有很大关系，服从经验的联想律。另一条取向则把想象联结到艺术形象（image）的构成、幻想（phantasy）、创造力（creativity），集中体现出想象的形象喻说的创造，通常被看成一种神秘的力量，能在直观中把握真理②。正如龚卓军所说，对这两种想象取径的综合正是一条"介于身体与思考之间的认识之路"③，它居于经验论（empiricism）与理智论（intellectualism）的中间位置，既不偏向其中任何一方，也不落入另一方的窠臼。从这个意义上讲，一旦完成这种综合，探究出它们共同的方法学基础，某种新型态知识论的可行之道完全有希望得以开发。而在近代西方哲

---

① 语出 1963 年《巴黎大学年鉴》。［法］巴利诺（André Parinaud，1924—）：《巴什拉传》（*Bachelard*），顾嘉琛（1941—）、杜小真（1946—）译，东方出版中心 2000 年版，第 68 页。

② 这种区别在中文运用里可以借"想像"与"想象"的差别体现出来。前者译作"想像"，取"像"之复制再生的含义，后者则对应"想象"，取道家哲学"大象无形"之义。但是"想像"与"想象"在现代汉语中的运用目前比较混乱，学界至今也仍然存有诸多悬而未决的问题。鉴于我们的讨论侧重于想象力的创造性特质，并且综合现在论述这一问题的文章，方便起见，本书除了直接引用的部分外，一概使用"想象"，而不使用"想像"。潘卫红（1972—）：《想像与想象：兼论康德哲学中的 Einbildungskraft 的翻译问题》，载《湖北大学学报》2008 年第 3 期，第 59—62 页。凌大：《"想象"非"想像"》，载《新闻爱好者》2008 年第 1 期，第 25 页。匡吉：《"想象"比"想像"合理》，载《咬文嚼字》2003 年第 7 期，第 41—42 页。

③ 龚卓军：《身体与想象的辩证：尼采，胡塞尔，梅洛庞蒂（一）/导论：从身体哲学到哲学的肉身化》，第 133 页。

学、诗学研究史上，巴什拉正是这条道路上披荆斩棘，走得最为深远的开拓者之一。祈雅理（Joseph Chiari，1911—）曾如是赞扬巴什拉："……在我们的时代，还没有一个人比他更彻底更深入地考察过想象的作用、艺术创作的源泉和用现象学去了解的物质的各种形态。"① 在此，我们认为，有必要对西方想象理论系谱做一简要回顾，进而将我们的视点着落在巴什拉想象哲学上来。

一　西方古典想象观

西方启蒙运动之前，并没有完整的想象理论，也没有人明确指出一种能力可以调适经验，或由既有经验中触发新经验，进而同情共感地投入他人的处境。古典想象理论中的哲学传统可追溯至柏拉图和亚里士多德（Aristotle，384BC－322BC）。柏拉图传统充满了对想象远离本质的疑心和贬斥。柏氏在《理想国》（Repulic）中，以线喻说（analogy of the divided line）比喻认知的过程②，其中想象属于最低级的认知形态，仅是塑造形象的能力，无法提供关于对象任何真正确实的知识，最不可信赖。想象抓住的是对象的形象（image）、阴影和镜像，它们变动不居，但真切的知识必须掌握事物或同类事物共通的不变本质，这是想象做不到的。因此必须超越感官，进驻智性世界（intelligible world），才有真理可言，想象最终是应该抛弃的东西③。在这一想象观的指引下，柏拉图对从事想象的诗人、艺术家极为反感，当他批评拟仿诗歌时，认为诗人的想象用形象模拟真实，远离理型（eidos），其结果浇灌了热情，激起了情绪，但淹没了理性，所以拟仿的诗人必须被赶出"理想国"④。简言之，柏拉图传统认为

---

① ［美］祈雅理（Joseph Chiari，1911—）：《二十世纪法国思潮：从柏格森到莱维－施特劳斯》（Twentieth－century French Though：From Bergson to Lévi－Strausst），吴永泉、陈京璇、尹大贻译，商务印书馆1987年版，第162页。

② 柏拉图将认知过程（或灵魂的状态）分为四个不同的阶段，由低到高依次是：想象、信念、理智和理性，与各阶段对应的认知对象是影像、感性事物、概念和理式。［古希腊］柏拉图：《理想国》（Repulic），郭斌和、张竹明译，商务印书馆2002年版，第276—281、296—303页。

③ ［古希腊］柏拉图：《理想国》，第276—281、296—303页。王柯平（1955—）：《〈理想国〉的诗学研究》，北京大学出版社2005年版，第30—34页。

④ 张世英（1921—）：《哲学导论》，北京大学出版社2002年版，第50—51页。

感官经验或事物形象不能够提供真实知识，而当想象延伸为美感或艺术活动时，更因为相较于严格的认知活动缺乏严谨理性，被看作不足为道①。

亚里士多德与柏拉图对想象的看法并不完全相同，他把人的灵魂分为"感觉的"和"理性的"两种，前者可以形成经验，后者对这些经验进行抽象进而形成知识。想象则介于感觉的灵魂与理性的灵魂之间，是一种感性认知的机能，通过这种机能，人可以主动地把感觉经验"回忆"、"再现"，进而为理性的灵魂提供认识材料②，所以亚里士多德将想象归于身体感性的秩序。作为感官和思想的媒介，想象有赖于感官，使思想成为可能，但它不同于知觉，亦非思辨。人们可以按照自身的意愿想象，但要形成判断却不能完全任意，不可能跳出对错的选项，换句话说，凭借想象进行的判断"或者正确或者错误"③。亚里士多德在《论灵魂》（On the Soul）中如是评价想象："想象和感觉、思想都不同，没有感觉，想象就不能发生，而没有它自身的判断也不可能存在。"④可见，实际感觉产生了想象的运作，感觉要比想象重要得多⑤。亚里士多德予想象的评价仍然很低，想象的创造性和自发性（spontaneity）没有受到任何重视。

二　康德的想象观

想象在西方主流传统中一直遭到非议，从柏拉图与亚里士多德对想象的贬低可见一斑。主要原因是思想家们认为，想象与"非理性的激情"

---

①　Mark Johnson（1949—），*The Body in the Mind: the Bodily Basis of Meaning, Imagination, and Reason*（Chicago: U of Chicago P, 1987）141 - 144. 张世英：《论想象》，载《哲学研究》2004 年第 2 期，第 1—2 页。

②　崔巍：《先验哲学中的想象力学说》，博士论文，吉林大学，2006 年，第 18 页。

③　［古希腊］亚里士多德（Aristotle, 384BC - 322BC）：《论灵魂》（*On the Soul*），秦典华译，《亚里士多德全集·卷 3》，苗力田（1917—2000）主编，中国人民大学出版社 1990 年版，第 72 页。Mark Johnson, pp. 141 - 144.

④　［古希腊］亚里士多德：《论灵魂》，第 72 页。

⑤　在亚里士多德看来，想象与感觉有三个较为主要的区别：（1）感觉必须以现实为基础，想象则可以脱离现实。（2）感觉适用的范围要比想象广泛得多，感觉总是出现，想象并非如此。（3）所有感觉都是真的，而想象多半是假的。感觉为人们提供现实的、精确的感觉对象，但脱离直接感受的想象很可能是错误的。由此，想象在人的认识能力中地位远低于感觉。［古希腊］亚里士多德：《论灵魂》，第 72—73 页。

（irrational passion）联系在一起便会使理性认知难以预测、不可信赖。西方传统形上学崇尚在场和永恒在场的领域，不屑于不在场的东西上耗费精力，而直接感性（或知觉、直观）中的事物、概念、理念等等，都是在场的事物，想象却总要飞离在场，这当然在传统形上学观念下无立足之地，因而受到压制和怀疑①。直至 18 世纪末 19 世纪初，在以康德（Immanuel Kant，1724—1804）为首的德国唯心论者那里才开始得到了根本性的改变，想象被喻为一个从现实到理想的创造性转化过程②。西方哲学史上，康德的想象观几乎是最早打破柏拉图传统的尝试，他要面对的想象问题，主要不是在想象型塑形象、记忆唤回的能力，这种想象力康德称之为"再生的想象力"（reproductive imagination），与之前传统地将想象理解为联想的心理过程一般不二，无异于柏拉图的"影像—原本"（image—original）公式③。康德真正直面的想象问题在于想象的认识结构如何可能形构经验成为客观知识，如何可能同时具有创造性又保有知识上的合法地位。在《纯粹理性批判》（The Critique of Pure Reason）第 2 版"客观演绎"中，康德提出了"创造的想象力"（productive imagination）概念，并且明确与"再生的想象力"做了界定。"创造的想象力"最大特点是"把一个本身并不出场的对象放在直观面前"，它不再是简单模仿感性

---

①　"飞离在场"（transend the present）或称"缺席"（absence），即存在的一种缺失状态，指存在隐蔽于"此时此地"；"在场"（presence）则恰恰与之相反，指存在呈现于"此时此地"。这里的"此时此地"，换言之，即"当下时刻和当下场所"。"缺席/在场"概念本身牵涉了时间和空间的交织，因为"在场"一方面意味着事物在空间的显现，另一方面又是事物在时间上的现在时刻，同样，"缺席"一方面指事物在空间的隐蔽，同时又是指事物"不在时间上的现在时刻"，更具体的说，即"在过去或者在未来"。"在场/缺席"作为一组相对的概念，始终贯彻于西方形而上学的历史之中，亦构成基督教神学的基本论说框架。很长一段时期，"在场"占据了牢固的支配地位，与"缺席"相比，拥有绝对的特权。或许正因如此，德里达（Jacques Derrida，1930—2004）才把从柏拉图到海德格尔（Martin Heidegger，1889—1976）的哲学称之为"在场形而上学（metaphysics of presence）"。"在场/缺席"二者之中到底哪一个更具优先特权，争论已久。自柏拉图《裴德洛斯篇》（Phaedrus）关于"言语/文字"关系的分析，到亚里士多德《物理学》（Physics）卷 4 对时间的讨论，再到海德格尔的"基本存在论"和德里达的"解构"，这则争辩一路延续下来，现今已成为后现代哲学之争的重要线索之一。汪民安（1969—）主编：《文化研究关键词》，江苏人民出版社 2007 年版，第 475—476 页。张世英：《论想象》，第 2 页。

②　Richard Kearney, Poetics of Imagining: Modern to Post - modern (Edinburgh UP, 1998) 3 - 4.

③　张世英：《哲学导论》，第 51 页。

事物或影像，而是认知主体具有的创造性能力①。创造性想象的作用主要有两个，首先是认识方面的，体现在连接感性直观和知性概念，这就要求把二者结合起来，把知性中的纯粹概念加以直观化、感性化、图示化。在康德看来，正是这种想象才使知性概念与感性直观结合为经验知识②。例如，当手中捧着一本书时，我们看见了纸张的颜色、感觉到它的重量、嗅到书页的气味，这时创造性的想象发挥了一种综合作用③，使我们把感觉中直观到的感觉材料统一成"书"这个概念。因此，想象是知识生成的必要前提，是一种创造知识的活动。创造性想象的第二个作用体现在创造审美意象方面，即想象力在审美意识中的作用。康德认为，创造的想象可以把感官感觉不到的理性观念，诸如超验的"天堂"、"地狱"、"永恒"，经验的"死亡"、"忧伤"、"罪恶"等，以审美意象完满地表现出来，使之具体可感。这既与知性规律相符合，又因其自由创造而不受某种固定刻板的知性概念束缚④。康德还强调，这种审美想象力的创造性是一次性的，使想象力自由活动的美的东西必须总是新颖的，若按照某种概念将之固定下来，机械重复，再美的事物也会使人厌倦。因此，这种全新审美意象可以使人在鉴赏时想象到许多非某个理性观念所统摄和表达的东西，以及许多非语言可以表达的东西⑤。显然，创造性想象力在认识方面和审美方面所起的作用，都在于把知性与感性直观、思想与感觉、理念与形象结合在一起，这就打破了柏拉图传统中轻视想象、一味追求理念世

① ［德］康德（Immanuel Kant，1724—1804）：《纯粹理性批判》（*The Critique of Pure Reason*），韦卓民（1888—1976）译，华中师范大学出版社 1999 年版，第 168—170 页。张世英：《哲学导论》，第 48—51 页。

② 张秉福（1964—）：《论想象力在康德认识论中的地位》，载《湖南第一师范学报》2005年第 1 期，第 74—76 页。潘卫红（1972—）：《康德的先验想象力研究》，中国社会科学出版社 2007 年版，第 3—6 页。

③ 康德称这种综合作用为"想象力的先验综合"又称"形象综合"。张世英：《论想象》，第 2 页。

④ 康德区别在认识中与在审美经验中想象力作用的不同之处主要是，前者依然受知性概念束缚，人们如何看待事物依赖于确信有那么一个事物在人们面前。而后者则不受概念的束缚，是一种自由的活动，"正是想象的这种自由活动使我们让概念立足于一种本身免受概念约束的经验之上"。张世英：《论想象》，第 2 页。

⑤ ［德］康德：《判断力批判》（*Critique of Judgement*），李秋零（1957—）译，《康德著作全集·卷5》，李秋零主编，中国人民大学出版社 2006 年版，第 248—249、326—333 页。

界的形上学观点，想象成为连接感觉世界与理性世界的桥梁。

　　想象力在康德哲学中的确得到了重视和提升，但这仍然是有限度的。尽管其想象是为了综合感性直观与纯粹在场（永恒在场、常在），可最终想象的地位还是远远低于思维和概念，想象力形成的审美意象仅是最高理性概念在感性中的显现①。康德之后，诸多哲学家、诗学家继承并发扬了其想象理论。例如，英国浪漫主义文学奠基人柯尔律治（Samuel Taylor Coleridge，1772—1834），就在康德想象论的基础上，进一步将想象分成"第一位的"和"第二位的"两种②，并且提出"有机想象观"指导下的诗学理论，将想象统一到主观情感和思想之下，更加脱离了理性概念的束缚③。可是，柯氏的想象毕竟脱离不了客观实在，所以想象具有的无限可能性并没有完全发挥出来。

三　现象学派的想象观

　　真正把想象具有的无限可能性发挥到极致，是从近代现象学派（Phenomenology）的想象观开始的，其观点概括来说就是将想象视为一种自由的意向性（intentionality）建构行为，从而使之彻底从概念中挣脱出来④。以学派创始人胡塞尔（Edmund Gustav Albrecht Husserl，1859—1938）而言，在想象问题上，他也是康德思想的发扬者。胡塞尔同样将批判的矛头首先指向传统的影像理论，不赞同有一个外在于意识的独立对象，如果是这样，那么影像只是外在对象的代表或替代物。胡塞尔认为意向经验所指向的并非外在的、独立的对象，而是人所"意指着"的对象（the object

---

　　①　张世英：《哲学导论》，第51页。

　　②　"第一位的想象"是把纷乱感官材料塑造成型的认知能力，是人们体验现象的真实世界的能力，"第二位的想象"则是在程度上加强了的"第一位想象"，它可以融化、分解前一种想象获知的感官材料，使它的所有者看出普遍经验的真实意义，而艺术的创造正是这种先见的体现。[英] 柯尔律治（Samuel Taylor Coleridge，1772—1834）：《文学生涯》，刘若端译，《西方文艺理论史精读文献》，中国人民大学出版社1996年版，第417—418页。

　　③　伍蠡甫（1900—1992）：《欧洲文论简史：古希腊罗马至十九世纪末》，人民文学出版社1985年版，第216—221页。

　　④　意向性问题体现出绝大多数现象学派学者的现象一元论或意识一元论观点，即坚持意识和意识对象不可分割，胡塞尔更认为这可以克服笛卡尔与康德的二元论，因而是其先验现象学的核心概念。王岳川（1955—）：《现象学与解释学文论》，山东教育出版社1999年版，第27页。

"meant" or "aimed at")。一个对象之所以出现在人的脑海，不是因为有一个类似于对象的东西出现在意识之中，而是通过人的意向性经验，使对象得以构成。而想象在这一过程中，是使对象得以显示的必需因素①。例如，当一辆汽车出现在人的面前，人不可能同时从各个侧面观看这辆车的整体，只能看到某一个侧面，比如挡风玻璃这个侧面，也就是出场的侧面。而这个侧面本身并不能等同于整辆车，即整个对象。人在面对挡风玻璃这个侧面时，其意向所指并不是指向直接在场的这个侧面，而是指向车这个对象整体。所以我们可以由此出场的一个侧面（挡风玻璃的侧面）想象到未出场的其他侧面（车的侧翼、尾部、车顶及车底甚至车厢内部等），想象使未直接出场的东西显现出来，这样，对一个事物整体的把握也就成了想象的产物。胡塞尔的这些思想使想象更多地从感性直观中解放出来，更多地增加了想象飞离感性在场的思想成分。把人们的目光从以往对在场东西的直观中引向未出场的东西，想象中未出场的东西在胡塞尔哲学中才是本质的②。不难看出，这种意义下的想象仍然以知觉或感觉为基础，胡塞尔早年较多谈论的想象就是基于这一层面的，胡塞尔称这种想象为"影像意识"（image-consciousness）。而到了后期，胡塞尔越来越多地强调想象飞离知觉，并且提出另一个想象术语与"影像意识"区别，即"幻想"（phantasy），以描述使不出场的东西直截了当、径直出现的经验。这些不出场的东西可以是没有物理基础的，或根本没有可能在知觉中出现的，在现实世界里找不到这种幻想东西的存在，所以它们变幻莫测。胡塞尔由此断言幻想是"相应知觉的变形"，就像一座金山、牛头马面的怪物等就是由于幻想而使知觉变形的产物③。胡塞尔的想象理论基本上是从认识的角度展开，所以当他谈论历史、艺术及诗歌时，虽然也强调幻想的重要性，但明显语焉不详，远不及康德对审美意识中的想象力作用谈得详尽。

四　巴什拉想象哲学概述

不难发现，从古典时期到现象学派，想象的地位不断得以提升，内容

① 张世英：《论想象》，第3页。

② 同上。

③ John Sallis（1938—），*Double Truth*（Albany：State U of New York P，c1995）119. 张世英：《论想象》，第3—4页。崔巍：《先验哲学中的想象力学说》，第96—97页。

也日渐宏富和多元化。发展至巴什拉所处的时代，为人们广泛接受的最经典的"想象"定义无疑是"使本身不出场的东西出场"的"能力"或"经验"①，总括来说则包括了三个较为重要的递进层面：（1）记忆或联想的层面；（2）创造的层面；（3）幻想层面。

第一层面上，当人们回忆已经过去的事物，那些事物不会在知觉中出现在当前或说没有现实地出场，但想象使它潜在地出场了。而联想是由当前在场的事物想到其他本身不出场的事物，也是一种想象中潜在的出场。联想中有认识上的联想和审美上的联想，但不论前者还是后者，都是没有或缺乏创造性的，所以无法通向高层次的诗意境界②。创造的层面则突显了想象所具备的建构的（constitutive）能力，同样体现在认识过程和审美意识这两大范畴中。在认识过程里，创造的想象把本身不在场的东西与在场的东西综合成一个整体对象，给人们提供认识的必要前提，如前文所举的对"汽车"这一整体概念的把握。而创造的想象在审美意识中所起的作用是要以在场的东西显现出本身不在场的东西，让鉴赏者驰骋于无限的想象空间，这一无限的想象空间即是一种无限的不在场空间，从中体会到所谓的"言外之意"或"弦外之音"，达到一种玩味无穷的审美境界，西方以海德格尔（Martin Heidegger，1889—1976）为代表的"显隐说"、中国南朝梁代刘勰的"隐秀说"，在这一点上可谓异曲同工③。

第二个层面上而言，创造的想象在认识及审美中有一个重要的共通之处，就是在场者与不在场者的共时性特征，即整体中出场的方面与未出场的方面总是同时发生的。现实生活里，人们只能在时间的延绵下历时地接触事物，但想象却可以把此刻接触到的一个方面与下一刻或上一刻无穷之多的方面（在场的东西与无穷多不在场的东西）综合为共时的一个整体，所以认识一个作为整体的对象需要想象。同样，人在审美经验中通过想象使时间上的过去、现在、未来三个环节达到合而为一的境界，构成一个共

---

① 康德的著作中多用"能力"，在胡塞尔则"经验"较常出现。张世英：《论想象》，第4页。

② 清晨因看到街道上全都湿了而想象昨夜下雨，就属于认识上的联想。而白居易（772—846）《琵琶行》中的"大弦嘈嘈如急雨，小弦切切如私语"则是审美上的联想，由大弦嘈嘈联想到相似的急雨，由小弦切切联想到相似的私语。张世英：《论想象》，第4页。

③ 张世英：《哲学导论》，第145—161页。

时的整体的审美经验①。陆机（261—303）所说的"观古今于须臾，抚四海于一瞬"正是对审美经验中的这种共时性的最佳诠释。

最后，幻想（phantasy）层面虽然也是强调使本身不出场的东西出场的想象力，但这些本身不出场的东西更多的是知觉中、感性直观中从未出现过或根本不可能出现的东西，如一座"金山"的意象，或"白发三千丈"的诗句等。幻想是一种特殊形式的创造性想象，它也以感性直观中的知觉作为基础，但正如胡塞尔所说，是一种"知觉的变形"，即一种重新组合和变异，经过这种对知觉的重新组合、变异，幻想可以使知觉到的东西变成不可知觉的东西。分别来看，三千丈的长度或白色的头发都是人可以知觉到的，所以三千丈的白发有其知觉基础，但具备此知觉基础的幻想物却不等于就是可以知觉到的东西，白发三千丈就是经过重新组合、变异之后不能知觉到的幻象。幻想比一般的想象具有更大程度的飞离在场的特点，因为这种更大程度的自由意识，人们在审美过程中便更能体会到愉悦感和美的享受。文学艺术作品正是由于多富幻想，才给人带来满足与幸福的感动②。

巴什拉的想象观是在前人想象理论基础之上建立起来，他既是康德想象观的沿承者，也是胡塞尔想象理论在审美意识方面的补充者，而巴什拉的想象论又别具一格，十分特殊，这与巴什拉独特的"科学—诗学"二重哲思关系密切。

应当承认，比起法国存在主义（Existentialism）、人格主义（Personalism）、结构主义（Structuralism）等思潮，巴什拉所代表的新认识论在其所处的年代并未即刻风靡一时，但随着科学的发展、时代的前进，巴什拉本人及其思想越来越为世人关注和重视③。其著名的"认识论断裂"（epistemological break）、"非连续性"（discontinuity）等概念，由他的学生阿尔都塞（L. Althusser，1918—1990）所继承，进而影响了法兰克福学派（Frankfurt School）；其科学史著作，如《否的哲学》（*The Philosophy of No*；

---

①　张世英：《哲学导论》，第49、167—170 页。

②　张世英：《论想象》，第6—7 页。

③　杜小真：《理性与经验的和谐：代译序》，载［法］达高涅（F. Dagognet）《理性与激情：加斯东·巴什拉传》（*Gaston Bachelard*），尚衡译，北京大学出版社1997 年版，第1 页。

A Philosophy of the New Scientific Mind）①，直接启迪了福柯（Michel Foucault，1926—1984）；他的诗学想象理论更得到法国文学批评界的公认②。科学与诗分属不同领域，前者是"发现的逻辑"，后者是"创造的逻辑"，虽然二者是人类精神的两个机能，但是科学上的"心智"（mind）["阿尼姆斯"（animus）]与诗性上的"心灵"（soul）["阿尼玛"（anima）]都是人类的创造性想象活动，对于全面、准确地理解现实具有同等重要的价值，因而科学和诗，在巴什拉，是应该互补的，并认为只有在科学主义与人文主义之间寻求平衡才能显示各自完整的意义和价值③。而必须指出的是，存在于科学与诗意想象之间的这种"互补"与"平衡"强调的是一种内在的、相反的对称性，两个不同的世界相互成为"对方的倒影"④。因此在巴什拉那里，思辨与想象既如白天和黑夜一样区分，但又奇异地结合在一起，形成了引人注目的所谓"巴什拉二重性之谜"⑤。

①　Gaston Bachelard（1884—1962），*The Philosophy of No：A Philosophy of the New Scientific Mind*，trans. G. C. Waterston（New York：Orion P，1969）.

②　巴什拉（Gaston Bachelard，1884—1962）的弟子在文学领域中比较著名的有法国主题学批评（lathématique）大师里夏尔（Jean - Pierre Richard，1922—）、致力于意象人类学和神话批评体系建立的研究者杜朗（Gilbert Durand，1921—）、从事科学世界观发展与诗人意象之间关系讨论的蒂泽（Hélène Tuzet，1901—1987）等。[法]塔迪埃（Jean - Yves Tadié，1936—）：《20 世纪的文学批评》（*La Critique Littéraire au XXèmee Siècle*），史忠义（1951—）译，百花文艺出版社 1998 年版，第 122—142 页。[美]祈雅理（Joseph Chiari，1911—）：《二十世纪法国思潮：从柏格森到莱维 - 施特劳斯》，第 158—164 页。张旭光（1965—）：《加斯东·巴什拉哲学述评》，载《浙江学刊》2000 年第 2 期，第 33 页。

③　张旭光：《论巴什拉的科学辩证法》，载《宁夏大学学报》2002 年第 1 期，第 12 页。

④　[法]达高涅：《理性与激情：加斯东·巴什拉传》，第 42—44 页。

⑤　对于科学与诗的关系，虽然巴什拉曾在晚年著作《梦想的诗学》中说"那是两种不同生活的学科。我认为最好的办法是将两者分开"，但后来的研究者对此发生了较大的分歧，主要有三派意见：（1）肯定巴什拉思想二重性的统一。科学与诗这两个主题是同一思想的展开，即同源于人的创造性想象，创造的瞬间将科学与诗辩证地联结起来。持此论点的学者有伊波利特（Jean Hyppolite，1907—1968）、康吉莱姆（Georges Canguilhem，1904—1995）、史密斯（Roch Charles Smith，1941—）等。（2）否定性意见认为巴什拉思想两大主题是二元对立的，不存在综合的可能性，尽管巴什拉本人曾试图统一两者，但他最终放弃了。这种观点的拥护者以祈雅理为代表。（3）最后一种观点承认科学与诗最终无法统一，然而强调二者之间存在着内在的、相反的对称性，或者是一种有节奏的往返的钟摆运动。诸如达高涅、布莱（Georges Poulet，1902—1990）等人都持这种观点。对此问题，我们基本上赞同上述第三种意见。[法]巴什拉：《梦想的诗学》（*The Poetics of Reverie：Childhood，Language，and the Cosmos*），刘自强译，生活·读书·新知三联书店 1996 年版，第 223 页。何建南：《巴什拉尔》，《当代西方著名哲学家评传·卷 3·科学哲学》，涂纪亮等编，山东人民出版社 1996 年版，第 410 页。张旭光：《加斯东·巴什拉哲学述评》，第 36 页。

自 20 世纪末开始，国际学术界对巴什拉的研究呈"复兴"态势，2000 年至今，研究巴什拉的文献逐年增加，特别是他对"梦想"（reverie）的研究引起拉美哲学界广泛的讨论①。我国学术界在这方面，仍属初级阶段，并且现有的为数不多的研究大都集中在哲学的领域，文学批评方面援引和讨论巴什拉诗学理论的著述还不够丰富。尽管如此，十几年来，《梦想的诗学》（*The Poetics of Reverie：Childhood，Language，and the Cosmos*）、《空间诗学》（*The Poetics of Space*）②、《火的精神分析》（*The Psychoanalysis of Fire*）③、《水与梦：论物质的想象》（*Water and Dreams：An Essay on the Imagination of Matter*）④ 等中译本陆续面世，两岸四地有越来越多的学者、学人加入到巴氏理论的研讨行列，这都证明了巴什拉研究在中国的可观前景。

巴什拉哲学总体上看有两大构成部分，一是代表新科学精神的"科学认识论"（epistemology of science），二是代表新文学精神的"诗学想象论"（theories of the poetics imagination）⑤。前者主要通过反思科学史来认识理性问题，将科学史看成是一连串的"认识论的断裂"，要想把握现代科学种种不连续的、辩证的、整合的特征，就应该在理性与经验之间建立辩证的、互补的关系。这方面巴什拉主要是受法国认识论传统，尤其是迪昂（Pierre Duhem，1861—1916）、柏格森（Henri Bergson，1859—1941）等人的影响，著有《否的哲学》、《新科学精神》（*New Science Spirit*）及"认识论三部曲"[《应用理性主义》（*Applied Rationalism*）、《现代物

---

① 张旭光：《加斯东·巴什拉哲学述评》，第 33—34 页。

② ［法］巴什拉：《空间诗学》（*The Poetics of Space*），龚卓军、王静慧译，张老师文化事业股份有限公司 2003 年版。

③ ［法］巴什拉：《火的精神分析》（*The Psychoanalysis of Fire*），杜小真、顾嘉琛译，岳麓书社 2005 年版。

④ ［法］巴什拉：《水与梦：论物质的想象》（*Water and Dreams：An Essay on the Iimagination of Matter*），顾嘉琛译，岳麓书社 2005 年版。

⑤ 最近有学者指出，巴什拉哲学思想中还有另一个重要的组成，即"新政治精神"，它足以与"新科学精神"及"新文学精神"形成鼎立之势。"新政治精神"是一种"关于信任的政治认识论"。由于这则概念与我们的中心题旨距离较远，在此仅简单提及。［法］达缅（Robert Damien）：《加斯东·巴什拉的多元主体论》，李成季、邓刚译，载《同济大学学报》2008 年第 3 期，第 26—32 页。

理学的理性主义活动》、《理性唯物主义》（*Rational Materialism*）]①。在想象理论方面，巴什拉的诗学想象论作为其梦想理论的重要哲学背景，主要包括四元素想象（imagination with four primary material elements）和想象的现象学（phenomenology of the imagination）两个阶段，受到象征主义、超现实主义、荣格（C. G. Jung, 1875—1961）派精神分析、现象学等的影响颇大，主要作品有《空间诗学》、《梦想的诗学》及"诗歌想象四重奏"[《火的精神分析》、《水与梦：论物质的想象》、《空气与幻想》（*Air and Dreams: An Essay on the Imagination of Movements*）、《大地与意志的梦想》（*Earth and Reveries of Will: An Essay on the Imagination of Matter*）、《大地与休息的梦想》（*Earth and Reveries of Repose: An Essay on the Imagination of Intimacy*）]②。巴什拉早年主要致力于精神分析及四元素想象论的超现实主义，后期则迷恋于现象学及超现实主义范畴中创造性想象的现象学。在前一阶段，巴什拉援引传统精神分析的方法，借助对诗的批评来讨论四种原始意象（primordial image）的作用，即通过分析四种诗学元素（火、水、空气、大地）与梦想的关系，来揭示人的创造行为的奥秘以及梦想的客观趋向性。巴什拉认为，作家的诗意想象可分为"火"、"水"、"空气"和"大地"四种元素，这四大元素在古代哲学思想中是万物的基础，根植于人类的集体无意识深处，并积淀成为一种心理结构③。到了想象的现象学阶段，巴什拉意识到，之前对原始意象的精神分析虽然解决了梦想的客观趋向性问题，但也为想象力设置了一定的方向，限制了想象力的自由伸展，于是，巴什拉逐步从对梦想的客观理性分析转向主观直觉性分析，这极大丰富了其梦想理论，使梦想不再局限于之前的几种物质意象，而是扩大到所有宇宙意象，宏大者如月亮、太阳、地球，微小者如一个苹果、一只酒杯、一株小草等，似乎任何意象都可成

---

① 张海鹰（1971—）：《安尼玛的吟唱：梦想之存在》，硕士论文，广西师范大学，2003年，第3—4页。

② 张旭光：《加斯东·巴什拉哲学述评》，第33页。张海鹰：《加斯东·巴什拉梦想理论的哲学背景探析》，载《东方论坛》2006年第4期，第112页。

③ 张旭光：《加斯东·巴什拉哲学述评》，第33页。

为开启梦想意识的入口①。巴什拉对于文学中身体感书写的关注和赞颂也集中出现在其后期的作品。其实，巴什拉的梦想哲学始终推崇长久以来被西方哲学忽视的嗅觉、味觉和触觉，而将"视觉"、"形状"视为敌人进行斗争。巴什拉"赞美手的感觉"，与"烹调和嗅觉形成联盟"，尤其赋予气味以极为重要的地位，倾尽全力探索气味与想象和记忆所保持的特殊关系。有关嗅觉议题的详细讨论，我们将在本书第二个专辑再进行集中探究。

巴什拉是一个词汇梦想者，他的阅读方法强调的是一种赞叹阅读，是一种平静、模糊、幸福的阅读意识，同时也是一种意象阅读，关注那些散在于诗歌之内的、瞬间呈现于主体意识之中的诗歌意象②。本章整体上属于理论层面的宏观建基，是一则概述与反思式的讨论，涉及"心—身"之辩、意识迷思、身体感、诗学想象等侧面，我们就此归纳如下十点，略作小结：

（1）自20世纪下半叶以来，"身体"已愈发成为众多学科以及媒体日渐关注的焦点。人文社会学科和文化理论中，"身体"成为一个引起众多兴趣的主题。

（2）"心—身"之辩使"身体"在成为重要论题的同时，也成为一个难以彻底解决的困惑论题。至今为止，还没有任何人、任何理论学派、

---

① 四元素想象与想象的现象学两阶段是否具有一致性、现象学转向在巴什拉想象理论中是一种进步还是倒退，至今仍是学界争论的热点，主要有三种不同的意见：（1）认为现象学转向是从方法上对早期四元素想象论的改进。如张旭光指出，巴什拉"后期的两本'诗学'，《空间诗学》和《梦想的诗学》中，他不再讲'元素'，而是把'梦想'作为直接考察的对象，采用现象学的方法，从本体论角度谈论意象问题"。（2）现象学转向之后的作品对巴什拉之前的研究工作造成了巨大破坏，甚至"可能意味着否定自己以前全部经历"。日本学者金森修（KANA-MORI Osamu, 1954—）将之称作"起了不利作用的伟大失败"，"与其说这是飞跃，不如说这是一种平凡的倒退"。（3）以达高涅为首的学者提出第三种观点，这种观点首先否认巴什拉想象论的转变是一种研究角度的"彻底变化"，使用现象学的方法并不对诗学元素论构成矛盾，虽然作品的重点和用词确有明显不同，但基本思想根本没变，只是更加细腻，"更富有个人的情感"，在研究角度上是一种深化而非转向。我们认为，第三种观点较为全面，更具说服力。［日］金森修：《巴什拉：科学与诗》（*Bachelard*），武青艳（1973—）、包国光（1965—）译，河北教育出版社2002年版，第231—232、237页。［法］达高涅：《理性与激情：加斯东·巴什拉传》，第23—25页。张海鹰：《安尼玛的吟唱：梦想之存在》，第30—31页。

② ［法］达高涅：《理性与激情：加斯东·巴什拉传》，第42页。

任何科研成果能够成功跨越精神和大脑，以及与此相关的主观和客观、内部和外部、心灵与物质的巨大鸿沟或者解释空白。

（3）人类的意识之谜真正触及了"心—身"问题的本质，并平添了讨论它的难度。意识问题的核心是感觉器官的感知问题，或称"现象意识"（可感性／主观性）。

（4）现象学角度"身体感"概念的提出为我们的研究提供了良好平台。"身体感"涉及的问题具有高度"特殊性"，它立足于感官，而又超越感官，是我们所关注的意识研究的关键。

（5）"诗学想象"与"身体感"之间存在着双向迂回的辩证关系："诗学想象"是一条介于"心—身"之间的认识之路，"身体感"则是开启通向这条道路大门的秘匙。

（6）想象在西方哲学知识论传统中有两大取向，对两种想象取径的综合正是一条"介于身体与思考之间的认识之路"。假如可以完成这种综合，探究出它们共同的方法学基础，某种新形态知识论的可行之道完全有希望得以开发。

（7）在近代西方哲学、诗学研究史上，巴什拉正是这条道路上披荆斩棘，走得最为深远的开拓者之一。

（8）从古典时期到现象学派，想象的地位不断得以提升，内容也日渐宏富和多元化。发展至巴什拉所处的时代，想象的那种"使本身不出场的东西出场"的功效得到广泛的认可。

（9）巴什拉的诗学想象论是在前人想象理论基础之上建立起来，他既是康德想象观的沿承者，也是胡塞尔想象理论在审美意识方面的补充者，而巴什拉的想象论又独具一格，十分特殊，这与巴什拉独特的"科学—诗学"二重哲思关系密切。

（10）巴什拉对于文学中身体感书写的关注和赞颂集中出现在其后期的作品。其想象哲学始终推崇长久以来被西方哲学忽视的嗅觉、味觉和触觉，而将"视觉"、"形状"视为敌人进行斗争。巴什拉"赞美手的感觉"，与"烹调和嗅觉形成联盟"，尤其赋予气味以极为重要的地位，倾尽全力探索气味与想象和记忆所保持的特殊关系。

第 三 章

试析台湾新诗身体论述的缺憾

　　学院为严肃文学的最后堡垒，学者对"身体""下体化"的媚俗
倾向有导正之责，无视于欲望横流的文学风潮就是弃守。新诗中的身
体论述，如果要在学术领域中形成讨论的气象，必须使"身体"在
"下体"之外别开洞天。

——郑慧如（1965—）①

　　现今与"身体"论述直接相关的研究成果，从宏观角度可归纳出三
个重要的讨论范畴：（1）以"养生"、"医论"为轴心的"生理身体"言
说；（2）哲学辩证性的身体论述；（3）文学、审美与身体结合的观察②。
文学上的"身体"概念，通常来说，又有三个较为重要的层面③，分别
是：（1）早期文学作品里出现的"国王/王后的身体"。这一层面上国王
和王后的"身体"往往与"政体"，乃至"天体"相呼应，而不仅仅是
"肉体"的生理性存在，同时也与自然灾变、国家命运、疾病及和谐有着
彼此对应的关系，以此形成政权合法性的基础。例如，中国古代思想中的

---

① 郑慧如（1965—）：《身体诗论（1970—1999·台湾）》，五南图书出版股份有限公司
2004年版，第2页。

② 陈静容：《"观看自我"的艺术：试论魏晋时人"身体思维"的释放与转向》，载《东华
人文学报》2006年第9期，第4—8页。

③ 廖炳惠（1954—）：《关键词200：文学与批评研究的通用词汇编》，江苏教育出版社
2006年版，第23页。

"国君一体"、"天人合一"等观念及文学体现①。（2）后来兴起的文学表述，将身体特征、身体疾病视作社会问题出现的征兆。特别是在文学人类学等跨学科研究领域，身体的这一层面尤其强调身体的干净与否、医疗求助系统等，这些都与社会的文明程度有相当大的关联，身体有被逐渐隐喻化的倾向，例如，桑塔格（Susan Sontag, 1933—2004）《疾病的隐喻》（*Illness as Metaphor and AIDS and Its Metaphors*）②就是有关这一层面的著作。（3）"身体"与"性别"的关系，尤其以福柯（Michel Foucault, 1926—1984）的理论，以及女性主义对福柯所提出的修正理论为要点的"性别论述"等③。

据此，观测当代台湾诗坛的身体书写和身体论述，特别是 20 世纪 80 年代以来的新诗作品及评论，不难发现，上述第三个层面的"身体"概念所占比重越来越大，乃至"身体和情欲几乎已经划上等号"，诗人或论述者不约而同在情欲里建构着身体想象④。特别是在较激进的女性主义者那里，"身体"即"肉体"，即"性"，即"情欲"⑤。台湾新诗的"情欲书写"连同随之出现于大陆文坛的"私人化写作"、"身体写作"、"下半身"等一系列文学命名，似乎标志了"私人"和"身体"已成为"这个时代新的文学动力"，甚至成了文学发展的主要源泉⑥。20 世纪末，"饮食文学"在台北一时掀起不小的风潮，食与色、

---

①　东方哲学中较为重要的身体观主要是"医学、养生学"、"气论"、"践形论"、"形神论"等，均是一种身体和心灵相互作用、彼此影响，不能单独存在的"身心一元"观。黄俊杰（1946—）：《中国思想史中"身体观"研究的新视野》，载《中国文哲研究集刊》2003 年第 20 期，第 542、562 页。王建文：《国君一体：古代中国国家概念的一个面向》，《中国古代思想中的气论及身体观》，杨儒宾（1956—）主编，巨流图书公司 1993 年版，第 227—260 页。

②　[美] 桑塔格（Susan Sontag, 1933—2004）：《疾病的隐喻》（*Illness as Metaphor and AIDS and Its Metaphors*），程巍（1966—）译，上海译文出版社 2003 年版。

③　身体诗论中的"性别论述"主要包括"两性对抗论"、"扮装论"等。郑慧如：《身体诗论（1970—1999·台湾）》，第 23—37 页。

④　郑慧如：《身体诗论（1970—1999·台湾）》，第 1 页。

⑤　刘红林：《论台湾女性主义文学对身体自主的追求》，载《台湾研究集刊》2001 年第 3 期，第 100 页。

⑥　谢有顺（1972—）：《文学身体》，《身体的文化政治学》，汪民安（1969—）主编，河南大学出版社 2003 年版，第 192 页。陶东风（1959—）：《新时期文学身体叙事的变迁及其文化意味》，载《求是学刊》2004 年第 6 期，第 118—120 页。

雅与俗、文坛与学府的并呈，的确刺激了读者，吸引了大众对新诗的重新关注。然而，在其背后运作的一整套权力机制以及媒体的无形左右，不能不引起评论者的思考①。台湾"身体诗"②研究专家郑慧如明确指出，学院中的评论者要反省的，是面对类似风潮的"无力感"，学院作为严肃文学的最后壁垒，有责任导正"'身体''下体化'的媚俗倾向"，任由欲望横流的文学风潮泛滥无异于"弃守"。"新诗中的身体论述，如果要在学术领域中形成讨论的气象，必须使'身体'在'下体'之外别开洞天"③。

这里，有必要插言，由于本书并非致力于文学史的研究，所以，就"台湾新诗"这一概念，我们希望采取较为广义的界定，因为在本书的研究题旨下，与此相关的问题其实并不复杂，也没有必要将其烦琐化。简言之，但凡 20 世纪 20 年代以降台湾文学中以新诗面貌呈现者，均可纳入我们所说的"台湾新诗"之内，其中，"新诗"一词，主要指有别于中国传统古体诗的白话诗。学界目前普遍认为，新诗在台湾的出现时间，可大约框定 1923 或 1924 年，以施文杞、追风（谢春木，1902—1969）作品的发表为标志④。另外，我们使用"新诗"而不用"现代诗"，是为了避免与 20 世纪 50、60 年代受现代主义（Modernism）影响产生的"现代诗"或

---

① 苏鹊翘：《台湾当代饮食文学研究：以后现代与后殖民为论述场域》，硕士论文，台湾"中央大学"，2006 年，第 58—71 页。

② "身体诗"概念在郑慧如看来，需具备三个要件：（1）描述对象当以个体为主；（2）当以若干具体事实点染个体特质；（3）除纯粹的肉体素描之外，有时加入冥想、回顾、展望或批判，而让所描绘的"身体"处于等待诠释的状态。郑慧如：《一九九〇年代台湾身体诗的空间层次》，《空间、地域与文化：中国文化空间的书写与阐释》，李丰楙、刘苑如（1964—）主编，台湾中研院中国文哲研究所 2002 年版，第 458 页。

③ 郑慧如：《身体诗论（1970—1999·台湾）》，第 2 页。

④ 施文杞 1923 年 12 月在《台湾民报》上发表的《送林耕余君随江校长渡南洋》，是台湾最早的中文新诗，但影响力不及追风（谢春木，1902—69）1924 年 4 月在《台湾》杂志用日文撰写的《诗的模仿》。二者应以哪个为台湾新诗诞生的确切标志，尚存在争议。张双英：《二十世纪台湾新诗史》，五南图书出版股份有限公司 2006 年版，第 7—8、23 页。李汉伟（1955—）：《台湾新诗的三种关怀》，骆驼出版社 1997 年版，第 6 页。古远清（1941—）：《台湾当代新诗史》，文津出版社有限公司 2008 年版，第 2 页。

"台湾现代派诗歌"相混淆①。

　　"台湾新诗"是"中国新诗"的重要组成，诗评家谢冕（1932—）曾针对"台湾新诗"地域性问题，提出"大同"与"小异"的看法："中国社会发展的形态不同，意识形态的差异，造成了包括新诗在内的文化上的种种差异"，然而，"从文化的根源上讲，整个中国的文化是'大同'，但就各个不同的地域看，却存在着'小异'"，而大陆和台湾（以及香港、澳门）新诗的发展，都是"同一文化母体下的中国诗歌"，正是这种"大同小异"造就了现当代中国诗歌的丰富性②。李元洛（1937—）亦称，"台湾的政治社会背景和大陆虽然不同，诗的某些发展路向和大陆虽然有异"，但"无论是海峡此岸或海峡彼岸，凡是中国诗人，都拥有岳峙渊深的中华文化这一共同的母体"③。自20世纪80年代两岸解严以来，文坛交流日益频繁，对台湾文学的定义也早已体现出更大的包容性和开阔的主体性。痖弦（王庆麟，1932—）在1999年6月《创世纪》诗刊座谈会上就指出："台湾文学除了应该有它的本土性格之外，也应该有它的海洋性格。这个海洋性格就是四门大开，这样才能成其大。"④ 当然，台湾新诗的区域性"小异"也不应忽视，例如20世纪初，受日本短歌（Tannka）、俳句（Haiku）影响较深，20世纪中后期又明显带有西方文艺

---

　　① 1953年2月，纪弦（路逾，1913—）创办《现代诗》季刊，标志了台湾现代派诗歌之发端。1956年1月，第一届现代派诗人代表大会在台北召开，参加人数达百余人，正式宣告"现代派"成立，后又提出"现代派六大信条"，强调"新诗乃横的移植，而非纵的继承"，掀起现代派诗歌第一个浪潮。1958年，在"超现实主义"旗号下，现代派诗歌的第二个浪潮主张反理性，而重视"直觉"和"暗示"。吕进（1939—）、梁笑梅（1967—）主编：《二十世纪中国现代诗学手册》，巴蜀书社2010年版，第54、158—159页。孟樊（陈俊荣，1959—）：《当代台湾新诗理论》，扬智文化事业股份有限公司1995年版，第95—98、105—111页。蔡明谚：《一九五〇年代台湾现代诗的渊源与发展》，博士论文，台湾清华大学，2008年，第87—93、108页。

　　② 谢冕（1932—）：《承上启下的中生代：〈两岸四地中生代诗选〉序》，《两岸四地中生代诗选》，吴思敬（1942—）、简政珍（1950—）等编，作家出版社2009年版，第1—2页。

　　③ 李元洛（1937—）：《隔岸品诗：代序》，《台湾新诗鉴赏辞典》，陶本一（1941—）、王宇鸿编，北岳文艺出版社1991年版，第1—2页。

　　④ 艾农（赵润海，1954—）：《从"诗与台湾"到"诗与科技"：痖弦VS.杜十三》，载《创世纪诗杂志》1999年第119期，第36—37页。

思想冲击之印记，并曾一度"走在中国诗歌发展的前面"①。而诸如郑愁予（郑文韬，1933—）、洛夫（莫洛夫，1928—）等诗人，均是曾籍属台湾，但后来移居他地者，对其作品与台湾新诗之关系，像丁旭辉（1967—）所说，"就诗生命而言"，这些诗人"成熟于台湾"、"成就于台湾"，"移民后，他们仍然经常返台，而且他们所有原创性新作也几乎都在台湾发表、出版"，他们身处台湾以外，"反而延伸了台湾文学的成长领域"，大大扩展了台湾新诗的传播空间②，故理所当然堪称优秀的台湾诗人，更是优秀的中国当代诗人。

　　大致而论，台湾的身体诗出现于 20 世纪 50 年代，拓展于 70 年代，发挥于 80 年代，至 90 年代末蓬勃达到顶峰，新世纪以来则呈现多元化发展的走势③。但是，台湾学界直到 80 年代中期以后，才有少部分评论家在谈论流行文化的同时从负面来理解身体文化，而台湾的身体诗更是搁置了近 40 年，直到 90 年代初才开始被诗人和研究者普遍关注④。而"身体"作为严肃议题正式渗入学院研究体系，也是 1990 年之后的事情，以杨儒斌（1956—）为代表的学者采取穷本溯源的态度讨论传统中国文化的身心观，力求填补中国传统学术思想史研究在这方面的不足，但当时对中国传统身心研讨的成果并没有即刻为新诗研究纳入方法学以及新诗作品的诠释上⑤。对于新诗中身体感议题的关注，则大多集中在 90 年代的身

---

　　①　古继堂（1934—）：《台湾新诗发展史》，人民文学出版社 1989 年版，第 2 页。谢冕：《承上启下的中生代：〈两岸四地中生代诗选〉序》，第 1 页。

　　②　丁旭辉（1967—）：《台湾现代诗中的老庄身影与道家美学实践》，春晖出版社 2010 年版，第 26 页。

　　③　郑慧如：《身体诗论（1970—1999·台湾）》，第 284 页。

　　④　就现代学术界开始普遍关注身体文化的时间来说，英文学界较早，日文学界次之，中文学界最晚。郑慧如：《身体诗论（1970—1999·台湾）》，第 10 页。

　　⑤　必须承认，中国人文研究近几十年来对"身体"的重视，实受西方及日本之启发。台湾学者黄俊杰认为，当前中国学术界所提倡"具有中国文化特色之特殊议题"的身体观，难免仍是"一种西方宰制下的'反射的东方主义'（reflexive Orientalism）。因此，中国思想史中'身体观'研究的新视野，也许仍不能免于西方人文研究的'霸权'论述"。但他同时也指出，中国思想里"身体观"研究的重要性表现在两个方面：（1）中国的"身体观"作为具有中国文化特质的研究课题，在多元文化论述流行的今天，具有普世意义与价值，值得开发，以便与西方或其他文化互相参照；（2）近数十年，采取"即心言心"的进路，研究中国思想史的情况较多，而采取"即身心互渗以言心"的研究进路者则十分有限。因此，"身体观"这个新领域的开发，完全可为中国思想史研究开拓崭新的境界。黄俊杰：《中国思想史中"身体观"研究的新视野》，第 542—562 页。

体书写，特别是作品中涌现出来的大量遍及听觉、嗅觉、味觉、手势和眼神的身体感意象，但广泛引起讨论的诗歌创作几乎全部倾向于纯感官的、狂欢化的身体书写，依然跳脱不出情欲的范畴，例如嗅觉研究方面，像对陈克华（1961—）的《气味》、许悔之（许有吉，1966—）的《香气》等作品的评价和讨论等。

应该说，台湾身体诗发展的进程与台湾当代文坛对新诗写作和新诗运动的重视是分不开的。70年代至今，台湾文化界曾举办了多次颇具规模且影响深远的新诗评选活动。1977年，张默（张德中，1931—）主持"创世纪"诗社，连同张汉良（1945—）、辛郁（宓世森，1933—）、菩提（提曰品，1931—）、管管（管运龙，1929—）共同编选《中国当代十大诗人选集》①，选出"台湾（当年称为中国）十大诗人"，包括纪弦（路逾，1913—）、羊令野（黄仲琮，1923—）、余光中（1928—）、洛夫、白萩（何锦荣，1937—）、痖弦（王庆麟，1932—）、罗门（韩仁存，1928—）、商禽（罗显烆，1930—2010）、杨牧（王靖献，1940—）、叶维廉（1937—）。1982年，《阳光小集》诗社又举行"青年诗人心目中的十大诗人"票选，推举"新十大诗人"，余光中、白萩、杨牧、郑愁予、洛夫、痖弦、周梦蝶、商禽、罗门、羊令野，共同入围。1999年，台湾文建联与《联合报》副刊主办"台湾文学经典"评选和研讨会，由7位学者专家提名150本参选书目，进而由近百位大专院校教授投票，选出54种，后再返还7位提名委员复审，最终选出30本，其中新诗一类，郑愁予、痖弦、余光中、周梦蝶、洛夫、杨牧、商禽等诗人皆有作品在内②。2005年11月，台北教育大学台文所与《当代诗学》（年刊）合办"台湾当代十大诗人"评比，由台湾青、壮年两代诗人及学者选出第三度的"台湾十大诗人"。是次评选共发出209封记名选票，回函84封，有效票78张，无效票6张，票选结果为：洛夫（49票）、余光中（48票）、杨牧（41票）、郑愁予（39票）、周梦蝶（37票）、痖弦（31票）、商禽（22票）、白萩、夏宇（黄庆绮，

---

①　张默（张德中，1931—）：《中国当代十大诗人选集》，源成文化图书供应社1977年版。
②　黎活仁（1950—）：《关于"台湾文学经典"研究》，《痖弦诗中的神性与魔性》，黎活仁、萧映（1970—）主编，大安出版社2007年版，第v—vi页。

1956—，同为 19 票）、陈黎（陈膺文，1954—，18 票）①。台湾新诗史上这数次重要评比活动的发起和运作，一定程度证明，高频入选的几位诗人，不论其个人影响力，还是其新诗作品，在台湾诗坛乃至整个华语新诗创作界都具有不容置疑的地位，但可惜的是，他们作品中的身体议题、身体书写却始终没有得到系统发掘和专项探究。

　　以现有对余光中（1928—）诗歌的讨论为例，我们可以清楚地看到，面对"身体"这一近年来为学术界重视的诗学论题，现今的"余学"研究却显得十分欠缺与不足。余光中新诗里的身体书写，其实很早便为学界注意，特别是其早期作品中的情欲题材，是历来论争的焦点，曾经一度掀起不小的风波，主要集中在《吐鲁番》　（1960）、《海军上尉》（1961）、《火山带》（1965）、《双人床》（1966）、《如果远方有战争》（1967）、《鹤嘴锄》（1971）等数首。而从创作时间来看，这些作品恰好处于台湾身体诗的发生及拓展期（20 世纪50—70 年代）。对余光中此类诗作，评论界可谓毁誉参半，基本上有两派截然不同的意见。一派视之为"色情诗"，是"猥亵"、"淫秽"的"色情主义"，引起道德上的疑虑，被贬为"一无是处"②。而另一派观点则认为此类作品反映出"现代主义之下，文人紧绷的、浓烈的、不安全的、一往情深的清贵思想"，诗作情境对准当下，充满了"实录精神"，呈现出"符合当时的人文关怀"和风格独具的"个人特质"，在余光中给读者的一般印象里，"提供了另一种阅读角度"，绝非"色情主义"③。针对余光中诗歌里的身体书写，这场 20 世纪六七十年代的"色情与艺术之争"，不论"褒"或"贬"，几乎都仅仅是局限在"情/欲"、"性/爱"范畴的讨论，很可惜

　　① 杨宗翰（1976—）：《暧昧流动，缓慢交替："台湾当代十大诗人"之剖析》，"台湾当代十大诗人学术研讨会"论文，2005 年 11 月。

　　② 持此观点的学者以陈鼓应（1935—）、唐文标（1936—1985）等为代表。陈鼓应（1935—）：《这样的"诗人"余光中》，大汉出版社 1978 年版，第 30—34、85—87 页。唐文标（1936—1985）：《什么时代什么地方什么人：论传统诗与现代诗》，载《龙族诗刊》1973 年第 9 期，第 217—228 页。

　　③ 此种观点为学界多数学者所支持。钱学武（1968—）：《余光中的诗传播色情主义?》，《璀璨的五采笔：余光中作品评论集，1979—1993》，黄维樑，九歌出版社有限公司 1994 年版，第 237—246 页。徐学（1954—）：《余光中性爱诗略论》，载《福建论坛·人文社会科学版》2007 年第 6 期，第 94—98 页。郑慧如：《身体诗论（1970—1999·台湾）》，第 54—55 页。

没有在更高层次的"身体"主题下做进一步的深入探索。这不但无形中建构了解读余氏诗歌身体论述的研究模式和方向,同时也使人们对台湾诗坛早期身体书写的关注焦点完全朝向了情欲主题。这场论战无疑在一定程度上造成了解读的思维定势,弱化了人们对余光中诗歌情欲之外身体书写的关注,转移了学界对余诗其他身体议题的视线。其结果不难设想,"情欲研究"成了"身体研究"的代名词,一旦对前者的争辩得到了公认的答案,似乎后者的问题便自然而然地解决了,此种错误的逻辑致使余诗"色情与艺术之争"尘埃落定的一刻,也宣判了余诗身体议题讨论的终结。这就是为什么自80年代以来,当文学上的"身体"研究在台湾诗坛蓬勃兴起,以及情欲书写和爱欲讨论逐渐取得强势的时候,余光中及其诗歌却再未成为身体诗论研讨的重点,甚至在此领域呈现"缺席"与无人问津的趋势。但这并不能表示其新诗作品中没有外于情欲的其他身体主题,也不能证明这些主题不具研讨价值。不得不承认,这确实是余诗研究中的一大"盲点"和有待填补的课题,值得学界深思。

当然,即便以台湾"十大诗人"为代表进行蠡测,仍然仅是一个极小范围内的观察,此处,我们并非试图要给出某种终极性的问题解答,而更多的是希望借由一定程度上的宏观概略,尝试指证,台湾新诗的身体论述,似乎从一开始就大都引用西方的两性或权力理论来解释诗作中的身体书写①,甚至目前讨论身体诗的著述,仍大多局限在男女二元论述之内,偏重情色和性别,多从"身体与权力"、"性别论"的角度切入,着眼于情欲书写、爱欲讨论,以呼应身体诗的身体素材,特别是男性对青春女体的眷恋②。评论过多看重诗作表现的张力,强调混乱而紧张的社会脉动、不稳定的人际关系等,而对下体之外、不同年龄、不同阶层的身体感,如幼稚的、病弱的、迟暮的、衰朽的生命,情欲以外

① 郑慧如:《身体诗论(1970—1999·台湾)》,第2页。

② 台湾身体诗论中,除了前文提到的"性别论述"外,多被援引以解读台湾身体诗的西方理论还有"社会控制论",如运用巴赫金(M. M. Bakhtin, 1895—1975)的狂欢化理论诠释诗歌中讽刺拟仿、不敬不畏、开放性的、活生生的社会身体;"边缘论",提倡不合流俗的生活方式、奇特生涯,如萨义德(Edward Waefie Said, 1935—2003)对流亡知识分子那种"永远地不满、不平、忧郁、不屈"灵魂的论述等。这些理论都是西方"心身二元论"传统下的派生物,主张身体和心灵或者各司其职,或者相互敌对,两者处于拉扯、矛盾状态。郑慧如:《身体诗论(1970—1999·台湾)》,第23—37页。

的感官论述等，则殊少言及，但这却不能表示台湾新诗作品中没有这类主题①。此种状况无疑导致了"身体"概念在文学上的狭隘化和情欲化，形成了一套惯性解读身体诗作的变相"大叙事"。郑慧如在概述台湾身体诗的研究状况时，不无感慨地说："在身体诗风起云涌的一九九零年代，当评论者辛苦为诗人耸动的诗集名称及内容找寻借口，说它以媚俗来抗俗，或说它是诗人幽默策略、反骨的表现等等，如果能回归到整个感官写作史，论述就会更坚实。"② 诚然，如何寻求一条有别于两性论或权力理论的思索路径，如何从诗学反思的层面，对台湾现、当代诗坛的身体论述进行"别出情欲"的考察，使下一步研究得以跳脱出"情欲身体"、"权力身体"的束缚，这或许正是新世纪台湾新诗身体论述研究领域亟待解决的迫切课题。

---

① 郑慧如：《身体诗论（1970—1999·台湾）》，第10、37页。
② 同上书，第22页。

第四章

洛夫诗的疾病意象与疾病隐喻

> 我想我应是一座森林，病了的纤维在其间／一棵孤松在其间，它的臂腕上／寄生着整个宇宙的茫然

——洛夫（莫洛夫，1928—）①

台湾著名诗人洛夫（莫洛夫，1928—）原籍湖南衡阳，1947 年随军赴台，1954 年与张默（张德中，1932—）、痖弦（王庆麟，1932—）共同筹办《创世纪》，任总编多年，对台湾现代诗的发展影响深远。洛夫由学习"五四"新诗开始，后进入到对西方超现实主义的试验与匡正，又在继承中国古典诗歌传统的基础上进行了创新与拓展②。洛夫因其早期作品近乎魔幻的超现实表现手法，曾被诗坛誉为"诗魔"。他写诗、译诗、教诗、编诗逾半个多世纪，诗作甚丰，已出版数十本诗集，另外，在散文、评论、翻译、书法等方面也颇有建树，堪称一位全能型的诗人③。同时，洛夫也是中国现代诗坛上极具争议的诗人之一，张默说"洛夫不是一个传统的因袭者，他的诗甚至是一种挑战"④。其诗风之多变、意象之

---

① 洛夫（莫洛夫，1928—）：《石室之死亡：洛夫诗集》，创世纪诗社 1965 年版，第 48 页。
② 李诗信（1954—）：《洛夫的诗路历程对现代汉诗的启示》，载《茂名学院学报》2004 年第 2 期，第 14 页。
③ 洛夫：《作者简介》，《诗魔之歌：洛夫诗作分类精选》，花城出版社 1990 年版。萧萧（萧水顺，1947—）：《那么寂静的鼓声：〈灵河〉时期的洛夫》，《诗魔的蜕变：洛夫诗作评论集》，萧萧主编，诗之华出版社 1991 年版，第 302 页。
④ 张默（张德中，1931—）：《雪崩论》，载《幼狮文艺》1971 年第 6 期，第 226 页。张汉良（1945—）：《论洛夫后期风格的演变》，《诗魔的蜕变：洛夫诗作评论集》，第 113 页。

繁复往往使人应不暇接，一般读者面对洛夫的诗如面对"太阳后的晕旋"，着迷于"散发出来的光热"，困惑于"晕旋后难明所以的'结构'"①，因此也有人认为洛夫的诗晦涩难懂。

　　本章将以洛夫诗的身体书写为讨论契机，以疾病意象和疾病隐喻为研究重点，配合当今较为著名的文学疾病理论，对洛夫诗歌创作中所反映出的身体与想象的辩证关系进行观测。

第一节　洛夫诗的疾病意象

　　简政珍（1950—）认为，就意象的经营而言，洛夫是"中国白话文学史上最有成就的诗人"，从早期语言的繁复到近期的明朗，洛夫"以意象重整客体形象的能力应是白话文学史上最值得谈论的课题"②。"意象"这一术语在现代文艺批评中很常见，是中西诗学的重要观念。中西诗学"意象"概念不尽相同，两者的比较，是文学理论研究的重要课题③。鉴于本章研究的主旨，我们将"意象"的含义定位在："使想象凝固而给读者以美感的印象，是诗人、艺术家思想感情用语言媒介表现出来的物象，是'呈现于瞬间的理智与情绪的复合物'。"④

一　疾病意象研究课题

　　"疾病意象"在文学研究的纷繁课题中是一个特殊的侧面，"文学与疾病"这一题旨由于它本身就带有"医学性的处理"，因而不仅是文学

---

　　①　简政珍（1950—）：《洛夫作品的意象世界》，《诗魔的蜕变：洛夫诗作评论集》，第61—62页。杨光治（1938—）：《奇异、鲜活、准确：浅论洛夫的诗歌语言》，《诗魔的蜕变：洛夫诗作评论集》，第261—265页。

　　②　简政珍：《洛夫作品的意象世界》，第61页。叶维廉（1937—）：《论洛夫》，《诗魔的蜕变：洛夫诗作评论集》，第44—53页。李元洛（1937—）：《中西诗美的联姻》，《诗魔的蜕变：洛夫诗作评论集》，第150—151页。

　　③　刘介民（1945—）：《意象是心灵上的图画》，《原典文本诗学探索》，宁夏人民出版社2006年版，第129页。

　　④　刘介民：《比较意象诗学》，《原典文本诗学探索》，第140页。［英］琼斯（Peter Jones，1929—）编：《意象派诗选》（*Imagist Poetry*），裘小龙译，漓江出版社1986年版，第2页。

的，也是"边缘科学的"①。德国科恩大学文学博士波兰特（Weila Bolan-te）在论文《文学与疾病：比较文学研究的几个方面》中写道，疾病不受人欢迎，在生活中，几乎所有疾病皆是负面的，始终遭到排挤和拒绝，但它又是"人人都能体念的基本经验之一"。这样一个前提，使如下的情况成为可能，即"人们可以借助疾病引申涉及一些经验和认识"。这些"经验和认识"在文学研究上的重要意义在于它们超越了"生病这一反面基本经验"，在文学介体和语言艺术中，疾病现象包含着"其他意义"，比在现实生活世界中的意义丰富得多②。这便触及了"疾病隐喻"的论题，我们也确实要在后文对此作进一步阐述，现在我们希望先就洛夫诗歌中的疾病意象作一统计并进行梳理。

　　本章研究主要以洛夫的十本诗集作为重点考查对象，当然也会辅以其他诗集中的个别诗作配合研读。十部诗集按照出版的时间，分别是：《石室之死亡：洛夫诗集》（1965）；《无岸之河》（1970）；《魔歌：洛夫诗集》（1974）；《酿酒的石头：洛夫诗集》（1983）；《月光房子》（1990）；《天使的涅槃》（1990）；《梦的图解》（1993）；《隐题诗》（1993）；《雪落无声》（1999）；《漂木》（2001）③。

二　明写的疾病与暗写的疾病

　　经过对上述十本诗集疾病意象的统计，我们发现洛夫诗明写疾病的情况，表现出五大特点，分别是：（1）直接提及"病"或"疾"共计20余处，明确命名的病症有"贫血"、"中风"、"心脏衰弱"、"季节病"、"脑血管阻塞"、"胃溃疡"、"便秘"、"肾亏"、"眼疾"、"伤寒"、"痢疾"、"肿瘤"、"毒瘤"、"梅毒"等；

---

　　①　［德］波兰特（Weila Bolante）：《文学与疾病：比较文学研究的几个方面》，方维贵译，载叶舒宪（1954—）主编《文学与治疗》，社会科学文献出版社1999年版，第255页。

　　②　［德］波兰特：《文学与疾病：比较文学研究的几个方面》，第255—256页。

　　③　版本如下：《石室之死亡：洛夫诗集》，创世纪诗社1965年版；《无岸之河》（选辑自《西贡诗抄》、《灵河》、《石室之死亡》及《外外集》），水牛出版社1986年版；《魔歌：洛夫诗集》，中外文学月刊社1974年版；《酿酒的石头：洛夫诗集》，九歌出版社1983年版；《月光房子》，九歌出版社1990年版；《天使的涅槃》，尚书文化出版社，1990年版；《梦的图解》，书林出版社1993年版；《隐题诗》，尔雅出版社1993年版；《雪落无声》，尔雅出版社有限公司1999年版；《漂木》，联合文学出版社有限公司2001年版。

（2）发病期多在秋冬季节；（3）患病的个体可以是人，也可以是非人，如"夹竹桃与凤尾草"、"森林"、"云"、"黄河"、"蟋蟀"、"红色"等；（4）部分疾病具有传染性，且多与"毒"有关。"毒与植物（藤、曼陀罗、草、罂粟）"、"毒与蛇"、"病毒与冰窖"、"女性毒瘤"、"马克斯病毒"最为显著；（5）"胃溃疡"是众多疾病里出现最集中的病症，从洛夫的诗作来看，胃病是引发"吐血"的原因（详见本章附录一）。

此外，洛夫诗也有大量未明写疾病却有疾病症状的情况，主要包括"咳嗽"（咯血）、"盗汗"、"潮红"、"呕吐"、"消瘦"等，或可称之为"暗写的疾病"（详见本章附录二）。

由以上两方面的统计，我们可以对洛夫诗疾病意象作一简要概括：明写的疾病多是一个独立的意象单位，直接提及"病"或"疾"大多较为抽象，由于目的无非是抨击，因而可分为两类，其一虽然"痛苦却可治愈"，另一类则"致人于死地"[①]；对于暗写的疾病症状，分开看当然仅能指向某一种病症，但如果将其整体地综合起来，似乎是在书写"结核病"的病发状态，这一项我们留待后面再论。

三　疾病书写的变化轨迹

如果考虑到十本诗集出版时间的先后顺序，我们可以发现，洛夫数十年创作历程中，对疾病的描写似乎是有一定变化轨迹的。洛夫在近来的访谈、诗论中不止一次提及自己近七十年的诗歌创作生涯应分为五个时期：（1）抒情时期（1947—1952）；（2）现代诗探索时期（1954—1970）；（3）反思传统，融合现代与古典时期（1971—1985）；（4）乡愁诗时期（1985—1995）；（5）天涯美学时期（1996—）[②]。当然，这种分法未必"百分之百的准确"。洛夫曾举"乡愁诗时期"为例，说"乡愁诗"从1949年初度流放台湾时就陆陆续续写过，因此不能只限于 1985 到 1995

---

① ［美］桑塔格（Susan Sontag, 1933—2004）：《作为隐喻的疾病》（"Illness as Metaphor"），《疾病的隐喻》（*Illness as Metaphor and AIDS and Its Metaphors*），程巍（1966—）译，上海译文出版社 2003 年版，第 65 页。

② 诗探索编辑部：《洛夫访录》，载《诗探索》2002 年第 1—2 期，第 268—292 页。李晃：《听洛夫深圳谈诗》，载《世界华文文学论坛》2000 年第 2 期，第 25—26 页。

这十年①。尽管如此，如果我们将疾病意象统计的结果与这几个分期对应起来（由于"抒情时期"不在我们考察的十本诗集范围之内，暂时不作对应），可以看出洛夫诗描写疾病意象大致的变化轨迹：首先，洛夫早期对疾病的状写多用"疾"或"病"等词表达抽象概念。其次，具有明确医学术语的疾病名称多集中在中前期的作品。第三，后期的疾病意象多以描述症状为主，直接提及疾病名称的情况显著减少（详见本章附录三）。上述疾病意象写作的转变说明了什么，对此，我们将尝试通过隐喻角度的分析作一定程度的解释。

四 疾病的隐喻性

隐喻作为一种普遍的现象，早已成为当代学界的一个热门话题。历来对隐喻的界定分广义和狭义两种，亚里士多德（Aristotle，384BC—322BC）曾将一切修辞现象称为隐喻性语言（metaphorical language），同时也认为隐喻与明喻一样，是一种不同事物间的对比，或修饰性的语言使用现象②。

实际上，人们对"隐喻"一词的理解主要有三种方式：（1）通俗的理解，即常说的"打比方"，这可以说是"比兴"、"意象"、"意境"等古典诗学范畴的基型；（2）是一个纯粹的修辞学概念，表示一种与"明喻"、"借喻"并列平行的比喻类型；（3）当代隐喻研究者将其作为"隐喻性"的化身，统率着庞大的修辞学、诗学、语言学、认知哲学等"隐喻家族"③。美国语言学家莱考夫（George Lakoff，1941—）等人对隐喻的定义也是比较宽泛的，认为"隐喻决不仅仅是一种语言现象，从根本上讲，隐喻是一种认知现象。隐喻性思维是人类认识事物、建立概念系统的一条必由之路"④。我们关于洛夫诗疾病隐喻的研究基本上是沿

① 洛夫、陈祖君（1972—）：《诗人洛夫访谈录》，载《南方文坛》2004 年第 5 期，第 58 页。王灏（1946—）：《变貌：洛夫诗情初探》，《诗魔的蜕变：洛夫诗作评论集》，第 220—225 页。褐展图：《沉重的家国乡愁：洛夫诗歌略论》，载《华南师范大学学报》2000 年第 4 期，第 47 页。

② 束定芳：《隐喻学研究》，上海外语教育出版社 2000 年版，第 11 页。［英］霍克斯（Terence Hawkes）：《论隐喻》（Metaphor），高丙中译，昆仑出版社 1992 年版，第 1—7 页。

③ 张沛（1974—）：《隐喻的生命》，北京大学出版社 2004 年版，第 1 页。

④ 束定芳：《隐喻学研究》，第 11 页。

着广义的隐喻定义，或者说是"隐喻性"的化身展开的。

谈论疾病的隐喻性，美国著名作家、评论家桑塔格（Susan Sontag，1933—2004）的《疾病的隐喻》（*Illness as Metaphor and AIDS and Its Metaphors*）是无论如何也不能忽略的。这部著作由两篇论文组成，一篇叫做《作为隐喻的疾病》（"Illness as Metaphor"），另一篇是《艾滋病及其隐喻》（"AIDS and Its Metaphors"）。前者主要讨论肺结核和癌症，后者主要讨论艾滋病。在这本书中，桑塔格不是论述疾病本身，而是探讨其被当作修辞手法或隐喻加以使用的情形，同时桑塔格所谓的隐喻是借用了亚里士多德的说法，即"以他物之名名此物"①。

桑塔格被誉为"西方当代最重要的女知识分子"之一，她在《作为隐喻的疾病》② 一文指出，疾病无论是在社会生活中，还是文艺作品里，都不止意味着病痛本身，疾病在人们所处的世界被追加了复杂的隐喻意义，疾病成了"整个世界的象征和重大隐喻"③。在她的论文，桑塔格通过自身患癌症的痛苦经历，切身感受到了附着于疾病之上的隐喻意义的重压，因此，她把"平息想象，而不是激发想象"作为最终目的，力求剥离附着于疾病之上的隐喻意义，减轻患病者身体之外的精神痛苦。然而，不得不承认，其著作的价值却又是双重的：她一边帮助人们祛除有关疾病的过度阐释；另一方面，在以"生活的隐喻"为特点的文学世界，其作品又帮读者打开了一个解读文本的新的视角，激发了人们对于文本中疾病的想象④。配合桑塔格的理论，重新审视前文对洛夫诗疾病意象及症状所作的统计，我们可以得到社会隐喻、军事隐喻、道德隐喻三个方面的启发。

---

① ［美］桑塔格：《艾滋病及其隐喻》（"AIDS and Its Metaphors"），《疾病的隐喻》，第 83 页。

② ［美］桑塔格：《作为隐喻的疾病》，第 65—66 页。

③ 施敏：《走出疾病隐喻的迷沼：评苏珊·桑塔格〈疾病的隐喻〉》，载《医学与哲学》2004 年第 4 期，第 61 页。王曙光、张胜康、吴锦晖：《疾病的文化隐喻与医学社会人类学的鉴别解释方法》，载《社会科学研究》2004 年第 4 期，第 86—92 页。

④ 王健：《疾病的附魅与祛魅：为纪念苏珊·桑塔格而作》，载《医学与哲学》2005 年第 7 期，第 75—76 页。覃慧宁：《如何揭示被"隐喻"遮蔽的真实：评苏珊·桑塔格〈疾病的隐喻〉》，载《西北民族研究》2006 年第 2 期，第 194—198 页。刘聪：《疾病的隐喻与策略》，载《名作欣赏》2005 年第 3 期，第 69—72 页。

第二节　洛夫诗疾病意象之社会隐喻

桑塔格直言，疾病常被用作隐喻以活灵活现地发泄"对社会腐败或不公正的指控"①，分为传统和现代两个进程，本节将以此为理论依据，着重讨论洛夫诗疾病意象的社会隐喻。

一　疾病的传统式社会隐喻

传统上来讲，疾病主要是一种"表达愤怒的方式"②。借疾病意象来表达对社会腐败或不公正的愤怒，这多见于洛夫早年的诗作，"抒情时期"已见端倪，"现代诗探索时期"则完全展露。洛夫坦述自己"抒情时期"的诗"调子都比较低沉而忧郁"（洛夫戏称是由于十七八岁还没有谈过恋爱的缘故），有的是"'为赋新诗强说愁'"，但也有一部分是"针对社会乱象而抒发牢骚的作品"③，后者尤其重要。可惜这期间的作品多数已不能见到④，因此很难找出相应的实例，然而从常理推断，这一时期的洛夫对于"社会乱象"的感触，确实奠定了他日后诗作中以疾病表达愤怒的意识。1944 年抗战末期，洛夫时年 16 岁，家乡衡阳市还在日军占领之下，遭受了空战的猛烈轰炸，几乎夷为平地⑤，战争的苦难与社会的疮痍在 16 岁少年心上的烙印可想而知。再加上"那时的年轻人都崇拜鲁迅"，洛夫开始写作时读了鲁迅（周樟寿，1881—1936）很多小说和散文，难免不受鲁迅的影响⑥。鲁迅弃医从文，医治国人的精神痼疾，是大

---

① ［美］桑塔格：《作为隐喻的疾病》，第 65 页。

② 同上。

③ 诗探索编辑部：《洛夫访谈录》，第 284 页。龙彼德（1941—）：《大风起于深泽：论洛夫的诗歌艺术》，《诗魔的蜕变：洛夫诗作评论集》，第 274—277 页。

④ 据洛夫自言，其高中时期 20 多首发表的新诗在基隆下船时的混乱中丢了，旅台后的第一首新诗《火焰之歌》虽也发表过，但未留下底稿与剪报资料。诗探索编辑部：《洛夫访谈录》，第 270、284 页。

⑤ 费勇：《附录二 洛夫年谱》，《洛夫与中国现代诗》，东大图书股份有限公司 1994 年版，第 269 页。

⑥ 洛夫承认曾受过鲁迅的影响，但日后觉得他的文章过于辛辣刻薄而渐渐失去兴趣。诗探索编辑部：《洛夫访谈录》，第 269 页。余光中（1928—）：《用伤口唱歌的诗人》，《诗魔的蜕变：洛夫诗作评论集》，第 101—103 页。

众皆知的佳话，洛夫在创作之初便埋下疾病之社会隐喻的种子，不足为奇。

到了"现代诗探索时期"，这一点很明显地表现在代表作《石室之死亡：洛夫诗集》中。这一诗集创作于 1959 年 5 月，是金门发生"八二三"炮战的次年，当时洛夫每天只能在金门的石窟中活动，面对的现实是战争一触即发，生存受到巨大威胁，对亲人的思念成为无尽的苦楚①。一切皆由乱世造成，对社会的愤怒是《石室之死亡：洛夫诗集》复杂情感中的一个重要组件。洛夫往往通过奇诡的男性形象或第一人称"我"进行表述，并以"有病"的环境为背景，似乎刻意突出人物是健康的，而周遭却是病态的；人物愤怒无奈，社会凋敝压抑。试看下面一则诗例：

从夹竹桃与凤尾草病了的下午走出/从盲者的眼眶中走出/如此不安，那个不喜欢虹的汉子/将自己的宁静弄得如此潮湿/步度如此急促//由墓前匆匆走过，未死者的神采走过/月光藏在衣袖里，他抓一把花香使劲搓着/连同新土一并塞入那空了的酒瓶/不顾碑石上的姓氏狠狠瞪他/躺在这里的不是醉汉，亦非醒者②

空间个体"夹竹桃"、"凤尾草"与时间概念"下午"都成为"病了"的舞台背景，步度急促的"汉子"与"石碑上的姓氏"相互对视，"狠狠"与"瞪"成为两者发生关系的某种标志，潜藏其下的是一种未明言的不满与怒气，直指战争岁月③。又如：

额上撑起黑帷，如泪在颊上栖着/从太阳里走进，向日葵里走出/不知穿一袭青衫像不像那云/如此单薄，云常在某一山谷中病瘦/我在碑上刻完了死，然后把刀子折断④

---

①　张默：《从〈灵河〉到〈魔歌〉》，载侯吉谅（1958—）主编《洛夫"石室之死亡"及相关重要评论》，汉光文华事业股份有限公司 1988 年版，第 164 页。

②　洛夫：《石室之死亡：洛夫诗集》，第 41 页。

③　李英豪（1941—）：《论〈石室之死亡〉》，载《诗魔的蜕变：洛夫诗作评论集》，第 325—340 页。

④　洛夫：《石室之死亡：洛夫诗集》，第 77 页。

云之"瘦"在这首诗，乃是一种常态，由"病"引起，"山谷"在云雾里自然带上了蔫病之相，诗歌意境激发出关于疾病的想象，诗中的"我"以折断刀子发泄心中的某种情感，或许这种情感正是对现实的愤懑①。按照中国的诗意传统，弃刀断剑或是割裂衣袍往往表示对人、对事甚或对社会状况的不满，以致绝交、消沉、遁世，例如唐代诗人杜牧（803—853）《赤壁》一首："折戟沉沙铁未销，自将磨洗认前朝，东风不与周郎便，铜雀春深锁二乔。②"南唐后主李煜（937—978）亦有词曰："金剑已沉埋，壮气蒿莱"③，因此这一意象的社会隐喻不难理解。

二　疾病的现代式社会隐喻

疾病的隐喻性并不仅限于上文所述。疾病意象往往做为一柄双刃剑，一方面被用来表达对社会秩序的焦虑，"诸如结核病和癌症这样的大病，……人们用它们来表达对社会的不满"，另一方面也显示出社会与个体之间那种"深刻的失调"，社会被视为个体的"对立面"，疾病之隐喻当仁不让地被用来"指责社会的压抑"④。这在《石室之死亡：洛夫诗集》中亦有例子：

> 由某些欠缺构成/我不再是最初，而是碎裂的海/是一粒死在宽容中的果仁/是一个，常试图从盲童的眼眶中/挣扎而出的太阳//我想我应是一座森林，病了的纤维在其间/一棵孤松在其间，它的臂腕上/寄生着整个宇宙的茫然/而锁在我体内的那个主题/闪烁其间，犹之河马皮肤的光辉⑤

---

① 崔焰焜（1930—）：《论〈石室之死亡〉诗的思想》，载《诗魔的蜕变：洛夫诗作评论集》，第340—342页。

② 杜牧（803—853）：《赤壁》，载曹中孚《杜牧诗赏析》，广东人民出版社2003年版，第113页。

③ 李煜（937—978）：《浪涛沙·往事只堪哀》，载邓绍基（1933—）等主编《中国古代十大诗人精品全集·卷1》，大连出版社1998年版，第212页。

④ ［美］桑塔格：《作为隐喻的疾病》，第65—66页。

⑤ 洛夫：《石室之死亡：洛夫诗集》，第48页。

内部"某些欠缺"使碎裂成为失调的形态，外部向光明的追求也因为"某些欠缺"而不能实现。"海"、"太阳"、"森林"、"宇宙"均是宏大的意象，"果仁"、"眼眶"、"孤松"则都是相对微小的描绘，而由于更微小的纤维"病了"，就使得"我体内的那个主题"虽闪烁光辉，却永远被"锁"住，隐喻了社会的压抑。洛夫在文章《关于"石室之死亡"：跋》曾说："在那孤悬海外的岛上，日日面临死亡的威胁，恐惧、沮丧、孤独、无奈，诸感丛生，渐渐被压抑成一种内在的呐喊，却又有一双看不见的手捏着喉咙，不让发出声来"①，如是可为佐证。

　　洛夫诗中，疾病的社会隐喻不仅限于"抒情时期"和"现代诗探索时期"，后来的创作，不论语言风格由晦涩变为简明，还是诗歌意象由繁复转为清澈，社会隐喻依然是洛夫诗歌疾病意象书写的重要目的之一。像《天使的涅槃》有：

　　　　黄河病了，长城老了，三峡患了胃溃疡／高举的破灯笼中有火，没有光②

《雪落无声》有：

　　　　患眼疾的那个晚上／王府井大街的雷雨把历史翻得哗哗作响／你用那只病目，偷觑／仓皇的脚印，一行行／消失于泪的滂沱③

直到《漂木》中的诗句"粮票。饥饿。胃溃疡／伤寒。痢疾。毛语录④"似乎更加明显。可见，洛夫诗疾病书写之社会隐喻并不严格受其分期所限。

---

　　① 洛夫：《关于"石室之死亡"：跋》，载《洛夫"石室之死亡"及相关重要评论》，第195页。许悔之（1966—）：《石室内的赋格：初探〈石室之死亡〉兼论洛夫的黑色时期》，载《诗魔的蜕变：洛夫诗作评论集》，第347—352页。

　　② 洛夫：《是耶非耶》，载《天使的涅槃》，第78页。

　　③ 洛夫：《隔海的啸声：赠任洪渊》，载《雪落无声》，第38—39页。

　　④ 洛夫：《漂木》，载《漂木》，第50页。

第三节 洛夫诗疾病意象之军事隐喻

桑塔格的另一篇文章《艾滋病及其隐喻》与《作为隐喻的疾病》是姊妹篇，其中写道："疾病常常被描绘为对社会的入侵，而减少已患之疾病所带来的死亡威胁的种种努力则被称作战斗、抗争和战争。"①

一 焦虑与"毒"

上文曾经提到，疾病可以被用来表达对社会秩序的焦虑，属于社会隐喻的范围，但"焦虑"同时也是联结疾病军事隐喻的桥梁。根据海德格尔（Martin Heidegger 1889—1976）的观点，焦虑指向不确定的目标对象，与恐惧的不同之处恰在于：恐惧是一个人面对已经出现的、可以确定的可怕事物时的逃避性的心理反应；而之所以有焦虑，则是因为某人对将要发生的事情根本无法预知，"焦虑感就是不知道正在焦虑的东西是什么"②。战争大大贬低了生命的价值，战争中的士兵对于时刻面临、却又无法预知的命运感到焦虑，他们需要一种对象能"将焦虑感转变成对即将来临的事物的恐惧"，焦虑才会消失，因为当"自己变得脆弱渺小，对自己的'存在'毫无自信"，这种恐惧感才能给他们以宁静，"既然死亡是生命必然的结局，将生存的不确定的焦虑转换为像死亡一样宁静的恐惧使'他们'觉得更舒适"③。通常来说，在众多战争题材的作品（不仅限于文学作品，也包括电影、戏剧等）中，香烟便是这一种对象，它被称为"军人之友"，尼古丁（nicotin）其实就是一种毒素④。

洛夫诗的军事隐喻亦多是以"毒"的意象反抗"疾病所带来的死亡威胁"，将疾病引发的焦虑意识转化为对死亡的"宁静的恐惧"，这似乎有着以毒攻毒的味道。且看下面一首：

---

① ［美］桑塔格：《艾滋病及其隐喻》，第 87 页。

② ［美］克莱恩（Richard Klein, 1941—）：《香烟：一个人类痼习的文化研究》（*Cigarettes Are Sublime*），乐晓飞译，中国社会科学出版社 1999 年版，第 210 页。

③ 同上书，第 211 页。

④ 同上。

　　夏日的焦虑仍在冬日的额际缓缓爬行/缓缓通过两壁间的目光，目光如葛藤/悬挂满室，当各种颜色默不作声地走近/当应该忘记的琐事竟不能忘记而郁郁终日/我就被称为没有意义而且疲倦的东西①

焦虑在这首诗中被描绘成动作迟缓的爬行动物，是一种静态的动，又以各种颜色走近时的"默不作声"为烘托，琐事本该忘记却不能忘记，由此而成的"郁郁终日"更显出一种静态的张力。这一切造成的结果是"我"成为了"没有意义而且疲倦的东西"②。

　　荷兰著名现象学精神医学教授范丹伯（J. H. van den Berg, 1914—）在讨论生病意味着什么时，总结出最重要的两点：（1）从常态生活缺席；（2）活在受限的当下。换言之，在没有生病的正常状态下，人活在未来，从来没有真正活在当下。但患病的一刻，疾病不允许患者从当下逃逸，他必须忍受被排除在外的疏离感，必须放弃每一件原本计划好的事，必须承认时间视野上的大幅缩小③。范丹伯写道："昨天的计划不再有意义……比起我还没有生病的昨日，这些事情现在更加复杂，更加令人疲累……所有等待我去做的事情，变得索然无味，甚至令人生厌。过去的时光好像蘸满了琐碎情事，我好像没有真正做了什么事。"④ 将之与上文所引用的洛夫诗中"琐事"、"没有意义"、"疲倦"等处对应，我们可以认为该诗无疑是在书写一种患病后的状态。此外，就现代人关于焦虑及恐惧的思考，范丹伯认为都不是巧合，人们"已经不再活在真实的生存世界里头"，"对存在真实的否定，更是生老病死变为模糊的惧怕。惧怕隐隐地潜伏在表面快乐和健康的生活底下"⑤。这种"模糊的"、"隐隐潜伏"的惧怕，正是我们前面所说的无法预知的焦虑，或许出于这个原因，洛夫诗才把焦虑渲染上缓慢爬行于夏日与冬日之间的色彩。

---

① 洛夫：《石室之死亡：洛夫诗集》，第47页。

② 刘小新：《洛夫诗中的思致和情趣》，载《镇江师专学报》1999年第3期，第33—36页。

③ ［荷］范丹伯（J. H. van den Berg, 1914—）：《病床边的温柔》（*Psychology of the Sickbed*），石世明译，心灵工坊文化事业股份有限公司2001年版，第35—42页。

④ ［荷］范丹伯：《病床边的温柔》，第39页。

⑤ 同上书，第57页。

还有一组重要的意象需要说明，就是"悬挂满室"的、如"葛藤"般的"目光"。其中"葛藤"是洛夫惯用的意象，在以"葛藤"为代表的意象群里，总少不了与"毒"有染。属于此类的诗句可举出：

> 我毒藤一般被人曝晒，焚毁／我被浓烈的阿姆尼亚呛得咳嗽／风雷动地，我以汀泥塞住耳朵①

> 毒蘑菇，开红花的蛇皮草／从腰际绕过来的一株曼陀罗②

> 在筑构生命花园之前／我们内部／早就铺满了各类毒草③

除了有毒的植物以外，带毒的意象还有"毒刀"、"毒蛇"、"淬毒的刀子"、"毒性很大"的"执着"、"毒性很强"的"乡愁"等，在此不一一详列。前文提到，洛夫诗写带"毒"的意象，是要反抗"疾病所带来的死亡威胁"，将疾病引发的焦虑意识转化为对死亡的"宁静的恐惧"，这是疾病战争隐喻的表现④。《魔歌》中有一首题为《啸》的长诗，选录如下：

> 倘若我们坚持／用头颅行走／天空，会在一粒泡沫中死去么？／全部问题／随着一尊旧炮／从沉沙中／升起／／水边，漂来一双脚印／莫不就是那一尊默不作声／患过恶性胃溃疡／吐过血／仰着伤口狂啸的／旧炮／我抚摸过的手／翻转来／一九二八年的那滴血／仍在掌心沸腾／／庚子那年／海，抛过来一朵罂粟花／我看见／京城来的那位老将军／以擦汗的手／擦炮／袤，就这么一种过程／他便裸着身子而且忧郁／当炮弹／从水面轻轻刮走了／一层中国蓝／／而啸声／已是昨日的白山黑水／黄河激涌／一双血制的鞋子逆流而上／地点七月七／时间卢沟桥／倒过来念／旧炮仍

---

① 洛夫：《根》，载《梦的图解》，第66页。
② 洛夫：《漂木》，载《漂木》，第43页。
③ 洛夫：《鲑，垂死的逼视》，载《漂木》，第85页。
④ 李润霞：《从超越的飞翔到回归的停泊：透视洛夫诗歌的思想内涵》，载《评论和研究》1997年第3期，第59—62页。

是一个肉食主义者／我们仍能从硝烟中／抓出一大把脂肪／草丛中是钢盔／钢盔中是煮沸了的脸／正前方三十里地／一株好长好长的毒藤／自炮口蜿蜒而出／／于今，主要问题乃在／我已吃掉这尊炮／而啸声／在体内如一爆燃的火把／我好冷／掌心／只剩下一把黑烟①

这首诗显然含有对近代中国百年屈辱史的折射，"罂粟花"如果是鸦片的代名词，"从沉沙中／升起"的便是鸦片战争后中国被列强瓜分的苦难，"默不作声"、"患过恶性胃溃疡"、"吐过血"等等限定"旧炮"的疾病意象，不如说是限定"旧中国"的疾病意象，外族的入侵好似疾病的入侵，亡国灭种的威胁相当于"疾病所带来的死亡威胁"，钢盔下面"煮沸了的脸"所隐藏的焦虑需要转化为"宁静的恐惧"。作为诗人，这种"宁静的恐惧"用洛夫的原话就是"当我面对死亡威胁的那一顷刻……以诗的形式来表现"，使死亡"变得更为亲切，甚至成为一件庄严而美的事物"②。

二　病毒与大叙事的解构

在"疾病"与"毒"之间，有两个意象较为特殊，一个是"病毒"，一个是"毒瘤"，二者似乎打破了"疾病"与"毒"之间的对抗关系，一方面属于疾病范畴，同时又表现出军事隐喻的特色。对此，我们尝试从"大叙事"（grand narrative）之解构的角度作一浅析。

所谓"大叙事"，或"后设叙事"／"元叙事"（metanarrative），根据法国哲学家利奥塔（Jean‑Francois Lyotard，1924—1998）的观点，自启蒙时期以降，科学求真精神和自由解放运动共形成了两套"知识合法化的宏大叙事"体系：其一是以法国大革命为代表的富于激进政治性且崇尚人文独立解放的思考模式；其二是以德国黑格尔（Friedrich Hegel，1770—1831）传统为代表的思辨真理，注重同一性和整体性价值③。但随着技术的发展、学科界限的模糊、后工业社会的兴起及资本化取得的突出

① 洛夫：《啸》，载《魔歌》，第64—67页。
② 洛夫：《关于"石室之死亡"：跋》，载《洛夫"石室之死亡"及相关重要评论》，第195页。
③ 朱立元：《当代西方文艺理论》，华东师范大学出版社1997年版，第372—373页。

成就，以实现"普遍"知识和"普遍"自由为目标的这两种主要叙事都失去了其可信性，再也不具权威，取而代之的则是对一切大叙事深刻怀疑的"小叙事"（mini narrative），当小叙事得以勃兴之时，便揭开了后现代主义的序幕①。在利奥塔心目中，大叙事的实例除了启蒙运动所标举的人类解放思想，诸如基督教神学体系，马克思主义政治经济学，或弗洛伊德精神分析学等一类宏大的理论皆是后现代思想直指的瓦解目标②。

　　洛夫诗所表达出的对大叙事的解构意识，集中体现在"病毒"这一隐喻的使用上。在《血的再版：悼亡母诗》有：

　　　　十年的心惊／为你换来十种绝症／齿摇，发落，视力半盲／气喘，盗汗／贫血，两腿中风／心脏衰弱／脑血管阻塞／据说，最后你乃死于／一种马克斯病毒③

洛夫的这首悼念亡母的作品附有一篇颇长的后记，其中写道：

　　　　……对我而言，哀恸的是，三十年前一别，只因一通简短的电话，母子即成永诀。……三十多年来，海峡两岸的中国人无不渴望早日国家统一，亲人团聚；……像我所遭遇的这种悲剧也就会继续下去。因此，我的哀恸也是千万中国人的哀恸，我为丧母流的泪也只是千万斛泪水中的一小滴；以小喻大，我个人的悲剧实际上已成为一种象征。④

在洛夫 80 年代的诗作中，"马克斯病毒"的所指，其实不难理解，应该说是诗人处于当时的国际局势、时代背景之下，对一己政治观念的私人化

---

　　① ［美］泰勒（Victor E. Taylor）、［美］温奎斯特（Charles E. Winquist, 1944—）编著：《后现代主义百科全书》（*Encyclopedia of Postmodernism*），李自修等译，吉林人民出版社 2007 年版，第 206—207 页。［英］布鲁克（Peter Brooker）：《文化理论词汇》（*A Glossary of Cultural Theory*），王志弘、李根芳译，巨流图书公司 2003 年版，第 246 页。
　　② 盛宁（1945—）：《人文困惑与反思：西方后现代主义思潮批判》，三联书店 1997 年版，第 9 页。
　　③ 洛夫：《血的再版：悼亡母诗》，《酿酒的石头》，第 153 页。
　　④ 同上书，第 161—62 页。

表述。"病毒"之意象在其他作品里也屡有出现，如：

> 他们把冒烟的七窍/一一密封/暂时存入隔离病毒的冰窖①

> 沉默/是金，是一种在内部造反的病毒/水蛭除了埋头吸血从不多言②

相较而言，这些作品除了暗含反叛大叙事的精神，同时也揭示出洛夫诗所强调的"病毒"意象具备的那种可怕的传染性，属于一种"瘟疫"式的隐喻③。瘟疫并非具体的某种疾病名称，而是泛指大规模的可怕的流行性急性传染病，因此"瘟疫"一词在各种语言中都几乎成了一个繁殖力和适应性很强的隐喻，可用来指天罚、祸患、烦恼等一切令人饱受折磨的灾难④。这一点可以从洛夫笔下"虱子"的意象得到证明。余凤高（1932—）《瘟疫的文化史》有一章《军营中的虱子》，书中从文化史的角度对军营中瘟疫的起源与传播进行了剖析，指出体虱是战争中传播瘟疫的罪魁⑤。且看这一点在洛夫作品的显现：

> 我想起的却是那些凶年/洪水起义，蝗虫革命/一场大雪留下宇宙性的空白。想起/慈禧太后长长指甲里的藏垢/王公大臣发辫上爬行的虱子/八国联军统帅的胡子里点着一根雪茄/北京城就再也见不到炊烟/李鸿章有一口大号痰盂/……顿然觉得喉咙好痒/环顾四周，先生，你说/我胸中这口瘀血/该吐在中国的哪块土地上？⑥

> 沁园春。彭德怀身上的虱子全都饿死/十年浩劫。又一次上帝横

---

① 洛夫：《遗书（二）》，载《天使的涅槃》，第 125 页。

② 洛夫：《向废墟致敬》，载《漂木》，第 236 页。

③ 王灏：《一种异数的存在：洛夫诗情再探》，载《中华文艺》1977 年第 5 期，第 122—125 页。

④ 程巍：《译者注》，载《疾病的隐喻》，第 118 页。

⑤ 余凤高（1932—）：《瘟疫的文化史》，中华书局 2004 年版，第 56—57 页。

⑥ 洛夫：《非政治性的图腾：谒记中山先生故居》，载《天使的涅槃》，第 91—92 页。

蛮地干预历史①

　　在那／以呼万岁换取粮食的革命岁月中／我唯一遗留下来的是／一条缀了一百多个补丁／其中喂养了八百只虱子的棉袄／和一个伟大而带血腥味的信仰②

以上仅是对文学理论与诗歌文本的引证，就诗论诗，不再赘述。关于"毒瘤"的意象，我们将配合疾病的道德隐喻放在下一小节讨论。

第四节　洛夫诗疾病意象之道德隐喻

　　疾病的道德隐喻也可以称为疾病的道德批判，桑塔格说，"致命的疾病一直总是被视为一种对道德人格的考验"③。疾病作为隐喻，长久以来，被认为是对邪恶的惩罚，尤其是大规模流行病的扩散昭示着道德的腐败，是上天对某一群体的审判，它启动了道德和风尚的不可阻挡的崩溃④。对古希腊人来说，疾病要么是无缘无故的，要么就是受了报应；在基督教，疾病被赋予更多的道德含义，并且与"受难"建立起紧密的关联⑤。然而到了现代疾病的描述，上天的审判落在了个人的头上，而非整个社会的头上，即人们多么可怜地被告知他们将不久于人世⑥。这主要表现在"生命的贬值"与"生命的升华"两种矛盾的观点⑦。

一　生命的贬值

　　生命贬值的观点一方面出自痛苦的经验，另一方面来自疾病的摧毁力。疾病削弱病人，限制病人，使其失去活动能力，减少与周围的交往，

---

① 洛夫：《漂木》，载《漂木》，第 55 页。
② 洛夫：《瓶中书札之一：致母亲》，载《漂木》，第 118 页。
③ ［美］桑塔格：《作为隐喻的疾病》，第 39 页。
④ 同上书，第 38 页。
⑤ 同上书，第 40 页。
⑥ 同上书，第 39 页。
⑦ ［德］波兰特：《文学与疾病：比较文学研究的几个方面》，第 266 页。

不得不依靠他人。疾病导致病人产生软弱、畏缩、厌恶、异化和被鄙视的感觉，以及精神和肉体的衰败，把病人隔绝在一个无望的世界里面①。使生命贬值的典型病例当首推"癌症"。

在"谈癌色变"的一般社会心理反应中，桑塔格认为"癌症"不但隐喻了现代性的压抑，更是激情不足的病，症状主要集中在身体的一些隐秘而难以启齿的部位，如直肠、膀胱、子宫、乳房、睾丸、前列腺等。易患此病的人是那些心理受挫的人，不能发泄自己的人，以及遭受压抑的人②。对"癌症"的隐喻，桑塔格总结出三点：（1）在癌叙述中取得优势的隐喻，得自战争的语言，病人受放射线"轰击"，治疗的目的在于"杀灭"癌细胞；（2）社会变迁、城市和政治等主题时常借"癌"这个疾病作为隐喻；（3）由于新的治疗方法的进展，医学界逐渐用化学疗法取代放射疗法，"癌症"原来所附有的军事隐喻很可能变成描述身体"自然防卫"的隐喻（身体的"免疫能力"）③。

据此观察洛夫的诗，在癌病意象上，主要是一种传统的隐喻意义，即一种负载着诸多神秘感、充满在劫难逃幻象的疾病，反映出文化的巨大缺陷，以及对死亡的阴郁态度、情感的焦虑、对历史进程与日俱增的暴力倾向的恐惧④。这都反映出一般人看待癌症时所带有的非理性的厌恶感，视之为对自我的一种贬损，属于疾病引起生命贬值的范畴。

对"癌症"一词的直接书写，在洛夫诗并不多见，癌瘤意象则可以作为癌病的代名词。举《漂木》中《致时间》的一小节为例：

> 这是历史，无从选择的沉重/时间，蛆虫般穿行其间/门，全都腐烂/脸，全都裱好悬挂中堂/恶化的肿瘤在骨髓中继续扩散⑤

"恶化的肿瘤"在医学上的术语是"恶性肿瘤"，是对癌症病情程度的描

---

① ［德］波兰特：《文学与疾病：比较文学研究的几个方面》，第267页。
② 王健：《疾病的附魅与祛魅：为纪念苏珊·桑塔格而作》，第76页。
③ ［美］桑塔格：《作为隐喻的疾病》，第76—77页。施敏：《走出疾病隐喻的迷沼：评苏珊·桑塔格〈疾病的隐喻〉》，第61页。
④ 施敏：《走出疾病隐喻的迷沼：评苏珊·桑塔格〈疾病的隐喻〉》，第61页。
⑤ 洛夫：《致时间》，载《漂木》，第175—176页。

述。按照桑塔格的见解，这一意象的使用，牵扯到疾病的某种政治隐喻，因为政治话语中使用癌症意象，有宿命论的含义，使"严厉"措施正当化，具有煽动暴力的倾向——同时也使一种广为流传的观念得到强化：癌症必定是致命的①。洛夫这首诗是否带有政治隐喻，见仁见智，而更显著的却是癌瘤的致命性被用来隐喻时间的某些特性。在《致时间》的开篇，诗人写有一段类似解题的文字："时间是概念，也是实体，好像它不存在，却又时时在吸我们的血，扯我们的发，拔我们的牙。时间其实是与生命同起同灭……②"

　　前文配合军事隐喻，我们提到过"毒瘤"意象，洛夫《隐题诗》有一首《说她是水，她又耕成了田　说她是蛇，她又飞成了鹰》写到：

　　　　说话是一种女性毒瘤，我不是指／她的谈吐，而／是她那／水兽般滑溜的舌头③

"毒瘤"的意象十分复杂，它本身在医学上称不上非常准确的术语，"毒"到底是形容癌瘤的程度，还是就其传染性而言，不甚了然。若属后者，癌症本身并不传染，因此"毒瘤"不是一个科学上站得住脚的词。但颇具戏剧性的是，在现当代中国的政治修辞学隐喻中，"毒瘤"却是一个惯用的意象，例如70年代，将"四人帮"说成中国的"毒瘤"等。大概是借用癌细胞在机体中的扩散造成机体的毁坏来隐喻对社会机体的危害，因此"毒"更多的是道德和政治意义上的④。洛夫笔下的"毒瘤"到底是属于道德意义上的，还是政治意义上的，抑或是与前文所谈的军事隐喻有所关联，恐怕难以一言而定论。但癌病意象在洛夫诗中对生命的贬值，以及由此而构成的道德方面的隐喻是不可否认的。

　　疾病道德批判的隐喻性在洛夫诗中，还可由"梅毒"所代表的与性病有关的意象看出，如《漂木》中一组近乎狂欢化的诗句：

---

①　[美]桑塔格：《作为隐喻的疾病》，第74页。

②　洛夫：《致时间》，载《漂木》，第162页。

③　洛夫：《说她是水，她又耕成了田　说她是蛇，她又飞成了鹰》，载《隐题诗》，第148页。

④　程巍：《译者注》，载《疾病的隐喻》，第74页。

　　　　你看，摩西走得好快／让后面的队伍全部灭顶于凶猛的红海／海啸，地震，龙卷风，水灾，森林大火／虱子，梅毒，罂粟，猜忌，欲望，权力／天地不仁，我早就知道你会反扑／世界末日①

"梅毒"同样是一个很古老的隐喻，代表着"污染"，充斥着大于癌症的耻辱感，其毁坏个性的能力也强得多。尽管梅毒也可经由母体、血液等传染，但中国传统的认识是将其归于所谓"花柳病"（性病），作为一种道德批判。在洛夫诗歌中似乎也有这层含义，试看下面的篇章便可得见：

　　　　里面有一把形而上的钥匙／开启了我形而下的记忆／旧照片，过期护照（一种距离的辩证法）／指甲刀，咳嗽药水，镍币，刮胡刀，蟑螂屎／保险套（保险使你的灵魂更加完善）②

然而根据桑塔格的说法，20世纪后期，疾病的现代隐喻"都不过是些廉价货"，只有在"最为有限的意义上"，一个历史事件或一个历史问题才像是一种疾病，换句话说，疾病作为隐喻显得简陋和粗糙。特别是癌症隐喻，它怂恿人们"把复杂的事情简单化"，把人们引向狂热，使人感到"惟有自己才是万般正确的"③，出于这个原因，桑塔格在《作为隐喻的疾病》结尾，作出了癌症隐喻将被淘汰的预言④。11年后，她的《艾滋病及其隐喻》也着实证明了这一预言，艾滋病正逐渐取代癌症并承受了过去加诸癌症之上的那些负担，膨胀为新一时期疾病隐喻的载体，较以往任何疾病都更为复杂和严厉⑤，只可惜洛夫的大多诗作虽然存在"梅毒"一类的关于性的道德批判，却少见"艾滋病"及其隐喻方面的涉及。

---

　　① 洛夫：《致诸神》，载《漂木》，第206页。
　　② 洛夫：《致时间》，载《漂木》，第173页。
　　③ ［美］桑塔格：《作为隐喻的疾病》，第75页。
　　④ 同上书，第77页。
　　⑤ 王健：《疾病的附魅与祛魅：为纪念苏珊·桑塔格而作》，第76页。施敏：《走出疾病隐喻的迷沼：评苏珊·桑塔格〈疾病的隐喻〉》，第61页。

二　生命的升华

或许正如桑塔格所预言的那样,像癌症一类的疾病,随着科学的进步与现代社会的日趋复杂,那种将事情简单化的隐喻已不能满足现代人的需求,单一疾病的隐喻变得愈发显出局限,以往的疾病隐喻已经很难取得昔日的效果而辉煌不再。洛夫将疾病意象诉诸诗作时,大概对这一点也同样有所洞察,只要再次回顾我们对洛夫诗疾病意象的梳理,便会发现越是诗人晚近的作品越是只有在较少的情况下才直接提到疾病。虽然前文我们列举了诸多在医学上有名有目的疾病,特定的疾病名称亦不下十种,但整体考察洛夫数十年的诗作,这些名目的出现频率终究不算高,似乎洛夫不倾向于罗列医学上的术语,就好像刚刚分析过的"肿瘤"与"毒瘤",虽然属于癌症的范畴,却几乎没有"癌"、"癌症"、"癌瘤"等用词。取而代之的写法是描摹疾病的症状,这也就是我们在本章早前部分的统计中所发现的一个结果(参见本章附录二)。这样处理,大概就是要模糊单一疾病的界线,从而突破某些传统疾病隐喻的束缚。

然而,恰在此时我们触发了一系列长久以来困扰文学疾病主题的疑问,那就是:疾病的界限在哪里?谁来断定文学作品中出现的"疾病"之所以为疾病?是医生还是作品的作者?或以一般众人的理解为前提,说什么是病态或曰不正常?波兰特认为,文学中的疾病这个题目预示着通过疾病达到界限的逾越。波兰特指出,表现在艺术和文学中的常见的人类疑难问题"并不一定要从疾病这个角度去考察,然而却可以作为文学的疾病主题的发端,例如描写毫无节制、恣意纵情的状态,这种状态升级以后就接近于病态……这类作品越过了通常和非常之间以及健全和病态之间的界限"[①]。

若从这种"界限超越"的观点出发,把洛夫诗歌里最常见的疾病症状(包括"咳嗽［咯血］"、"盗汗"、"潮红"、"呕吐"、"消瘦"、"疲乏"等)综合起来,不免使人联想到"结核病"这个颇受重视而又隐喻意味极为丰富的疾病,同时肺结核或痨病又常常作为令生命升华的隐喻来使用。日本评论家柄谷行人(KARATANI Kōjin, 1941—)

---

① ［德］波兰特:《文学与疾病:比较文学研究的几个方面》,第265页。

说，“蔓延于社会的肺结核是非常悲惨的，而文学中肺结核作为隐喻，经由文学而神化了”[①]。这种文学上的“神化”，通过桑塔格的解读，表现为四个方面：（1）结核病曾一直被情感化地加以看待，被浪漫化地加以处理；（2）易患结核病的人多是生性敏感、耽于感情，他们脸色的苍白与潮红表示了热情的顺从与举止的亢奋；（3）肺结核发生的部位处于身体上半部，属于精神化的部位，因此获得相对应的精神化品质；（4）结核病患者的死亡也被美化，被赋予道德色彩，死于结核病的人被视为具有浪漫人格[②]。桑塔格甚至断言，世界上没有一种疾病能像结核病那样，成为人类理想和激情的源泉[③]。

只要略微对比一下肺结核的病发症状——“呼吸短促，声音嘶哑，食欲不振，体重和力量逐步消耗，胸腔疼痛，梦中盗汗，吐血和杂物，脸部晕红，手足发热……持续的体质损耗，直至死亡”[④]——那么便可看出，洛夫诗没有明言的病症描述大多具有指涉结核病的意味，我们对照癌症，试从以下几个方面加以分析。

首先，相较于癌症，结核病被视为症状对比极端突出的病：苍白与潮红，一会儿亢奋，一会儿疲乏。这种阵发性过程可经由“咳嗽”这个被认为是结核病的典型症状看出，“患者痛苦地咳完后，又疲乏地恢复到原来的状态，缓过气来，正常呼吸；然后，又咳开了”[⑤]。癌症则与之不同，不带有那种据认为是结核病特征的矛盾行为的对比——亢奋的举止、热情的顺从[⑥]。洛夫诗对“咳嗽”有多处发人联想的描写：

> 铁锁多少有些锈味/门呀地一声推开/便隐约听到屋里呛呛的

---

① 桑林：《瘟疫：文明的代价》，广东经济出版社2003年版，第130—131页。

② ［美］桑塔格：《作为隐喻的疾病》，第10—15、17—20页。

③ 施敏：《走出疾病隐喻的迷沼：评苏珊·桑塔格〈疾病的隐喻〉》，第61页。

④ 这是英国医药史研究专家波特（Roy Porter，1946—2002）参考18世纪英国医生赫伯登（William Heberden，1710—1801）给出的描述。［英］波特：《痨病》，载［英］波力奥（Janine Bourriau）主编《理解灾变》（*Understanding the Catastrophy*），郑毅译，华夏出版社2006年版，第166页。

⑤ ［美］桑塔格：《作为隐喻的疾病》，第12页。

⑥ 同上。

咳嗽①

　　其实，囚在格子里的/只是一只抽烟，咳嗽，沉思/在孤独中酝酿沉沉吼声的/狮子②

　　我毒藤一般被人曝晒，焚毁/我被浓烈的阿姆尼亚呛得咳嗽/风雷动地，我以泞泥塞住耳朵③

　　大声咳嗽之后便有了/一种倾向/一种可能/一种终将与你背道而驰的主张④

这些诗句多多少少都包含着某种亢奋狂乱的举止，在《不被承认的秩序》中对此的状写就更为明显，尤其是"极冷"与"极热"的对立:

　　铁锁没有肌肤，没有指纹，没有愤怒的舌头与牙齿，没有沉思的毛发与骨骼/没有语言/身子极冷而影子又极热/温暖如信件/暴躁如焚烧的泪/不安啊! 如从江水中提出的一桶月亮/我是灌木林，是荆棘⑤

结核病人的苍白只是暂时性的，而癌患者却始终不变地苍白⑥，对结核病独有的苍白与潮红间的切换状态，洛夫诗往往用"青"、"红"、"白"三色进行表达，并辅以或怒或悲的心绪:

　　落日如鞭，在被抽红的背甲上/我是一只举螯而怒的蟹⑦

---

① 洛夫:《绍兴访鲁迅故居》，载《天使的涅槃》，第38页。
② 洛夫:《读报》，载《月光房子》，第203页。
③ 洛夫:《根》，载《梦的图解》，第66页。
④ 洛夫:《致诸神》，载《漂木》，第203页。
⑤ 洛夫:《不被承认的秩序》，载《魔歌》，第115页。
⑥ ［美］桑塔格:《作为隐喻的疾病》，第12页。
⑦ 洛夫:《石室之死亡:洛夫诗集》，第91页。

哦，无声的愤怒/由青转红……①

如要把我杀死/不妨先以圣诞红那种/激怒的/颜色//惹我/把我温柔地杀死吧/用你那嫩叶上/纯白的/露滴②

我怀抱一颗石榴/如怀抱大地/而石榴如是之嫣红/而大地如是之苍白//剖开它，只见/内部暗藏着/一格一格/晶莹的泪/我吃着/一粒一粒的/酸酸甜甜的石榴子/如吃/大地干瘪的奶头③

其次，尽管结核病与癌症都表现为身体消瘦的过程，但患者体重的减轻由结核病引起是大大不同于由癌症引起的。对结核病而言，病人是"被消耗掉的"，是被燃烧掉的，而对癌症来说，患者是被外来细胞"入侵"的，并且癌细胞大量繁殖，造成身体机能的退化和障碍④。因此结核病有着更多道德方面的隐喻，癌症则含有军事方面的隐喻居多。洛夫写"瘦"，以"手之瘦"、"身形之瘦"与"花之瘦"为主，描写前者的典型诗句有：

某些衣裳发亮，某些脸在里面腐烂/那么多咳嗽，那么多枯干的手掌/握不住一点暖意⑤

反转口袋一看/仍是那只又瘦了一些的/食指⑥

至于那些心狠手辣的催稿者/不言不语，两眼/瞪着你那瘦小的手指⑦

---

①　洛夫：《愤怒的葡萄》，载《魔歌》，第129—130页。
②　洛夫：《初晴（一）》，载《魔歌》，第155—156页。
③　洛夫：《石榴》，载《月光房子》，第149—150页。
④　[美] 桑塔格：《作为隐喻的疾病》，第14页。
⑤　洛夫，《石室之死亡：洛夫诗集》，第37页。
⑥　洛夫：《妻的手指》，载《梦的图解》，第46页。
⑦　洛夫：《截指记》，载《梦的图解》，第26页。

　　群山霭霭／融雪总在下午进行／汇成细流涓涓的／是你晶莹而瘦长的手指，伸入／千山万壑①

洛夫笔下的"身形之瘦"主要集中在"少年"与"女性"的体态，试看：

　　某日下午。室内／窗口摆着一盆水仙，盆内散置一堆石子，露着白牙／一个瘦长的少年在浇水②

　　突然在溪水中／看到自己瘦成了一株青竹／风吹来／节节都在摇晃／节节都在坚持③

　　瘦了，瘦／得露出了年轮／如是我见我闻，我全身颤栗于／一阵青铜的激响。④

　　一个瘦骨棱棱的女子，却怀着／一窝待产的意象／我发现她竟是如此单薄而苍白／使我想起败了味的／三月桃花飘落泥地之前的笑声⑤

女性的体态之瘦在洛夫诗中往往与"花之瘦"建立着更多的联系，先看诗人笔下写花的诗句：

　　田埂上／午寐中的白鹭只用一只脚／撑住满身秋寒／而我阳台上的那盆瘦海棠／于今也得了／严重的胃病⑥

　　以裸裎之姿／众树紧拉着手／肌肤相触／在寒风中互传体温／繁花落

---

① 洛夫：《雪祭韩龙云》，载《梦的图解》，第 127 页。
② 洛夫：《水仙之走》，载《梦的图解》，第 28 页。
③ 洛夫：《致王维》，载《天使的涅槃》，第 136 页。
④ 洛夫：《一夜秋风你便瘦得如一句箫声》，载《隐题诗》，第 124 页。
⑤ 洛夫：《纸鹤》，载《雪落无声》，第 74 页。
⑥ 洛夫：《秋末怀维廉》，载《魔歌》，第 146 页。

尽之后/年轮/徐徐地/缠着一身瘦骨转①

露台上只灿烂那么一夜的昙花/就无所谓丰腴和消瘦了②

把病瘦的女性与花朵的凋零相联系是传统的疾病写法："将被疾病逐渐消耗而衰弱的过程，描摹成一种像花儿被无常的风霜所摧毁那样安详、没有痛苦的过程"，结核病"产生了一种迷人的虚弱，并且伴随着超常的想象力、天分以及鉴赏力"③。就中国古典文学传统来说，女主角患上结核病几乎成了一种套路（当然也许仅是具有结核病人的气质，或表现出结核病发病时的病态），如《红楼梦》里的林黛玉。这与东方人看待女性理想美的方式有关，即把"柔弱"看成理想女性美的重要含义之一，而结核病恰恰能把这种柔美的意象提升。美丽而柔弱，是一种东方传统的理想女性美，尽管导致柔弱的原因是一种疾病，一旦与美结合在一起，就变得不那么可怕了，成了一种罗曼蒂克的病，给人的感觉与其说是痛苦，不如说是感伤。这种女性的美净化了疾病，使其灵魂更为超凡脱俗。在此种前提之下，如果再与死亡联结，就更显示出生命的升华，这在洛夫的诗篇中可以得到证实：

玉人一病不起/生生世世再也无人能解读你眼中/烟一般的星图④

竟夕绕室而行/未央宫的每一扇窗口/他都站过/冷白的手指剔着灯花/轻咳声中/禁城里全部的海棠/一夜凋成/秋风⑤

玫瑰的悲哀正由于它的/瑰丽。（落叶听了此话笑得满地翻滚）/枯干形同一堆骷髅/萎弃于地/之前精血早已被一群蜂蝶吸尽/后事便等着浪漫派的/才子佳人前来收拾/想到被刺的异样感觉/起先多少有

---

① 洛夫：《秋辞八首》，载《酿酒的石头》，第24—25页。
② 洛夫：《给女儿晓民》，载《酿酒的石头》，第45页。
③ ［英］波特：《痨病》，第178页。
④ 洛夫：《沧海月明珠有泪 蓝田日暖玉生烟》，载《隐题诗》，第90页。
⑤ 洛夫：《长恨歌》，载《魔歌》，第141页。

点心猿意马/被翻红浪是多么要命的骚动/捧起她那贴/着胸脯的脸，失血//的唇，一种/日落黄昏时的妩媚/子曰：慎哉慎哉①

桑塔格说，"结核病被认为提供了一种从容的死法"，一个多世纪以来，人们一直"乐于用结核病来赋予死亡以意义"，因而被认为是一种"有启迪作用、优雅的病"，尤其是死于结核病的年轻人②。相比之下，结核病所隐喻的这种崇高、平静的死与癌症患者骇人、痛楚、卑贱的死简直不可同日而语。当描绘垂死的结核病人时，他们被塑造得"更美丽"、"更真诚"，而刻画垂死的癌症患者时，"尽数剥夺了他们自我超越的能力，让他们被恐惧和痛苦弄得毫无尊严"③。洛夫诗在体现生命由疾病而得以升华时，可以说也是大致沿着这一套路行进的。

我们以洛夫诗歌里的疾病意象为研究主体，着重从隐喻的角度探讨了诗人在展开诗意想象时显现的某些可能的细微意图。诗歌意象与隐喻之间原本就保持着不可割裂的关系，简言之，通过具有隐喻性的意象，诗歌证明了自身的存在④，隐喻也由此而带上了文学想象的书写价值。谨总结本章十项要点如下：

（1）疾病是"人人都能体念的基本经验之一"，"人们可以借助疾病引申涉及一些经验和认识"。这些"经验和认识"在文学研究上的重要意义在于它们超越了"生病这一反面基本经验"，在文学介体和语言艺术中，疾病现象包含着"其他意义"，比在现实生活世界中的意义丰富得多。

（2）"文学与疾病"这一题旨由于它本身就带有"医学性的处理"，因而既是文学的，也是"边缘科学的"。

（3）"疾病意象"与"疾病隐喻"在文学研究的纷繁课题中是较为特殊的两个侧面。

（4）纵观台湾著名诗人洛夫数十年的创作历程和其代表诗作，我们

---

① 洛夫：《玫瑰枯萎之后才想起被捧着的日子》，载《隐题诗》，第93页。

② ［美］桑塔格：《作为隐喻的疾病》，第16页。

③ 同上书，第17页。

④ 张沛：《隐喻的生命》，第113页。

发现，洛夫诗中的疾病意象大概有两种：明写的疾病和暗写的疾病（可参考本章附录一、附录二）。

（5）同时，我们亦发现，如果将洛夫对疾病意象的书写与其诗歌创作生涯五大时期联系起来，似乎存在一定的变化轨迹（可参考附录三）。这一转变轨迹说明了什么，我们希望通过"疾病隐喻"的分析作出某些解释并进行发散式的延展。

（6）"隐喻性"已成为当今学术界讨论的热门话题。疾病无论是在社会生活中，还是文艺作品里，都不止意味着疾病本身，疾病在人们所处的世界被追加了复杂的隐喻意义，疾病成了"整个世界的象征和重大隐喻"。

（7）借助美国著名作家、评论家桑塔格的疾病隐喻理论，我们首先论述了洛夫诗疾病意象的社会隐喻，具体分为传统式社会隐喻和现代式社会隐喻两种。

（8）其次，对于洛夫诗疾病意象的军事隐喻，我们重点观察了洛夫诗中疾病与"毒"的关系，以及由此反映出的焦虑情绪。此外，"病毒"对大叙事精神的解构，也予以了一定篇幅的讨论。

（9）洛夫诗疾病意象的道德隐喻包含了生命的贬值、生命的升华两种观念，此二者在洛夫诗里都有各自的体现，前者主要是借助癌病意象，后者则是结核病意象。

（10）诗人洛夫 2006 年 11 月途经香港，笔者曾请教其诗作中的疾病意象与隐喻，洛夫对此很感兴趣，但也坦述从未刻意在创作中描写疾病或专门赋予疾病隐喻的意义，自己也没有患过任何严重的病症。这就触及了一系列长久以来困扰文学疾病主题的疑问，那就是：谁来断定文学作品中出现的"疾病"之所以为疾病？对此，本章也有相关的探讨。

本章附录

附录一   洛夫诗明写的疾病

洛夫诗疾病意象特点	举例	
（1）直接提及"病"或"疾"共计二十余处，明确命名的病症有"贫血"、"中风"、"心脏衰弱"、"季节病"、"脑血管阻塞"、"胃溃疡"、"便秘"、"肾亏"、"眼疾"、"伤寒"、"痢疾"、"肿瘤"、"毒瘤"、"梅毒"等	十年的心惊/为你换来十种绝症/齿摇，发落，视力半盲/气喘，盗汗/贫血，两腿中风/心脏衰弱/脑血管阻塞	《血的再版：悼亡母诗》，载《酿酒的石头》，第153页
	在那病了的年代/贫血，便秘，肾亏	《第三章 2》，载《漂木》，第118页
	患眼疾的那个晚上/王府井大街的雷雨把历史翻得哗哗作响	《隔海的啸声：赠任洪渊》，载《雪落无声》，第38—39页
（2）发病期多在秋冬季节	对我而言/冬日抱病胜如抱炉/不咳不瘦//不盗汗/胃口好得像块海绵，而且/夜半惊起/只为窗外条然飞来/一个得意的诗句	《无病之吟》，载《梦的图解》，第107页
（3）患病的个体可以是人，也可以是非人，如"夹竹桃与凤尾草"、"森林"、"云"、"黄河"、"蟋蟀"、"红色"等	从夹竹桃与凤尾草病了的下午走出	《石室之死亡：洛夫诗集》第41页
	黄河病了，长城老了，三峡患了胃溃疡	《是耶非耶》，载《天使的涅槃》，第78页
（4）部分疾病具有传染性，且多与"毒"有关。"毒与植物（藤、曼陀罗、草、罂粟）"、"毒与蛇"、"病毒与冰窖"、"女性毒瘤"最为显著	据说，最后你乃死于一种马克斯病毒	《血的再版：悼亡母诗》，载《酿酒的石头》，第153页
	红色，永远是一种危险的恶疾	《第二章 3》，《漂木》，第89页
	而你们守护的孤独/是最毒的那一株大花曼陀罗	《瓶中书札之二 1》，载《漂木》，第133页

续表

洛夫诗疾病意象特点	举例	
(5)"胃溃疡"是众多疾病里出现最集中的病症,在洛诗看来,胃病是引发"吐血"的原因	水边,漂来一双脚印/莫不就是那一尊默不作声/患过恶性胃溃疡/吐过血/仰着伤口狂啸的/旧炮/我抚摸过的手/翻转来/一九二八年的那滴血/仍在掌心沸腾	《啸》,载《魔歌》,第65—66页

附录二　洛夫诗暗写的疾病症状

症状	举例	
(1)咳嗽 (咯血)	某些衣裳发亮,某些脸在里面腐烂/那么多咳嗽,那么多枯干的手掌/握不住一点暖意	《石室之死亡:洛夫诗集》,第37页
	竟夕绕室而行/未央宫的每一扇窗口/他都站过/冷白的手指剔着灯花/轻咳声中/禁城里全部的海棠/一夜凋成/秋风	《长恨歌》,载《魔歌》,第141页
	铁锁多少有些锈味/门呀地一声推开/便隐约听到屋里呛呛的咳嗽	《绍兴访鲁迅故居》,《天使的涅槃》,第38页
	商禽之一再咳嗽并无因/而管管辛郁的引吭高歌/每一句都含有血块	《夜饮溪头公园》①
	病了病了/病得像山坡上那丛凋残的杜鹃/只剩下唯一的一朵/蹲在那块"禁止越界"的告示牌后面/咯血……	《边界望乡》②

---

① 洛夫:《夜饮溪头公园》,载《洛夫诗歌全集·卷2》,普音文化股份事业有限公司2009年版,第159页。萧萧:《我们的血在雾起时尚未凝结:洛夫诗作座谈实录》,载《中外文学》1981年第8期,第86—105页。

② 洛夫:《边界望乡》,载《雨想说的:洛夫自选集》,花城出版社2006年版,第13—14页。萧萧:《我们的血在雾起时尚未凝结:洛夫诗作座谈实录》,第86—105页。

续表

症状	举例	
（2）盗汗	十年的心惊／为你换来十种绝症／齿摇，发落，视力半盲／气喘，盗汗／贫血，两腿中风／心脏衰弱／脑血管阻塞／据说，最后你乃死于一种马克斯病毒	《血的再版：悼亡母诗》，载《酿酒的石头》，第 153 页
（3）潮红	他习惯红着脸膛／咒风骂雨痛斥霜雪将所有的梦／都冻结在一个长长的夜里	《他的心事如落叶：给一群老兵》，载《月光房子》，第 200 页
	而全身一夜之间变红／这又是何种征兆？／红色，永远是一种危险的恶疾／河水红着脸／藻草红着脸 鹅卵石／红着脸，苔藓红着脸／浮游生物红着脸／躲在峰顶上偷窥的月亮红着脸／整条亚当河的呼吸是红的／我们的神／委顿地站在高高的云端／脸也是红的	《第二章 3》，载《漂木》，第 89 页
（4）呕吐	我吸取，我输送，我呕白色的血，我枯瘦	《根》，载《梦的图解》，第 63 页
	酒店尚未打烊／夜色犹带微醺／我在巴黎街头的最后一盏灯熄灭时／与正在呕吐的波特莱尔不期而遇	《致诗人》，载《漂木》，第 138 页
（5）消瘦	我一天天瘦了下去／当毛虫把思想绕成一个茧	《奥秘》，载《梦的图解》，第 53 页
	不知穿一袭青衫像不像那云／如此单薄，云常在某一山谷中病瘦／我在碑上刻完了死，然后把刀子折断	《石室之死亡：洛夫诗集》，第 77 页
	田埂上／午寐中的白鹭只用一只脚／撑住满身秋寒／而我阳台上的那盆瘦海棠／于今也得了／严重的胃病	《秋末怀维廉》，载《魔歌》，第 146 页
（6）疲乏	扬尘之后／是疲倦／夕阳正好／曼哈顿河边／一个黑人猛洗他的皮肤	《致诗人金斯堡》，载《魔歌》，第 57—58 页
	贴了多年封条的翅膀疲软乏力	《再别衡阳车站》，《天使的涅槃》，第 54 页

附录三　洛夫诗疾病描写的变化轨迹

分期	对应诗集或诗歌	疾病意象特点
现代诗探索时期（1954—1970）	《石室之死亡：洛夫诗集》、《无岸之河》	1. 洛夫早期对疾病的状写多用"疾"或"病"等词表达抽象概念
反思传统，融合现代与古典时期（1971—1985）	《魔歌》、《酿酒的石头》	2. 具有明确医学术语的疾病名称多集中在中前期的作品
乡愁时期（1985—1995）	《边界望乡》、《血的再版：悼亡母诗》、《月光房子》、《天使的涅槃》、《梦的图解》（《时间之伤》的再版）、《隐题诗》	3. 后期的疾病意象多以描述症状为主，直接提及疾病名称的情况减少
天涯美学时期（1996—）	《雪落无声》、《漂木》	

辑二　嗅觉书写

第 五 章

文学中的嗅觉书写：两种阐释模式的
思考与重构

嗅觉是无所不能的魔法师，能送我们越过数千里，穿过所有往日的时光。……气味，瞬息即逝又难于捕捉，却使我的心房快乐地膨胀、或因忆起悲伤而收缩。

——凯勒（Helen Keller，1880—1968）①

随着"身体"主题自 20 世纪中叶以来成为众多学科及媒体日渐注意的焦点，关于"嗅觉"的思考，也逐步在人文研究、社会学和文化理论诸领域，引起了广泛的兴趣②。将文学中的"嗅觉"书写放置在当前身体研究的总体框架和宏大背景之下，已是必然趋势。嗅觉课题的特殊地位造就了自身纵深维度的同时，也彰显出其带给文学的冲击、启示和研讨价值。然而，双刃剑的另一侧，则是今时今日的文学批评正在走出文学，此一境况所引发的问题意识，落实到文学的嗅觉议题，便是应当如何具体而

---

① 此段文字之中文翻译摘自《感官之旅》（*A Natural History of the Senses*）一书。［美］艾克曼（Diane Ackerman，1948—）：《感官之旅》（*A Natural History of the Senses*），庄安祺译，时报文化出版企业股份有限公司 2007 年版，第 18 页。

② ［英］斯威尼（Sean Sweeney，1966—）、［英］霍德（Ian Hodder，1948—）：《绪论》（"Introduction"），载［英］斯威尼、［英］霍德主编《身体》（*The Body*），贾俐译，华夏出版社 2006 年版，第 2 页。［法］拉图尔（Bruno Latour，1947—）：《身体、控制论身体物体和肉体的政治》（"Body，Cyborgs and the Politics of Incarnation"），载《身体》，第 120 页。

微地审视作家创作中的"嗅觉"书写，如何在现有阐释模式的基础上进行思考与重构。

有鉴于此，本章将呼应第二章提出的关于"身体—意识—文学想象"之思辨线索，尝试于理论探讨的层面，在反思当下较为常见的"感知—嗅觉—记忆"阐释模式的基础上，初步建构和完善我们所倡导的"身体感—嗅觉—想象"言说体系，进而力求对身体研究范畴下的文学与嗅觉课题予以推进和突破。

第一节　反思"感知—嗅觉—记忆"阐释模式

应当承认，嗅觉议题至今仍是一个新兴的研究领域，无论在广度与深度上，学界对"嗅觉"较为严肃的学术涉猎和知识累积都显得相对薄弱。首先，让我们就东西方文化中关于嗅觉研究的情况进行一番简要的回顾和综述。

一　东西方嗅觉研究概况

在西方，自古典时期以降，所谓的知觉研究主要是以人类五种外部感官为对象，按其重要性，依次是：视觉、听觉、触觉、味觉和嗅觉（后三者的次序并不固定，会随所强调的感觉方面不同而不同）。哲学的这一"感官等级"，经由柏拉图（Plato，428/427BC – 348/347BC）制定出来，便成为根深蒂固的基本观念，但凡西方哲学奠基性著作无不依照这一等级次序排列[①]。其中，哲学对视觉的关注，更是其他几种感官难以企及的，而触觉、嗅觉和味觉，则长期被认为是肉体的感官，远离理智、知性，在知觉研究中往往一带而过，只配享有低级地位[②]。嗅觉更因为尤其与性欲有关，处于最底层，甚至西方传统哲学思维对肉体的

---

① 周与沉：《身体：思想与修行——以中国经典为中心的跨文化关照》，中国社会科学出版社 2005 年版，第 131—132 页。

② ［美］考斯梅尔（Carolyn Korsmeyer）：《导言》，载《味觉：食物与哲学》（*Making Sense of Taste*），吴琼、叶勤、张雷译，中国友谊出版公司 2001 年版，第 3—4 页。

憎恨,也往往伴随着对嗅觉的根深蒂固的憎恶,蔑视气味同厌恶肉体成正比[①]。近代经典现象学研究虽然强调意识的方式与内容,看重知觉,重视人类经验模式的描述,却唯独对嗅觉不感兴趣,已有资料显示,梅洛－庞蒂(Maurice Merleau－Ponty,1908—1961)在其《知觉现象学》(*Phenomenology of Perception*)一书中几乎没有讨论嗅觉问题[②]。

尽管如此,西方人往往受益于强烈的反思精神,善于触及自身文化中的边缘现象。在味觉与嗅觉研究领域,近年来不断推出视角、理论俱新的著作,像勒盖莱(Annick Le Guerer)的《气味》、考斯梅尔(Carolyn Korsmeyer)的《味觉:食物与哲学》、艾克曼(Diane Ackerman,1948—)的《气味、记忆与爱欲:艾克曼的大脑诗篇》[③]、瓦润(Piet Vroon)等人合著的《嗅觉符码:欲望和记忆的语言》[④]、赫兹(Rachel Herz,1963—)的《气味之谜:主宰人类现在与未来生存的神奇感官》[⑤]等,均给西方学界带来不小的启示与冲击。

与西方相比,以中国文化为代表的东方文明对嗅觉与味觉并没有明显、刻意的贬斥,相反,对“嗅”与“味”的强调自古以来就非常突出,特别是对“五味”的重视程度至少不亚于“五声”、“五色”[⑥]。日本学者笠原仲二(KASAHARA Chūji,1917—)认为,味觉与嗅觉孕育了中国人最原初的“美意识”[⑦],在不与“善”这个概念混同的情况下,最初的

---

①　[法]昂弗莱(Michel Onfray,1959—):《享乐的艺术:论享乐唯物主义》,刘汉全译,生活·读书·新知三联书店2003年版,第117—127页。

②　[法]勒盖莱(Annick Le Guerer):《气味》(*Le Pouvoir De L'Odeur*),黄忠荣译,湖南文艺出版社2001年版,第207页。[法]梅洛－庞蒂(Maurice Merleau－Ponty,1908—1961):《知觉现象学》(*Phenomenology of Perception*),姜志辉(1955—)译,商务印书馆2005年版。

③　[美]艾克曼:《气味、记忆与爱欲:艾克曼的大脑诗篇》(*An Alchemy of Mind：The Marvel and Mystery of the Brain*),庄安祺译,时报文化出版企业股份有限公司2004年版。

④　[荷]瓦润(Piet Vroon)等著:《嗅觉符码:记忆和欲望的语言》(*Verborgen Verleider：Psychologie Van de Reuk*),洪惠娟(1965—)译,汕头大学出版社2003年版。

⑤　[美]赫兹(Rachel Herz,1963—):《气味之谜:主宰人类现在与未来生存的神奇感官》(*The Scent of Desire：Discovering Our Enigmatic Sense of Smell*),李晓筠(1978—)译,方言文化出版事业有限公司2009年版。

⑥　周与沉:《身体:思想与修行——以中国经典为中心的跨文化关照》,第132页。

⑦　[日]笠原仲二(KASAHARA Chūji,1917—):《古代中国人的美意识》,魏常海译,北京大学出版社1987年版,第2、19页。

"美"一定包含味和嗅①。同时，中国古人相信五种感官之间有着不可分割的联系，不存在"高卑、上下的审美价值观念"②。许慎（58—147）《说文解字》有"美，甘也，从羊从大"，段注云："甘部曰美也。甘者，五味之一，而五味之美皆曰甘，引申之凡好皆谓之美。"又"甘，美也，从口含一"③。大羊即肥羊之意，且羊肉较腥膻，最能刺激味觉和嗅觉，由此可见文明初起时，中国人对美的定义。所以，味与嗅在古代中国不单纯具备功利或实用意义，而是升华为一种普遍相通的审美概念④，特别是魏晋之后，"味"更成为惯用的文学批评术语，南朝梁代锺嵘（468—518）于《诗品》提出"滋味说"，刘勰（465？—？）在《文心雕龙》中也论及"滋味"。然而，考察中国当今学术界，在古典文学批评理论的"诗味论"以外，迄今仍欠缺研究中国人之"味"与"嗅"观的厚重专著⑤。

　　同时，受西方当代身体研究思潮的影响，中国虽然也开始重新审视身体感官问题，但往往集中在身体器官发展史、生命关怀等方面，对于身体器官功能的研究却明显不足，尤其是"嗅"、"味"、"触"议题的讨论仍属薄弱环节⑥。此外，现有的研究成果也远远不足以配合新时期身体写作的分析，即使是向"诗味论"取法，亦较少有论者系统应用于身体研究范畴，且"诗味论"本身对"味"觉的关注又多于"嗅"觉，讲求"滋味"之味，以及"味外味"⑦。周与沉等学者在研讨中国文学审美意识诸问题时，谈及嗅觉课题，就曾因目前研究的欠缺而明确表示"实在令人

---

　　① 李泽厚（1930—）、刘纲纪（1933—）编：《中国美学史·卷1》，中国社会科学出版社1984年版，第79页。

　　② ［日］笠原仲二：《古代中国人的美意识》，第6—19页。

　　③ 段玉裁（1735—1815）：《说文解字注》，汉京文化事业有限公司1980年版，4篇上，第148页；5篇上，第204页。

　　④ 张皓（1964—）：《中国美学范畴与传统文化》，湖北教育出版社1996年版，第283—298页。

　　⑤ 周与沉：《身体：思想与修行——以中国经典为中心的跨文化关照》，第132页。

　　⑥ 赵之昂（1962—）：《肤觉经验与审美意识》，中国社会科学出版社2007年版，第35—36页。

　　⑦ 许宏香：《"味"：古典美学范畴中感官用语的个案研究》，硕士论文，浙江师范大学，2004年，第1—36页。

遗憾"①。

二 感官、感觉与知觉

国际学术界当前在嗅觉议题上较为普遍的做法,是一反"嗅觉与性"的西方传统观念,把文学上的"嗅觉"议题拓展至"感官论"视域,多为创作型的学者和冒险家提倡,其倡议方式并非一丝不苟的学术性讨论,而是以创作为主的生命经验和想象。感官论者切实关注的是身体各种感官面对大自然时的生理、心理现象。法国符号学理论大师、结构主义思想家巴特(Roland Barthes,1915—1980)曾以"游于艺"的美学观点从饮食符号和游乐器材中进行分析,然后引申出与身体相关的"血的意象"、"口腹之欲"、"意识的遐想"、"食物的神话学"等议题②。感官论者的身体解读策略往往是让心灵"随着冒险的身体神游到想象之外的世界",训练"观看事物的灵活角度","接受随时可能来到的惊奇",通过"再现经验"介入读者的身心秩序,教给读者一种"积极的"、"正面的"、"惊喜的"观看方式,同时也某种程度地替作家的身体写作动机"正名"③。

尽管"感官论"为嗅觉研究提供了一条切实可行的道路,却也在某种程度上造成了嗅觉议题在文学范畴里的降格。"感知—嗅觉—记忆"阐释模式伴随着"感官论"的诸多倡议应运而生,嗅觉意象与嗅觉书写随之被框定在纯粹心理学的考量范畴,甚至仅仅成为了记忆的附庸品,这无疑使嗅觉研究受到变相束缚。在此,有必要就上述流行的这种"感知—嗅觉—记忆"阐释模式做一概念梳理与发生追溯,为后文的论述稍作铺陈。

"感官"(senses)是"感受器官"的简称,是人类和动物身上专司感受各种刺激的结构,是经验的基本生物元素。这些器官反应外部刺激的结果,即为"感觉"(sensation),以心理学术语来说,就是指"刺激引

---

① 周与沉:《身体:思想与修行——以中国经典为中心的跨文化关照》,第132页。

② 郑慧如(1965—):《身体诗论(1970—1999·台湾)》,五南图书出版股份有限公司2004年版,第21页。

③ 同上书,第20—22页。

起神经冲动而导致对身体内外状况的体验或意识的历程"①。通常较为人们讨论的感官及其产生的感觉可分六大类：眼睛的视觉、耳朵的听觉、鼻子的嗅觉、口舌的味觉、身体肌肤的肤觉等②。此外，还有其他感觉，如肌肉、关节的运动觉（kinesthetic sense），半规管、前庭器官的平衡觉（vestibular sense）、内脏感觉（visceral sensation）等。彭聃龄（1935—）主编《普通心理学》也有这样的分类："外部感觉接受外部世界的刺激并反映它们的属性，这类感觉称外部感觉。……内部感觉接受机体内部的刺激并反映它们的属性（机体自身的运动与状态），这种感觉叫内部感觉。"③

嗅觉属于感官系统之一，感觉器官的运作以生理变化为基础，所以嗅觉现象的产生也是以生理现象为基础的。然而，"感觉"是一个比较低级的层次，它仅仅能够觉察到刺激的存在和分辨出刺激的属性，但不知道刺激所代表的意义。在心理学领域，比"感觉"更为复杂的另一个层次称为"知觉"（perception），指"个体根据感觉器官对环境中刺激所收集到的讯息产生感觉后，经脑的统合作用，将感觉传来的讯息加以选择、组织并作出解释的历程"④，知觉在觉察到刺激的存在及属性同时，也担负着对刺激作出解释的任务，因此知觉的产生不只是具备感官的生理基础，还包含一种心理作用。

感觉与知觉虽然不同，却关系密切，可用如下三点进行概括：（1）感觉与知觉之间是连续的，前者是形成后者的基础，感觉经验先于知觉产生；（2）感觉是以单一感官（如鼻子）生理作用为基础的立即而简单的心理历程，知觉则属于大脑综合运作后所发生的复杂心理历程，然而单从行为反应来看，两者间的差异不易区别；（3）感觉是普遍现象

①   郭心怡：《气味的基本属性之探讨》，硕士论文，明新科技大学，2006年，第4页。[美] 津巴多（Philip G. Zimbardo, 1933—）、[美] 格瑞格（Richard J. Gerrig）：《心理学导论》（Psychology and Life），游恒山译，五南图书出版股份有限公司1997年版，第168—169页。

②   我们认为，与"触觉"相比，"肤觉"是一个更为全面的概念，而肤觉"又可分为触觉、痛觉、温觉、冷觉等多种"。张春兴（1927—）：《现代心理学》，上海人民出版社1994年版，第81页。

③   彭聃龄（1935—）：《普通心理学》，北京师范大学出版社2001年版，第176页。陈昌明：《先秦儒道"感官"观念探析》，载《成大中文学报》2002年第10期，第99页。

④   郭心怡：《气味的基本属性之探讨》，第4页。

（如鼻子正常的人均有嗅觉），而知觉则有很大的个体差异，相同程度的刺激被不同的人察觉到，或许在知觉上出现相去甚远的情形①。可见，人的官能作用所呈现的内涵无法离开感觉与知觉的配合，只有感官或者只有感觉，不可能认识这个世界，而必须经由知觉的运作。奥地利心理学家马赫（Ernst Mach，1838—1916）在《感觉的分析》（The Analysis of Sensations）指出，感觉的对象离不开感官的作用，离不开人的感受、情绪、意志的作用，可感觉对象的性质存在于物理要素与心理要素的结合之中②。所以任何身体书写表现在文学作品中，皆非视、听、嗅、味、肤五种简单的感觉而已，必然要综合感觉与知觉认定才较为合适。很多文学理论家和批评家均意识到这一点，中国六朝文学"感官性"研究者陈昌明曾说："只讨论感官而没有涉及知觉，显然在文学的论述中，是没有意义的"③。

三　嗅觉、气味与记忆

嗅觉（smell）是由有气味的挥发性物质引起的，这些物质以分子状态接触嗅腔嗅觉感受器（主要指鼻腔上部粘膜中的嗅细胞），使人产生神经兴奋，经嗅束传至嗅觉皮层部位，进而产生嗅感觉。气味的明显程度通常与温度高低有关，温度越高的物质，分子运动越激烈，作用于嗅觉器官的效果就越明显。又因为气化物靠空气扩散，不必直接与刺激起源相接触即可产生嗅觉，所以嗅觉是距离性感觉④。嗅觉不论是在低等动物或人类，都充当着举足轻重的角色。学术科研角度而言，嗅觉感官领域的相关知识以及气味认知的基本特性均有待深入探讨。嗅觉长久以来是身体上最令人迷惑的感觉，人类能够辨别及记得万余种味道的基本原理，直到2004年才被诺贝尔生理医学奖得主阿克塞尔（Richard Axel，1946—）及

---

① 仇小屏：《论听觉、嗅觉空间定位之模糊化：以唐宋诗词为考察对象》，载《文与哲》2006年第9期，第193页。郭心怡：《气味的基本属性之探讨》，第4页。

② ［奥］马赫（Ernst Mach，1838—1916）：《感觉的分析》（The Analysis of Sensations），洪谦（1909—1992）等译，商务印书馆1997年版，第46—50页。

③ 陈昌明：《沉迷与超越：六朝文学之感官辩证》，里仁书局2005年版，第3—4页。

④ 彭聃龄：《普通心理学》，第117页。张春兴：《现代心理学》，第103页。廖汝文：《视觉与嗅觉之关联性研究：以香水包装为例》，硕士论文，中原大学，2005年，第30—32页。

巴克（Linda Buck，1947—）初步解开①。对某些气味的喜好与厌恶（如香甜气味令人舒适，腐败气味则令人反感）似乎存在生物演化过程的共同点，而其他一些情况，例如气味与情境的制约联结、饮食习性、文化特征等，则显示了气味的某种个体后天感受经验差异，造成不同的人对特定气味的感受与认知颇为不同。如何认知及解释气味所携带的讯息，还是一个全新的领域②。

气味刺激不单纯是感官的活动与辨识，也牵涉到情绪和记忆，经由气味链接的记忆常常伴随着个体不同的生活经验而掺杂了独特的情感成分③，当人们嗅闻某些东西时，会自然而然的赋予气味很多情绪上的、或者快乐或者厌恶的联想，从而产生所谓的嗅觉记忆（olfactory memory）④。艾克曼说："世上没有比气味更容易记忆的事物。"⑤嗅觉的记忆过程有两种基本形式，一是"情节记忆"（episodic memory），二是"语意记忆"（semantic memory），两者的区别在于从记忆中提取讯息所需要的线索不同⑥。前者指保存有关个人经历过的特殊事件（个人自身的知觉经验）的记忆，是一种"自传式"的记忆，着重于时间（何时发生）和环境背景（何处发生）方面的参考架构，这种记忆使人们记得多件事情，包括绝大部分生活史，例如一个人最快乐的生日、有关初吻的回忆等。后者指储存无关于个人经验的讯息或事实的记忆，是普遍的、无条件的记忆，是一种"百科辞典式"的记忆，例如各种概念和文字的意义对一个群体的大多数人而言，并不需要在提取时诉求于情节的线索或该记忆被获得时的学习背

---

①　阿克塞尔（Richard Axel，1946—）、巴克（Linda Buck，1947—）的研究主题是嗅觉接收器与嗅觉系统的组织整合。嗅觉冲动传到大脑皮质嗅觉区域，经诠释、分析产生嗅觉气味认知，然而神经讯号传递到大脑之后的被解释过程以及联结的记忆区域，至今所知仍十分有限。郭心怡：《气味的基本属性之探讨》，第 1 页。

②　郭心怡：《气味的基本属性之探讨》，第 1 页。

③　同上书，第 2 页。

④　同上书，第 15 页。

⑤　［美］艾克曼：《气味、记忆与爱欲：艾克曼的大脑诗篇》，第 18 页。

⑥　"情节记忆"和"语意记忆"均属于"陈述性记忆"（declarative memory），"陈述性记忆"又与"程序性记忆"（procedural memory）并列为人类记忆的两大分类。除了这种分类方式之外，记忆还可区分为"内隐记忆"（implicit memory）和"外显记忆"（explicit memory）等。［美］津巴多、［美］格瑞格：《心理学导论》，第 268—272 页。

景。"语意记忆"使人们可以辨识现象和物体,并用语言加以描述[①]。相比较而言,"情节记忆"特别容易被气味唤醒,而语言在嗅觉方面扮演的角色并不重要,有太多的气味是人类完全或几乎不能描述的,同时,人们虽然拥有清楚的嗅觉感受,大多数情况下却无法明确辨识气味的来源或发出气味的物质,这都意味着在语意范围内,人们追溯气味的能力非常有限[②]。因此,很多嗅觉研究者都承认,气味常在舌尖,却和语言距离很远,甚至要向未曾嗅过某种味道的人描述此种气味时,由于缺乏形容的字词而几乎成为不可能,称嗅觉是"沉默的知觉,无言的官能"确实不算过分[③]。除了上述两种记忆模式,"内隐记忆"(implicit memory)也在嗅觉上扮演某种角色。"内隐记忆"主要存储那些无意识的、不费力的、或未察觉的东西。虽然人们往往不记得这些,但它们却会影响人们的行为和心境,只要一触及气味的引线,回忆便同时浮现[④]。换言之,气味具有活化记忆的效果,"就算无法说出气味的名称,或对此气味作更精确的描述,嗅觉仍可扮演重要线索,让人们记起遗忘的经验和过去的事"[⑤]。根据罗德威(Paul Rodaway,1961—)的研究,嗅觉记忆可归纳为下列几项特性:(1)嗅觉提供了"嗅觉景观"(smellscape)的想象,嗅觉可以区别特殊的气味,而这些气味令人联想到特别的事件或情境;(2)嗅觉记忆可以绵长久远而且精确,亦令人回忆起现存或是过往的经验(尤其是场所经验);(3)某些特殊气味所形成的嗅觉经验很容易引发人强烈的情感反应[⑥]。

---

① "语意记忆"的内容通常是一般知识和规律,例如"中华人民共和国的首都是北京"这类事实,但人们对语意记忆的回忆并非总是正确的。[美]津巴多、[美]格瑞格:《心理学导论》,第278—279页。

② 郭心怡:《气味的基本属性之探讨》,第14—15页。

③ [美]艾克曼:《气味、记忆与爱欲:艾克曼的大脑诗篇》,第19页。

④ 郭心怡:《气味的基本属性之探讨》,第15页。

⑤ 同上书,第15页。

⑥ Paul Rodaway(1961—),*Sensuous Geographies: Body, Sense, and Place*(London: Routledge,1994)64-65. 沈孟颖:《台北咖啡馆:一个(文艺)公共领域之崛起、发展与转化(1930s—1970s)》,硕士论文,中原大学,2002年,第31—32页。张文信:《西洋绘画艺术中"沐浴"的身心灵与空间研究》,硕士论文,中原大学,1999年,第100—101页。

第二节　建构"身体感—嗅觉—想象" 言说体系

嗅觉与记忆的密切关联，体现出人体感官经由感觉综合知觉的认知过程。然而，我们要强调的是，文学上对嗅觉意象的定位，不应将其设置为"感官意象"、"感觉意象"或"知觉意象"，这种定义方式更接近心理学的研究项目，而非文学的。心理学方面，"意象"一词的含义强调过去的感觉或已被获知的经验在心灵上的再生或回忆，"意象"便是意识中的记忆，换言之，人们将心里的记忆和各种性质关联的印象糅合在一起产生的反应造成"意象"①。应该说，文学范畴的意象的确与感知、记忆等不可分割，英美意象诗派代表人物庞德（Ezra Pound，1885—1972）就认为"意象是瞬间的知觉与情绪之复合的表现"，这种对意象的界定，显然偏重意象的具体鲜明性以及可感知性②。尽管如此，假若延续这条思路，所推演出的嗅觉意象，虽然可以按照感官刺激的作用、通道之不同而区别于视觉意象、听觉意象、肤觉意象、味觉意象等，也可以突显嗅觉所独有的重新寻回以往失去记忆的功用③，但是，却很容易使嗅觉书写沦为一种"记忆意象"或"再现性意象"，同时，作家广泛使用气味的意图则简单化为纯粹的记忆唤起，读者的阅读也随之降格成了某种程度的联想。我们对嗅觉意象的定位，首先就是要超越这种记忆层面的"再现性唤起"，而强调创造性或预见性的想象层面，并进一步视之为"身体感意象"，本质上来说，就是要在想象理论的平台上，以想象与感知的诗学思辨作为终极论述目标。

---

① ［美］韦勒克（René Wellek，1903—）、［美］华伦（Austin Warren，1899—）：《文学论：文学研究方法论》（*Theory of Literature*），王梦鸥、许国衡译，志文出版社1976年版，第303页。

② ［美］韦勒克、［美］华伦：《文学论：文学研究方法论》，第304页。袁行霈（1936—）：《中国诗歌艺术研究》，北京大学出版社1996年版，第49页。

③ 李丽娟：《造形与嗅觉意象之关联性研究：以香水为例》，硕士论文，大同大学，2003年，第8—9页。廖汝文：《视觉与嗅觉之关联性研究：以香水包装为例》，第29页。

一　巴什拉诗学想象论的启示

本书第二章,我们曾花费了相当的篇幅从宏观角度讨论身体感与诗学想象的辩证,作为一条介于"心—身"之间的认识之路,有关意识、身体感以及身体感意象等议题,在此不必重申。本节需要进行的工作,是希望借助巴什拉(Gaston Bachelard,1884—1962)诗学想象论的观点,集中探寻嗅觉书写与文学想象的关联,以此作为审视嗅觉意象的理论原则。

从早前对巴什拉想象哲学的概述中,我们已可略窥巴什拉想象观的特殊之处,除了继承和发扬康德(Immanuel Kant,1724—1804)、胡塞尔(Edmund Gustav Albrecht Husserl,1859—1938)等先哲的思想外,巴什拉还借鉴了弗洛伊德(Sigmund Freud,1856—1939)精神分析的某些观念(尽管巴什拉与弗洛伊德的精神分析大相径庭),也深受荣格(C. G. Jung,1875—1961)心理学的影响,这使其想象论更加独具一格。总体来说,可从以下几个方面加以概括:

(1)想象与"认识论障碍"

巴什拉最初对想象的关注是将想象作为"认识论障碍"(epistemological obstacle)之成因看待的。所谓"认识论障碍"就是妨碍"认识论断裂"[①]的概念或方法,主要指那些束缚科学精神、对科学发展造成干扰的阻力。起初,作为一名认识论者和自然科学的哲学家,巴什拉将任何阻止抽象理性、物理实在必然辩证法的实践和态度都视为一种认识的障碍,这些障碍要么是某些习惯强加于人的所谓明白无疑的事实,要么是理解自然常用的简单化模式[②],虽然科学家们声称他们的研究绝对客观,但实际上,认识论的障碍总是在他们的潜意识中起作用。常识依赖于想象是产生认识论障碍的根源,想象在科学中或许具有启发作用,但绝无说服

---

① "认识论断裂"是巴什拉(Gaston Bachelard,1884—1962)科学哲学影响最大的概念之一,主要有两层意思,一是指科学知识与常识的断裂,二是指科学思想发展中的不连续性或间断性。杜声锋(1962—):《巴什拉尔的科学哲学》,载《法国研究》1988年第1期,第34页。

② 涂纪亮(1926—)主编:《现代世界哲学》,重庆出版社1990年版,第242页。

力，如果想象"安分守己"，最终就会"从科学思想中清除出去"①。巴什拉详细分析了七种主要的障碍②，指出这些障碍都属于诸如占星术（astrology）、炼金术（alchemy）、巫术（magic/sorcery）等"前科学精神"，凡此种种潜藏在无意识深处的、想象的、非理性的、意识形态的东西都应该被离析出来，使客观知识纯净化，这个过程用巴什拉的话来说就是"对客观知识进行精神分析"③。

巴什拉之所以对科学知识进行精神分析，同他早年严格区分科学和诗歌、概念和形象的基本思想密切相关。纵观巴什拉一生的著作，其双重主题系以科学为发端却以文学告结束，可以说，巴什拉最初研究诗歌和想象只是试图以诗为反例证明主观性对客观性造成的损失，他认为当人们面向自身的时候，就背离了真实；当人们进行内心的体验时，就一定与客观经验背道而驰④。因此这时的巴什拉完全是一个思想（科学精神）纯粹客观性的捍卫者，其早年（特别是 1938 年以前）关于认识论的著作传达的最主要想法就是使精神尽可能摆脱情感的和想象的东西，以达到"一种经过精神分析而变得纯粹客观的思想之完全的澄澈"⑤。而到了 1938 年，情况发生了改变。这一年巴什拉同时发表的两部作品，标志着他从科学到文学过渡的开始，其一是《科学精神的形成》（*The Formation of the Scientific Mind*）⑥，虽然这仍是一部属于科学性质的著作，并且以"对客观知识进行精神分析"作为副标题，但上述转变的迹象已经显示出来；其二便是

---

① ［美］G. 伽廷：《加斯顿·巴什拉的科学哲学》，兰征译，载《自然科学哲学问题》1988 年第 4 期，第 90 页。

② 七种主要障碍分别是：直接性障碍、普遍性障碍、词语障碍、实用知识障碍、量的知识障碍、实体主义障碍、泛灵论障碍。这些障碍要么错在极端的具体，要么错在无根据的抽象。何建南：《巴什拉尔》，《当代西方著名哲学家评传·卷3·科学哲学》，涂纪亮等编，山东人民出版社 1996 年版，第 419 页。

③ 张旭光（1965—）：《加斯东·巴什拉哲学述评》，载《浙江学刊》2000 年第 2 期，第 35 页。

④ ［法］巴什拉：《火的精神分析》（*The Psychoanalysis of Fire*），杜小真（1946—）、顾嘉琛（1941—）译，岳麓书社 2005 年版，第 11 页。

⑤ ［比］布莱（Georges Poulet, 1902—1990）：《批评意识》（*Conscience Critique*），郭宏安（1943—）译，百花洲文艺出版社 1993 年版，第 170 页。

⑥ ［法］巴什拉：《科学精神的形成》（*The Formation of the Scientific Mind*），钱培鑫（1955—）译，江苏教育出版社 2006 年版。

《火的精神分析》（*The Psychoanalysis of Fire*），这部一经出版就震惊当时法国评论界的作品正是通过产生于主观想象中的火的形象，宣告了巴什拉哲学转向了诗学想象和本质上是主观的思想上来，其精神分析的对象由科学转到诗歌，由"客观性的轴心"转到"主观性的轴心"，诚如此书开篇解题的文字："我们要研究这样一个问题，在这个问题中，客观态度从来没有能够实现，而初次的诱惑具有如此的决定作用，歪曲着最机敏的精神，并且把这些精神带回诗的家园。在那里，遐想代替了思考，诗歌掩盖了定理。这就是我们的信念所提出的有关火的心理问题。我们觉得这个问题具有如此直接的心理意义，因而我们将毫不迟疑地谈论火的精神分析。"①

　　由上可见，对认识论方面种种"障碍"的研究，反而使巴什拉发现了这些"障碍"所具有的无法压抑的创造性这一事实，这些属于前科学的意识同诗人的形象创造及每个人的想象活动都来自那深深根植于个人与自然现象相通的感觉之中，于是，从科学领域被驱逐出来的想象和形象，在文学领域里获得了至高无上的存在地位②。批评家布莱（Georges Poulet，1902—1990）曾用"拇指姑娘的父母"比喻巴什拉，"原想把他的思想的孩子们丢在大森林里，却看见他们满载财富回来，说出的话充满了令人惊奇的启示"③。

　　（2）想象的物质性

　　"谈论火的精神分析"不仅标志了巴什拉元素诗学想象观的确立，同时也为其日后的想象研究定了基准音，巴什拉对一个客体的精神分析在想象中展开的同时也在其固有的物质性中展开。因此，通过精神分析巴什拉首先创建了独特的"物质想象论"（material imagination）。如果我们相信其哲学体系中科学与诗是辩证互补的，且存在着某种和谐一致的话，"物质想象论"的提出无疑是为实现上述不同领域间巧妙融合而迈出的重要一步。巴什拉说，"思索物质，梦想物质，生活在物质之中，或者——这是一码事——使想象物物质化"④。这就引出了巴什拉想象观的第二个重

---

① ［法］巴什拉：《火的精神分析》，第8页。
② 何建南：《巴什拉尔》，第438—439页。
③ ［比］布莱：《批评意识》，第170页。
④ 同上书，第175页。

要特质，即想象的物质性。

巴什拉认为，想象尽管形式灵活多变、样貌各异，却都扎根于基本物质之中，物的实在性被巴什拉引入想象的世界，想象从对物的关照中获得智慧。在这一点上，巴什拉有意偏离西方古典理性主义形而上学的轨道。传统理性主义哲学对物质本体的忽视与对想象的忽视如出一辙，关注的重心让给了科学理性，特别是实验科学，物质的非主体性注定其被遮蔽的命运①。而巴什拉则试图将他的哲学接续到前苏格拉底（Socrates，469/470BC－399BC）传统，恢复到从泰勒斯（Thales，624BC－546BC）到赫拉克利特（Heraclitus，535BC－475BC）及恩培多克勒（Empedocles，490BC－430BC）时代的哲学面貌，那时的哲学态度认为主体与世界之间是某种纯粹感知的关系。所以巴什拉开始关注炼金术的物质观念，以及把四大元素作为万物基础的古代思想。受恩培多克勒四根说（theory of the four classical elements）的启发，巴什拉从炼金术四元素等前科学精神中找到了这样一种物质观，它完全属于主体想象出来的梦幻世界，并且在巴什拉那里，它非但没有被后来兴起的科学理性的物质观所取代，反而平分秋色，在这个物的世界中，人类的原初经验被物所承载的文化和精神内涵充斥其间，原初的诗性被原初的物质性所照亮，四大元素渗透到意识的最为幽深之处，诗人通过对物质元素的凝思，任由物的"幽灵"游荡于自己的深层经验里，成为他进行诗学想象的原始材料和动力，而当他以语言表达出来的时候，物便以元素的形式凝结在字里行间，以隐喻的方式浮现于话语周边②。

很明显，巴什拉诗学想象论中所谓的"物质"，并不是指自然界中确确实实、业已存在的事物，而是古希腊传统中构成宇宙的火、水、气、土四种基本物质元素在象征意义上形成的火的形象、水的形象、气的形象和土的形象，它们是人类主体最基层和本原的东西，是人类无意识深处的物质原型。在《火的精神分析》中巴什拉如是说，不应当把"诗的灵感的分类与多少带有唯物色彩的假设连接起来"，不应当"自认为在人的肉体

---

① 张闳（1962—）：《物之梦与巴什拉的诗学》，载《中国图书评论》2006 年第 9 期，第102 页。

② 张闳：《物之梦与巴什拉的诗学》，第 102—103 页。

中再次找到一种占统治地位的物质元素"，这里所谓的"物质"根本不是"实体根源"，而是心理的"方向"、"倾向"和"发扬"，引导它们的那些"原始形象""在瞬间赋予缺乏兴趣之物以兴趣，一种对物的兴趣"①。这种对物的关照回到了经验的层面，巴什拉早期之所以执著于对四大元素进行精神分析，目的正是要揭示物质元素如何形成人的基本经验。远古时期当人类还不具备抽象思维的情况下，原始人只能按感性认知解释自然现象，随着人类的进步，对自然现象的认识越来越客观化，与四元素相关的原初想象在形式上以隐喻的面貌得以呈现，但最初的心理倾向依旧深藏在无意识深处，一旦遇到全新的或者无法解释的现象，这些心理倾向就会自然而然地表露出来②。对想象来说，四大基本元素无疑可以看成一种尚未定型的质料。正因为如此，当人们冥想四种基本元素时，想象主体才可能与基本元素相互唤醒、相互作用，从而在内心深处产生关于这四种元素的种种诗歌意象，所以这些诗歌意象在体现出想象的创造性同时并不丧失其物质性，某种新颖的存在于其中生成、显现、升华，想象的物质性使想象"寻找到存在的原始性和永恒性"③。

（3）想象的动力学

关于四元素的想象，除了"物质想象力"，巴什拉又区分出"动力想象力"（dynamic imagination），两者共同构成其元素诗学关于想象的观念④。前者是将生命赋予物质原因的想象，主要以论述"火"与"水"的两部著作为代表；后者则是将生命赋予形式原因的想象，以关于"气"与"土"的几部作品为主。虽然这两类想象的着眼点不尽相同，但却互为表里、相互充实。"动力想象力"通常被认为是"物质想象力"内在形式上的对应（formal counterpart）⑤，因此有论者也称之为"形式的想象"

---

① ［法］巴什拉：《火的精神分析》，第 94 页。

② 杨洋：《加斯东·巴什拉的物质想象论：兼论鲁迅〈野草〉中"火"元素想象》，硕士论文，首都师范大学，2005 年，第 10 页。曹伟芳（1984—）：《梦想的诗学：试析加斯东·巴什拉的想象观》，载《乐山师范学院学报》2008 年第 2 期，第 76 页。

③ 张旭光：《巴什拉的"想象哲学"探析》，载《淮南师范学院学报》2001 年第 1 期，第 27 页。

④ Richard Kearney, *Poetics of Imagining*：*Modern to Post - modern*（Edinburgh UP, 1998）103.

⑤ Richard Kearney, 103.

或"形式想象力"（formal imagination）①。不论称呼如何，这种想象于想象的物质性基础上又构成了想象的动力学，并与科学动力学一样，将传统哲学的固定性及不变性观点作为批判对象②。

"物质想象力"和"动力想象力"的区分始见于《水与梦：论物质的想象》（*Water and Dreams: An Essay on the Imagination of Matter*）一书："若从哲学上来表达，可区分出两种想象：一种想象产生形式因（formal cause），另一种产生出物质因（material cause），或是更简洁地说，形式想象和物质想象。……我认为想象的哲学学说首先应当研究物质因同形式因的关系。"③ 此处，"动力想象力"所产生的"形式因"强调的是内在的（internal）形式，或精神的形态（spiritual modalities），而不是那些"会消亡的形式"（perishable forms）。"会消亡的形式"是外在性的，是想象低级层面上联想主义观点的产物，它完全基于视觉、听觉等诸感官，是实物（thing）外表的、画面的（颜色、形状等），只有最初的知觉在起作用，以隐喻为其表达手段④，故而无法在深化的意义上进入物质的深处，若从物质的深度方面来思考，完全可以抛弃这种"会消亡的形式"，这种形式所组成的形象也"不能真正地适合它们所装点的物质"⑤。可见，巴什拉所谓的"形式"应当深入于实质中，应当是内在的，所以"动力想象力"的本质是一种内在形式的想象，绝非外在、普通形式的想象。巴

---

① 需要说明的是，"形式想象力"一词的概念和使用，中文学界目前尚未统一。以何建南为代表的学者将其等同于"动力想象力"，实质上强调的是一种"内在形式"。而张旭光、彭懋龙等人则把"形式想象力"作为"物质想象力"的反面对应，它触及的仅是事物的表象，反映外在感觉，不能深入内在，也不能表达内在感受，此观点将"形式想象力"看成是一种对"外在形式"的想象。我们认为巴什拉的"形式想象力"应区分为"内在形式"与"外在形式"两个层面，前者与"动力想象力"本质上讲是一回事，而后者则不能与"动力想象力"呼应，用巴什拉的术语，是"会消亡的形式"（perishable forms）。何建南：《巴什拉尔》，第442页。张旭光：《巴什拉的"想象哲学"探析》，第27页。彭懋龙：《巴什拉的想象力与在 Jean—Pierre Jeunet 电影〈埃米莉的异想世界〉的运用》，硕士论文，淡江大学，2007年，第6页。

② 何建南：《巴什拉尔》，第442页。

③ ［法］巴什拉：《水与梦：论物质的想象》（*Water and Dreams: An Essay on the Imagination of Matter*），顾嘉琛（1941— ）译，岳麓书社2005年版，第2—3页。Gaston Bachelard, *Water and Dreams: An Essay on the Imagination of Matter*, trans. Colette Gaudin（Dallas: Spring Publications, c1987）1 – 4.

④ 张旭光：《巴什拉的"想象哲学"探析》，第27页。

⑤ ［法］巴什拉：《水与梦：论物质的想象》，第3页。

什拉认为只有在这个意义上研究了"形式","使它们归属于各自的物质时,才有可能考虑人的想象的完整理论"①,他甚至断言,一旦遗忘了"形式变换不定的内在动力论",对"遐想形式的变换不定的观点"就不再正确②。

想象的动力学为物质的内在形式注入了永恒运动的活力,它是人类创造性意志的明证。巴什拉认为人类与生俱来需要创造属于自身存在的想象世界,这个世界是想象主体按其形象的美的法则,在对基本物质的改造中创造而成的③。动力想象力使想象在以物质为本源的同时也附带上一种不可或缺的动态感。诚如前文所言,动力想象力不在于描述表层形式的变幻不定,而是如一股活水般深入物质的内部。例如,当我们想象一个圆球,便不可能忽视它转动的特性;想象一支羽箭,就必须想象其离弦飞射的状态;想象一个少女,也不能少了佳人回眸微笑的动感④。巴什拉曾借助法国作家圣艾克絮佩里(Antoine de Saint Exupéry,1900—1944)的《人类的大地》(*Wind*,*Sand and Stars*),分析书中描述的水上飞机起飞的瞬间,驾驶员与飞机仿佛成为一体。动力的想象力使"动力"与"发动机"、"推进"与"吸进"、"驱动"与"被驱动"结合在一起。这是人类对于飞翔的想象,巴什拉视之为一种自由的人类意志,一种关于驱使、行动和飞跃的意志(a free will to movement)⑤。巴什拉说,诗的形象(poetic image)"要动,或更确切的说,动力想象力全然是意志的遐想(梦想),它是意志在遐想(梦想)"⑥。这就是巴什拉通过想象的动力学而提出的人类经由物质的遐想体现人类创造意志的论述,对物质的无限深入与精神的

---

① [法]巴什拉:《水与梦:论物质的想象》,第1页。

② 彭懋龙:《巴什拉的想象力与在 Jean‐Pierre Jeunet 电影〈埃米莉的异想世界〉的运用》,第22页。[法]巴什拉:《水与梦:论物质的想象》,第144页。

③ Richard Kearney 106. 张旭光:《巴什拉的"想象哲学"探析》,第28页。

④ Richard Kearney 106.

⑤ [法]圣艾克絮佩里(Antoine de Saint Exupéry,1900—1944):《夜航·人类的大地》(*Night Flight·Wind*,*Sand and Stars*),刘君强译,安徽文艺出版社1997年版,第166页。Richard Kearney 107.

⑥ 彭懋龙:《巴什拉的想象力与在 Jean‐Pierre Jeunet 电影〈埃米莉的异想世界〉的运用》,第23页。

无限可塑性对应起来①。

（4）梦想的形而上学

从最初将想象视为"认识论障碍"到想象的动力学，巴什拉研究路径之推进方向十分明显：把想象问题从传统主客两分的认识论（Epistemology）层面，提升至主客相融的本体论（Ontology）层面。如果说，物质想象论的提出是为实现这一目标迈出的第一步，那么巴什拉最后几部作品关于梦想存在论的集中探讨，则真正显示出其想象哲学与传统理性主义存在论分庭抗礼的重大意义。借助梦想存在论，或"梦想的形而上学"（metaphysics of reverie），巴什拉在方法上彻底放弃了对想象进行的客观理性分析，而转向现象学分析，借此确切指出，在他的想象哲学中，"想象就是存在本身"，是一种形成"自身意象和思想的存在"②，是一种"好的存在"（well-being），而不是萨特（Jean Paul Sartre，1905—1980）等人所言的"非存在"（non-being）③。

对存在问题的反思，巴什拉是以胡塞尔现象学为起跑线的。胡塞尔之所以建立现象学这样一门作为严格科学的哲学，目的在于使哲学摆脱因科技发展而带来的危机。现代科学的突飞猛进给人文科学（精神科学）带来空前的威胁，政治、经济、法律、社会、心理等诸多研究领域，数学和自然科学的实证原则和归纳法日渐成为众家青睐的思考方式，并以这些方式研究社会现象，其后果造成了对人文科学独特性的混淆和抹杀，哲学的、人文的、心理的方式被实证的、自然的、物理的方式取代，精神与自然、精神科学与自然科学之间界域的划分，使分别倾向于两大领域的各种哲学在本体论、认识论和方法论等方面激发了尖锐的冲突，由此产生了对

①　[比] 布莱：《批评意识》，第 175 页。

②　Roch Charles Smith（1941—），*Gaston Bachelard*（Boston：Twayne Publishers，1982）96. 张海鹰（1971—）：《加斯东·巴什拉梦想理论的哲学背景探析》，载《东方论坛》2006 年第 4 期，第 12 页。

③　存在主义现象学家萨特（Jean Paul Sartre，1905—1980）以病态眼光审视想象，认为心灵是一个独白的世界，但这种独白不可能超越外部世界类似物的虚无。对萨特来说，想象是不健康的东西，无法逃避"本质的贫穷"。巴什拉对此坚决予以反对。Richard Kearney 91. 赵光旭（1962—）：《巴什拉的诗意想象论及其美学意义》，载《同济大学学报》2008 年第 3 期，第 67 页。

一系列基本概念予以澄清和批判的需要①。巴什拉在这一维度上延续了胡塞尔的思路,他以诗作为回到存在本身的路径。但巴什拉与海德格尔(Martin Heidegger 1889—1976)等胡塞尔后学不同,他并未将存在的家园放置到语言当中,也不以追溯其中隐含的存在之物的"真理性"为目标。言说和诗对巴什拉而言仅是路径而非存在本身,是存在的呈现而非真理的承载,通过语言和诗,真正得以敞开和言说的是"物"自身②。

面对笛卡尔"我思故我在"(I think, therefore I am)的哲学箴言,巴什拉一反这种将理性与想象严格区别的传统,提出"我梦想故我存在"的命题:"我梦想世界,故世界像我梦想的那样存在。"(I dream the world, therefore, the world exists as I dream it.③)"梦想的人"与"他梦想的世界"之间的关系"是最亲近的,他们如鱼得水,相互渗入。他们处于同一个存在平面",即"人的存在与世界的存在相连"④。这一点,被誉为一场"想象的哥白尼革命"(the Copernican revolution of the Imagination)⑤,它意味着,在巴什拉的梦想世界中,梦想意识不属于主客关系,而是属于人与自然的和谐交融(harmony of man with nature),换言之,梦想和想象都是先于主客划分,是先于感知的主体存在,想象产生诗意形象的能力在思维和感知之前就已然存在了。史密斯(Roch Charles Smith, 1941—)就此引证说,梦想不是一种被唤醒生命之产物,而是根本的主体状态,巴什拉成就的这场革命无异于是在说,想象存在于现实之前,就像噩梦存在于戏剧表演之前,恐惧的心理存在于面对怪物之前,恶心的感觉存在于坠落之前⑥。因此,梦想者与世界在梦想的意识中,是一种合而为一的关系,而不是认识与被认识的认识论关系。通过理性思维不能认识

---

① 王岳川(1955—):《现象学与解释学文论》,山东教育出版社1999年版,第13页。

② 张闳:《物之梦与巴什拉的诗学》,第103页。

③ [法]巴什拉:《梦想的诗学》(*The Poetics of Reverie*: *Childhood, Language, and the Cosmos*),刘自强译,生活·读书·新知三联书店1996年版,第199页。Gaston Bachelard, *The Poetics of Reverie*: *Childhood, Language, and the Cosmos*, trans. Daniel Russell (Boston: Beacon, 1969) 158.

④ [法]巴什拉:《梦想的诗学》,第199页。[法]达高涅(F. Dagognet):《理性与激情:加斯东·巴什拉传》(*Gaston Bachelard*),尚衡译,北京大学出版社1997年版,第26—29页。

⑤ Roch Charles Smith 96.

⑥ Roch Charles Smith 96—99.

梦想世界，而应当投身梦想世界并与之融合，才能产生梦想的意识，这种
梦想意识本身便是主客交融的本体存在。当梦想者沉浸此中，主体容身于
客体，客体被赋予主体的独特精神意义，主客之间的截然对立便不复存
在。在梦想中看见世界，无异于在梦想中看见自己；在梦想中看见火、
水、气、土，无异于在自我与基本物质的认同中如梦幻般地意识到自
我①。这与中国哲学所谓的"天人合一"思想颇为相似，在巴什拉的梦想
意识中，梦想者之外没有外物的限制，一切有限性皆被超越，以达到物我
一体的境界②。在这种主客交融的存在状态下，梦想可以脱离时空的限
制，可以缓和"存在与不存在的矛盾"，成为一种分散的、传播的存在，
或用巴什拉的术语，是一种试图成为存在的"次存在"（sub – being）③。
这就是巴什拉梦想可伊托（我思，Cogito）的核心内涵，虽然用"梦想意
识"作为其关键词，却隐含着丰富的无意识内容，是一种处于存在与非
存在之间的意识初始状态。它看重那些理性松懈而意识从主体上脱落的瞬
间，心灵的想象活动恰恰发生在这种"梦想"的瞬间，在这些特殊的时
刻，想象者/梦想者介乎清醒的意识和模糊的无意识之间的"半意识"状
态，因具有微弱的意识的某种确定性，才不至于丧失自身存在，同时又兼
具着无意识的不确定性特点，从而保证了创造的巨大拓展性和无限可能
性④。这就使巴什拉的梦想与其所处时代的普遍意义上的想象区别开来，
它既非仅仅能够摆脱时空秩序拘束的回忆，也不是不可信赖的心智游戏。

---

① 巴什拉梦想哲学所体现出的想象观，在很大程度上反映了他对柏格森（Henri Bergson,
1859—1941）想象论断的借鉴和改进。在柏格森看来，想象就是"进入客体内部、认识客体真正
是什么、直觉地把握客体真谛的能力，……或者说，从内部了解事物的能力"，想象把握"事物
的内部、核心或内在结构，这是最要紧的"。祈雅理（Joseph Chiari, 1911—）在评述柏格森时，
就曾以"to read inside"解释这一问题，特别是对"intelligere"术语的解读（"intelligere"是拉
丁词，由"inter"［在内］和"lego"［阅读、理解］两词合并而成，英语中的"intelligence"，
"intellect"均由此衍生）。［美］祈雅理（Joseph Chiari, 1911—）：《二十世纪法国思潮：从柏格
森到莱维 – 施特劳斯》（Twentieth – century French Though：From Bergson to Lévi – Strausst），吴永
泉、陈京璇、尹大贻译，商务印书馆1987年版，第20页。［比］布莱：《批评意识》，第190页。

② 张海鹰：《安尼玛的吟唱：梦想之存在》，硕士论文，广西师范大学，2003年，第20—
21页。

③ ［法］巴什拉：《梦想的诗学》，第140页。Gaston Bachelard, The Poetics of Reverie：Child-
hood, Language, and the Cosmos 111。

④ 张旭光：《巴什拉的"想象哲学"探析》，第27页。

想象与梦想被巴什拉放置在同一层面上讨论，想象即存在本身，梦想更是一种主客相融的本体存在。梦想突出了想象的非现实功能和创造性特征，是蕴涵了创造性的想象活动。

除此之外，在术语运用上，巴什拉还将"梦想"（la rêverie）与"梦"（或"夜梦"，le rêve）明确区分开来①。巴什拉认为，梦想是自然的精神现象，是一种安逸的状态，一种源自梦想者心灵的现象，它呈现"星状"，"总是或多或少地集中在某物上"，可以"回到自己的中心，放射出新的光芒"，而这里的"中心"或"某物"很大程度上是指世界最原始的物质元素，所以梦想属于一种有规律可循的诗意想象。但梦则不同，它是心理学家追求的最具特征的东西，是夜间的梦，由于是"线状发展的"，所以"在快速进展中，它忘却了自己的路"，因而没有任何规律可言②。巴什拉主张的诗学研究，应当是用对"梦想"的研究来代替对"梦"的研究，后者在无意识范围内对想象的过于理性化的还原分析是不恰当的，只会窒息诗意象所蕴涵的无尽的意义③。

总之，巴什拉最终毫无保留地举起了想象本体论的旗帜，颠覆了想象被科学驱逐的局面。若是以往的情形，科学实验在理性分析中认知世界，而以物质元素为基本的想象世界没有地位，现代科学变得日趋非人性化，致使人们对世界的理解难窥全貌，巴什拉坚持科学必须与想象携手，才能完整地理解世界，才能把被科学分解的世界重新综合起来④。很明显，巴什拉想象本体论观点和其以梦想融合科学与诗两个领域的尝试，正是对胡

---

①　法文中"la rêverie"与"le rêve"同属一个词根，前者由后者派生而来。"rêverie"是阴性词，"rêve"是阳性词，但法语这种阴阳词性的区别在汉语里并无与之相应的变化，所以中文学界目前对这两个词的译法仍未统一。"le rêve"通常译作"梦"或"夜梦"，差别不大，而"la rêverie"在几个不同的中译本里则有较大的差异，例如《火的精神分析》、《巴什拉传》译为"遐想"或"幻想"；《梦想的诗学》、《空间诗学》、《水与梦：论物质的想象》译作"梦想"或"梦幻"；《理性与激情：加斯东·巴什拉传》采取"梦幻"或"冥想"；《巴什拉：科学与诗》则译"幻想"等。此外，学术刊物上的论文译法也多不一致。为避免造成混乱，本书采用"梦想"统一对应"la rêverie"这一术语，对此不再特殊注明。

②　［法］巴什拉：《火的精神分析》，第16—20、143页。［法］巴什拉：《梦想的诗学》，第37—38、63—68、217—221、229—339页。

③　［法］巴什拉：《火的精神分析》，第19页。张旭光：《巴什拉的"想象哲学"探析》，第27页。

④　张旭光：《巴什拉的"想象哲学"探析》，第28页。

塞尔现象学派创建之出发点的呼应。所以，我们并不赞同那些认为巴什拉后期完全否弃了前期物质想象论的述说，否则便不能完整地理解其想象本体论哲学对人类创造性探讨的意义。可以说，巴什拉研究火、水、气、土四种物质原型引起的诗性梦想就是为了提醒人们要关注这些梦想与世界以及人类自身生命体验的联系。

综上所述，巴什拉的想象观不仅在认识论意义上承认想象的综合创造能力，更从本体论角度提出想象是一种飞离在场（transend the present）的客观存在。一方面，巴什拉认为想象具有超越性，"想象即不在场，就是奔向一种新的生活"[①]；另一方面，物质想象论与想象的动力学研究又证明了想象具有的客观趋向性。《大地与休息的梦想》（*Earth and Reveries of Repose*：*An Essay on the Imagination of Intimacy*）中巴什拉写道，想象对"物质的新发现"（revelations of matter）以及"实在的创新"（novelties of the real）更好奇，想象仰仗一种"开放的唯物主义"（open materialism）源源不绝地给自身提供崭新的和深远的诗意形象，"于此，想象是客观的"[②]。显然，巴什拉的想象论借鉴了康德想象观对不在场概念的强调，而创见性在于，其"想象即不在场"不可避免地将梦想意识与物质纠结在一起，不论物质的外表如何，也不论它被感官所感知的现象形态如何，都是想象进行创造和自我认识的基础。如果说康德的想象观体现出一种对无限不在场之物的实在感的追求的话（这一追求更多的是徘徊在认识论领域），那么巴什拉则索性将想象直接视为一种不在场的存在，一种尚未出场的想象空间，其想象观无疑具有很明朗的本体论色彩[③]。

二　"感知—意象—想象"之辩

当身体现象学家梅洛－庞蒂考察知觉的时候，他曾围绕"内在性"

---

① ［法］巴利诺（André Parinaud，1924—）：《巴什拉传》（*Bachelard*），顾嘉琛、杜小真译，东方出版中心 2000 年版，第 298 页。

② Noel Parker（1945—），"Science and Poetry in the Ontology of Human Freedom：Bachelard's Account of the Poetic and the Scientific," *The Philosophy and Poetics of Gaston Bachelard*, ed. Mary McAllester（Washington：Center for Advanced Research in Phenomenology & U P of America，1989）87.

③ 张海鹰：《加斯东·巴什拉梦想理论的哲学背景探析》，第 12—13 页。

与"超验性"提出这样一则问题："在知觉中就有一个内在性与超验性的悖论。内在性说的是被知觉物不可外在于知觉者；超验性说的是被知觉物总含有一些超出目前已知范围的东西。"① 在梅洛－庞蒂那里，知觉、身体和被知觉物以及整个世界最终是氤氲聚合、生机勃勃地交织在一起的，这种心灵与身体浑然不分、心灵与身体在存在的运动中时刻结合的观点，很大程度上与巴什拉的哲学思想如出一辙。而巴什拉本体论意义上的想象观及其对想象与感知、意象之关系的独到见解，激发出巴什拉诗学最具原创性、最具魅力的成分，这也正是我们在界定"身体感意象"时的重要理论借鉴之一，特别是巴什拉诗学中的"感知—意象—想象"之辩。

巴什拉明确阐述"感知—意象—想象"三者的关系，始现于《空气与幻想》（*Air and Dreams*：*An Essay on the Imagination of Movements*）的绪言：

> ……一般人总是认为想象力是形成（form）意象的能力；但是，将想象力视为把知觉所提供的意象加以变形（deform）的能力会更为确切，尤其想象力是使我们解放原初意象、改变意象的能力。如果没有意象的变化，没有出人意表的结合的话；就没有想象力可言，也没有想象活动（imaginative act）。如果眼前的（present）意象无法使我们想到未现身的（absent）意象的话；如果一个偶然意象，不能引起变化多端不可思议的意象、一个意象爆炸的话，就没有想象力可言。而有的是知觉，知觉的回忆，熟悉的记忆，色彩与形式的习性。……在人类心灵论中，想象力正是开放的经验、崭新的经验。与所有其他能力相比，想象力更能表明人类心灵论。②

---

① ［法］梅洛－庞蒂：《知觉的首要地位及其哲学结论》（*The Primacy of Perception and Its Philosophical Consequence*），王东亮译，生活·读书·新知三联书店 2002 年版，第 4、13 页。李婉莉（1972—）：《梅洛－庞蒂的身体现象学》，载《兰州交通大学学报》2006 年第 5 期，第 42—43 页。

② Gaston Bachelard, *Air and Dreams*：*An Essay on the Imagination of Movements*, trans. Edith R. Farrell and C. Frederick Farrell（Dallas：Dallas Institute Publications, 1988）p. 1. 彭懋龙：《巴什拉的想象力与在 Jean－Pierre Jeunet 电影〈埃米莉的异想世界〉的运用》，第 6 页。

巴什拉否认想象力是形成意象的能力,而认为想象力是改变知觉提供意象的能力,它使人们从常规性的意象中解放出来。一方面,对具体物象的关注退居到十分次要的地位,因为想象力的变形能力就体现在对物体(物象/对象)融入个人主观感受的过程,透过想象将事物的形态加以变化,发挥一种个体的主观能力。这强调了想象力不是来自客观经验与逻辑思维,而是属于心灵世界、精神世界的产物①。意象源自人类内心世界,源自一种人类共同的"内在感受",是一种潜伏在人心深处的"先天心象"。人们对大自然的感受,仅仅借助物象的客观轮廓来解释,是明显不足的,并非对现实的认识或知识使人们热爱现实的东西,而是出于感受或情感,这才是根本的首要价值②。

除了将感知与想象的"内在性"相对比,巴什拉还将感知与想象的另一个面向放在一起讨论:想象的"崭新性"。崭新就是创意、新意、创新、创造,巴什拉主张想象的全新的创造力必须从颠覆"感知"中获得,《空气与幻想》甚至断言:"感知与想象是反命题的(antithetical),在场与不在场也是一样的。想象力就是离开就是投入一种新生命。③"此处有必要强调,实现想象的创造力,使创意迸出火花,并不是摒弃感知,而是要摒弃感知的惯常习性,习性是创造性想象力的反论,习惯性的意象停滞想象力④。相反,唯有能令心灵翻新的"原初意象"才是真正的文学意象(即巴什拉所谓"诗意象"),才能引发"意象的爆炸"。这类意象往往隐而不彰,是外在感官无法觉察的,唯有想象力丰富且有敏锐感受的作家方可发现、感觉此类意象带来的内在经验,一旦隐蔽在人类内心深处的原始意象被解放出来,知觉给予想象力的限制才最终得以打破。

---

① 彭懋龙:《巴什拉的想象力与在 Jean - Pierre Jeunet 电影〈埃米莉的异想世界〉的运用》,第 10—11 页。

② 〔法〕巴什拉:《水与梦:论物质的想象》,第 127 页。

③ Gaston Bachelard, *Air and Dreams: An Essay on the Imagination of Movements* 3. 彭懋龙:《巴什拉的想象力与在 Jean - Pierre Jeunet 电影〈埃米莉的异想世界〉的运用》,第 13 页。

④ 彭懋龙:《巴什拉的想象力与在 Jean - Pierre Jeunet 电影〈埃米莉的异想世界〉的运用》,第 13 页。

第三节　作为"身体感"书写的"嗅觉意象"　及其审视原则

我们在本书第二章曾提到巴什拉想象哲学中对于嗅觉书写的强调。应当说，巴什拉的诗学首先是幸福感的诗学，他对于文学意象的研究明确区分了正面意象与负面意象的差别，并且将研究的力度施放于前者。根据巴什拉，只有那些正面意象才能使人获得圆整的幸福意识，而那些暴力、恐怖与不受信任的负面意象，其原初感受便不可能建立一种幸福的私密心理反应。这一点在其现象学转向之后的著作中日益明显，《空间诗学》(*The Poetics of Space*) 里巴什拉承认，自己试图检查的意象很单纯，即"幸福空间意象"，而很少提及"有敌意的空间"、"仇恨与斗狠的空间"，它们是属于那些"激烈的题材和世界末日的意象"下的研究①。因此，有评论者说，"他（巴什拉）的精神分析的研究不是弗洛伊德的那种研究……弗洛伊德注重于最坏的本能，巴什拉则注重于最好的本能"②。或许正是这个原因，巴什拉对气味或嗅觉的赞颂往往也是以讨论正面意象居多，这与西方"感官论"的一些观念颇有相似之处。尽管如此，我们并不试图在援引巴什拉诗学理论时，将巴什拉定位成一个纯粹的感官论者，虽然其诗学想象论确实启发了后来众多感官论述，但毕竟不能混二者为一谈。

巴什拉对"内在感知"的强调，几乎是建立在贬低"视觉"的基础之上。视觉所提供的动力论恰恰是想象动力学的反面教材，它引发种种外在形式的变幻不定，但仅能触及外在的形式（即"会消亡的形式"）而不能感受发自于内部的动力。《水与梦：论物质的想象》曾讨论月光与水的实质带来的"乳色水的形象"，并说明视觉的知觉感官不足以解释作家歌咏这则意象的内在心绪，要想真正感受此意象，就要承认"并非是外界沉浸在月亮乳色光芒中，而正是观赏者沉浸在幸福之中"，令人感动和陶

---

①　毕恒达：《家的想象与性别差异》，《空间诗学》(*The Poetics of Space*)，[法] 巴什拉著，龚卓军（1966—）、王静慧译，张老师文化事业股份有限公司 2003 年版，第 17 页。

②　[法] 巴利诺：《巴什拉传》，封底文。

醉的是那些看不到的、非可视化的成分，而非外在形式与颜色的形体物象①。嗅觉与视觉在感知层面上的不同，使嗅觉在很多情况下为人们提供了更多"看不见的成分"、"非视觉特性的成分"，这些成分与意象融合使意象超越"被感知的"层次，而成就创新的、原初的意象。

巴什拉的诗论著述，赋予了气味以极为重要的地位，倾尽全力探索气味与想象和记忆所保持的特殊关系。巴什拉甚至断言，诗意梦想应当被视为一个"由气味组成的世界"，一种属于梦想者在物质元素中发掘的有味的气息，因此梦想可以用来找寻记忆所在地的气味②。巴什拉说："气味！这是我们与世界融合的第一见证。人在闭上眼睛时就能产生对过去气味的回忆。……因此闭上眼睛，人立即开始了梦想。"③ 对于巴什拉而言，气味在人们身上唤醒的东西，是现实的、充满巨大活力的，它的作用不是引发再现性想象力，而是激活创造性想象力，所以绝不是一种"只叙述事件、推定日期的历史"，它可以释放"事物常常被掩盖的本质"，赋予人们"似乎已死亡的超出时间范围的真实自我"以生机，因此，气味是记忆的"升华"④。这种升华的集中体现，在巴什拉，就是唤醒"永恒童年"的主题。由气味的升华作用引申而来的"儿童时代"，并不处于现实层面，而是处于梦想层面，此刻独特的内心体验随时都伴随着快乐的感觉⑤。在《梦想的诗学》（*The Poetics of Reverie Childhood，Language，and the Cosmos*）第三章，巴什拉指出，对童年的梦想始终存活在每个人身上，它可以使宇宙变得辽阔，呈现生机⑥。"孩子通过成人认识苦难"，只有再度回归童年，在孤独中享受宁静时光，人们才能感到自己是宇宙的儿子，体验幸福的梦想意识⑦。而在童年的回忆中，过去的气味会令人感到芳香和舒畅，这种感觉或许来自春天的白杨树，或许来自一个苹果，又或是引

---

① ［法］巴什拉：《水与梦：论物质的想象》，第132—134页。彭懋龙：《巴什拉的想象力与在 Jean - Pierre Jeunet 电影〈埃米莉的异想世界〉的运用》，第18页。

② ［法］巴什拉：《梦想的诗学》，第173—181页。

③ 同上书，第173页。

④ ［法］勒盖莱：《气味》，第215页。

⑤ 同上书，第214页。

⑥ ［法］巴什拉：《梦想的诗学》，第20页。

⑦ 同上书，第99页。

发无限欢欣的水气,甚至整个世界,都成了美味佳肴①。不难看出,巴什拉反对视觉作用下的分析和抽象智力,认为它们无法重建真实的过去的天地,无法恢复人们内心的梦幻空间和私密感觉。过分清晰的视觉图像无法进入不确定的、模糊的诗意梦想状态②,而作为身体感意象的嗅觉书写却恰恰具备这种开源功能,使人获得幸福、圆整、安全、宁静、信赖的原初感受。

综合前文,我们在理论建构层面的宏观论述,基本观点与思路简言之,便是希望用"身体感—嗅觉—想象"的言说体系取代"感知—嗅觉—记忆"的流行阐释模式。所以,探究文学作品中的"嗅觉"书写,我们关注的焦点和重点皆在文本里"嗅觉意象"的定位及把握。于此,我们尝试提出如下三项基本原则:(1)将嗅觉意象视为身体感意象,意味着区别于古典心理学范畴的"看见的"、"复制的"、"在记忆中保存"的意象,而是要作为"想象的直接产物"进行观测;(2)避免先入之见地将嗅觉意象与"性"、"丑怪身体"(grostesque)等议题③进行西方传统式的关联,也不宜把阐释过多投注在作家生平的考察。作家创作与自身的人生阅历之间并不存在直接的"因果律",发现其过去未必可以领会作品意境,掌握作家"话语间的幸福",不需先亲身经历过作家的"痛苦"④;(3)审视身体感范畴的嗅觉意象,应远离实证主义的观点,因为实证理智的态度往往导致读者从自身的生活经历中找寻类似的经验,将阅读限制在知觉与记忆结合的现实功用之下,无法进入想象的国度,无法唤醒"内在感知"。文学意象属于想象的范畴,作家的创作意志是以非现实功用为动力源泉的。

---

①　[法]巴什拉:《梦想的诗学》,第136、138—141页。

②　[法]勒盖莱:《气味》,第215页。

③　"丑怪身体"或"怪诞人体"是巴赫金(M. M. Bakhtin,1895—1975)"狂欢化诗学"里的重要概念,用以宣扬民俗、市场、欢会、非正统的次文化或潜存文化。指结合了通俗文化、仪典节庆中大吃大喝的意象及无忧虑的生命力,象征低下社会反支配的力量。[苏联]巴赫金:《拉伯雷研究》,《巴赫金全集·卷6》,李兆林、夏忠宪等译,河北教育出版社1998年版,第367—368页。夏忠宪:《巴赫金狂欢化诗学研究》,北京师范大学出版社2000年版,第71—81页。朱立元(1945—):《当代西方文艺理论》,华东师范大学出版社2005年版,第259—266页。

④　[法]巴什拉:《空间诗学》,第49页。

　　本章以身体研究范畴下的文学与嗅觉议题作为讨论视点，针对如何审视文学中的嗅觉书写展开理论探究。在综述、比较东西方现有嗅觉研究的基础上，我们对当前学界流行的"感知—嗅觉—记忆"阐释模式进行了梳理和反思，从而指出，观测文学文本中的嗅觉意象，应以身体感意象的考察为首要审视原则，以求初步建构"身体感—嗅觉—想象"言说体系。巴什拉诗学想象论及其对于嗅觉意象的独特观点给我们带来学理上的启示。作为"身体—意识—文学想象"思考路径的延续性专题讨论，本章主要是于宏观的角度做整体性的铺陈和瞻望，以十点小结如下：

　　（1）随着"身体"主题成为众多学科及媒体日渐注意的焦点，关于"嗅觉"的思考，也逐步在人文研究、社会学和文化理论诸领域，引起了广泛的兴趣。将文学中的"嗅觉"书写放置在当前身体研究的总体框架和宏大背景之下，已是必然趋势。

　　（2）嗅觉课题的特殊地位造就了自身纵深维度的同时，也彰显出其带给文学的冲击、启示和研讨价值。

　　（3）在西方，自古典时期以降，嗅觉长期被认为是肉体的感官，远离理智、知性，在知觉研究中往往一带而过，只配享有低级地位。嗅觉又因为尤其与性欲有关，处于感官等级最底层，甚至西方传统哲学思维对肉体的憎恨，也往往伴随着对嗅觉的根深蒂固的憎恶，蔑视气味同厌恶肉体成正比。

　　（4）与西方相比，以中国文化为代表的东方文明对嗅觉并没有明显、刻意的贬斥，相反，对"嗅"与"味"的强调自古以来就非常突出。嗅觉在孕育中国人最原初的"美意识"过程中，扮演着重要的角色。

　　（5）在界定"感觉"、"知觉"、"嗅觉"及探讨三者关系的基础上，我们认为，"嗅觉意象"有别于"感官意象"、"感觉意象"或"知觉意象"。对"嗅觉意象"的定位，应超越记忆层面的"再现性唤起"，而强调创造性或预见性的想象层面，视之为"身体感意象"。

　　（6）巴什拉想象论从四个方面给我们带来启发：想象与"认识论障碍"、想象的物质性、想象的动力学、梦想的形而上学。我们希望借助巴什拉诗学想象论的观点，探寻嗅觉书写与文学想象的关联，以便作为审视文学作品中"嗅觉意象"的理论原则和指导。

　　（7）巴什拉赋予气味以极为重要的地位，倾尽全力探索气味与想象和记忆所保持的特殊关系。巴什拉对气味或嗅觉的赞颂往往以讨论正面意象居多，这与西方"感官论"的一些观念颇有相似之处。作为身体感意象的嗅觉书写具备想象力的开源功能，可以使人获得幸福、圆整、安全、宁静、信赖的原初感受。

（8）审视文学的嗅觉意象，我们遵循的第一基本原则是，将其作为"身体感意"象看待，这意味着区别于古典心理学范畴的"看见的"、"复制的"、"在记忆中保存"的意象，而是作为"想象的直接产物"进行观察。

（9）第二原则是，避免纠缠于"情欲书写"或"权力论述"，就"嗅觉"主题更力求摆脱"嗅觉与性"这样的弗洛伊德式的精神分析路线。

（10）第三原则是，远离实证主义观点。嗅觉意象作为诗意象，属于想象的、梦想的范畴，诗人的创作意志是以非现实功用为动力源泉的。

第 六 章

余光中新诗嗅觉意象蠡测

> 它给读者的影响，不是心智的（intellectual），不是情感的（e-motional），而是感官的（sensational）；因此它留给读者的经验，既非思考的，亦非发泄的，而是官能的震撼。
>
> ——余光中（1928—）①

作为台湾诗坛元老级诗人、"蓝星诗社"创办者、台湾现代诗运动的重要发起者，余光中（1928—）素有"文坛第一人"、"诗坛祭酒"、"当代文学重镇"等称号②。作家张晓风（1941—）亦曾预言余光中是中国当代诗人中最有可能获得诺贝尔文学奖（Nobel Prize in Literature）的人③。2005 年 11 月，台北教育大学台文所与《当代诗学》（年刊）合办"台湾当代十大诗人"票选，由台湾青、壮年两代诗人及学者

---

① 此段文字是余光中（1928—）点评唐代诗人李贺（字长吉，790—816）《神弦曲》中感官意象时所写。《神弦曲》曰："西山日没东山昏，旋风吹马马踏云。画弦素管声浅繁，花裙绿䌷步秋尘。桂叶刷风桂坠子，青狸哭血寒狐死。古壁彩虬金帖尾，雨工骑入秋潭水。百年老鸮成木魅，笑声碧火巢中起。"余光中（1928—）：《象牙塔到白玉楼》，《唐诗论文选集》，吕正惠（1948—）编，长安出版社 1985 年版，第 384 页。李贺（790—816）撰、王琦（1696—1774）注：《李贺诗注·李长吉歌诗汇解》，世界书局 1996 年版，第 348—349 页。

② 古远清（1941—）：《世纪末台湾文学地图》，扬智文化事业股份有限公司 2005 年版，第 247 页。

③ 萧萧（萧水顺，1947—）：《台湾新诗美学》，尔雅出版社有限公司 2004 年版，第 29 页。

选出第三度的"台湾十大诗人"，余光中再次以高票入选①。自 1952 年出版处女诗集《舟子的悲歌》以来，余光中迄今为止已有近 20 本诗集问世，另有诸多选本，堪称台湾诗坛最为多产的诗人之一，以其丰盛的创作享誉海内外诗坛。60 多年来，余光中写作生涯从未间断，除了诗歌，还涉猎散文、评论、翻译等领域，同样成就不菲，在中国文坛乃至国际文坛上具有显赫的地位和巨大影响力②。

目前学术界有关余光中诗歌创作的评论评介、专著文章多不胜数，可于网络学术电子数据库下载的博硕士论文就多达数十篇（1999 年之前不计），关于余光中的专辑评传也有 10 多部。这些研究大至家国情怀，小到联句叠字，涵盖了余氏诗歌议题的诸多层面，粗略地，可分为四类。首先是累积性的文章，力求从整体上概括余氏作品及生平，如李元洛（1937—）《璀璨星光：读〈余光中集〉》③、黄维梁（1947—）《璀璨的五彩笔：余光中作品概说》④、曾香绫《余光中诗研究》⑤ 等。其中对"新古典主义"的关注占有相当比例，较突出的有黄海晴（1968—）《论余光中新古典主义诗学的特征》⑥ 及其博士学位论文《余光中新古典主义诗学论》⑦ 等。第二类是专题挖掘性的文章，包括专论乡愁特征、中国情结、母体意识、祖国依恋、边陲放逐等命题，如江少川（1941—）《乡愁母题、诗美建构及超越：论余光中诗歌的"中国情结"》⑧、龙协涛

---

① 杨宗翰（1976—）：《暧昧流动，缓慢交替："台湾当代十大诗人"之剖析》，"台湾当代十大诗人学术研讨会"论文，2005 年 11 月。

② 刘登翰（1937—）等编：《台湾文学史·下卷》，海峡文艺出版社 1993 年版，第 152 页。钱江：《论余光中诗艺成熟的轨迹》，硕士论文，安徽大学，2004 年，第 1—2 页。

③ 李元洛（1937—）：《璀璨星光：读余光中集》，载《理论与创作》2004 年第 4 期，第 87、92 页。

④ 黄维梁（1947—）编：《璀璨的五采笔：余光中作品评论集，1979—1993》，九歌出版社 1994 年版。

⑤ 曾香绫：《余光中诗研究》，硕士论文，台湾师范大学，2004 年。

⑥ 黄海晴（1968—）：《论余光中新古典主义诗学的特征》，载《海南师范学院学报》2004 年第 3 期，第 41—46 页。

⑦ 黄海晴：《余光中新古典主义诗学论》，博士论文，华中师范大学，2004 年。

⑧ 江少川（1941—）：《乡愁母题、诗美建构及超越：论余光中诗歌的"中国情结"》，载《华中师范大学学报》2001 年第 2 期，第 87—93 页。

（1945—）《余光中作品乡国情的文化读解》①、陈淑彬（1972—）《余光中诗歌边陲性论析》② 等。第三类研究是对余氏诗歌与东西方文化的联系发表见解，如丁宗皓（1964—）《在传统与现代之间：余光中先生访谈录》③、赵小琪《余光中现代诗的中西视野融合》④、黄永林（1958—）《在现代与传统之间：论余光中诗歌创作的特色》⑤ 等。第四类则是把余光中和古今中外其他作家进行比较，如徐学（1954—）《古诗传统的现代转化：余光中与李贺》⑥ 及《永远的精神家人：余光中与凡高》⑦、李丹《余光中与佛洛斯特比较论》⑧、袁靖华《殊途同归寻找共同的家园：余光中、余秋雨创作比较分析》⑨ 等。当然，上面所列或许并不能囊括目前关于余光中诗歌的所有研究，但某种程度上，我们可以据此一窥人们对余光中诗歌创作的关注焦点之所在。

　　然而，遍阅上述各类别的资料，面对"身体"这一近年来为学术界重视的诗学论题，现今的"余学"研究却显得十分欠缺与不足。余光中新诗里的身体书写，尽管很早便为人注意，特别是其早期作品中的情欲题材，曾经一度掀起不小的风波，且在 20 世纪六七十年代引发了一场"色情与艺术之争"，但是针对余光中诗歌里的身体书写，却也几乎都仅仅是局限在"情/欲"、"性/爱"的讨论范畴。余光中的诗歌数量极丰，我们相信，除了情欲主题，在身体研究领域，仍具有广阔的开拓前景。诚如

---

① 龙协涛（1945—）：《余光中作品乡国情的文化读解》，载《南通师范学院学报》2002 年第 1 期，第 62—68 页。

② 陈淑彬（1972—）：《余光中诗歌边陲性论析》，博士论文，香港大学，2002 年。

③ 丁宗皓（1964—）：《在传统与现代之间：余光中先生访谈录》，载《当代作家评论》1997 年第 6 期，第 59—68 页。

④ 赵小琪：《余光中现代诗的中西视野融合》，载《广东社会科学》2004 年第 2 期，第 145—151 页。

⑤ 黄永林（1958—）：《在现代与传统之间：论余光中诗歌创作的特色》，载《华中师范大学学报》2001 年第 2 期，第 94—100 页。

⑥ 徐学（1954—）：《古诗传统的现代转化：余光中与李贺》，载《台湾研究集刊》2002 年第 2 期，第 72—78 页。

⑦ 徐学：《永远的精神家人：余光中与凡高》，载《书屋》2002 年第 3 期，第 25—28 页。

⑧ 李丹：《余光中与佛洛斯特比较论》，载《华文文学》2004 年第 3 期，第 24—29 页。

⑨ 袁靖华：《殊途同归寻找共同的家园：余光中、余秋雨创作比较分析》，载《华文文学》2002 年第 4 期，第 58—62 页。

诗评家陈仲义（1948—）所言，"新一轮的余光中研究，要取得进展，不能继续在同构型的水平上堆积，有损于学术环境，浪费资源。……无论如何，应力戒在稠密地带做相似采撷，宜在重点地段下钻，尤其于'荒路野径'中探进，才能有所斩获"①。我们对余光中诗作大量嗅觉意象的关注，正是希望能够在这一方面有所补充。

有鉴于此，本章拟集中审视余光中诗作里为数众多、却被长期忽略的"嗅觉"意象，着重对此类意象进行梳理整合，力求捕捉余诗嗅觉书写的发展和变化轨迹，尝试从诗人所处时代的社会因素和个人因素两方面，初步分析、推测这些意象及其变化出现的可能原因。在下文意象梳理的部分，我们会顾及到余光中诗歌的正、负面嗅觉意象，至于诗人创作及诗风变化的分期，则主要参考刘裘蒂的《论余光中诗风的演变》②，徐学《火中龙吟：余光中评传》③，陈君华《望乡的牧神：余光中传》④ 以及2003年之后这方面的硕、博士论文；同时，郑慧如（1965—）《身体诗论（1970—1999·台湾）》⑤，钱学武（1968—）、黄维梁《自足的宇宙：余光中诗题材研究》⑥ 等著作，有关台湾诗坛身体论述的嗅觉议题也颇具参照价值。余光中虽数次离台，但他始终关注台湾诗坛的动向，台湾诗坛的发展，亦深深影响着余光中的创作。

第一节　余诗 1950 年以前及 50 年代的嗅觉意象

这一段时间，是余光中诗歌创作的"起步"阶段，经历了由写实与

---

① 陈仲义（1948—）：《陈仲义教授的总结报告》，载《韩中言语文化研究》2008 年第 5 期，第 487—488 页。

② 刘裘蒂：《论余光中诗风的演变》，《璀璨的五采笔：余光中作品评论集，1979—1993》，第 45—87 页。

③ 徐学：《火中龙吟：余光中评传》，花城出版社 2002 年版。

④ 陈君华：《望乡的牧神：余光中传》，团结出版社 2001 年版。

⑤ 郑慧如（1965—）：《身体诗论（1970—1999·台湾）》，五南图书出版股份有限公司 2004 年版。

⑥ 钱学武（1968—）、黄维梁：《自足的宇宙：余光中诗题材研究》，香江出版有限公司 1998 年版。

浪漫风格向现代主义的过渡①。代表诗集有《舟子的悲歌》、《蓝色的羽毛》、《天国的夜市》、《钟乳石》、《万圣节》等②。嗅觉意象的书写总体来说较为单一，比较突出的有以下三项。

一　香花芳草的气味

在余光中早期的诗作里，香花芳草是通常吟咏的对象，且尤其重视嗅觉感受，例如下面的诗句：

> 我遥立在春晚的淡水河上，/我仿佛嗅到湘草的芬芳；/我怅然俯吻那悠悠的碧水，/它依稀流着楚泽的寒凉。③

> 落花上可嗅到逝去的春天？/空梁上可听到飞去的乳燕？④

> 像一只金色的蜜蜂/恋着清香的花瓣⑤

> 年轻的一九五七年来叩我多梦的窗，/以犹怯的鸟啼，以犹欲避人的草木清芬。⑥

上述几项诗例无疑是从正面直接对香花芳草气息的书写，至于侧面的变体则有"树香"等：

---

① 钱江：《论余光中诗艺成熟的轨迹》，第3—7页。刘裘蒂：《论余光中诗风的演变》，第46—50页。

② 《舟子的悲歌》主要收录1949—1952年的作品，创作于大陆与台湾。《蓝色的羽毛》收录1952—1953年创作于台湾的诗歌。《天国的夜市》收录1954—1956年写于台湾的诗歌。《钟乳石》集结1957—1958年在台湾写的诗歌。《万圣节》收录1958—1959年创作于美国的诗作。

③ 余光中：《淡水河边吊屈原》，《余光中诗歌选集（一）莲的联想·舟子的悲歌》，时代文艺出版社1997年版，第21页。

④ 余光中：《尾声》，《余光中诗歌选集（一）莲的联想·舟子的悲歌》，第37页。

⑤ 余光中：《新月和孤星》，《天国的夜市》，三民书局1969年版，第53页。

⑥ 余光中：《四月》，《余光中诗歌选集（一）莲的联想·钟乳石》，时代文艺出版社1997年版，第168页。

一阵熟悉的树香迎向我，/幽淡地，如远处的钟声，唤我走进/时间的修道院的走廊。①

《雪崩以后》对花香的写法更采取了以"香料"借代"花蜜"的方式："而持阳伞的蝴蝶夫人/亦将翩然，为了选购香料，/飞来赶色彩们的市集"②。总体来看，这些诗句，无论是意象的营造，还是句法的编排，都可以说或多或少受到中国古典诗歌的影响，例如"香草美人"意象系统等，但余光中此时的诗歌在处理这类意象时，技法尚不甚成熟。

二　大地泥土的气味

以泥土气息为核心的意象，是这一时段内余光中嗅觉书写的第二主题，与呼吸的意识紧密相连。如：

因此，我是如此的/想把握这世界，/而伸出许多手指来抓住泥土，/张开许多肺叶来深呼吸/早春的，处女空气。③

蓝的是波兰的天空，白的是波兰的云，/但更难忘的是波兰芬芳的泥土!④

这一范畴内，以土地的气味来比喻情人的体香，也是值得关注的创意：

很久没有餍我的鼻孔/以你香料群岛的气息了⑤

严格来说，"群岛"并不完全属于大地的概念，其中亦糅合了海洋的意象，而在余光中后来的诗作，湖、海等"水"的气味渐渐成为一个重要

---

① 余光中：《怯》，《余光中诗歌选集（一）莲的联想·钟乳石》，第169页。
② 余光中：《雪崩以后》，《余光中诗歌选集（一）莲的联想·万圣节》，时代文艺出版社1997年版，第268页。
③ 同上书，第111页。
④ 余光中：《波兰舞曲》，《天国的夜市》，第151页。
⑤ 余光中：《真空的感觉》，《余光中诗歌选集（一）莲的联想·万圣节》，第115页。

的意象组合，此时期便有明显诗例："当风来时，我辄停步，／嗅有无中国海上的清芬"①，这一点后文再作详论。顺便一提的还有《斗牛士》中"掷满蔷薇和香巾的圆场"② 和《音乐季后》的"睫毛湿了，将秘密交给香巾"③ 等诗句，其中"香巾"作为饰物，同样可归并至体香的考量视野。与身体饰品相关的意象还有《当八月来时》的"檀香念珠"④ 等。

三 头发的香气

余诗对于头发的描写并不仅仅局限在气味，头发的颜色、手感、样态等都经常出现在诗歌中，但头发的香气无疑是诗人极为看重的。余诗早期的作品已经显示了他对"发香"的情有独钟：

> 我依稀还嗅到你的发香，／依稀还听见你的声响；／别时的记忆像受伤的小鸟，／在我的心里怯怯地窝藏。⑤

> 阴阴的夏木晚浴淋罢，／飘出了一阵阵清爽的发香。⑥

> 他们说批评家是理发师：／他把多余的剪光，／然后把余下的加以整理，／用香膏沐得闪亮。⑦

余光中诗歌这一时期对"发香"意象的捕捉，在性别上并没有刻意的偏重，但对女性"发香"的书写要相较明显和集中，后来的创作也是基本沿着这一趋势发展。

上面列出的三点是余光中早期诗作较为典型的嗅觉书写主题，当然，还包括其他的气味意象，但相对次要，例如"禁果诱鼻的清香"⑧、酒香

---

① 余光中：《当风来时》，《余光中诗歌选集（一）莲的联想·万圣节》，第250页。
② 余光中：《门牛士》，《余光中诗歌选集（一）莲的联想·钟乳石》，第182页。
③ 余光中：《音乐季后》，《余光中诗歌选集（一）莲的联想·钟乳石》，第206页。
④ 余光中：《当八月来时》，《余光中诗歌选集（一）莲的联想·万圣节》，第252页。
⑤ 余光中：《初别》，《天国的夜市》，第87—88页。
⑥ 余光中：《山雾》，《天国的夜市》，第111页。
⑦ 余光中：《批评家》，《天国的夜市》，第45页。
⑧ 余光中：《山雾》，《天国的夜市》，第112页。

的"芳醇"① 以及"神龛中的一缕清香"② 等。此外，"联觉"的创作技法是这一时期余光中嗅觉书写值得关注的表现方式。所谓"联觉"，是指不同感觉间相互作用的现象，是一种感觉引发另一种不同感官的感觉，像声音、芳香可以引起颜色的感觉等③。通常诗歌创作借助联觉，会使多种感觉产生连锁反应，能够极大地刺激起接受者的审美想象，以达到渲染意境的目的④。余光中早期作品以嗅觉写听觉是较为常见的策略，如《听钢琴有忆》将听觉引发的联想写成一段林间旅途，有"再向前走不到几步，我想，／就能移嗅到一阵清香"⑤ 的诗句，又《波兰舞曲》也是用"泥香"和"花香"来写听觉⑥，而《安全岛上》："避着斜落的金色雨，同时嗅着，嘴馋地，／那溅起香槟酒的细末的／丰满的三月的黄昏"⑦ 则联觉了嗅觉与视觉。这一时段的负面嗅觉意象则主要以《赠斯义桂》中"你的歌长出海盗的红胡子，／那飘着咸腥味的红胡子"⑧ 为典型，与"发香"形成对比。

根据刘裘蒂等学者的研究，余光中 20 世纪 50 年代或之前的创作，又可细分成三个阶段："最早的格律诗时期（1949—1956）"、"现代化的酝酿时期（1957—1958）"和"留美的现代化时期（1958—1959）"⑨。格律诗时期对中国旧体诗的认同，除了在形式上的模仿外，在"香花芳草"的嗅觉意象上，也可看出余光中向中国古诗传统的致敬。现代化酝酿时期

---

① 余光中：《饮一八四二年葡萄酒》，《天国的夜市》，第 115 页。

② 余光中：《世纪的梦》，《余光中诗歌选集（一）莲的联想·钟乳石》，第 169—170 页。

③ 何俐：《普通联觉与审美通感的比较研究》，载《重庆工学院学报》2007 年第 1 期，第 27—32 页。李贤军：《审美联觉中的感觉转换探析》，载《毕节学院学报》2006 年第 3 期，第 1—4 页。

④ "联觉"与"通感"的关系，学界目前尚存在一定争议，术语运用上仍不算规范，"通感"有时也叫"感觉挪移"、"移觉"或"移就"，一般视为修辞格的一个类型，而"联觉"往往构成此种修辞格赖以建构的心理机制。本章讨论的重点并不试图刻意将二者区分，侧重将"联觉"作为广义上的创作技法处理。钱钟书（1910—1998）：《通感》，载《文学评论》1962 年第 1 期，第 13 页。史琼：《鼻里闻声，耳中见色：浅谈通感的心理机制》，载《修辞学习》1999 年第 5 期，第 32 页。

⑤ 余光中：《听钢琴有忆》，《天国的夜市》，第 37—39 页。

⑥ 余光中：《波兰舞曲》，《天国的夜市》，第 151—152 页。

⑦ 余光中：《安全岛上》，《余光中诗歌选集（一）莲的联想·钟乳石》，第 203 页。

⑧ 同上书，第 185 页。

⑨ 刘裘蒂：《论余光中诗风的演变》，第 48—49 页。

和留美时期诗风上的细微变化，透过考察嗅觉意象的经营，同样可以得到一些印证，例如把较为抽象的西洋音乐彰显为相对具象的嗅觉表现，即是创作的进步。《〈万圣节〉后记》中的一段文字更是指明了嗅觉主题与"乡愁"的联系：

> 行经黑橡树和松柏相间的林中，惊起几只尾长于身的松鼠，一种令人止步嗅之再三的松果清香招呼着我的鼻孔，乡愁遂被曳得很细很长。据说怀乡病是一种绝症，无药可解，除了还乡。在异国，我的怀乡症进入第三期的严重状态。有些美国同学简直不知道台湾在何处，英文报上更难读到故乡的消息。我开始体会到吹箫吴市、挥泪秦廷的滋味。①

这一方面预示了日后余光中乡愁诗的出现，另一方面也为我们解读诗人怀乡诗歌提供了新的分析角度和启发。与此同时，诗集《万圣节》序言里说：

> 艺术家，正如科学家一样，往往要在混沌的自然中"看出"一个新秩序来。②

"看出"一词之所以加引号，显然别有深意，是否是对视觉书写的质疑？是否意味着诗人的创作观从一开始就尝试颠覆传统的视觉理念？对此我们尚无法断言，而余光中主张从"混沌的自然中"思考"科学"与"艺术"，却令我们联想到巴什拉（Gaston Bachelard，1884—1962）对科学与诗歌之关系的见解，这里我们暂不赘述，本书后面的章节还将有所印证。

总体上，1950 年以前及 50 年代余光中诗歌的嗅觉意象仍缺乏缜密的安排和深刻的情思，技巧较为单一，缺乏灵活的变化，尽管如此，50年代的嗅觉意象在余光中的诗作里十分典型，为以后的嗅觉书写定了一

---

① 余光中：《〈余光中诗歌选集（一）莲的联想·万圣节〉后记》，《余光中诗歌选集（一）莲的联想·万圣节》，第 272 页。

② 余光中：《〈余光中诗歌选集（一）莲的联想·万圣节〉序》，《余光中诗歌选集（一）莲的联想·万圣节》，第 228 页。

个基准音。

第二节 余诗 60 年代的嗅觉意象

60 年代余诗的嗅觉意象可以说十分复杂，这或许是由于，此时的余光中一方面对"传统不能全然放弃"，另一方面"对现代又不能全心拥抱"①，而一度陷入"虚无"的窘境，随后经历了告别"虚无"、探索"新古典主义"、"走回近代中国"等时期②。这种现代与古典的徘徊往复、极端西化与写实传统的多番尝试，也反映在余光中笔下正、负面嗅觉意象的驳杂呈现上。这一小节，我们将依次讨论《五陵少年》、《天狼星》、《莲的联想》、《敲打乐》及《在冷战的年代》几部诗集③。

一 《五陵少年》前半部与《天狼星》中的负面嗅觉意象

这两个集子收录了余光中在台湾创作于 1960—1964 年的诗歌，学界所谓余氏的"虚无时期"主要就是针对《五陵少年》前半部和《天狼星》（特别是旧稿）而言④。这两本诗集在嗅觉意象方面，最大的特点是涌现出了不少新的嗅觉体验，但大都一反先前那种浪漫式的、传统的正面书写。

首先，是"腐旧"的气味，主要策略是以防腐的对象引出，例如：

> 青春握一把易锈的铜币/艺术很贵，爱情不便宜/伟大的滋味蠹鱼才知道/残缺的金字，旧封面，樟脑⑤

---

① 陈芳明：《回望"天狼星"》，《火浴的凤凰：余光中作品评论集》，黄维梁编，纯文学出版社 1979 年版，第 10—11 页。

② 刘裘蒂：《论余光中诗风的演变》，第 51—72 页。

③ 《五陵少年》主要收录 1960—1964 年的作品，创作于台湾。《天狼星》收录 1960—1963 年创作于台湾的诗歌。《莲的联想》收录 1961—1963 年写于台湾的诗歌。《敲打乐》集结 1964—1965 年在美国写的诗歌。《在冷战的年代》收录 1966—1969 年创作于台湾的诗作。

④ 刘裘蒂：《论余光中诗风的演变》，第 51—58 页。

⑤ 余光中：《少年行》，《天狼星》，尔雅出版社 1976 年版，第 7—8 页。

　　　　白发遂遮住拓荒的前途/苍白的联想：石灰质，樟脑丸，白垩①

其次，是对"腥"气、"瘴气"的忧郁与迷惑心象：

　　　　这样的中国：没有洛阳，没有长安/没有玄武门矗立着，侏儒了西域的使臣/没有膻腥的膝盖来磨平大明宫的石阶②

　　　　我必须，我必须逃亡/逃出复睛催眠的图案/逃出昼夜轮回的斑纹/夜已来了，啊腥湿的嘘息在我的颊上③

　　　　扔开嫘祖的艺术，衣着洪荒/原始林的瘴气使我们迷惑/且交换体温，磨擦燧石/企图将一切生命连根拔起/企图先酰死对手，然后自酰④

两部诗集中还有数处是对早前正面嗅觉意象的颠覆性书写，例如，《孤独国》（新稿）中"亚热带的雨季，穿上雨靴/将自己莲供于一塘污泥/舍身喂虎，把地址寄在地狱/向饿狮的齿缝里寻找信仰？/天使和妖魔的拉锯战/在腰的下面，腰的上面？"⑤ 丝毫体会不到之前"泥香"的意味⑥。又如，《敬礼，海盗旗》里"香巾"、"嗅盐"、"金发里有令人开胃的海

---

　　① 余光中：《表弟们》，《天狼星》，第74页。
　　② 余光中：《多峰驼上》（旧稿）：《天狼星》，第108页。新稿此节颇多改动："这样的中国：人在海外，客在江湖/不见伽蓝在洛邑，城阙在西都/不见门矗玄武，侏儒西域的使臣/大明宫高峻的石阶/膻腥的膝盖不来跪拜/就这样骑着多峰驼回去，升起天狼/海市与蜃楼，迷失在波上"，但"腥"气意象依然保留。余光中：《多峰驼上》（新稿）：《天狼星》，第49—50页。
　　③ 余光中：《忧郁狂想曲》，《天狼星》，第25页。
　　④ 余光中：《吐鲁番》，《五陵少年》，文艺书屋1969年版，第8页。
　　⑤ 余光中：《孤独国》（新稿）：《天狼星》，第63页。
　　⑥ 新稿突出了"污泥"的意象，旧稿则相对没有这么明显："亚热带的雨季，登长统靴/将自己莲插于这种瓶里/将自己捐给虎，捐给地狱/向饿狮的第几柄牙寻找信仰？/进行着，耶稣和魔鬼的拉锯战/在腰以下，在腰以上"。余光中：《孤独国》（旧稿）：《天狼星》，第115—116页。

草"①,《吐鲁番》"嗅出/欲的焦味"② 等,皆是调侃、讽刺的口吻,多了早前没有的"狂"、"怒"与"桀骜"③。

虽然这一时期余诗中出现了大量的负面嗅觉意象,但当余光中在70年代对《天狼星》自我反省时,正面的嗅觉意象仍然受到诗人自己的肯定,例如对《大武山》(旧稿):"而且我们采一捧野菊花/一种非卖品的清芬,一种尊贵的颜色/具辐射的图案美,自炮灰中昂起"④ 一节,余光中便认为"不但有确定的时空背景,中心主题,而且是极富中国意识的……在十五年后的今天读来,表现的技巧虽嫌稚拙,但其中的情操,身为作者,我仍是乐于肯定的。⑤"此外,诗人对《圆通寺》第六节的改写,也可看出正面嗅觉意象的强调和突显:

旧稿:

遂有要躺下来的需要/躺在鹧鸪的摇篮里/Adagio,而且 Adagio,而且 Adagio/躺在软软,而且软软的四川盆地/而且在合拢的睫下/把菜花的眩黄和豌豆花的紫/嗅进肺的每一个角落⑥

新稿:

遂有卧下来睡下来的需要/南朝的鼻音温柔的箫/摇篮是四川的盆地软软/催眠是蜀江的船橹遥遥/微微合上是少年的睫毛/把菜花黄和豌豆花紫/嗅进肺叶每一个角落⑦

此时,嗅觉书写与怀乡主题仍然是结合非常紧密的搭配,《四方城》(新稿)有这样的诗句:

---

① 余光中:《敬礼,海盗旗》,《五陵少年》,第3—5页。
② 余光中:《吐鲁番》,《五陵少年》,第8页。
③ 余光中:《〈五陵少年〉自序》,《五陵少年》,第1页。
④ 余光中:《大武山》(旧稿):《天狼星》,第124页。
⑤ 余光中:《狼仍嗥光年外:〈天狼星〉诗集后记》,《天狼星》,第154—155页。
⑥ 余光中:《圆通寺》(旧稿):《天狼星》,第95页。
⑦ 余光中:《圆通寺》(新稿):《天狼星》,第37页。

　　我很冷,很想乘末班的晚霞回去/焚厚厚的廿四史,取一点暖/当风从西来,我辄止步/细细嗅一个孤岛的消息/而或在爬藤网住的教堂前走过/睫毛擎起哥德式的阴郁/钟声闲闲,撼动异国的秋季/四方城外,谁在黑橡树林中出没?/一幢神经质的幽灵/瘦可割风,割不断乡愁/中国。母亲。七级的浮图①

旧稿中的"用鼻孔问一个孤岛的消息"② 修订为"细细嗅一个孤岛的消息",显然也是对嗅觉意象的突出。

二　《五陵少年》后半部与《莲的联想》的正面嗅觉意象

　　如果说《五陵少年》的后半部和《莲的联想》正是余光中"和虚无精神分手,重入中国古典之境的探索"③,那么重拾正面的嗅觉意象,并对之歌颂,当属一个重要的标志。《五陵少年》至少从《重上大度山》开始,便频频穿插着正面嗅觉感知所引发的幸福意识:

　　　　而哪一块陨石上你们将并坐/向摊开的奥德赛,嗅爱琴海/十月的贸易风中,有海藻醒来/风自左至,让我行你右/看天狼出没/在谁的发波④

　　　　推开　你的睫　两扇/推开面海的/落地长窗/深呼吸那种/浩瀚的晴美/与蓝⑤

上述两则诗例皆与"海洋"的气味有关,可以说是余光中嗅觉意象中新的课题,这一点可以追溯到早前"香料群岛"中含有的海洋指涉。而《森林之死》以及整本《莲的联想》则充满"香花草木"的正面意象,

① 余光中:《四方城》(新稿):《天狼星》,第41—42 页。
② 余光中:《四方城》(旧稿):《天狼星》,第99 页。
③ 刘裘蒂:《论余光中诗风的演变》,第58 页。
④ 余光中:《重上大度山》,《五陵少年》,第48—49 页。
⑤ 余光中:《瞥》,《五陵少年》,第85 页。

本质上是对之前"香花芳草"嗅觉意象的扩充，但技巧上相对圆润许多，同时也不再是流于表面的单一赞赏，而多了私密、圆整、幸福等多维的心理反应。例如下面几个诗节：

　　我跪下/弥留的木香中，数你美丽的年轮/伟大的横断面啊，多深刻而秘密/多秘密的年鉴！①

　　轮回在莲花的清芬里/超时空地想你/浑然不觉蛙已寂，星已低低②

　　坐莲池畔，怔怔看莲，也让莲看/直到莲也妖媚/人也妖媚，扪心也有香红千瓣/……/惟有求佛，赐我四翼，六足/让我蘸水而飞/问每一朵芬芳，它曾是谁③

在"香花草木"的嗅觉意象下，余诗也出现了之前没有的变化，例如，对遍布花草之香的空间的歌咏：

　　例如夏末的黄昏，面对满池清芬/面对静静自燃的灵魂/……/还有一瓣清馨，即夏已弥留/即满地残梗，即漫天残星，不死的/仍是莲的灵魂④

　　风起时，四翼天使欲飞去，你的裙/你的裙翼然，欲飞去/遂见莲莲飘举，荡起满池芬芳/你上风而立，举国皆香⑤

---

① 余光中：《森林之死》，《五陵少年》，第96页。
② 余光中：《啊太真》，《莲的联想》，时报文化出版企业有限公司1980年版，第35页。
③ 余光中：《幻》，《莲的联想》，第48页。
④ 余光中：《永远，我等》，《莲的联想》，第67—68页。
⑤ 余光中：《两栖》，《莲的联想》，第71页。

又如以莲花的"清芬"转喻情人的体香①,再如,"稻香"② 这一古典意象的借鉴,都值得注意。

此外,在联觉技巧的运用上,以嗅觉来写听觉依然是主要的手段,但意象的编排明显复杂得多,更融合进了视觉、味觉等其他感官享受,如《音乐会》"还有谁还等着,在雨季/还呼吸酿着雨水的空气/还忍受时间悲哀的统治/只有音乐还下着"③,又《月光曲:杜布西的钢琴曲 Claire de Lune》"厦门街的小巷纤细而长/用这样干净的麦管吸月光/凉凉的月光,有点薄荷味的/月光。在池底,湖底"④。而在《迷津》一首中有"莲生,莲死,莲葬。看一缕余香/冉冉升起,莲的幽灵/冉冉升起,自寒冽的波上/啊,这凄凉!⑤",则是借助视觉感受描绘"余香"的袅袅之状。

三 《敲打乐》与《在冷战的年代》的嗅觉意象

60 年代前期(1964 年之前),余光中在新诗创作上的尝试是双向发展的,上面讨论的三本诗集收录的其实是大致同一时期的作品(1960—1964),但从《天狼星》与《莲的联想》,我们可以看到两种截然不同的诗风,《五陵少年》前半部与后半部也不能同一而论,在编辑上,这应该是诗人刻意的安排。《〈五陵少年〉自序》中说:"纳入《五陵少年》的这三十四首诗,完成于四十九年初春到五十三年初夏之间,也就是说,都是我留美回国后迄赴美讲学前那一段月子的作品。五年间写的诗,当然不止这些。其中一些新古典风的抒情诗,一些'现代词',已经收进了《莲的联想》。一些长诗,例如《天狼星》,《气候》,《大度山》,《忧郁狂想曲》等,将辑成另一个集子。⑥"嗅觉书写也是正、负面意象夹杂在一起,这种现象在《敲打乐》和《在冷战的年代》等收录 60 年代后半期(1964—1969)作品的诗集里,基本一致,但负面的嗅觉意象有减少的趋

---

① "如果你的手在我的手里,此刻/如果你的清芬/在我的鼻孔,我会说,小情人"。余光中:《等你,在雨中》,《莲的联想》,第 10 页。

② "挥臂划开弧形的风景,夏何青青/夏在足下,秋在肘弯/风声潺潺,流过我的髪际/稻香中,走入蝉里,走入蝉里"。余光中:《遗》,《莲的联想》,第 55 页。

③ 余光中:《音乐会》,《莲的联想》,第 32 页。

④ 余光中:《月光曲:杜布西的钢琴曲 Claire de Lune》,《莲的联想》,第 39 页。

⑤ 余光中:《迷津》,《莲的联想》,第 97 页。

⑥ 余光中:《〈五陵少年〉自序》,《五陵少年》,第 1 页。

势。归纳一下，当有这样几个要点：

第一，"泥土芳香"再次出现，例如颇为特殊的"香料群岛"① 意象、没胫的"草香"② 等。但有所不同的是，"泥土芳香"更多地负载了"家"、"国"等严肃主题，例如：

带一把泥土去/生我们又葬我们的/中国的泥土/最芬芳最肥沃的/最高贵最神圣的/被践踏得最最狠的/带一把中国去③

所谓祖国/仅仅是一种古远的芬芳/蹂躏依旧蹂躏/患了梅毒依旧是母亲/有一种泥土依旧开满/毋忘我毋忘我的那种呼喊④

有一天会站直，在那片土地/那苍老，清新，霉腐，芳香的土地/和魁梧的祖先，比一比，谁高⑤

第二，以"腊梅香"比拟母亲的"体味"，这堪称余光中后来乡愁诗意象的一个重要萌芽，试看《腊梅》中的诗句：

大寒流降自江南，在岛上/在下风处，仿仿，佛佛/多感的鼻子仿佛就可以/嗅到腊梅清远的芬芳/那是少年时熟悉的一种香味/像母亲生前系围裙的身上/曾经嗅到的那种/……立在下风处，面向西北/想古中国多像一株腊梅/那气味，近时不觉/远时，远时才加倍地清香/就像少年时，浑然，沛然，卧在长江流域/枕中国的青草，晒中国的太阳/直到有一天，越过一个海峡，有一年/越过一汪海洋，蓝荒荒的

①　"传说有一尾滑手的雌人鱼/覆肩的长发上黏着海藻/在香料群岛间懒懒地仰泳"余光中：《神经网》，《敲打乐》，九歌出版社 1986 年版，第 34 页。

②　"这是中西部的大草原，草香没胫/南风漾起萋萋，波及好几州的牧歌"余光中：《敲打乐》，《敲打乐》，第 83 页。

③　余光中：《带一把泥土去：致痖弦》，《在冷战的年代》，纯文学出版社 1970 年版，第 1页。

④　余光中：《自从嫁给战争》，《在冷战的年代》，第 137 页。

⑤　余光中：《有一个孕妇》，《在冷战的年代》，第 98 页。

回望/在另一种草上，另一种太阳之下①

第三，食物的香味以及厨房的味道。这是余光中嗅觉书写中一个崭新的领域，对于我们下一步的分析十分关键：

> 或者所谓春天/最后也不过就是这样子：/一些受伤的记忆/一些欲望和灰尘/一股开胃的葱味从那边的厨房/然后是淡淡的油墨从一份晚报/报导郊区的花讯②

> 想此刻正归来樵夫，归自云雾/也应有渔父归来，归自波涛/人间饭香，天上仙馔③

另外，此时的余光中经营嗅觉意象有一个新的特点，即不同的气味，甚至是完全相反的嗅觉体验会被柔和在同一首诗或同一诗节之中，以形成鲜明的对比，刺激读者的感官想象，如《每次想起》：

> 每次想起，最美丽的中国/怎么张着，这样丑陋的一个伤口/从鸦片，鸦片战争的那头到这头/一个太宽太阔的伤口/张在那里，不让你绕道走过/掩着鼻子。每次想起/年轻时，以为用一朵水仙/一张桂叶，一瓣芬郁的蔷薇/就能将半亩的痛楚遮盖/每次想起，那深邃的伤口/怎么还不收口，黑压压的蝇群/怎么还重迭在上面吮吸/挥走一只，立刻飞来一群/每次想起这些，那伤口，那丑陋/的伤口就伸出一只控诉的手指/狠狠地指向我，我的脊椎/就烧起，火辣辣，一条有毒的鞭子④

明写的鲜花之香与暗写的伤口腐臭形成嗅觉感官上的冲突。《一枚铜币》描摹的气味则是掺杂了"汗臭"与"铜臭"的"臭气"，然而诗人并没

---

① 余光中：《腊梅》，《在冷战的年代》，第19—20页。
② 余光中：《或者所谓春天》，《在冷战的年代》，第47页。
③ 余光中：《炊烟：刘凤学舞，张万明筝》，《在冷战的年代》，第110页。
④ 余光中：《每次想起》，《在冷战的年代》，第84—85页。

有试图借此表达负面的内心感受，相反，诗人握着这枚丝毫不好闻的铜币，却"没料到，它竟会那样子烫手／透过手掌，有一股热流／沸沸然涌进了我的心房"，尤其在"那个寒冷的旱晨"，诗人"立在街心／恍然，握一枚烫手的铜币，在掌心"，"像正在和全世界全人类握手"①。《〈在冷战的年代〉后记》作者自剖，这一时期的诗所记录的，"都是一个不肯认输的灵魂，与自己的生命激辩复激辩的声音。这场激辩，不在巴黎，纽约，也不在洛阳，长安，而是在此时此地的中国"②。嗅觉书写在技巧上的凝练，可以说正是诗人这种心灵审视之下的产物。类似的例子还有《一武士之死》中"花香"与"墓地"的意象组合③等，甚至对同一个嗅觉字眼，诗人会赋予完全不同的感情色彩，例如同是"焦味"，在《火山带》④与《如果远方有战争》⑤就是一种"硫磺"和"难闻"的负面体验，而在《弄琴人》⑥一首，则是"好闻的"、"黄玫瑰"的"芬芳"。

　　刘裘蒂总结余光中 60 年代后期的诗风特点时说："以往的猜疑、呐喊、感叹难免失之空泛，而今我们看到的是掷地有声的具体化。……一个主题两种探索对照形成余诗新的特色。⑦"这一评价虽然不完全是针对余光中的嗅觉书写而言，但我们前文对嗅觉意象的分析完全可以呼应刘氏的论断。

----

　　①　余光中：《一枚铜币》，《在冷战的年代》，第 117—119 页。

　　②　余光中：《〈在冷战的年代〉后记》，《在冷战的年代》，第 157 页。

　　③　"他们在他的墓上种了些菊花／每到十月，迟缓的清芬中／就出现那蒙面人在墓前／上香，下跪，让泪水从闭住的眼中／流下，灼热的泪水烫痛菊花。"余光中：《一武士之死》，《在冷战的年代》，第 120 页。

　　④　"当你卧下，当你的阴柔皑皑展开／便有一脉熟象牙的火山带／自千层劫灰中连绵升起，地底／渗着硫磺泉，空中弥漫／窒息的，原始林焚余的焦味／在东方，在东方秘密的夜里。"余光中：《火山带》，《敲打乐》，第 39—40 页。

　　⑤　"如果远方有战争，我应该掩耳／或是该坐起来，惭愧地倾听？／应该掩鼻，或应该深呼吸／难闻的焦味？"余光中：《如果远方有战争》，《在冷战的年代》，第 40 页。

　　⑥　"冷冷地／钢琴那精粹的白焰在炙焚／这样好闻的／一截时间／……／而时间，怎么愈炙愈芬芳／黄玫瑰的焦味中，一半／我睡着，一半，我醒。"余光中：《弄琴人》，《在冷战的年代》，第 60 页。

　　⑦　刘裘蒂：《论余光中诗风的演变》，第 67 页。

第三节　余诗 70 年代的嗅觉意象

余光中 70 年代的作品基本上收录在《白玉苦瓜》和《与永恒拔河》两本诗集①，按照学界较为普遍的说法，前者对应余光中"朴素的民谣风格时期（1970—1974）"，后者则对应"历史文化的探索时期（1974—1981）"②。虽然 70 年代，特别是前半期，余光中极为重视新诗创作上的"音律"，即听觉效果，曾以"丰富中国现代音乐的生命"自许③，但是，其在嗅觉意象上的书写也基本迈入了一个相对稳定和成熟的阶段，对之前一切正面的嗅觉意象进行了升华和净化，对负面嗅觉意象的取舍也逐渐条理分明。这一阶段的嗅觉意象，在余诗整个嗅觉书写中充当了承前启后的角色，极其丰富，可分为下列七大主题。

一　章法圆熟的"花香草气"

花草树木的香气作为余光中惯用的嗅觉意象，发展至 70 年代，几近大成，与早期这一意象的苍白无力形成不小的反差。例如，同样是"吊屈原"，现在的诗句是"把名字投在风中的/衣带便飘在风中/清芬从风里来，楚歌从清芬里来/美从烈士的胎里带来"④、"千年的水鬼唯你成江神/非湘水净你，是你净湘水/你奋身一跃，所有的波涛/汀芷浦兰流芳到现今"⑤；同样是写空间的香气，现在的创作为"从你来回摇转的柔腕/便有满塘的荷香浮动/一阵阵送来，恍惚南风"⑥，无论是意象的密度还是诗歌情感的铺排，质量都比之前高出许多。而在《菊颂》一首，我们见到"霜后的清香"、"淡而愈远"的茱萸香气、"流芳"的茶香与酒香等多种

---

① 《白玉苦瓜》主要收录 1970—1974 年的作品，创作于美国和台湾。《与永恒拔河》集结 1974—1979 年在香港写的诗歌。

② 刘裘蒂：《论余光中诗风的演变》，第 72、76 页。

③ 余光中：《民歌的常与变》，《青青边愁》，纯文学出版社 1978 年版，第 109—115 页。

④ 余光中：《水仙操》，《白玉苦瓜》，大地出版社 1974 年版，第 117 页。

⑤ 余光中：《漂给屈原》，《与永恒拔河》，洪范书店有限公司 1979 年版，第 171 页。

⑥ 余光中：《折扇》，《与永恒拔河》，第 119 页。

香气组合①。

此外，这类嗅觉意象往往与"夜"或"梦"配合，烘托一种幽静的诗歌意境。许多评论者认为 70 年代后期，咏"黄昏"、"黑夜"的诗作成为余诗的一大题材，表现了余光中的"向晚意识"②，这一观点大概也可以从"夜"意象与嗅觉书写的搭配看出，如：

> 楼高如许天遐如彼的地方永远有风/吹不皱蓝透的永恒那样子吹着/深更永夜，茉莉和薄荷淡淡地香起③

> 我倦了，一觉该睡到星老月蚀/黄河浊了清清了又改道/淡茉莉的暗香里让我沉入梦底④

上面这两例若算是一种淡漠的花香，那么《哥本哈根》则带给读者一种浓郁的嗅觉冲击：

> 长窗半开，向海峡的黄昏/哦，哥本哈根/北欧的初夏郁金香绣成⑤

特别是"北欧的初夏郁金香绣成"，更编织了一幅充满浓浓花香的黄昏风景图，将嗅觉与视觉揉为一体。

二　风中的"香火"

风中弥漫的"香火"之气，也是前所少见的嗅觉意象，主要有两个范畴，其一是寺院或庙宇中的"香火"：

---

① 《菊颂》："霜后的清香是烈士的清香/风里的美名是晚节的美名/淡而愈远，辟邪，与茱萸齐名/谁说迟开就不成花季？/……/落英纵纷纷，也落在英雄的冢上/更冷酷的季节，受你感召/有梅花千树竟发对冰雪/你身后，余音袅袅更不绝/煮茶或酿酒，那纯洁/久久流芳在饮者的唇上"余光中：《菊颂》，《与永恒拔河》，第 140—141 页。

② 钱学武、黄维樑：《自足的宇宙：余光中诗题材研究》，第 208 页。

③ 余光中：《天望》，《与永恒拔河》，第 102 页。

④ 余光中：《发树》，《与永恒拔河》，第 108 页。

⑤ 余光中：《哥本哈根》，《与永恒拔河》，第 90—91 页。

　　日落时／风把一炷香静静接去／如果有一拂飘飘的僧袖／四海随我去云游／如果袖中有一只葫芦／宁可打酒／也不愿把下面纤纤那世界啊／装在里头①

　　文公久逝，潮州不远／香火绕韩庙的威灵常在。去吧／乘今晚向外海退潮／随你的鳄表亲，率你全部落的丑类／偃鳍南去，公海无边际②

其二是以墓地"香火"为核心的嗅觉意象组合，或以悼念亡灵为主题的此类意象的派生意象：

　　香火冷落来天南的孤岛／高阶千级仰瞻的孺慕／甘冒亚热带嘶蝉的溽暑／不觉回头已身在绝顶／一连阵松风的清香过处／恍惚北京是近了……③

　　再宽的僧袖也休想袖走／灵秀这一山仙气／一定是对面那鹿山坳里／有一位仙翁在炼丹／扇也扇不尽的白云／炼不出一丸红日／却扇来，快关窗吧／又一地好冷好湿的炉香④

上面两个类型的"香火"之气，在一定程度上同样反映出余光中的"向晚意识"，尤其是后者，更加成为80年代与90年代此类嗅觉意象的萌芽，我们将在后文逐渐予以揭示。

　　三　"乳香"与"母亲怀中的气味"

　　对女性体香的书写，70年代之前，大致呈现两个方向，其一，是在"情人""乳间"呼吸以寻求"安全感"的意愿，如《万圣节》里《真空的感觉》一首："世界被罩状云熏的很热，／而我很怕冷，很想回去，／躺

---

① 余光中：《慈云寺俯眺台北》，《白玉苦瓜》，第61页。
② 余光中：《海祭》，《与永恒拔河》，第198页。
③ 余光中：《蔡元培墓前》，《与永恒拔河》，第34页。
④ 余光中：《清明前七日》，《与永恒拔河》，第56页。

在你乳间的象牙谷地，/睡一个呼吸着安全感的/千年小寐。"① 其二，母亲的体味，一种依恋的心理，如前文所引的"那是少年时熟悉的一种香味/像母亲生前系围裙的身上/曾经嗅到的那种"②。70 年代，余光中似乎刻意在第二个方向上加大了发挥的力度，并且将母亲的体香具体化为"乳香"，这是为"乡愁主题"的深化所做的铺垫。试看：

小时候，在大陆，在母亲的怀里/暖烘烘的棉衣，更暖，更暖的母体/看外面的雪地上，边走边嗅/寻寻觅觅，有一只黄狗/……/整个民族，就睡在雨里，风里/在夜夜哭醒的回国梦里/有一个家：是幸福的③

大江东去，千唇千靥是母亲/舔，我轻轻，吻，我轻轻/亲亲，我赤裸之身/仰泳的姿态是吮吸的姿态/源源不绝五千载的灌溉/永不断奶的圣液这乳房/每一滴，都甘美也都悲辛④

一个匍匐的婴孩/膜拜用五体来膜拜/为了重认母亲/吮甘醇的母奶⑤

一只苦瓜，不再是涩苦/……哪一年的丰收像一口要吸尽/古中国喂了又喂的乳浆/完美的圆腻啊酣然而饱……小时候不知道将它迭起/一任摊开那无穷无尽/硕大似记忆母亲，她的胸脯/你便向那片肥沃匍匐/用蒂用根索她的恩液/苦心的悲慈苦苦哺出/不幸呢还是大幸这婴孩⑥

---

① 余光中：《真空的感觉》，《余光中诗歌选集（一）莲的联想·万圣节》，第114—115页。

② 余光中：《腊梅》，《在冷战的年代》，第19页。

③ 余光中：《小时候》，《白玉苦瓜》，第7—8页。

④ 余光中：《大江东去》，《白玉苦瓜》，第86页。

⑤ 余光中：《投胎》，《白玉苦瓜》，第111页。

⑥ 余光中：《白玉苦瓜》，《白玉苦瓜》，第147—148页。

诗集《白玉苦瓜》中如此之多的"乳汁"意象，其实早已被人们注意，不少评论者都曾撰文谈及，认为"母亲"与"乳汁"的频频出现，是"回归故土摇篮的民族意识"，也"在潜意识中透露出回返子宫母体的冲动"①。这种阐述，或多或少都受到西方"回归母体"和"出生受伤"学说的影响②，虽有一定道理，但难免使解读趋于一元化。我们认为若从"乳香"意象出发，而不是"乳汁"，似乎可以得到更为广泛的理解，对此，我们在后文会进一步论述。

四　"泥土之香"的升华

70 年代的泥土香气，可以从抽象与具象两个方面来考察。抽象的泥土之香即不以任何喻象明写泥土的气味，但从字里行间可以读出诗人对土地的眷恋：

> 那片土是一切的摇篮和坟墓/当初摇我醒来/也应摇我睡去//回去又熟又生那土地/贫无一寸富有万里/那土地，凭嗅觉也摸得回去③

> 唐音宋调，恍惚的方言/周稼汉耕，醒鼻的泥土④

具象的泥土之香当首推《乡愁四韵》，它对于我们研究的重要意义在于，正式宣布了余光中诗歌里"花香草气—泥土之香—体香"这则三位一体的嗅觉意象的诞生，它可以说是余光中对早期核心嗅觉意象群的一大综合，也是乡愁主题与嗅觉书写真正在余诗里登上舞台的标志。还是看一下这个世人耳熟能详的诗节吧：

---

① 刘裘蒂：《论余光中诗风的演变》，第 74 页。

② "回归母体"和"出生受伤"的理论由奥地利心理学家、心理医师兰卡（Otto Rank，1884—1939）提出。兰卡认为在母亲分娩过程中，婴儿受到巨大的震荡而产生恐惧和痛苦，这种创伤于是成为所有心理因素的根源，与创伤一起产生的，便是回归母体天堂的愿望。兰卡的理论往往可以与乡愁联系：婴儿在母体内浮于羊水之中，乘载婴儿的子宫相当于船或摇篮的作用，实质上是唤起人类无意识乡愁的原因。[苏联] 巴赫金（M. M. Bakhtin，1895—1975）：《弗洛伊德主义述评》（*Freudism Comment*），汪浩译，辽宁人民出版社 1987 年版，第 92—96 页。

③ 余光中：《盲丐》，《白玉苦瓜》，第 76 页。

④ 余光中：《旺角一老媪》，《与永恒拔河》，第 13 页。

给我一朵腊梅香啊腊梅香／母亲一样的腊梅香／母亲的芬芳／是乡土的芬芳／给我一朵腊梅香啊腊梅香①

五　"家之香气"的雏形

余光中这一时期对家的气味的书写，脱胎于 60 年代末出现的嗅觉意象："食物的香味"以及"厨房的味道"，并且更多呈现的是一种童年的回忆。例如：

天上黯黯，地上流漾着反光／倒映放学的孩子走过／巷底有湿沥沥的回声／：这样子的半下午／葱油的香味来自厨房……②

堆雪人，打雪战，滚雪球／放学回家，母亲热烘烘的灶头／一缕饭香派到篱外来接我③

这一主题下，还有一些作品，虽然没有明确写出"家之味"，但诗句里也不乏"饭香"为核心的家的气息，如《秋兴》："又月满中秋，菊满重阳／炒栗子和螃蟹新肥的引诱／又飘满这港口的街角和酒楼"④，明显是籍街头巷尾的"饭香"表达佳节团圆的愿望。又如《呼唤》："就像小的时候／在屋后那一片菜花田里／一直玩到天黑／太阳下山，汗已吹冷／总似乎听见，远远／母亲喊我／吃晚饭的声音"⑤，虽然写的是听觉，但蕴含着我们在此讨论的"饭香"韵味。

除"饭香"以外，"家之香气"与"花香草气"亦是惯常的搭配，《大寒流》一首有：

寒流寒流你刚来自家乡／该知道家乡发生的近事／我朝南的那扇窗

---

① 余光中：《乡愁四韵》，《白玉苦瓜》，第 159—160 页。
② 余光中：《雨季》，《白玉苦瓜》，第 51—52 页。
③ 余光中：《大寒流》，《白玉苦瓜》，第 154 页。
④ 余光中：《秋兴》，《与永恒拔河》，第 57 页。
⑤ 余光中：《呼唤》，《白玉苦瓜》，第 83 页。

子，来时/外面的一树梅，愈古愈清香/绽开了没有？开了多久？①

"腊梅香"与"家"、"故乡"在诗人的创作意识中结合相当紧密，若跟前文"母亲的体香"配合来看，当颇具研究启示，将是本节后文发展的一条脉络。

六　"果香"的出现

70 年代，余光中对水果意象的关注，味觉书写要先于嗅觉。创作于 1972 年的《车过枋寮》中"甜甜的甘蔗"、"甜甜的西瓜"、"甜甜的香蕉"②都更加倾向于味觉的礼赞。但 70 年代中期之后，对水果嗅觉的书写渐渐成为主要的写作对象。如：

> 白露为封面，清霜作扉页/秋是一册成熟的诗选/翻动时满是瓜香和果香③

> ……童话的名都/山楂共栗树的飘香/犹一半是豪放，一半温柔④

对瓜果香气的赞颂，在余诗里可以说时隐时现，一直接续到 80 年代末，诗集《安石榴》对果香的书写达到极致。

七　呼吸"水"气

如果说余光中诗作里湖、海等"水"气意象在 70 年代以前一直处于写作的边缘地位，是其他气味的点缀品和辅助物，那么，说它在 70 年代成为嗅觉书写的重要议题之一当不为过。先是《车过枋寮》时，众多瓜

---

① 余光中：《大寒流》，《白玉苦瓜》，第 155 页。

② 《车过枋寮》："雨落在屏东的甘蔗田里/甜甜的甘蔗甜甜的雨/肥肥的甘蔗肥肥的田/……雨落在屏东的西瓜田里/甜甜的西瓜甜甜的雨/肥肥的西瓜肥肥的田/……雨落在屏东的香蕉田里/甜甜的香蕉甜甜的雨/肥肥的香蕉肥肥的田。"余光中：《车过枋寮》，《白玉苦瓜》，第 45—48 页。

③ 余光中：《秋兴》，《与永恒拔河》，第 57 页。

④ 余光中：《哥本哈根》，《与永恒拔河》，第 91 页。

果香气里劈面而来的"海"味："正说屏东是最甜的县/屏东是方糖砌成的城/忽然一个右转，最咸最咸/劈面扑过来/那海"①，进而是《碧湖》中亦迷亦幻的"湖气"："沁凉的湖气里，青山如睡"②。到了《与永恒拔河》，对"水"气的摹写显得更为细致，而且伴随着某些"迷惑"的心境，如：

　　雨像浅浅的薄荷酒冰过的薄荷/下下来，空气那样清真/诱人用深呼吸细细赞美/而这一切都成了回忆霏霏/付给一柄守秘的雨伞/……/而围墙套着围墙，树靠着树/行人走不出伞的迷惑③

同时，在余光中的诗里，"水"气也是送来其他气味的媒介：

　　一只破船枕着防波堤 / 风灾海难里闯回来的 / 被系于一缆乌丝的细细 / 和小耳坠子一锚的轻轻 / 绿阴庇亚热带岸上植物的清香 / 海气里一阵阵送来的暗凉 ④

"忧国怀乡"作为余诗 70 年代创作的一大主题，与"水"气关联亦非常密切，《漂给屈原》等作品多多少少都借助了"水"气意象，或许正如诗人所说："涉沅济湘，渡更远的海峡/有水的地方就有人想家"⑤。虽然这一时期也不乏诸如对"山岚海气"的视觉描摹⑥，但偏重嗅觉书写的笔墨无疑占了主流。

　　70 年代余诗负面的嗅觉意象在《白玉苦瓜》里几乎找不到明显的例子，而在《与永恒拔河》中则仍以"腥"气、"焦"气为主，如《九广铁路》"而一阵腥骚熏人欲窒的/闭气吧，快，是猪车"⑦；《西贡：兼怀

　　①　余光中：《车过枋寮》，《白玉苦瓜》，第 48 页。
　　②　余光中：《碧湖》，《白玉苦瓜》，第 165 页。
　　③　余光中：《给伞下人》，《与永恒拔河》，第 97—98 页。
　　④　余光中：《海魇》，《与永恒拔河》，第 117 页。
　　⑤　余光中：《漂给屈原》，《与永恒拔河》，第 171 页。
　　⑥　《沙田秋望》："若黄昏时的眼睛/掠波翩翩是一只水禽/飞得出这山山也飞不出那水水/沙田的秋色多少堤多少岛/飞得过隐隐飞不过迢迢/山岚海气全浮在一面小镜子里/远檣纤纤，终日在镜中来去/那镜，握在仙人的手里。"余光中：《沙田秋望》，《与永恒拔河》，第 51—52 页。
　　⑦　余光中：《九广铁路》，《与永恒拔河》，第 19 页。

望尧》"亡国史第几章第几页/一炉兵燹这余烬的焦味"① 等，其他刺鼻的气味还有 "洁癖的酒精味" 等②。至于《海祭》中海水的 "腥咸"、家乡的 "土腥气和草香" 以及 "嗜腥的狙击手" 等意象③，亦体现出余诗嗅觉书写的多样化处理。《〈与永恒拔河〉后记》说："新环境对于一位作家恒是挑战，诗，其实是不断应战的内心记录。《与永恒拔河》里，几乎有一半的作品都是这新环境挑战下的产品。"④ 或许 70 年代负面嗅觉意象的出现恰是诗人 1974 年来港教书，对地理位置特殊、文化杂陈的香港这一 "新环境" "应战的内心记录"⑤。

第四节　余诗 80 年代的嗅觉意象

不少余学研究者都认为，从 1974 年开始至 1985 年为期近十一年的 "香港时期"⑥ 对余光中来说，是创作生涯中 "完成龙门一跃" 的时期⑦，主要原因之一在于其诗作题材的变化，即乡愁之作减少，关注大陆状况之作增多，特别是大陆的政治社会状况，反映在诗风上，则是明显的知性书写多于感性书写⑧，这无疑影响了 80 年代余光中笔下的嗅觉意象。

实际上，早在 60 年代的诗集《敲打乐》里，含有知性意味的嗅觉书写便可寻端倪，《〈敲打乐〉新版自序》将其中 19 首诗 "分成两类，一模拟较偏于感性，例如《灰鸽子》、《单人床》、《雪橇》等作；另一类则兼带知性，如果读者不识其中思想及时代背景，就难充分投入，例如《犹力西士》、《黑天使》、《哀龙》、《有一只死鸟》、《敲打乐》等作"⑨。到

---

① 余光中：《西贡：兼怀望尧》，《与永恒拔河》，第 87 页。

② 《超马》："日子太慢，像冷寂的候诊室/在苦候医师，洁癖的酒精味里/听剪刀和瓷盘相碰的声音。"余光中：《超马》，《与永恒拔河》，第 136 页。

③ 余光中：《海祭》，《与永恒拔河》，第 191、195、200 页。

④ 余光中：《〈与永恒拔河〉后记》，《与永恒拔河》，第 202 页。

⑤ 同上。

⑥ 钱学武、黄维梁：《自足的宇宙：余光中诗题材研究》，第 190—191 页。

⑦ 流沙河（余勋坦，1931—）：《诗人余光中的香港时期》，《璀璨的五采笔：余光中作品评论集，1979—1993》，第 135 页。

⑧ 刘裘蒂：《论余光中诗风的演变》，第 76 页。

⑨ 余光中：《〈敲打乐〉新版自序》，《敲打乐》，第 8—9 页。

了 70 年代的《与永恒拔河》，知性书写的成分更是小具规模，而 80 年代的《隔水观音》、《紫荆赋》、《梦与地理》和《安石榴》则延续和发展了这一特点①。

一　"香花草木"在知性层面上的延展

首先，可以从探索中国历史文化的诗作里得到验证，如咏中国历史人物的《梅花岭：遥祭史可法》：

> 那一年梅花似雪全为你戴孝／烈士血溅过的国土／就种下你身外的衣冠／也迸得出发得出喷洒得出／这千树清香逆风的刚烈②

又如悼念印度圣雄的《甘地之死》中的"檀香木"：

> 一切从印度来的／要还给哀伤的印度／檀香木烧得化的／还给印度的天空／骨灰坛装得下的／还得印度的河水／连印度也装不下的／沛然而大的灵魂／就还给整个人类③

按诗人的说法，这些嗅觉意象确实需要识得其中思想及时代背景，方能充分投入。而以往的惯常嗅觉意象"腊梅香"，在 80 年代也不仅仅再是单纯指涉属于个人情怀的恋家或恋母意识，更反映出对当时中国政治局势的关注和反思：

> 冷锋削面的黄昏／高楼远眺／猛烈的西北风里隐隐／有腊梅古香的消息／从陌生的故乡吹来：／那刻骨穿心的清芬／红卫兵的呼喝和蹂躏／唐山痉挛的地震／再也驱不散的清芬／凌江越海，自对岸吹来／／腊梅是

---

① 《隔水观音》主要收录 1979—1981 年的作品，创作于香港与台湾。《紫荆赋》收录 1982—1985 年创作于香港的诗歌。《梦与地理》收录 1985—1988 年写于台湾的诗歌。《安石榴》集结 1986—1990 年在台湾写的诗歌。

② 余光中：《梅花岭：遥祭史可法》，《紫荆赋》，洪范书店有限公司 1983 年版，第 59 页。

③ 余光中：《甘地之死》，《紫荆赋》，第 99 页。

早春的第一胎／雪衣人所接生／春天你为什么还不动身呢？①

此类"香花草木"嗅觉意象，具有知性层面上的意涵，有时或许可以配合负面的嗅觉书写来解读，例如《故乡的来信：悼舅家的几个亡魂》里的"腥味"，便可以给予我们某些理解上的助力：

> 陌生的邮票，猜谜一般的简体字／一星期前在远方投的邮筒／还带着那古运河边的渔港／有点腥味的水光和暑气／和资产阶级难断的温情／：说现在的日子是好过得多了／以前压在那帮人的脚下／连气都喘不过来（也真是奇怪／以前来信怎么没听说／"解放"后的日子有多不好过？）②

当然，偏重感性的花草树木气息在这一时期也颇为可圈可点，像"紫竹的清芬"③、"水仙花的暗香"④、水仙花"高贵的芬芳"⑤、"淡淡的荷香"⑥、松子"淡远的清香"⑦、松针的"清香"⑧、"松果满地的清

---

① 余光中：《春天渡过海峡去》，《隔水观音》，洪范书店有限公司1983年版，第132—133页。

② 余光中：《故乡的来信：悼舅家的几个亡魂》，《隔水观音》，第15—16页。

③ 《隔水观音：淡水回台北途中所想》："出城是左顾／回程是右眄／波际依稀是紫竹的清芬／／三十年，在你不过是一炷烟／倦了，香客／老了，行人。"余光中：《隔水观音：淡水回台北途中所想》，《隔水观音》，第25—26页。

④ 《空城夜》："在车水马龙的红砖岸上／震耳欲聋的大寂寞里／恍惚于一股水仙花的暗香／沿着你纤纤的足印／朝西南那方向／逐渐淡去。"余光中：《空城夜》，《隔水观音》，第123—124页。

⑤ 《水仙节》："向最长的冬夜／把高贵的芬芳／吹笛一样／细细地倾吐。"余光中：《水仙节》，《隔水观音》，第136页。

⑥ 《发神：席慕蓉画中所见》："只惊见一头秀发袅袅地飘起／又飘落，把寂寞的天地／飘满她乌丝纤纤的浪纹／和波影回处，淡淡的荷香／……／无论我远到地角或天涯／都逃不出那发神的神发／向我伸来的恢恢发网／寂寞的空间浮动荷香。"余光中：《发神：席慕蓉画中所见》，《隔水观音》，第169—170页。

⑦ 《孤松：赠答管管》："一粒松子落下去／：那淡远的清香／不知要等多少个世纪／才随九回的涧水／流传到世间？"余光中：《孤松：赠答管管》，《紫荆赋》，第56页。

⑧ 《松涛》："这一带山间有一位隐士／他来时长袖翩翩地飘摆／把廊外一排排高肃的古松／不经意轻轻地抚弄／弄响了千弦的翡翠琴／清香的高频率共震／颤不尽过敏的一丛丛松针／：隐隐旋出低啸。"余光中：《松涛》，《紫荆赋》，第109—110页。

香"① 等。

二 "家"的气味与"文化乡愁"

其次,香港时期余光中的乡愁之作虽然减产,但乡愁仍在,只是以往那种注重感性的直抒的乡愁,现在被一种婉转的怀乡所取代,更多的表现为一种"文化的乡愁",这是对乡愁题材的扩展和刷新。例如《登高》:"又是重阳节近了/满街的栗子香,若是当年/似这般秋晴的日子/登高的我们该正北望"②,其中"栗子香"便是一则全新的嗅觉书写。70 年代《〈与永恒拔河〉后记》诗人曾写道:"近年论者评我的诗,颇有几位指出,忧国怀乡的主题不宜一再重复,以免沦于陈腔。这劝告是对的,任何主题原经不起再三抒写,而能否刷新题材,另拓视野,也往往成为诗人的一大考验。"③ 可见,减少乡愁题材,是余光中有意的作为,目的在于避免怀乡主题一再重复而流于陈腔滥调④。在嗅觉意象的处理上,突破"家屋"、"厨房"空间局限,成为最明显的改进:

> 橄榄核一般的初秋天气/中间鼓,两头尖/响晴的早晚,在亮金风里/能嗅到中秋月色和月饼/八千里路长长的月色/半辈子海外空空的风声/该是月圆人归的季节了/小杂货店的瘦妇人迎我/以邻居亲切的旧笑容/"几时从外国回来的?"/不知道这六年我那栋蜃楼/排窗开向海风和北斗/在一个半岛上,在故乡后门口/该算是故乡呢,还是外国?/"回来多久了?"菜市场里/发胖的老板娘秤着白菜/问提篮的妻,跟班的我//这一切,不就是所谓的家吗?/……秋风拍打的千面红旗下/究竟有几个劫后的老人/还靠在运河的小石桥上/等我回家/回陌生的家去吃晚饭呢?⑤

---

① 《山中一日》:"不如且坐在老树根上/呼吸松果满地的清香/和一整个暑假的悠长"余光中:《山中一日》,《紫荆赋》,第 114 页。

② 余光中:《登高》,《安石榴》,洪范书店有限公司 1996 年版,第 116 页。

③ 余光中:《〈与永恒拔河〉后记》,《与永恒拔河》,第 203 页。

④ 钱学武、黄维梁:《自足的宇宙:余光中诗题材研究》,第 200 页。

⑤ 余光中:《厦门街的巷子》,《隔水观音》,第 88—89 页。

《厦门街的巷子》是一首相对写实的怀乡作品，"月饼"的香气、"白菜"的气味、"菜市场"的气味一同构建了"家"的气味，"这一切，不就是所谓的家吗？"诗人有此反问，可见与之前由单纯的"饭香"、"厨房"的气味组成的"家"之气息相比，足见多了不少知性的用心。《〈隔水观音〉后记》余光中还说："沙田的山精海灵，对我的缪思原也不薄，但厦门街的那条窄长巷子，诗灵似乎更旺。"[1]　"厦门街的那条窄长巷子"比"沙田的山精海灵"或许正是在知性上刺激了诗人的"诗灵"吧。又如《蜀人赠扇记》：

> 川娃儿我却做过八年/挖过地瓜，抓过青蛙和萤火/一场骤雨过后，拣不完满地/银杏的白果，像温柔的桐油灯光/烤出香熟的哔哔剥剥/夏夜的黄葛树下，一把小蒲扇/轻轻摇撼满天的星斗/在我少年的盆地嘉陵江依旧/日夜在奔流，回声隐隐/犹如四声沈稳的川话/……/对着货柜船远去的台海/深深念一个山国，没有海岸/敌机炸后的重庆/文革劫罢的成都/少年时我的天府/剑阁和巫峰锁住/问今日的蜀道啊行路有多难？[2]

这首诗题为《蜀人赠扇记》，"蜀人"即四川著名诗人流沙河（原名余勋坦，1931—）[3]。诗歌的题记是"问我乐不思蜀吗？/不，我思蜀而不乐"[4]，之所以"不乐"，流沙河亲自点评说，余光中"少年时期流寓四川重庆，五十年代之初去台"，"此诗落款特志今年九月九日。这天该是他的生日，满五十九。生日动乡愁，哪能快乐呢？"[5]　与其说生日牵动乡愁，不如说"银杏白果"烤出的"香熟"气息永远存留于诗人内心深处，充满诗人"少年的盆地"，果香浓缩了儿时的幸福回忆，这种感性的幸福在 50 年后的知性现实面前显得无比美好，无奈的是，一切在"敌机炸后、文革劫罢"无缘再见，诗人只能向虚幻与想象中找寻"少年时我的

---

①　余光中：《〈隔水观音〉后记》，《隔水观音》，第 175 页。

②　余光中：《蜀人赠扇记》，《梦与地理》，洪范书店有限公司 1990 年版，第 137—140 页。

③　余光中：《〈梦与地理〉后记》，《梦与地理》，第 192 页。

④　余光中：《蜀人赠扇记》，《梦与地理》，第 136 页。

⑤　流沙河：《读〈蜀人赠扇记〉》，《梦与地理》，第 143 页。

天府",知性的忧思化作诗人怀乡的"不乐"。

三　香火、茶香、药香

第三,80年代我们仍然见到庙堂或墓地"香火"的意象:

列圣列贤在孔庙的两庑/肃静的香火里暗暗地羡慕/有一个饮者自称楚狂/不饮已醉,一醉更狂妄①

如果你伤了,年轻的生命/历史的伤口愿早日收口/好结一朵壮丽的红疤/如果你死了,好孩子/这首诗就算一炷香火/插在你不知有无的坟上②

而"香火"意象的变体则是融入了"茶香"或"药香"等新的元素:

一壶浓茶/一卷东坡的诗选伴我/细味雨夜的苦涩与温馨③

用怎样的烹法烹怎样的好茶/:最清的泉水是君子之交/最香的茶叶是旧土之情④

蒲团一夕的净土坐着/电话不惊的界外醒着/一壶苦茶独味着老境/只为这感觉恍若在仙里⑤

陶壶土杯,伴我深宵的寂寞/……/书斋里恍惚浮起了药香/深沉的琥珀流入了回肠/涤尽满腹贪馋的罪过/……/醇厚的药香中,我独自饮着/一盅比一盅苦,比一盅酽/愈入佳境而不觉腻餍/直到甜津津

---

① 余光中:《念李白》,《隔水观音》,第60页。
② 余光中:《国殇》,《安石榴》,第95页。
③ 余光中:《夜读东坡》,《隔水观音》,第12页。
④ 余光中:《宜兴茶壶》,《安石榴》,第77页。
⑤ 余光中:《深宵不寐》,《安石榴》,第154页。

一股回味／升自舌底，安慰着独夜的情怀①

"香火"、"茶香"、"药香"构成的空间嗅觉意象，与 70 年代的书写方式
相比，反映出富有理趣的特点。兹举数例：

茶香冉冉，缘石柱而上升／一角檐外／几闪疏星在海风里浮沉②

小时候的仲夏夜啊／稚气的梦全用白纱来裁缝／……／几声怯怯的
虫鸣里／一缕禅味的蚊香／招人入梦，向幻境蜿蜒③

到那时，该去冷僻的街尾／像牯岭街吧，去寻找一家／药香淡淡的
中医店铺／向檐前，或是向匾下悬挂／悠悠这土气的心壶／……我们就，
嘘，别让人撞见／跳入壶中的洞天／跳入壶中的天长地久……④

一觉醒来竟成了飘逸的仙人／海气冉冉掖我以飞升／……那么大的
沙田，凭空一只小香炉／就藏得住吗?⑤

上面几则诗例中嗅觉意象的共同点是，引出对"人生"、"宇宙"、"禅
理"、"时间"等问题的思考，是"寓理于事"的诗⑥。流沙河分析，这
类诗作出现的原因之一是，诗人步向暮年，那种叹老的"向晚意识"得
不到纾缓，"便不得不向道家的旷达观念靠拢"，所以写了一系列从前不
写的"看淡世情的诗"⑦，有一定的道理。对生命价值和时间空间的思索
感悟，属于一种知性的传达，多多少少使原本感性的嗅觉意象也带上了知
性的色彩。

---

① 余光中：《夜饮普洱》，《安石榴》，第 112—113 页。
② 余光中：《夜游龙山寺》，《隔水观音》，第 21 页。
③ 余光中：《纱帐》，《隔水观音》，第 93 页。
④ 余光中：《赠壶记》，《隔水观音》，第 161—162 页。
⑤ 余光中：《雾失沙田》，《紫荆赋》，第 131—132 页。
⑥ 钱学武、黄维樑：《自足的宇宙：余光中诗题材研究》，第 209 页。
⑦ 同上。

四 瓜果之香

感性的嗅觉意象与知性的诗歌主题相融合，形成了余光中"香港时期"嗅觉书写的主要特点，这在 1985 年返回台湾之后创作的《梦与地理》和《安石榴》两册诗集中依然得到了延续，并且也是诗人立志追求的创作目标。在余光中看来，好的诗歌应该是感性和知性的交融，情感的抒发和哲理的思考要相得益彰①，《安石榴》一辑就是绝佳的例证，集中反映在大量关于"瓜果之香"的嗅觉意象上。而此时对瓜果之香的赞叹已不再是《天国的夜市》里"禁果诱鼻的清香"②那样的少年愁绪与暧昧，也不是《与永恒拔河》里的一带而过，更深刻的，是对藏于瓜果内部、神秘但又安逸的幸福意识的梦想，是对圆整世界的梦想，正像《削苹果》中的诗句："好像你掌中转着的/不是苹果，是世界"③。且看：

> 无论是倒啖或者顺吃/每一口都是口福/……用春雨的祝福酿成/和南投芬芳的乡土/必须细细地咀嚼④

> 说不出这青盖的小白坛子/装的是香茗还是清酒/只觉得一嚼就清香满口/……"怎么样，屏东的口香糖？"/君鹤笑问，带一点调皮/"不咬槟榔，怎么会晓得/南部的泥土有什么秘密？/怎么样，还不太可怕吧？"⑤

> 刷地一口咬下，势如破竹/满嘴爽脆的清香，不腻，不黏/细细地嚼吧，慢慢地咽/莫错过这一季幸运的春天/泥土的恩情，阳光的眷顾/和一双糙手日夜的爱抚⑥

---

① 余光中：《散文的感性与知性》，《余光中散文》，浙江文艺出版社 1997 年版，第 434—447 页。朱智伟：《感性与知性的相融及其艺术表现：论余光中诗歌》，硕士论文，湖南师范大学，2006 年，第 34—35 页。

② 余光中：《山雾》，《天国的夜市》，第 112 页。

③ 余光中：《削苹果》，《安石榴》，第 11 页。

④ 余光中：《埔里甘蔗》，《安石榴》，第 3—4 页。

⑤ 余光中：《初嚼槟榔》，《安石榴》，第 6—7 页。

⑥ 余光中：《莲雾》，《安石榴》，第 14—15 页。

他家的果园我曾经去过／花香，果味，和肥料的气息／都令我着魔，像童话的封面／把外面的世界隔开。而后园／蔓茎牵连，心形的密叶下／卧着累累的南瓜，午寐未醒／远处咕咕的布谷，近处／嗡嗡的蜜蜂，都充耳不闻①

而我真馋的却是这只／冰箱里刚取出来的芒果／扑鼻的体香多诱人啊／还有艳红而丰隆的体态②

从上面我们看到了另一则三位一体嗅觉意象的成形，即"水的气息—泥土之香—果香"，与20世纪50年代至70年代初的"花香草气—泥土之香—体香"嗅觉组合模式呼应起来。

如果说，60年代余诗的乡愁是"地理上的怀乡"，70年代的乡愁是"文化上的怀乡"③，那么80年代的诗篇则是对脚下每寸泥土的回归，是对台湾浓厚的乡土意识和归属感的表现，它的深层指向则是"永恒的童年"与"休息之梦"。1985年返台开始，余光中的诗歌在题材上从"关注中国"转向"就位台湾"④，风格上则转向本土化，转向对脚下所踏的乐土——台湾——的关注与歌咏，心态上则越显平和与"放松"⑤。80年代，中国大陆呈现稳定开放的局面，已然构不成像60、70年代那种紧迫的张力下的乡愁主题，诗人也惊觉台湾原本就是乐土、乐园，之前曾经错过，现在要珍惜补偿。钱学武、黄维梁等人在总结余光中离开香港返回台湾之后的创作思想及心态时写道："人生是快乐的旅程，他（余光中）不想再做一个瞭望台上北望故乡，窥探童年的望远的人，他要脚踏实地的生活，因台湾、因生命都来得不易，都弥足珍贵。"⑥

---

① 余光中：《南瓜记》，《安石榴》，第16—17页。
② 余光中：《芒果》，《安石榴》，第29页。
③ 钱学武、黄维梁：《自足的宇宙：余光中诗题材研究》，第226页。
④ 同上书，第219页。
⑤ 同上书，第224页。
⑥ 同上书，第224—225页。

第五节　余诗 90 年代及 90 年代至今的嗅觉意象

从 70 年代开始，在考察余诗的嗅觉意象时，我们便已经发现，对于一个诗风日趋繁复且综合的诗人，很难再以某一个或某几个中心意象来涵盖一段时期内的嗅觉书写特点了。余诗的某个嗅觉意象，往往是复合了多种嗅觉体验的综合体，有的是在前一个时期意象运用上的积淀和发展，有的则是全新的气味议题，还有的甚至同时包含着其他四种感官的因素。90年代至今，余光中诗作里的嗅觉书写亦具备上述特点，并且数量依然颇为可观，主要收录在《五行无阻》、《高楼对海》和《藕神》三部诗集①。尽管诗人承认近来诗作"减产"，特别是在《藕神》前言里，诗人直陈"《藕神》是我的第十九本诗集，却和我上一本诗集《高楼对海》隔了九年之久，在我的出版史上实为仅见"，但余光中坚信诗艺应是越老越醇的，并认为"并非交了白卷，而是减产一些罢了。其实我还留下了不少作品，份量恐怕还不止一卷。百年之后当知吾言不虚，缪思可以见证"②。讨论余诗 90 年代及 90 年代至今的嗅觉意象，我们无意对之前提到过的嗅觉主题进行重复，而关注嗅觉书写的变化才是首要任务，以此为鉴，本节分下述几点作为观察范畴，当然也不排除之间的交叉及互涉成分。

一　坟茔香火与"向晚意识"

余诗近来的"向晚意识"，我们在讨论"香港时期"的嗅觉意象时，有所留意，也注意到了学界对余诗"黄昏"、"黑夜"意象的重视。在与嗅觉意象的搭配上，"香港时期"的前半期，即 70 年代中后期，是以"茉莉"或"薄荷"等花香为特色的，而到了 80 年代初，则是结合"香火"、"香炉"、"茶香"、"药香"等颇有道家思想的嗅觉书写为主。90 年代的两部诗集《五行无阻》及《高楼对海》中，考察"向晚意识"与嗅觉意象的关联，则不难发现，90 年代余诗在这一方面，基本上继承了 80

---

　　① 《五行无阻》主要收录 1991—1994 年的作品；《高楼对海》集结 1995—1998 年的诗歌；《藕神》收录 1999—2008 年的新诗创作。三部诗集均为余光中定居台湾后的作品。

　　② 余光中：《〈藕神〉前言：诗艺老更醇?》，《藕神》，九歌出版社有限公司 2008 年版，第11 页。

年代的特色,并且多与悼念亡父、亡母题材诗作中的"坟墓"意象配合书写,例如《浪子回头》:

> 掉头一去是风吹黑发/回首再来已雪满白头/……只剩我,一把怀古的黑伞/撑着清明寒雨的霏霏/不能去坟头上香祭告/……一样都沾湿钱纸与香灰/浪子已老了,唯山河不变①

黄维梁等学者认为,"诗人年纪渐大,对生死之思自然较多",其中,亲情的主题"自是最上心的了"②,而在余光中看来,对亡故父母的怀念,最好的办法就是在坟墓的静寂中借"香火"之气来传达,试看《周年祭:在父亲陵前》一首:

> 正如三十年前/也曾将母亲的病骨/付给了一炉熊熊/但愿在火中同化的/能够相聚在火中/愿钵中的薄钱纷纷/飞得到你的冥城/愿风中的缕香细细/接得通你的亡魂③

香火之气除了抒发诗人一己的"向晚意识",对于两岸关系的感触及由"乡愁"深化而来的"乡痛",也成为"向晚意识"的协奏:

> 但是这一闪青天霹雳/最贵的烟火,最不美丽/无端端破空长啸而来/却烧断所有西望的眼神/把乡愁烧成绝望的乡痛/不禁仰天要祷问妈祖/海峡的守护神啊慈悲无边/两岸同是拜你的信徒/为何要把温馨的香火/烧成令你落泪的战火/不禁要祷问嫘祖,为何/千丝万缕绸缪的蚕丝/一把野火要烧尽乡思/不禁要祷问佛祖,几时/才把这一簇火箭度成莲花④

---

① 余光中:《浪子回头》,《高楼对海》,九歌出版社 2000 年版,第 23—25 页。
② 钱学武、黄维梁:《自足的宇宙:余光中诗题材研究》,第 233 页。
③ 余光中:《周年祭:在父亲陵前》,《五行无阻》,九歌出版社 1998 年版,第 93—94 页。
④ 余光中:《祷问三祖》,《高楼对海》,第 93—94 页。

一炷香自在地上升，流芳了千年/怕什么风吹呢什么运动?①

新世纪出版的诗集《藕神》里面，悼念主题的诗歌仍可见"万世香火供一表忠贞/你的一炷至今未冷"②、"四足铜炉的香烛迎风/仍牵动所有祷客的思念"③ 等句。而"焚香"的意象则成为一则新的亮点，如：

老来多梦，白头压不住沧桑/卜者为我掷筊问神明/告诫我，要多诵金刚经/宜焚香静坐，不宜远行/……/且焚香静坐，念此生之悠悠/两番战火，幸慈母一手牵引/中年哀乐，有爱妻半生相陪④

几乎，每一次仰瞻妙颜/我都会焚香叩拜，即使不便/也必然默献一瓣心香/虔诚的祈愿，随着香火/想必袅袅都上达了天听⑤

"茶香"、"药味"依然时见于余光中近期的诗作，如《谢林彧赠茶》⑥、《牙关》⑦ 诸首，而"墨香"也可以结合这些颇具理趣的诗一并观之：

且将清水注入了砚池/用一块徽墨细细磨开/只为怀念远古的芬芳/太久了，不曾熏我的书房/只为这点滴的清纯或许/能遥通汨罗，连接潇湘⑧

一缕不灭的汉魂，千古遗恨/穿过李白的秦关与蜀栈，穿过/吴道

①　余光中：《成都行·出蜀》，《高楼对海》，第118页。

②　余光中：《草堂祭杜甫·秋祭杜甫》，《藕神》，第166页。

③　余光中：《藕神祠》，《藕神》，第194页。

④　余光中：《入出鬼月：to Orpheus》，《藕神》，第187—191页。

⑤　余光中：《千手观音：大足宝顶山摩崖浮雕》，《藕神》，第201—202页。

⑥　《谢林彧赠茶》："不问讯不代表遗忘/君子之交淡如水：/如水吗，你说水必须/清澈，才煮得出茶香/来滋润你孺慕的苦心/温暖我念旧的愁肠。"余光中：《谢林彧赠茶》，《藕神》，第206—207页。

⑦　《牙关》："在侦查我的腐败/捉拿潜伏在暗处/不堪曝光的隐私/地下水冷冷漱过/有一点消毒的药味。"余光中：《牙关》，《藕神》，第209—210页。

⑧　余光中：《楚人赠扇记》，《藕神》，第146页。

子淋漓的墨香，穿过／陆游的蹄声踢踏，急流险滩／不舍昼夜滚滚地南
来／最后是穿过抗战的岁月／凄厉的警报与轰炸声中／淘尽我入川八载
的少年①

余光中笔下的"墨香"，或歌咏友谊，或怀古抒情，应当算是新近出现的
嗅觉意象，唯数量上相较而言还不是很多。

二 婴孩体香与"童年"追忆

另外，余光中的"向晚意识"也体现在对童年的追忆。当岁月老去
时，童年的回忆往往会使人们具有更加细腻的感情②，童年永远深藏在每
个人心中，是一种不能磨灭的心灵状态③。虽然，余光中在《〈白玉苦瓜〉
后记》里曾写道："缪思，好像是不喜欢中年的，更无论老年了。……相
形之下，西方的诗观似乎强调青春，中国人就似乎看得淡些。希腊的诗神
阿波罗，同时也是青春之神，中国人则强调'庚信文章老更成'，强调老
树着花，大器晚成。华滋华斯和史云朋，到了晚年，还在诗中津津乐道童
年，中国诗人则绝少这种现象。相反地，中国的古典诗歌咏中年的哀乐和
老年的感慨，最多杰作。"④ 但是，观察余光中 90 年代至今的创作，提及
"童年"和"童年回忆"的诗歌却频频出现，并体现了强烈的回归童年的
愿望，构成余诗"向晚意识"的重要成分，如：

快七秩之叟了／早非玩玩具的年龄／我抱你在怀里，满足之情／竟
像回到童年，抱着／一件精致的新玩具⑤

岛上少年／同心的时光／而七十圈以后呢／当霜皮凋尽／而木心未

---

① 余光中：《嘉陵江水》，《五行无阻》，第 101—102 页。
② ［法］巴什拉（Gaston Bachelard，1884—1962）：《梦想的诗学》（*The Poetics of Reverie*：
Childhood，*Language*，*and the Cosmos*），刘自强译，生活·读书·新知三联书店 1996 年版，第
146 页。
③ 巴什拉：《梦想的诗学》，第 166 页。
④ 余光中：《〈白玉苦瓜〉后记》，《白玉苦瓜》，第 167—168 页。
⑤ 余光中：《为孙女祈祷》，《高楼对海》，第 38—39 页。

朽/则歌与一切/都会回到当初/那神秘的焦点？/回到生命的起点/当一切年轮/都转成光轮/灿烂在轴心呼唤/魂兮归来/西方不可以止兮/归来，归来/起点正是终站①

在嗅觉意象上，则反映出对新生婴孩体香的敏感及赞美。1993 年，余光中喜得外孙飞黄，并写《抱孙》一诗，可为引证：

却幻觉，怀里，是从前的稚婴/同样是乳臭咻咻，乳齿未萌/浑然的天真尚未揭晓/……就这么惊异地隔代相望/你仰望着历史，看沧桑/已接近封底，掀到了六十五页/几时，你才会从头读起呢？/……你太小了，还不算是预言/我太老了，快变成了典故②

1995 年，诗人又为刚出生的孙女创作了《抱孙女》，有如下诗句：

俯望这新生命在我的老怀/正甜甜地入睡，把一切/都那样放心地交托了给我/奶香与溺臭，体温与脉搏/匀称的呼吸隐隐起落③

由此，我们看到余光中诗歌里"向晚意识"的另外一番趣味，而按照诗人自己的解读，则仍将对"童年"的追忆放在"乡愁"主题之下，并作为一种"乡愁变奏"，"如今引入诗中，成了童年的神话"，令诗人"低回"④。《〈高楼对海〉后记》里说："那正是大陆的方向，对准我的童年，也是香港的方向，对准我的中年；余下来的岁月，大半在这岛上度过……十五年来如此倚山面海，在晚年从容回顾晚景，命运似乎有意安排这壮丽的场景，让我在西子湾'就位'。"⑤ 可见，诗人晚年虽然"就位"台湾，却也还时时北望，北望香港时期的中年，北望童年时代的大陆。

---

① 余光中：《灿烂在呼唤：写在夏菁七十岁生日》，《高楼对海》，第 54—56 页。
② 余光中：《抱孙》，《五行无阻》，第 111—113 页。
③ 余光中：《抱孙女》，《高楼对海》，第 35—36 页。
④ 余光中：《〈五行无阻〉后记》，《五行无阻》，第 173—174 页。
⑤ 余光中：《〈高楼对海〉后记》，《高楼对海》，第 208 页。

三 病榻粥香与"母亲 / 妻子"

诗集《五行无阻》中《木兰树下》对嗅觉的书写颇具新意：

> 洛城作客，殷勤的主人带我 / 步过南加大初夏的悠闲 / 一阵风来把行人牵引 / 到一座翠盖邃密的高树 / 仰面的主人深深一嗅 / "这就是我讲的木兰了"他说 / "整个校园，此树是我最眷眷 / 你早来半个月的话，赶上花期 / 这一带的林荫步道 / 该全像此刻的头顶 / 正回荡着异香的醺醺"……/ 只为奇迹就开在树上 / 螺旋迭艳的皎白娇葩 / 错落簪在黛绿的秋发 / 洁癖患者膜拜的图腾 / 不供在波上，供在枝间 / 绽出这凌空的荷花，我说 / "三年前的仲夏，该还记得 / 那时是你在西子湾作客 / 贪馋荷叶新煮的粥香 / 一清早沿着梦的边缘 / 冲着满湖的鸟声和雾气 / 只为跟高岛向无穷的翠碧 / 采一张荷盖罢了，一脚踏空 / 陷进了，喔，多肥的软泥" / "那晚的荷叶粥是一生最香" / 他仰嗅着木兰花，笑说 / "在高雄，该又是荷香满湖了" / 花香是最难忘最难抵抗的 / 酽酽的花气，淡淡的叶香 / 一缕记忆把主客牵回 / 那年的仲夏之晨……①

诗节中穿插着木兰树的"异香"、"荷叶新煮的粥香"、满湖"荷香"，其中"粥香"是非常引起我们注意的一则嗅觉书写，向前追溯，它与60年代出现的"饭香"遥相呼应，而在最近的两部诗集《高楼对海》、《藕神》，"粥"的形象往往与温暖而幸福的意识相关联，如：

> 厦门的女儿就住在 / 童话大小的岛上 / ……/ 她从炉灶边出来 / 圆面的石桌忽然 / 布满了闽南口味 / 热腾腾的地瓜粥 / 是我乡愁的安慰②

"粥香"在晚近的作品里，更突显了诗人对它的赞颂，而此时的书写方式

---

① 余光中：《木兰树下》，《五行无阻》，第18—21页。
② 余光中：《厦门的女儿：谢舒婷》，《高楼对海》，第17—20页。

是将其设置在病榻的空间背景下：

> 　　直到老来，在无助的病中／爱妻将刚刚调热的藕粉／端来夜色迷离
> 的书斋／那表情和步态，恰似小时／也是在病中为我送来／一碗莲羹香
> 甜的母亲①

老来病卧，一缕"粥香"牵动诗人儿时的幸福回忆，伴在诗人病榻旁边的，幼时是母亲，此刻是妻子，重返童年的愿望与向晚意识融合在热粥的香气中。记忆里母亲的形象与现在爱妻的身影叠合为一，诗人分不清楚也似乎不试图分清，这种心境在《粥颂》一首得到了淋漓尽致的表达：

> 　　记得稚岁你往往／安慰可口与饥肠／病了，就更加苦盼／你来轻轻
> 地按摩／舌焦，唇燥，喉干／与分外娇懦的枯肠／若是母亲所煮／更端来
> 病榻旁边／一面吹凉，一面／用调羹慢慢地劝喂／世界上有什么美味／：
> 别提可口可乐了／能比你更加落胃？／／现在轮到了爱妻／用慢火熬了又
> 熬／惊喜晚餐桌上／端来这一碗香软／配上豆腐乳，萝卜干／肉松，姜
> 丝，或皮蛋／来宠我疲劳的胃肠／而如果，无意，从碗底／捞出熟透的
> 地瓜／古老的记忆便带我／灯下又回到儿时／分不清对我笑的／是母亲
> 呢，还是妻子②

"粥香"作为一则全新的嗅觉意象，再次证明余光中创作的活力并未枯竭，并且我们看到"粥香"在余诗里，与回归童年的主题、向晚意识以及女性形象正逐步结合、日渐紧密，将来是否会有标志性的突破和发展，亦是未知之数，我们认为，它是诗人近来诗作里颇具潜力的嗅觉书写之一。

　　90 年代至今，余诗的嗅觉意象，除了上面提到的三个较为突出的方

---

① 余光中：《千手观音：大足宝顶山摩崖浮雕》，《藕神》，第 201—202 页。
② 余光中：《粥颂》，《藕神》，第 107—109 页。

面，依然保持许多惯有的创作模式，例如"树香"①、"花香"②、"水气"③、"泥香—厨房饭香"④ 等，其中"花香"的写法，与以往略有不同，对传递香气的媒介——"风"——有了更多的提及：

　　究竟，晚风啊，从何处你吹来/怎么似幻似真/带一点熏衣草的清芬/令人贪馋地嗅了又嗅/怀疑是谁，是你吗，在上风某处/把新沐的长发梳了又梳/否则怎么会似有似无/恍惚觉得有一缕两缕/有意无意拂过我颈际/令人惘惘地闻了又闻/问风啊究竟从何处你吹来/怎么带点奇异的香气/像是风信子在上处初开/紫色的风信子或者熏衣草/也就难怪窗外的阳台/暮霭怎么也带点淡紫⑤

　　半钵清浅就可托洁癖/满室幽香已暗传风神/从石蒜肥硕的胎里/拔起亭亭的青翠⑥

　　两侧的雪松对矗成柱/是你的流芳吗，松涛隐隐/随风更传来秋桂的清馨⑦

　　丁香丁香，清香隐隐/是谁在风里细细地叮咛/那样动听的名字……/……我贪馋地仰面/嗅不尽那一片绯氛迷情/恍然，记起什么是年轻⑧

---

　　① 《谢林或赠茶》："当年是兄弟两人/一起从霜雪的山县/下到这红尘的吗？/而今循一径树香/归去奉茶侍母/是弟弟一个人吗？"余光中：《谢林或赠茶》，《藕神》，第 204 页。

　　② 《吊济慈故居》："郁金香和月季吐着清芬/像你身后流传的美名。"余光中：《吊济慈故居》，《高楼对海》，第 104 页。又如：《桂子山问月》："千株晚桂徐吐的清芬/沁入肺腑贪馋的深处/应是高贵的秋之魂魄/一缕缥缈，来附我凡身。"余光中：《桂子山问月》，《藕神》，第 68 页。

　　③ 《停电》："夜气嗅得出阵阵水气/试探的蛙声，寥不成群。"余光中：《停电》，《五行无阻》，第 163 页。

　　④ 《永念肖邦》："亲身带去异乡的泥土/不再回头是浪子的远路/祖国的泥香，母亲的厨房/该都是一样难忘吧……"余光中：《永念肖邦》，《藕神》，第 33 页。

　　⑤ 余光中：《问风》，《高楼对海》，第 123—124 页。

　　⑥ 余光中：《水仙》，《高楼对海》，第 151 页。

　　⑦ 余光中：《再登中山陵》，《藕神》，第 71 页。

　　⑧ 余光中：《丁香》，《藕神》，第 80—81 页。

惊喜满园的青翠，月季盛开/风送清馨如远播的美名/浪子老了，母亲却更加年轻①

90 年代之后余光中诗歌里的负面嗅觉体验仍然表现在"焦臭"②、"腥浊"③ 等意象上，至于《同臭》中的"新屁"④、《捉兔》里"黑豆的臭味"⑤ 以及《深呼吸：政治病毒—患者的悲歌》中一连串臭气的排比式书写⑥，虽然颇具狂欢化意味，但我们仍将其视为诗人一时一处的情感发泄，并不认同把它们看成余诗嗅觉书写的主旋律。

嗅觉是文字创作者比较难以状摹的领域，但比起描述其他感官的身体书写，却往往更能勾起读者强烈的印象和情感。我们对余光中诗歌里正、负面嗅觉意象，按照诗人创作的年代顺序，进行了梳理和归纳，并将着眼的重点放在正面的嗅觉书写上，即诸多好闻的气味上。不难发现，诗人对正面嗅觉意象书写的意愿要远远大于那些负面的意象，我们认为，质量也推前者为高。

刘裘蒂曾说："谈论余光中的作品往往有拆毛线衣千头万绪不知从何抽理之感，经常是找到一个线头，一路抽丝便一发不可收拾。⑦"对此，我们也颇有谙悟，所以在进行整合工作时，一些与嗅觉有关的议题也不得

---

① 余光中：《钟声说：为母校南京大学百年校庆而作》，《藕神》，第 100 页。

② 《喉核：高尔夫情意结之一》："越过窒息而无鸟的大气/越过焦臭的尸体尸体尸体/赫然六十四具，……"余光中：《喉核：高尔夫情意结之一》，《高楼对海》，第 11 页。

③ 《水乡宛然：观吴冠中画展》："低头问水，那迟滞的腥浊/怎么也照不出我的面目。"余光中：《水乡宛然：观吴冠中画展》，《高楼对海》，第 135 页。

④ 《同臭》："在一间拥挤的密室里/空气本来就难呼吸/有人却偷放个新屁/害得无人不掩鼻/包括屁主他自己。"余光中：《同臭》，《五行无阻》，第 147 页。

⑤ 《捉兔》："那一撅难捉的短尾/闻满地黑豆的臭味"余光中：《捉兔》，《藕神》，第 17—18 页。

⑥ 《深呼吸：政治病毒—患者的悲歌》："他开始深呼吸/从鼠蹊到小腹到横膈膜/从腐败的肺叶烂蜂窝的肺泡/从长苔的支气管支气管到气管/从生菌的咽喉与鼻窦他呼出/驱妖赶魔他狠命地吐出/日夜积压的那一腔暮气/掀顶而出的那一股怒气/庚气，脾气，小气，鸟气，废气，晦气/还有流气，油气，邪气与腥气，种种/坏风气，恶火气，令人丧气又生气。"余光中：《深呼吸：政治病毒—患者的悲歌》，《高楼对海》，第 48—50 页。

⑦ 刘裘蒂：《论余光中诗风的演变》，第 81 页。

不舍弃，而只能为余光中不同时期的嗅觉书写勾勒一个粗略的草图和发展轨迹，更无法保证涵盖余诗嗅觉意象的所有方面，但我们相信，这对下一步的研究仍是大有帮助和颇具启发意义的。在此，本章的论述小结如下：

（1）目前学术界有关余光中诗歌创作的评论评介、专著文章多不胜数，但是面对"身体"这一近年来为学术界重视的诗学论题，现今的"余学"研究却显得十分欠缺与不足。

（2）针对余光中诗歌身体书写的讨论盲点，我们选择余诗"嗅觉"议题作为审视核心，希望在这条余学研究"荒路野径"的探进中，有所斩获。

（3）承接前一个章节关于"嗅觉意象"的基本定位，我们在梳理与整合余光中诗歌此类意象时，尽力避免纠缠于"情欲书写"或"权力论述"，更力求摆脱"嗅觉与性"的先入之见。因而侧重对余光中诗歌里为数极多的正面嗅觉意象进行观测。

（4）余光中诗歌1950年以前及50年代的嗅觉意象，以"香花芳草的气味"、"大地泥土的气味"、"头发的香气"等为主，这一时期嗅觉书写在余诗非常典型，可谓奠基和定调的阶段。

（5）60年代余诗的嗅觉意象十分复杂，某种现代与古典的徘徊往复、极端西化与写实传统的多番尝试，均反映在了余光中笔下正、负面嗅觉意象的驳杂呈现上。

（6）余光中70年代的作品在嗅觉意象上的书写，基本迈入了相对稳定和成熟的时期，对之前正面的嗅觉意象进行了升华和净化，对负面嗅觉意象的取舍也逐渐条理分明。这一阶段的嗅觉意象，在余诗整个嗅觉书写中充当了承前启后的角色，极其丰富，可细致划分为七个主题项目。

（7）余诗80年代嗅觉书写的新特征是知性成分的增加，具体表现为"香花草木"在知性层面上的延展、"家"的气味与"文化乡愁"、"香火、茶香、药香"和"瓜果之香"等。

（8）余光中的诗思进入90年代至今依旧十分健旺，其嗅觉主题除了坟茔香火与"向晚意识"、婴孩体香与"童年追忆"等方面，还有病榻粥香与"母亲/妻子"议题的拓展。

（9）总体观之，余光中对正面嗅觉意象书写的意愿要远远大于那些负面的意象，我们认为，质量也推前者为高。

（10）须承认，本章所进行的意象整合只能为余光中不同时期的嗅觉书写勾勒一个粗略的草图和发展轨迹，亦无法保证涵盖余诗嗅觉意象的方方面面，但对下一步的研究仍具有铺垫性意义，这一点将在接下来的第七章有所体现。

第 七 章

"泥香"与"土香"的辩证:论余光中
诗歌的大地梦想

　　硬和软的辩证法，即统管着大地物质各种形象的辩证法。

　　　　　　　　——巴什拉（Gaston Bachelard，1884—1962）[①]

　　上一章，我们按照余光中（1928—）诗歌创作的年代分期，纵向梳理了诗人笔下诸多"嗅觉"意象。将这些嗅觉意象定位为身体感意象，是本书一以贯之的看法，而为了超越一般的基于感知的身体书写，我们曾尝试融入法国诗学家巴什拉诗学想象论的成分，并强调身体感与想象力的辩证关系。我们认为，揭示余光中诗歌嗅觉书写背后的梦想意识，必然需要对其作品里的嗅觉意象做更加细致的审视：打破意象梳理的纵向顺序，考虑意象的横向组合方式，在基础意象的组合之中找寻属于余光中独有的文学意象。而在对余诗嗅觉书写的蠡测过程中，最为引人注目的，是两则以"泥土之香"为核心的三位一体式嗅觉书写："花香草气—泥土之香—体香"与"雨的气味—泥土之香—果香"。面对这两则颇为特殊的复合意象，如何进一步做更为深入的剖析，或者说，由余光中独具特色的嗅觉书写我们可以读出什么，这成为继之而来的议题。

────────────

　　① 语出巴什拉（Gaston Bachelard，1884—1962）的《大地与意志的梦想》（*Earth and Reveries of Will*：*An Essay on the Imagination of Matter*）。［法］巴利诺（André Parinaud，1924—）：《巴什拉传》（*Bachelard*），顾嘉琛（1941—）、杜小真（1946—）译，东方出版中心 2000 年版，第 313 页。

诗论家白灵（庄祖煌，1951—）曾有如下一段表述，或许给我们带来启发：

> "情"与"土"是余光中诗书写中始终抓紧不放的两大主轴，他诗中这二者的内容一直处在动态的变化、添增或扭曲中，因而能时时显现不同的形貌。但对这两者的坚持，都与他童年的原初情感经验和土地经验有关，其后也深深影响他的文化经验与时空经验。①

余光中诗作里的大地书写，其实早已为学界称道和注目，然而却"很少论文会去注意'乡'（土）与'愁'（情）与他童年生活原初身体体验的关联，也较少会去注意他诗中欲展现补足的'欠缺'"②。白灵的见解很大程度上指明了以往余学研究的重点所在，同时也呈现出现有学术累积的盲点。本章将以此为契机，从余光中笔下至为关键的"泥土之香"谈起，然后区分出"泥"之香与"土"之香两个不同的嗅觉书写范畴，进而援引巴什拉大地论想象观为指导，揭示两个范畴背后所对应的"柔软世界"与"坚硬世界"蕴含的梦想意识，力求将我们前一章的研究向纵深方向予以推进。

第一节　余光中笔下的"泥土之香"：
三位一体式嗅觉书写

"泥土之香"作为余光中笔下反复出现的重要嗅觉意象，或许正是白灵所谓"原初身体体验"的一个项目，而嗅觉或气味作为身体感书写，出现于诗歌之中又往往具有刺激大脑活动、使读者的大脑在创造性理解诗歌过程中产生特有的、复杂的认知和情感方面的反应③。"泥土之香"之于余光中的作品，不仅代表了诗人嗅觉书写的一大特色，并且反映出余光

---

① 白灵（庄祖煌，1951—）：《脸上风华，眼底山水：余光中诗中的表情及其时空意涵》，载《韩中言语文化研究》2008 年第 5 期，第 59 页。

② 同上书，第 60 页。

③ Robert Rogers（1928—），*Metaphor: A Psychoanalytic View*（Berkeley: U of California, 1978）67.

中在以气味入诗时嗅觉意象组合上的变化，更为重要的，它亦是揭示"情"与"土"之关联的一个突破口。在此，我们先来集中讨论以"泥土之香"为核心的两例三位一体式嗅觉书写，及其于90年代后的转变。因某些嗅觉意象在第六章的梳理过程中有较为详尽的列举，故而这一部分的诗例选取仅以标志性和典型性为主，不再逐一重述。

一 20 世纪 50 至 70 年代"花香草气—泥土之香—体香"书写模式

从意象组合定型的时间来看，"花香草气—泥土之香—体香"的形成当在 20 世纪 70 年代，标志性诗句可从《乡愁四韵》里找到：

> 给我一朵腊梅香啊腊梅香/母亲一样的腊梅香/母亲的芬芳/是乡土的芬芳/给我一朵腊梅香啊腊梅香①

《乡愁四韵》堪称余氏早期"乡愁诗"的代表作，余光中也因此赢得了以下的称誉："对中国大陆的文化乡愁，四十年来的台湾现代诗坛，余光中无疑是其中表现的最委婉沉痛，最淋漓尽致的一位。②"而其中的"腊梅香"、"母亲的芬芳"和"乡土的芬芳"这一嗅觉上的组合意象正是成就此诗的一大原因。

"花香草气—泥土之香—体香"意象的出现，并非突如其来，只要考察余光中 70 年代之前的嗅觉书写，不难发现这则三位一体的嗅觉意象颇有来龙去脉。

"花草香气"的意象在余光中 50 年代的诗作里已频频出现，只是与其他嗅觉意象组合的情况不多，但将"香花"与"泥土气味"结合，在50 年代已经看到了初步的尝试，如《波兰舞曲》利用"联觉"的创作技法以嗅觉写听觉：

---

① 余光中（1928—）：《乡愁四韵》，《白玉苦瓜》，大地出版社 1974 年版，第 159—160 页。

② 萧萧（萧水顺，1947—）：《余光中结台湾结：〈梦与地理〉的深情》，《璀璨的五采笔：余光中作品评论集，1979—1993》，黄维梁（1947—）编，九歌出版社 1994 年版，第 174 页。钱学武（1968—）、黄维梁：《自足的宇宙：余光中诗题材研究》，香江出版有限公司 1998 年版，第 188 页。

蓝的是波兰的天空,白的是波兰的云,/但更难忘的是波兰芬芳的泥土!/一朵一朵的紫罗兰,一丛丛的丁香,/争着开放又飘落,自你的指尖①

到了60年代,"花香"与"泥香"的搭配趋于明朗,如《圆通寺》旧稿:

躺在软软,而且软软的四川盆地/而且在合拢的睫下/把菜花的眩黄和豌豆花的紫/嗅进肺的每一个角落②

1960年代,也出现了"花香"与"体香"的间接结合,例如:

风起时,四翼天使欲飞去,你的裙/你的裙翼然,欲飞去/遂见莲莲飘举,荡起满池芬芳/你上风而立,举国皆香③

较明显的"花香—体香"搭配书写要到1960年代后半期才出现,如《腊梅》一首:

多感的鼻子仿佛就可以/嗅到腊梅清远的芬芳/那是少年时熟悉的一种香味/像母亲生前系围裙的身上/曾经嗅到的那种/……/立在下风处……/想古中国多像一株腊梅/那气味,近时不觉/远时,远时才加倍地清香④

此诗就是以"腊梅香"比拟母亲的"体味"。

与"泥土之香"的结合,"体香"相较于"花香草气"要早得多,但在"谁的体香"这一问题上发生了明显的转变。50年代,体香多来自年轻的女体,并与含有土地意象的气味搭配,像《呼吸的需要》、《真空的感觉》等。60年代"泥土之香"与"体香"的结合并不明显,但"体

---

① 余光中:《波兰舞曲》,《天国的夜市》,三民书局1969年版,第151页。
② 余光中:《圆通寺》(旧稿、新稿),《天狼星》,尔雅出版社1976年版,第95、37页。
③ 余光中:《两栖》,《莲的联想》,时报文化出版企业有限公司1980年版,第71页。
④ 余光中:《腊梅》,《在冷战的年代》,纯文学出版社1970年版,第19—20页。

香"的主体已发生了转变，这一点可由《腊梅》一诗看出，但所写的是
"少年"时的嗅觉记忆，是母亲衣服上的味道。直至 70 年代，母体的气
味才完全取代了之前情人的体味，并且具体化为"乳香"，嗅觉记忆也从
"少年"时代变为了"童年"时代。我们可以找到大量的例子证明这一转
变，如《小时候》、《大江东去》、《投胎》、《白玉苦瓜》等诗均十分明
显。对于童年嗅觉记忆的集中书写，是"永恒童年"主题的呼唤，这一
点我们拟在下文再做详述。

　　60 到 70 年代乡愁意识下"花香草气—泥土之香—体香"的嗅觉意
象，在八九十年代也有所发展，比如《紫荆赋》里咏中国历史人物的
《梅花岭：遥祭史可法》，但明显看出知性书写的成分多于感性书写，据
黄维梁等学者的观点，这与乡愁之作减少、关注大陆的政治社会状况增多
有关①。不管怎样，从嗅觉意象上考察，"花香草气—泥土之香—体香"
的组合自 80 年代以来被诗人渐渐拆解、淡化。

二　80 年代"雨的气味—泥土之香—果香"书写模式

　　这则三位一体式的嗅觉书写，在收录 80 年代诗作的《安石榴》中，
得到了突出的体现，与前面"花香草气—泥土之香—体香"比起来，出
现稍晚，数量也较少，但却是 80 年代嗅觉意象组合方式的代表，试看：

　　　　无论是倒啖或者顺吃/每一口都是口福/……用春雨的祝福酿成/
　　和南投芬芳的乡土/必须细细地咀嚼②

　　　　说不出这青盖的小白坛子/装的是香茗还是清酒/只觉得一嚼就清
　　香满口/……"不咬槟榔，怎么会晓得/南部的泥土有什么秘密？/怎
　　么样，还不太可怕吧?"③

　　"雨的气味"在余光中 60 年代的诗作里，已经有"还有谁还等着，

　　① 钱学武、黄维梁：《自足的宇宙：余光中诗题材研究》，第 200 页。刘裘蒂：《论余光中
诗风的演变》，《璀璨的五采笔：余光中作品评论集，1979—1993》，第 76 页。
　　② 余光中：《埔里甘蔗》，《安石榴》，洪范书店有限公司 1996 年版，第 3—4 页。
　　③ 余光中：《初嚼槟榔》，《安石榴》，第 6—7 页。

在雨季/还呼吸酿着雨水的空气"① 等诗句,70 年代的作品更加明显,例如把"雨"比喻为"浅浅的薄荷酒冰过的薄荷",并说"下下来,空气那样清真/诱人用深呼吸细细赞美"②。而当"雨的气味"与"泥土之香"联合时,对后者的体现,是伴随着"厨房饭香"为中心的"家"的意象来书写的:

> 天上黯黯,地上流漾着反光/倒映放学的孩子走过/巷底有湿沥沥的回声/——这样子的半下午/葱油的香味来自厨房……③

"果香"的意象,在 1950 年代《山雾》一首已经有所涉及:

> 我独立在一颗混沌的星上,/像伊甸园里初醒的亚当:/未来还渺茫,过去已遣忘,/目前是禁果诱鼻的清香!④

只是此时诗歌中不免带着一些少年的愁绪和情欲的暧昧。1970 年代中后期,对瓜果香气的礼赞逐步成为嗅觉书写的重要对象,主题上也有所突破,并且可以找到"露"、"霜"等与"雨"相关的水的意象,如:

> 白露为封面,清霜作扉页/秋是一册成熟的诗选/翻动时满是瓜香和果香⑤

在"雨的气味"出现之前,"海水的气味"也是与"果香"搭配的一个策略,如《车过枋寮》,众多"甜甜的"瓜果香气里就掺有劈面而来的"海"味⑥。

瓜果生于泥土,"果香"与"泥土之香"的关联似乎是不言自明的。

---

① 余光中:《音乐会》,《莲的联想》,第 32 页。
② 余光中:《给伞下人》,《与永恒拔河》,洪范书店有限公司 1979 年版,第 97—98 页。
③ 余光中:《雨季》,《白玉苦瓜》,第 51—52 页。
④ 余光中:《山雾》,《天国的夜市》,第 111—112 页。
⑤ 余光中:《秋兴》,《与永恒拔河》,第 57 页。
⑥ 余光中:《车过枋寮》,《白玉苦瓜》,第 48 页。

《紫荆赋》里有如下的书写：

> 不如且坐在老树根上/呼吸松果满地的清香/和一整个暑假的悠长①

这意味着"松果"将"清香"带给大地。《安石榴》里，我们先是看到"果香"与"泥土之香"明显的结合：

> 他家的果园我曾经去过/花香，果味，和肥料的气息/都令我着魔，像童话的封面/把外面的世界隔开。②

然后便是如前文所引的那样，"果香"与"泥土之香"已是互为对方的代名词了。

"雨的气味—泥土之香—果香"所展现的，或许正是诗人对大地泥土的梦想，对圆整世界的梦想和安逸的幸福意识。正像《削苹果》中的诗句："好像你掌中转着的/不是苹果，是世界。"③

三 "泥土之香"在 90 年代后的转变

50 年代至 70 年代建构的"花香草气—泥土之香—体香"嗅觉模式，到了 80 年代渐渐解体，被"雨的气味—泥土之香—果香"所替代。90 年代开始，与"泥土之香"搭配的嗅觉意象又发生了较大的转变，虽然还构不成像之前那样明确的三位一体式的嗅觉书写结构，但也很有可观之处，有必要在此略作总括。首先，对泥土嗅觉意象的直接书写越来越少，而对大地的形象增加了描摹。其次，之前的"花香草气"、"雨的气味"、"果香"虽然仍有出现，但已风光不再，昔日的舞台让给了"香火"味、"炉香"、"茶香"、"药香"等颇有道家思想的嗅觉意象。这些意象早在余光中"香港时期"的后半期，即 1979 至 1985 年的作品里已见端倪，试举几例：

---

① 余光中：《山中一日》，《紫荆赋》，洪范书店有限公司 1983 年版，第 115 页。
② 余光中：《南瓜记》，《安石榴》，第 16—17 页。
③ 余光中：《削苹果》，《安石榴》，第 11 页。

茶香冉冉,缘石柱而上升／一角檐外／几闪疏星在海风里浮沉①

列圣列贤在孔庙的两庑／肃静的香火里暗暗地羡慕②

几声怯怯的虫鸣里／一缕禅味的蚊香／招人入梦,向幻境蜿蜒③

像牯岭街吧,去寻找一家／药香淡淡的中医店铺／向檐前,或是向
圖下悬挂／悠悠这土气的心壶／……我们就,嘘,别让人撞见／跳入壶
中的洞天④

一觉醒来竟成了飘逸的仙人／海气冉冉掖我以飞升／……那么大的
沙田,凭空一只小香炉／就藏得住吗?⑤

我们曾指出,以流沙河(余勋坦,1931—)为代表的某些学者认为,这
类作品属于"寓理于事"或者"看淡世情的诗",反映了一种书写的知性
倾向,是对"人生"、"宇宙"、"禅理"、"时间"等问题的思索和感悟,
有可能源自诗人步向暮年因之而来的类似叹老的"向晚意识"⑥。1990 年
之后,上述意象更为显著,尤其是悼念亡父、亡母题材的诗作,多与
"坟地"意象配合书写,如《浪子回头》:

掉头一去是风吹黑发／回首再来已雪满白头／……只剩我,一把怀
古的黑伞／撑着清明寒雨的霏霏/不能去坟头上香祭告／……一样都沾
湿钱纸与香灰／浪子已老了,唯山河不变⑦

① 余光中:《夜游龙山寺》,《隔水观音》,洪范书店有限公司 1983 年版,第 21 页。
② 余光中:《念李白》,《隔水观音》,第 60 页。
③ 余光中:《纱帐》,《隔水观音》,第 93 页。
④ 余光中:《赠壶记》,《隔水观音》,第 161—162 页。
⑤ 余光中:《雾失沙田》,《紫荆赋》,第 131—132 页。
⑥ 钱学武、黄维梁:《自足的宇宙:余光中诗题材研究》,第 209 页。
⑦ 余光中:《浪子回头》,《高楼对海》,九歌出版社 2000 年版,第 23—25 页。

在余光中看来，对亡故父母的怀念，最好就是在静寂的坟地借"香火"之气来传达，试看《周年祭：在父亲陵前》一首：

> 正如三十年前/也曾将母亲的病骨/付给了一炉熊熊/但愿在火中同化的/能够相聚在火中/愿钵中的薄钱纷纷/飞得到你的冥城/愿风中的缕香细细/接得通你的亡魂/只因供案上的遗像/犹是你栩栩的眸光①

"诗人年纪渐大，对生死之思自然较多"②，这种"向晚意识说"的解释固然有一定道理，但如何从诗人想象力的角度，解释《〈五行无阻〉后记》中如下文字呢："不管诗中的自我是小我或是大我，其生命是形而下或形而上，临老而有如此的斗志，总是可以面对缪思的。"③ 而新诗集《藕神》更加表现出余光中相当活跃的创作欲望："百年之后当知吾言不虚，缪思可以见证。"④ 于此，我们认为现存的学术论著并没有提供尽善的解释。"泥土之香"为核心的嗅觉书写组合模式发生转变，应如何予以看待？随之而来的关于泥土形象的转变又当怎样审视？对大地的梦想已然进入我们思索的视野，诗人梦想的转向具有何种想象价值？这是我们下文试图解决的议题。

第二节 "泥"与"土"：关于大地的两种想象

前文围绕"泥土之香"涉及余诗诸多嗅觉主题，两则三位一体式嗅觉书写启发我们思考关于泥土的嗅觉意象与诗意梦想之间的关联，假如进一步细致区分，"泥土之香"又包括"泥"之香与"土"之香两个范畴，其开启的想象空间亦随之指向"泥"的梦想和"土"的梦想，这与巴什拉的大地论想象特点不谋而合。

---

① 余光中：《周年祭：在父亲陵前》，《五行无阻》，九歌出版社 1998 年版，第 93—94 页。
② 钱学武、黄维梁：《自足的宇宙：余光中诗题材研究》，第 233 页。
③ 余光中：《〈五行无阻〉后记》，《五行无阻》，第 179 页。
④ 余光中：《〈藕神〉前言：诗艺老更醇?》，《藕神》，九歌出版社有限公司 2008 年版，第 11 页。

一　"柔软"与"坚硬"的辩证法

余光中身为一名几近全能型的诗人,曾撰写过一系列很有水平的文章论述其诗歌理论,颇具提示性价值。诗论集《掌上雨》曾谈及"诗人—意象—读者"三者的关系:

> 诗人内在之意诉之于外在之象,读者再根据这外在之象试图还原为诗人当初的内在之意。①

借助"外在之象",诗人"内在之意"得到表达,同时也得以被读者所捕捉。此处,我们注意到上面引文的"还原"二字,"还原"简单来说,即是一种分析诗歌的方法,在余光中看来,读诗必然需要"还原"诗人的"内在之意",而在还原的过程里,诗歌意象扮演了不可或缺的重要角色。仅从这一点,余光中对"诗人—意象—读者"的看法,与巴什拉诗学理论颇有契合之处。巴什拉诗学方法论的核心就是要经由诗歌意象达致诗人的创作意识,读者与之贯通从而使自己觉醒。其实,阅读余光中的诗论文章,许多细节之处都令我们自然而然联想到巴什拉诗学想象论。早前的章节,我们曾说,巴什拉在述及"认识论障碍"时,发现了诸如占星术、炼金术、巫术等"前科学精神"在文学领域里至高无上的存在地位,余光中也有十分相近的看法:

> 事实上,诗人于创作时有如巫师:巫师往来于阴阳二界,而诗人则出入于意识与潜意识之间。在不创作时,诗人亦遵守理性与非理性间的界线,到创作时,他不时突破此一界线而已。②

将"诗人"比作"巫师","巫师往来于阴阳二界"的状态与诗人"出入于意识与潜意识之间"的创作情境,用巴什拉梦想诗学的术语出之,正是隐含着丰富无意识内容的"梦想意识"境界。在梦想的时刻,诗人作

---

① 余光中:《掌上雨》,文星书店 1964 年版,第 9 页。
② 同上书,第 18 页。

为"梦想者"恰恰介乎清醒的意识和模糊的无意识之间，即一种"半意识"状态。我们认为，以巴什拉诗学方法论为指导，审视余光中的嗅觉书写，实为一项合理可行的策略。

巴什拉"元素诗学"最后两部著作《大地与意志的梦想》(*Earth and Reveries of Will：An Essay on the Imagination of Matter*)、《大地与休息的梦想》(*Earth and Reveries of Repose：An Essay on the Imagination of Intimacy*)一起构成了他的"大地理论"。前者研究了大地"使人觉醒的具有对抗性的动感性的意象"，后者则是研究大地"作为深度表现出来的和作为容纳与迷惑表现出来的侧面"①，二者相互补充，互相重合交叉。日本学者金森修（KANAMORI Osamu，1954—）在评论巴什拉物质想象力学说时，认为"不论从数量上看，还是从质量上看"，大地论"才是最充分展现他（巴什拉）的天资的杰作"②。巴什拉诗学大地论的核心思想，简单来说，即"软"与"硬"的辩证法，巴什拉直陈这是"统管着大地物质各种形象的辩证法"③。大地作为想象的物质对象，可以唤起两种截然不同的想象世界，即"柔软的世界"和"坚硬的世界"④。同时，也揭示出想象力的外向性与内向性特点。

巴什拉大地梦想的范围很广，不仅包含着黏土、砂岩、宝石，还包含着酵母和珍珠、洞穴和迷宫等具有泥土特性的东西，所以虽说"大地元素"的诗性想象力在某种程度上受到物质世界"大地"形象的束缚，但并不意味着给精神增加限制而使精神变得贫乏，恰恰相反，正是由于受到物质世界的拓展，精神才更加丰富。巴什拉坚信，把世界分成精神和物质两部分，是一种"颠倒的错误"，物质不是精神的敌人，而是朋友⑤。关于大地的诗学，巴什拉涉及主题颇多，我们没有必要将其逐一在余光中的诗歌里对应讨论，我们希望做的，是以"泥土之香"的核心嗅觉意象为线索，在"柔软的世界"与"坚硬的世界"两种对大地的想象中，探讨

---

① ［日］金森修（KANAMORI Osamu，1954—）：《巴什拉：科学与诗》(*Bacheard*)，武青艳（1973—）、包国光（1965—）译，河北教育出版社 2002 年版，第 179 页。
② 同上书，第 187 页。
③ 语出巴什拉的《大地与意志的梦想》。［法］巴利诺：《巴什拉传》，第 313 页。
④ ［日］金森修：《巴什拉：科学与诗》，第 171 页。
⑤ 同上书，第 190 页。

余光中的梦想意识。

二 "泥"之香:柔软世界的休息之梦

余诗里的"泥土之香"最先激发出的是对柔软世界的梦想。"泥土"是一个极具趣味性的意象,当它更多的表现出"泥"的特性时,展现了大地元素与水元素的结合。当土里掺进水,土便丧失了硬质性,岩石可以变成土,土又可以变成泥或黏土①。

(1)永恒童年的深度:从"盆地—乳香"到"厨房—饭香"

考察余光中诗歌里的休息之梦,可以发现,它最先萌生于一种行走的意愿,一种行进当中的梦想,即"人类行进当中的日梦,小路的日梦"②。试看:

> 江湖上来的,该走回江湖/走回青蛙和草和泥土/走回当初生我的土地/……风到何处,歌就吹到何处/路有多长,歌就有多长③

从"小路的梦"走回"休憩之梦",诗歌给我们指出了诗意休息的场所:"泥土"或"当初生我的土地",这样说似乎略显笼统,不应忘记,休息的梦幻应当表现为一种深度。《大地与休息的梦想》说:"我们聚集起来的那些形象正是迷失在这种深度之中。"④ 因此,要进入一个内心和平的区域,即"休息的梦幻",精神必须退出通常由它产生的那些形象,而真正融入对土地想象的柔软世界的梦想中。余光中的休憩之梦应该是这样的:

> 遂有卧下来睡下来的需要/南胡的鼻音温柔的箫/摇篮是四川的盆地软软/催眠是蜀江的船橹遥遥/微微合上是少年的睫毛/把菜花黄和

---

① [日]金森修:《巴什拉:科学与诗》,第172页。

② [法]巴什拉:《空间诗学》(The Poetics of Space),龚卓军(1966—)、王静慧译,张老师文化事业股份有限公司2003年版,第72页。

③ 余光中:《民歌手》,《白玉苦瓜》,第36—39页。

④ [比]布莱(Georges Poulet, 1902—1990):《批评意识》(Conscience Critique),郭宏安(1943—)译,百花洲文艺出版社1993年版,第179页。

豌豆花紫／嗅进肺叶每一个角落①

　　我跟家里就离开了四川／童年，就锁进那盆地里／在最生动最强烈的梦里②

那么，为何"盆地"可以构成令余光中休憩的深度呢？我们或许可以从下面的诗句找到启示：

　　世界被蕈状云熏得很热，／而我很怕冷，很想回去，／躺在你乳间的象牙谷地，／睡一个呼吸着安全感的／千年小寐。③

"乳香"揭示了"盆地"与"母怀"的关联，梦想休息在盆地或谷地，就是梦想休息在母亲的怀里：

　　小时候，在大陆，在母亲的怀里／暖烘烘的棉衣，更暖，更暖的母体／看外面的雪地上，边走边嗅／寻寻觅觅，有一只黄狗④

　　哪一年的丰收像一口要吸尽／古中国喂了又喂的乳浆／完美的圆腻啊酣然而饱／……／硕大似记忆母亲，她的胸脯／你便向那片肥沃匍匐／用蒂用根索她的恩液／苦心的悲慈苦苦哺出／不幸呢还是大幸这婴孩⑤

巴什拉说，对物质想象力而言，一切液体都是水，"一切幸福的液体都是乳汁"，"乳汁是让人宁静的首选之物"，只要"把乳汁注入被观赏的水中"，人立刻感到了宁静⑥。余诗从乳汁发展到乳房，发展到母亲的

---

①　余光中：《圆通寺》（新稿），《天狼星》，第37页。

②　余光中：《罗二娃子》，《白玉苦瓜》，第72页。

③　余光中：《真空的感觉》，《余光中诗歌选集（一）莲的联想·万圣节》，时代文艺出版社1997年版，第261页。

④　余光中：《小时候》，《白玉苦瓜》，第7页。

⑤　余光中：《白玉苦瓜》，《白玉苦瓜》，第147—148页。

⑥　[法] 巴什拉：《水与梦：论物质的想象》（*Water and Dreams: An Essay on the Iimagination of Matter*），顾嘉琛译，岳麓书社2005年版，第129—134页。

"怀"、母亲的"胸脯",使"哺育"的形象凌驾于其他一切形象之上,在"被哺育"的遐想中,返回休息的中心,返回孩提时代淳朴的受庇护、暖和而温馨的感觉,感到自己是受到"灌溉"的泥土:

> 大江东去,千唇千靥是母亲/舔,我轻轻,吻,我轻轻/亲亲,我赤裸之身/仰泳的姿态是吮吸的姿态/源源不绝五千载的灌溉/永不断奶的圣液这乳房/每一滴,都甘美也都悲辛①

> 一个匍匐的婴孩/膜拜用五体来膜拜/为了重认母亲/吮甘醇的母奶②

因此,我们说,对于余光中,柔软世界中休息之梦的命题应当是:"只要把乳汁注入我仰卧的土地,我立刻感到了大地的宁静。"

余光中诗歌里的"乳汁"意象,其实早已被人们注意,不少评论者都曾撰文谈及,认为"母亲"与"乳汁"的频频出现,与乡愁联系,是"在潜意识中透露出回返子宫母体的冲动"③。这种阐述,一定程度上受到传统精神分析学说中"回归母体"和"出生受伤"观念的影响。然而,根据巴什拉的诗学,"回归母体"和"出生受伤"并不是唯一的解释途径。巴什拉的方法不是精神分析式的"回到心理活动的深刻根源或潜意识",而是"在多彩多姿的意象中展示心理活动的发展过程"④。应当重申,巴什拉不关心精神分析学派强调的"夜梦",而是研究"梦想"。"梦想"的时刻,心灵想象活动的发生,是介乎清醒的意识和模糊的无意识中间的"半意识"状态⑤,因此他用"白日梦"区分"夜梦"。精神分析主要是以夜梦为研究途径,探讨个人无意识的存在问题,而巴什拉则是通

---

① 余光中:《大江东去》,《白玉苦瓜》,第 86 页。

② 余光中:《投胎》,《白玉苦瓜》,第 111 页。

③ 刘裘蒂:《论余光中诗风的演变》,第 74 页。

④ [法]塔迪埃(Jean-Yves Tadié, 1936—):《20 世纪的文学批评》(*La Critique Littéraire au XXèmee Siècle*),史忠义(1951—)译,百花文艺出版社 1998 年版,第 119 页。

⑤ 张旭光(1965—):《巴什拉的"想象哲学"探析》,载《淮南师范学院学报》2001 年第 1 期,第 27 页。

过梦想探讨集体无意识的存在问题。所以巴什拉认为，"超出父、母情结之上的，还有某些人类宇宙性的情结"①。余光中诗歌柔软世界的休息梦想以及童年永恒回归的愿望不正属于这种"人类宇宙性的情结"吗？

让我们再来看一下"厨房"这则庇护意象。当它给余光中提供静息之第二场所时，我们惊喜发现的，是水的意象与嗅觉意象在其中产生的巨大功用：

> 天上黯黯，地上流漾着反光／倒映放学的孩子走过／巷底有湿沥沥的回声／——这样子的半下午／葱油的香味来自厨房……②

巴什拉说："水胜于锤子，它荡涤大地，软化实体。"③ 雨水使大地、巷子乃至房屋都经历了软化的过程，甚至嗅觉也跟着一起软化了，"葱油"发挥了它的作用，它是一种具有奇异力量的水。让我们来比较余光中的另一首诗：

> 或者所谓春天／最后也不过就是这样子：／一些受伤的记忆／一些欲望和灰尘／一股开胃的葱味从那边的厨房④

马上就能发现，没有"雨水"和"葱油"参与的"厨房"在唤醒休息之梦时，是打了多少的折扣。又如：

> 堆雪人，打雪战，滚雪球／放学回家，母亲热烘烘的灶头／一缕饭香派到篱外来接我⑤

"雪"是水的结晶，余光中《雪的感觉》："雪下在中国的土地上／童年的

---

① ［法］巴什拉：《梦想的诗学》（*The Poetics of Reverie：Childhood，Language，and the Cosmos*），刘自强译，生活·读书·新知三联书店 1996 年版，第 156 页。

② 余光中：《雨季》，《白玉苦瓜》，第 51—52 页。

③ ［法］巴什拉：《水与梦：论物质的想象》，第 117 页。

④ 余光中：《或者所谓春天》，《在冷战的年代》，第 47 页。

⑤ 余光中：《大寒流》，《白玉苦瓜》，第 154 页。

冬夜怎么也不冷"①,童年记忆中家里的"灶头"永远是"热烘烘的"、温暖的。

"葱油"香、"饭"香一起构成了家中厨房的气味。"人越远离故乡,越是怀念故乡散发的气味……所有这些气味都在对童年时代的混沌记忆中回想起来,……这一切汇集起来给流落异乡的浪子提供家里的全部气味",巴什拉说,"与气味的回忆相连的童年必然是悦人心性的"。② 由此可见,余光中的"乡愁",仅以"回归母体"一言以蔽之似乎并不恰当。还是看看诗人自己的解释吧:"究竟是什么在召唤中年人呢?小小孩的记忆,……不过中年人的乡思与孺慕,不仅是空间的,也是时间的,不仅是那一块大大陆的母体,也是,甚且更是,那上面发生过的一切。土地的意义,因历史而更形丰富。"③

（2）蕴藏在"小"中的内密性:"瓜果"、"香炉"与"壶"

我们前面的分析并不是余光中展开诗意梦想时,休憩之梦的全部场所,因为大地"作为容纳与迷惑表现出来的",是柔软世界里休憩梦想的另一个侧面④,也就是巴什拉对内密性形象所做的研究。巴什拉认为,自然界中物质和原料的内部不能无限扩大并达到极限,然而人可以通过幻想这种内密性体验到"存在的休息"⑤,因此在人的内心能够引发"静定感"的空间意象,并不只是隐含着慈母般温暖的"温和之家"。巴什拉说:"超越了事物外在的限制,其内在的空间是多么的辽阔!其中那亲密的气氛带给人何等的轻松!"⑥

巴什拉在《空间诗学》论述了"微型空间"的理论,认为即便是微小的空间,也拥有独特的世界,例如壁橱、小箱子、巢、贝壳、角落等。同时也揭示了"微型空间"和"自然、天地与宇宙意象"为代表的浩瀚空间的关系⑦。《大地与休息的梦想》中,巴什拉提出了微小中的幸福之

---

① 余光中:《雪的感觉》,《安石榴》,第 180 页。

② 〔法〕巴什拉:《梦想的诗学》,第 179 页。

③ 〔日〕金森修:《巴什拉:科学与诗》,第 179 页。

④ 同上。

⑤ 同上书,第 180 页。

⑥ 〔法〕达高涅（F. Dagognet）:《理性与激情:加斯东·巴什拉传》（Gaston Bachelard）,尚衡译,北京大学出版社 1997 年版,第 66 页。

⑦ 龚卓军:《空间原型的阅读现象学》,《空间诗学》,第 31 页。

想象公设：

> 梦幻中的事物从来不可能保持原来的大小，它们的比例永远不是固定的。真正现实占有欲的梦幻，那些把事物送给我们的梦幻，总是现实的微缩。梦幻可以给我们提供事物中包含的一切珍宝。于是，出现了一个辩证、可逆转的角度，即微小事物的内部蕴含着大。①

余光中诗歌里静息的想象，又何尝没有这种微小中的幸福呢？首先，是试图留守"小千世界"的"神秘"憧憬：

> 我愿在此/伴每一朵莲/守小千世界，守住神秘②

进而，是惊叹"微小事物的内部蕴含着大"的发现：

> 看你静静在灯下/为我削一只苹果/好像你掌中转着的/不是苹果，是世界③

接着，是窥见微小内部之后的喜悦感：

> 铿地一声响/剧痛里吐出了一颗/那样坚贞的心脏/把心事深深/纵横地刻在核上④

"把心事刻在果核上"！这正体现了余光中对内密性进行的幻想，进入水果的内部，进入果核、果肉的所有皱纹，这种幻想是幸福的，正因为被隐藏着，所以才幸福。巴什拉说："只要愿意，任何一个人都可以幻想自己住进苹果之中……人的想象或思想一旦深入于微小的事物之中，他立即会

---

① [法] 达高涅：《理性与激情：加斯东·巴什拉传》，第66页。
② 余光中：《莲的联想》，《莲的联想》，第7—8页。
③ 余光中：《削苹果》，《安石榴》，第11页。
④ 余光中：《水蜜桃》，《安石榴》，第25页。

发现一切都在变大，微小世界中的现象会立即获得天地之广阔。"①

　　余光中最乐意住进的，似乎还不完全是具有果香的瓜果内部，弥漫着茶香、药香、香炉味的"壶"或是"炉"，也扮演着不可忽略的角色，且看：

　　　　……去寻找一家/药香淡淡的中医店铺/向檐前，或是向匾下悬挂/悠悠这土气的心壶/……/我们就，嘘，别让人撞见/跳入壶中的洞天②

　　　　一觉醒来竟成了飘逸的仙人/海气冉冉掖我以飞升/……那么大的沙田，凭空一只小香炉/就藏得住吗?③

"瓜果"与"壶"（或是"炉"）的形象显然是有所区别的，前者相对于后者，确实是含有更多"水"元素的柔软物质，而后者则必然与"火"元素发生关联。在此，我们仅希望强调，二者区别为何，都不会影响内密性的想象，"对进行幻想的存在来说，一切都是外壳，柔软脆弱的本质在这种坚固外壳的内部深处安静的休息。内部与外部之间的矛盾具有一般性"。④

三　"土"之香：坚硬世界的抵抗意志

　　虽然上文并未详细追究"瓜果"与"壶"或是"炉"的区别，但我们发现，进入90年代之后，余光中诗作里涌现出了更多"香火"味、"炉香"、"茶香"或"药香"等嗅觉意象，相应地，对泥土嗅觉意象的直接书写呈现减少的趋势，而对大地的形象增加了描摹。这提示我们，余光中诗歌里大地的另外一种想象同样不应忽视，即坚硬世界的梦想意识。

　　在追溯余诗"花香草气—泥土之香—体香"与"雨的气味—泥土之

①　［法］达高涅：《理性与激情：加斯东·巴什拉传》，第66页。
②　余光中：《赠壶记》，《隔水观音》，第161—162页。
③　余光中：《雾失沙田》，《紫荆赋》，第131—132页。
④　［日］金森修：《巴什拉：科学与诗》，第180页。

香—果香"这两则三位一体嗅觉意象时，我们所做的工作更多的是以"泥土之香"为核心，探讨余诗柔软世界休息之梦的深度与内密性。总括来说，"花香草气—泥土之香—体香"所指示的，是诗人大地想象力与永恒童年回归主题的联系，具体呈现为休息于"盆地"或"谷地"的梦想，而与"母怀"及"乳香"的结合使我们明确看到，在余光中柔软世界的休息之梦中，只要把乳汁注入诗人仰卧的土地，诗人便立刻感到了大地的宁静。而另一个三位一体式的嗅觉意象"雨的气味—泥土之香—果香"则指引我们发掘余光中诗歌柔软世界里休憩梦想的另一个侧面：大地"作为容纳与迷惑表现出来的"内密性，即一种蕴藏在"小"中的"静定感"。

　　伴随着嗅觉主题书写的转变，余光中对"瓜果"、"香炉"与"壶"等内部空间的描摹，表现出诗人关于大地想象力之内密性的两种心象。其一，简单地说，就是一种对"微小事物内部蕴含着大"的惊叹与喜悦，对"果香"的书写，无时无刻不蕴含着这种心理状态。而另一种则是"茶香"、"药香"与"香炉味"弥漫之下的迷惑感，或用巴什拉的术语，即"迷宫"的心理现象。梳理余诗嗅觉书写时，很明显地，这两种心象几乎是在诗人的"香港时期"同时萌生，并于之后的诗作中各自衍生下去，从这个意义上讲，"香港时期"堪称余光中诗歌想象力发生转变的分水岭。值得一提的是，相比较而言，前一种心象在80年代末90年代初占据了主导地位，诗集《安石榴》可谓达到顶峰，而90年代以来，后一种心象则逐渐取代了前者的位置，成为舞台上的主角。至此，我们有必要考虑前面已提及的问题了："瓜果"与"壶"或者"炉"的形象到底区别何在呢？

　　1. "迷宫"的心理现象

　　先来谈谈"迷宫"意象。在中国文学里，"迷宫"的典型可见葛洪（283—343）《神仙传》里壶公的故事，又如东晋陶潜（365？—427）《桃花源记》中的"桃花源"，后来的洞穴或蚁穴传说则有沈既济（750？—800）的《枕中记》、李公佐［生卒不详，唐贞和、元和（785—820）时人］的《南柯太守传》等。对于身处"迷宫"所产生的心理现象，巴什拉认为，当在森林、洞穴甚至普通的道路上行走时，人们时时会迷失自己的位置，造成焦急，想不出办法，这就是被迷宫性物质捉

弄的表现。余光中《心路要扶》一首写道:

> 传说有一条小路曲折/通向我寂寞的内心深处/我困在里面,无法走出/坚强的手臂啊温柔的眼神/请为我带路,走出迷宫/走出崎岖,走出浓雾①

对迷宫产生的茫然失措和踌躇隐喻了人生本身,在巴什拉看来,人的一生就像迷失道路的孩子面临的迷惑状况。巴什拉的大地论中提到了两种迷宫的形象,"柔软"的迷宫和"坚硬"的迷宫,前者是流动的柔软与错杂之表现,巴什拉举出"血管"与"腹腔"的意象加以分析,后者则侧重"棱角"和"创伤",是"特殊恶意和背叛物质的标志"②。早在《天国的夜市》,余光中便写了如下的诗句:

> 我已经迷路于黑夜的血管/盲目地,摸向黑夜的心脏③

《天狼星》亦有:

> 我必须/逃出我自己/如逃出癞疯的地区/沿着一柱柱青脸的水银灯/魖/沿着建筑物诡谲的面具/魅/沿着蜥蜴群湿淋淋的绿睛/魍/沿着记忆,记忆交错的羊肠④

进入90年代,诗集《高楼对海》里依然看得到这种"柔软迷宫"的影子:

> 探不尽梦之迷宫永不闭馆/悠长的回声谷余音不断……/十二峰也像是十二指肠/要开膛剖肚,大动手术⑤

---

① 余光中:《心路要扶》,《藕神》,第121页。
② [日]金森修:《巴什拉:科学与诗》,第184—185页。
③ 余光中:《夜归》,《天国的夜市》,第51—52页。
④ 余光中:《忧郁狂想曲》,《天狼星》,第22—23页。
⑤ 余光中:《祭三峡》,《天国的夜市》,第148页。

有趣的是，"腹腔"意象在余诗里往往有正面嗅觉书写的搭配，这使巴什拉所谓的"迷失的焦虑"在余诗变得不那么显著，而"爆发"或"突围"的意志则甚为明显：

> 你在梦中不断地翻身/终于魔咒应验，细口长颈/再也忍不住满腔芬芳/勃地一响，惊呼声里/一道金色的喷泉跃回世间①

余光中最新的诗集《藕神》也屡见如下的书写：

> 亦翠亦白，你已不再/仅仅是一块玉，一棵菜/只为当日，那巧匠接你出来/却自己将精魄耿耿/投生在玉胚的深处②

> 而更多的奇迹在地下深藏/钟乳垂长旌/石笋矗高柱/地府已如此，又何必羡天堂③

我们认为，前文所讨论的"永恒童年的深度"以及"蕴藏在'小'中的内密性"这两个主题，构成余光中诗歌超越迷宫忧郁心理现象的重要元素。迷宫性物质除了造成困惑，有时也能够引发恰恰相反的状况，即心甘情愿进入迷宫的心理，换言之，即心甘情愿迷路，因为"迷路从来就不等同于失败"，"乐意迷失方向，不把穿越迷宫当作一场战斗，而是当作一次猎奇与期待"④。《谢林或赠茶》有：

> 想当年你的诗集/曾预言《梦要去旅行》/毕竟你没有去异邦/把《晚春心事》都种在/冻顶的四甲田里/把乡愁煮在壶中⑤

---

① 余光中：《金色喷泉：咏香槟》，《天国的夜市》，第 206 页。
② 余光中：《翠玉白菜》，《藕神》，第 111 页。
③ 余光中：《漓江》，《藕神》，第 116 页。
④ ［法］阿达利（Jacques Attali, 1943—）：《智慧之路：论迷宫》（*Labyrinth in Culture and Society: Pathways to Wisdom*），邱海婴译，商务印书馆 1999 年版，第 115 页。
⑤ 余光中：《谢林或赠茶》，《藕神》，第 205—206 页。

"把乡愁煮在壶中",从这则绝妙的诗句,我们不禁想到《赠壶记》与《雾失沙田》中"壶"的形象。如果"壶"作为硬质的迷宫,我们认为,这则迷宫形象揭示出,诗人在思索永恒乡愁、生命体验等议题时,所追求的正是一种"生活在空间和时间之外,感受头晕目眩"[①] 的迷途心境。

2. 坚硬的"坯子"与孤独意识

坚硬迷宫的形象,比较明显地出现在余诗里,当首推"迷宫"与"沙"的组合:

> ……这是海的/遗骸,鳞介的水族皆已风化/流尽蓝色的韵律,绝望之外/伸展着僵卧的黄沙与黄沙/伸展着公开的迷宫,无迹,无门/透明的笼中,逡巡盲目的灵魂/欲量寂寞的面积,以四只驼掌/指南针啊,罗盘有多少可能的方向?/当铜钲盈耳,太阳炉熊熊烧起/晕眩的炎流幻成黄焰,炼意志之丹……/……命运是神的礼品,不能够掷回星空/"我爱沙漠,这里非常干净"/种不红蔷薇,种不活鞏心的水仙[②]

诚如巴什拉所言,"沙"无疑是典型的硬质的土,上面诗作里,我们看到坚硬迷宫特有的"创伤"心态,这与后文要讨论的孤独感主题有很大关联,此点稍后再议。我们先来讨论余诗更为突出的坚硬"坯子"及一种抵抗意志。

当巴什拉把目光投向梦想的柔软世界时,他认为最初表现柔软性的代表是小麦面粉与水掺和起来而形成的"坯子",而面粉与水在想象世界中,又常常具有适合的比例。当给这个坯子加热,物质就更加改变了姿态,再加上发酵过程中膨胀的酵母还包含着空气,因此烘烤能够完成"水"、"空气"、"火"与"大地"的冲突,使朴素的面团进入最完美的状态:由淡黄色变成金黄色,由软面团变成外焦里嫩的面包[③]。巴什

---

① 〔法〕阿达利:《智慧之路:论迷宫》,第 114 页。

② 余光中:《史前: to Thomas Edward Lawrence》,《五陵少年》,文艺书屋 1969 年版,第 106—109 页。

③ 〔法〕达高涅:《理性与激情:加斯东·巴什拉传》,第 27 页。

拉还指出，坯子和水也与黏土和陶器这一世界有联系，在水中诞生的东西往往在火中成熟①。诗意想象里，余光中笔下的"瓜果"若是生于泥土但未经"火"元素参与的柔软"坯子"，那么"壶"或"炉"当属一种坚硬的"坯子"，其形象大概更能体现出梦想意识里"水中诞生、火中成熟"的倾向。余诗"香港时期"嗅觉书写的转变又提醒我们，在这一时期诗人的物质想象世界里，"水"、"火"两种元素正以不同的方式与"大地"元素相结合。同时，大地形象"柔软"与"坚硬"的对比，也确实展现出余光中诗歌里关于大地的另外一种想象，即坚硬世界的梦想意识。巴什拉《大地与意志的梦想》指明，与其他三种物质元素相比，硬质的"土"是最具一般抵抗性的元素。在坚硬世界的梦想中，当"土"作为抵抗表现出来时，人的意志就具有暴力性和愤怒的情绪，"手中拿着大锤的人并不孤独，他有与之战斗的敌人"②。余光中"香港时期"作品里"挖土机"意象的出现，正暗示了这种"与土战斗的大锤"：

> 扫墓的路上不见牧童／杏花村的小店改卖了啤酒／你是水墨画也画不出来的／细雨背后的那种乡愁／放下怀古的历书／我望着对面的荒山上／礼拜天还在犁地的两匹／悍然牛吼的挖土机③

稍后的诗集《梦与地理》中《牧神午寐》则证明了这种想象力的延续：

> 至少，挖土机无礼的长臂／今天还不会就来叫门／背光的浓阴低垂着翠影／也没有扩音机和马达／来惊动你深沉的午寐④

这种"抵抗"的意志，还表现为被硬质的"土"锁闭而造成的心态。在来港前一年完成的诗集《白玉苦瓜》中，我们找到一则颇具颠覆性的意象组合：

---

① ［日］金森修：《巴什拉：科学与诗》，第173页。
② ［日］金森修：《巴什拉：科学与诗》，第171页。
③ 余光中：《布谷》，《紫荆赋》，第134—135页。
④ 余光中：《垦丁十九首·牧神午寐》，《梦与地理》，洪范书店有限公司1990年版，第106页。

我跟家里就离开了四川/童年，就锁进那盆地里/在最生动最强烈的梦里①

之所以说具有"颠覆性"，是因为"盆地"这个当初柔软泥土世界休憩之场所的代名词，此处却成为锁闭童年之梦的坚硬石窟。这一趋势，经历"香港时期"之后，似乎愈演愈烈，90年代的《五行无阻》有：

……穿过/吴道子淋漓的墨香，穿过/……/最后是穿过抗战的岁月/凄厉的警报与轰炸声中/淘尽我入川八载的少年/……/只留下江雾如梦，巫峰似锁/童真的记忆深锁在山国/而今远坐在面海的窗口/海峡风劲，我独自在这头/对着山城夜景的恍惚②

坚硬世界中的"战斗"心境由此不难体会，诗人甚至干脆直陈内里：

……《五行无阻》应是对死亡豪笑的宣战。……不管诗中的自我是小我或是大我，其生命是形而下或形而上，临老而有如此的斗志，总是可以面对缪思的。……一位诗人到了七十岁还在出版新作诗集，无论生花与否，都证明他尚未放笔。其意义，正如战士拒绝缴械。③

因此，在坚硬世界的梦想意识昭示下，我们可以提出这样一个题设："手中拿着诗笔的余光中并不孤独，他有与之战斗的敌人。"这"敌人"或许是"死亡"，或许是"衰老"，或许是潜意识中一种深层心理的表现。此处所谓的"孤独"，实质上属于"低孤独"的范畴，与之相对的还有另一种状态，即"高孤独"。

"低孤独"与"高孤独"这两种孤独类型的划分，是日本文学家、心

---

① 余光中：《罗二娃子》，《白玉苦瓜》，第72页。
② 余光中：《嘉陵江水：远寄晓莹》，《五行无阻》，第101—102页。
③ 余光中：《〈五行无阻〉后记》，《五行无阻》，第179—180页。

理学家箱崎总一（HAKOZAKI Sōichi，1928—）在《孤独心态的超越》一书中的见解①。他指出孤独感随时都有可能产生，孤独之情绪则会以多种姿态存在于各种不同的场合，所有人都不可能避免孤独的感觉，"就好像一个在沙漠中孑然独存的人一样，真正的孤独会在你日常生活的无形沙漠中成长、滋蔓"②。孤独感与生俱来，"它可以说从一个人出生开始，就一直随伴着，正如影之随形，亦步亦趋，终其一生，永远也不能摆脱的一种心理感受"③。箱崎总一认为，低孤独"会使人有一种拘束、局限的感觉"，令人产生"寂寞、凄苦、困顿而又排遣不了的情绪和感触"④。高孤独则相反，"是人们为了达成某一较高层面的生活目标"而沉浸其中的心灵状态⑤。低孤独往往是在"不情愿之时所产生"，使人"感到痛苦而极欲摆脱的心理状态"，高孤独则是一种"主动积极的追寻"⑥。死亡与衰老或许对于大多数人来说，确实很容易引发低孤独的苦恼，然而，阅读余光中步入中年之后的诗作，更多的却并非这类痛苦的感受。试看收录于《白玉苦瓜》的《积木》：

> 诗成，才惊觉雨已经停了／全睡着了吧下面那世界／连雨声也不再陪我／就这样一个人守在塔上／最后的孤独是高高的孤独——二十年后，依然在写诗／搭来搭去，依然是方块的积木／／只是这游戏／一个人玩未免太凄然／从前的游伴已经都长大／这老不成熟的游戏啊／不再玩，不再陪我玩／最后的寂寞注定是我的／二十年后，依然在玩诗／依然相信，这种积木／只要搭得坚实而高，有一天／任何儿戏都不能推倒／一座孤独／有那样顽固⑦

---

① 〔日〕箱崎总一（HAKOZAKI Sōichi，1928—）：《孤独心态的超越》，何逸尘译，巨流图书公司1981年版，第3页。

② 〔日〕箱崎总一：《孤独心态的超越》，第3页。

③ 同上书，第5页。

④ 同上书，第3—4页。

⑤ 薛海华：《"存在的真实时刻：孤独"之绘画创作研究》，硕士论文，台北市立教育大学，2006年，第10—11页。〔日〕箱崎总一：《孤独心态的超越》，第3—4页。

⑥ 〔日〕箱崎总一：《孤独心态的超越》，第3—4页。

⑦ 余光中：《积木》，《白玉苦瓜》，第54—55页。

人经常是到了"生命的暮年",才会发现"深深隐藏着的""孩提时代的孤独",而这种孤独十分"隐秘","梦想的孩子是孤单的……他生活在他梦想的世界中","在他感到幸福的孤独中,爱梦想的孩子进入了宇宙性的梦想,即使我们与世界合为一体的梦想"①。"搭积木"本身正是儿童的游戏,余光中借"积木"的喻象,抒发那种从"玩诗"到"诗成"数十年的"高高的孤独"感触,这种孤独在诗人看来,是那样"顽固",而"顽固"不恰好反映出"土"之坚硬世界的抵抗意志吗?只是余光中并非到了"暮年"才体会到高孤独的心境,《白玉苦瓜》是其中年的作品,可以说,诗人步入中年之后便渐渐对生命的孤独意识开始了深入的思索和品味。而真正的诗往往正是产生于这种"存在的寂静和孤独之中",这种状态是"脱离了视与听"的②,《积木》一首恰营造了这样的氛围:"全睡着了吧下面那世界/连雨声也不再陪我"③。尽管这首诗没有明确对嗅觉加以书写,但只要审视我们前文所指出的余诗晚年嗅觉意象,便可看出,气味尤其是好闻的气味,所构成的文学意象在召唤高孤独状态时,扮演了何等重要的角色。我们认为,晚近余光中的诗思依然健旺,"岁月愈老,为何缪思愈年轻"④ 的一大原因,正是于一种高孤独的情境中追忆永恒的"童年",感悟"宇宙性的梦想"。

结合巴什拉诗学,高孤独——即令人"感到幸福的孤独",一种幸福的梦想意识——对于诗人的创作有其必要性。现今不少研究亦已发现,这种孤独在提供静寂独思的空间和刺激创作能量与欲望方面,具有不可或缺的作用。有时,深刻的思考与创作,必须在这种孤独里完成。创作的过程几乎就是一个独处的过程,史脱尔(Anthony Storr, 1920—2001)说,"独处的能力是一种宝贵的资源;可以使人接触到最深处的情感;……可以厘清思路;可以使人改变态度"⑤,更为重要的,孤独"能助长创作的

---

① [法]巴什拉:《梦想的诗学》,第135页。

② [法]巴利诺:《巴什拉传》,第275页。

③ 余光中:《积木》,《白玉苦瓜》,第54页。

④ 余光中:《我的缪思》,《高楼对海》,第183页。

⑤ [英]史脱尔(Anthony Storr, 1920—2001):《孤独》(*Solitude：A Return to the Self*),张嘤嘤译,知英文化事业有限公司1995年版,第81页。

想象力"，即便是那种与之相反的"强制性的隔离拘禁"①，也能产生一定的效用。高孤独能更好地使人关注自我与外在自然的互动，沉浸其中的人往往能够自由地解放想象，更对于外界投以各种心思②。通过考察余光中诗作的核心嗅觉意象——"泥土之香"，我们看到，余光中所主动追求的创作心境，就是这样一种孤独的心境：不断找寻自我、认同自我，从观念设定、素材选择到形式呈现，诗人一直与自己内心保持对话，寻求一种更贴近于真实自我的呈现，经由艺术的想象与创作重新塑造自己的生命。大地的形象、泥土的香气揭示了余光中诗意梦想的一个重要核心——大地元素的想象，它与水、火两种元素的结合也使余光中的作品给读者展现出一幅更为广大的图景。

以"泥土之香"为观察重点，本章在"柔软"与"坚硬"两种对大地的想象中，探讨了余光中笔下嗅觉意象所蕴含的梦想意识。针对这一篇章的讨论，我们在此总结十点如下：

（1）余光中的诸多诗论文章，许多细节之处都令我们联想到巴什拉诗学想象论。巴什拉阅读方法的核心是要经由诗歌意象达致诗人的创作意识，读者与之贯通从而使自己觉醒。我们认为，以巴什拉诗学观念为指导，审视余光中的嗅觉书写，实为一项切实可行的策略。

（2）对巴什拉诗学想象论的借鉴，提示我们，揭示余光中诗歌嗅觉书写背后的梦想意识，必然需要对嗅觉意象做更加细致的审视，即打破意象梳理的纵向顺序，考虑意象的横向组合方式，在基础意象的组合之中找寻余光中独有的文学意象。

（3）在对余诗嗅觉意象的蠡测过程里，最引人注目的，是两则三位一体式的嗅觉书写："花香草气—泥土之香—体香"与"雨的气味—泥土之香—果香"。

（4）从意象组合定型的时间来看，"花香草气—泥土之香—体香"要较另一则为早。而"雨的气味—泥土之香—果香"则是 20 世纪 80 年代

---

① ［英］史脱尔：《孤独》，第 81 页。
② 曾肃民：《心理创伤与孤独的折射：讨论艺术创作的心理特质》，载《美育》2004 年 138 期，第 48 页。

嗅觉意象组合方式的代表。

（5）90年代后，"泥土之香"的嗅觉书写尽管发生了一定程度的转变，但作为余光中诗歌嗅觉意象的关键，"泥土之香"自始至终都揭示出诗人关于大地元素的梦想意识。

（6）余诗里的"泥土之香"最先是激发了我们对"柔软世界"的梦想。"泥土"是一个极具趣味性的意象，当它更多的表现出"泥"的特性时，首先展现了大地元素与水元素的结合。当土里掺进水，土便丧失了硬质性，岩石可以变成土，土又可以变成泥或黏土。

（7）从盆地、乳香到厨房、饭香等意象，我们见到余光中诗作永恒童年的深度主题；由瓜果、香炉与壶的形象我们则讨论了余诗里蕴藏在"小"中的内密性特质。

（8）随着晚近余诗涌现出更多"香火"味、"炉香"、"茶香"、"药香"等嗅觉意象，我们认为，余光中诗歌里存在着关于大地的另外一种想象，即"坚硬世界"的梦想。

（9）从"迷宫"的心理现象与坚硬"坯子"的启示下，可以看到一种属于坚硬世界的"抵抗"意志，这种抵抗意志是诗人向"低孤独"的宣战。

（10）晚年余光中的诗思依然健旺，很大一个原因正是于一种"高孤独"的情境中追忆永恒的"童年"，感悟"宇宙性的梦想"。

第 八 章

从嗅觉书写到迷宫叙事:朱天文、村上春树小说的比较分析

在探索感官的历程中,我们既是旅人,也是诗人。

——艾克曼 (Diane Ackerman, 1948—)①

气味!这是我们与世界融合的第一见证。

——巴什拉 (Gaston Bachelard, 1884—1962)②

本章尝试有所侧重地针对小说体裁的嗅觉书写展开讨论。理论层面,将延续我们关于"身体—意识—文学想象"的思考线索,并且承接"身体感—嗅觉—想象"阐释模式;批评实践方面,则会选取台湾作家朱天文(1956—)与日本小说家村上春树(HARUKI Murakami, 1949—)笔下的核心嗅觉意象——"干草之味"与"芳草之香"——作为视点和分析范例,结合迷宫论、神话原型批评、女性主义理论等进行比较研究。

---

① [美]艾克曼 (Diane Ackerman, 1948—):《气味、记忆与爱欲:艾克曼的大脑诗篇》(*An Alchemy of Mind: The Marvel and Mystery of the Brain*),庄安祺译,时报文化出版企业有限公司2004年版,封底文。

② [法]巴什拉 (Gaston Bachelard, 1884—1962):《梦想的诗学》(*The Poetics of Reverie Childhood, Language, and the Cosmos*),刘自强译,生活·读书·新知三联书店1996年版,第173页。

　　朱天文与村上春树均是善于描摹感官细节的作家，其笔下大量的身体书写历来为评论界称道。作为比较视域下世界文学的两大研究重镇，目前已有为数颇众的专著、散论分别涉及两位小说家作品中的嗅觉议题。然而据我们观察，至少中文学界在此问题上的大多著述，仍然是将小说的嗅觉书写最终引导至记忆唤起的层次，仍然以"感知—嗅觉—记忆"的传统模式为分析取径。本章正是希望于批评实践中，针对这一境况有所突破。朱天文笔下的"干草之味"与村上春树小说的"芳草之香"呈现给我们的，恰好是嗅觉书写作为身体感意象的绝佳范例，两例典型意象不仅触及小说家的时间意识与空间意识，更突显了独有的创造性想象力特色。由于两位作家嗅觉书写所采用的技法不尽相同，因此后文将根据作家的创作特点选取相应的阐述策略。在朱天文，我们集中笔墨以其短篇小说《世纪末的华丽》（后文简写作《世》）进行文本细读；村上春树，则从《挪威的森林》（后文简写作《挪》）部分章节谈起，进而转入《下午最后一片草坪》（后文简写作《下》）的讨论。①

第一节　"干草"及其气味:《世纪末的华丽》之嗅觉书写

　　《世》是朱天文创作于 1990 年的短篇小说，与另外六个短篇收入同名小说集《世纪末的华丽》，标志着朱天文写作成熟期的到来②。女主角米亚"是一位相信嗅觉，依赖嗅觉记忆活着的人"，尽管她"也同样依赖颜色的记忆"，但"比起嗅觉，颜色就迟钝得多"，对米亚来说，"嗅觉因

---

　　①　朱天文与村上春树的小说作品均属当今畅销，因此本章对所选作品的故事情节、人物关系、创作背景等仅作简介或略去不谈。另外，村上春树小说现存多个中文译本，关于优劣问题翻译界亦存有争辩，我们于此暂不做深入讨论，由于朱天文是台湾作家，鉴于比较研究的目的，本章选用台湾译本。张诵圣:《朱天文与台湾文化及文学的新动向》，高志仁、黄素卿译，《性别论述与台湾小说》，梅家玲编，麦田出版有限公司 2000 年版，第 323—347 页。张明敏:《村上春树文学在台湾的翻译与文化》，联合文学出版社有限公司 2009 年版。

　　②　王德威（1954—）:《小说中国:晚清到当代的中文小说》，麦田出版有限公司 1993 年版，第 167 页。

为它的无形不可捉摸"，最为"锐利和准确"①。围绕女主角，小说述及了米亚身边许多人、事与物的气味，并常常以这些气味作为区分空间与人物的属性标志。

一　从"安息香"到"迷迭香"：气味、象征与小说主题

从叙述的时间序列上来看，所谓"米亚常常站在她的九楼阳台上观测天象"的"常常"这个当下时间段，既是故事的开始，也是故事的结束，空间设定亦重新回到米亚的"屋里"。小说是以"烧一土撮安息香"② 开篇，最终以"萝丝玛丽，迷迭香"③ 收束，开端结尾之间穿插了众多气味的状写，如作家所言，不同的气味代表着女主角不同时段"当时的心情"，揭示出米亚对自身际遇与周遭环境的不同态度④。假如对文中明显出现过的气味按其所属进行简要归类，我们可大致得出下表，以便观察：

表 8—1

类别	举例	说明	页码
草香	药草茶的薄荷气味	在米亚的楼顶阳台铁皮棚，米亚为老段沏茶的茶香	142
	迷迭香	米亚的九楼屋子	158
花香	繁复香味	宝贝（米亚的女性朋友之一）的花店	151
	荷兰玫瑰的香味	米亚的九楼屋子、浴室	153—154
果香	百香果又酸又甜的甜味	米亚的九楼屋子	154
木香	安息香	米亚的九楼屋子里的焚香而来的熏烟气味	141
	肉桂与姜的气味	米亚的辛辣姜茶与卡帕契诺咖啡	144—145
	乳香	"非中东部跟阿拉伯产的树脂，贵重香料"	145—146

①　朱天文（1956—）：《世纪末的华丽》，INK 印刻出版有限公司 2008 年版，第 141—142 页。

②　朱天文：《世纪末的华丽》，第 141 页。

③　同上书，第 158 页。

④　朱天文：《世纪末的华丽》，第 141 页。张小虹：《城市是件花衣裳》，载《中外文学》2006 年第 34 期，第 176—181 页。

续表

类别	举例	说明	页码
体味	太阳光味道	来自米亚的情人老段。小说中亦说是"白兰洗衣粉晒饱了七月大太阳的味道"	143
	刮胡水和烟的气味	老段体味的补充书写	143
	良人的味道	老段体味的补充书写	143
	冷香	安（米亚的女性朋友之一）的气质感觉	143
	香水气味	宝贝的"爱情的气味"、"陈腐气味"	150
其他气味	湿味	梅雨季节米亚的九楼屋子里的气味	144
	肥香冲鼻臭	宝贝的喜帖味	150
	店铺的气味	巷内小门面精品店	151
	茶咖啡香	宝贝的花店	151
	神秘麝香	宝贝花店对面拉克华	151
	异国奇香	火车途中	155
	圣诞节风味的香钵	米亚亲手制作放在老段工作室	157

从一般的象征意义上说，表 8—1 所列举的草香、花香、果香、木香等均是较为常见的馨香类型，在人类史与文化史中其象征意涵也比较固定。朱天文对这些香气的书写显然有所侧重，写作上的有意经营无疑与小说所要表达的主题关联密切。例如，慨叹女性青春消逝，抒发继之而来的苍凉感，以及面对"年老色衰"的无奈与极度悲伤，是《世》较为明显的主题之一，对此主题的表达，小说至少选用了"迷迭香"、"薄荷"、"安息香"与"乳香"的某些象征意涵。"迷迭香"（rosemary）与"薄荷"（mint）均是古老的永生象征①，植物学上，二者属于薄荷科，最早是来自地中海的香草，在古埃及文明、希腊罗马时代均表征灵魂永驻，因为其阳刚的清香足以掩盖死亡的腐朽味。在中国，《本草拾遗》、《香谱》等古籍对迷迭香也都特别记载，魏文帝曹丕（187—226）有《迷迭香赋》，同时代"建安七子"的王粲（177—217）、陈琳（？—217）、应玚（？—217）均以此为题留有诗篇。"安息香"（benzoin）与"乳香"（frankincense）则是树脂制成的昂贵香料，是由树皮分泌而来的油脂经人

① 奚密（1955—）:《芳香诗学》，联合文学出版社 2005 年版，第 27、44 页。

工方法得到的香脂①。"乳香"具有神性，是古代许多民族祭神、祭祖、安葬等仪式最珍贵的焚香香剂，印度教、瑜伽、佛教、密宗等均使用乳香作为打坐时烧的香，具有平静心情、均匀呼吸、进入空灵之境的作用，除了宗教用途，它亦可制造延缓衰老、祛除皱纹、改善皮肤的药膏②。

然而，像上述这种一般意义上的象征阐释，尽管在《世》一文还可更大范围地从人类学、文化研究角度进行追溯，但我们不打算以此作为我们下文的探究方向，因为，如何在"一般性"之中提取朱天文创作的"个性"或"特殊性"，才是我们研讨的重点。

二 "风干"与"去湿味"的"巫女实验"："干燥花草"嗅觉意象

若将朱天文对植物芳香的直接书写视为嗅觉的显性描摹，那么在《世》还存在一种隐性的气味，这些气味往往是诸多气味的混合气息，并伴随着对"干燥花草"的强调和突出。"干燥花草"意象在小说中多次重复出现，不得不引起我们的重视：

> 米亚的楼顶阳台也有一个这样的棚，倒挂着各种干燥花草。③

> 米亚忧愁她屋里成钵成束的各种干燥花瓣和草茎，老段帮她买了一架除湿机。④

> 米亚恐怕是个巫女。她养满屋子干燥花草，像药坊。⑤

> 的确她（米亚）也努力经营自己的小窝，便在这段日子与那束风干玫瑰建立起患难情结。⑥

---

① 奚密：《芳香诗学》，第 133 页。
② 同上书，第 133—134、140—141 页。
③ 朱天文：《世纪末的华丽》，第 141 页。
④ 同上书，第 144 页。
⑤ 同上书，第 153 页。
⑥ 同上书，第 153—154 页。

　　　　老段初次上来她（米亚）家坐时，桌子尚无，茶咖啡皆无，唯
有五个出色的大垫子扔在房间地上，几捆草花错落吊窗边，一陶钵黄
玫瑰干瓣，一藤盘皱干柠檬皮橙子皮小金橘皮。①

"风干"花草植物以达到"去湿味"的目的，这种意愿与操作过程，是女
主角米亚成长经历中标志其心境逐渐老去的一种暗喻，在情人老段眼里，
米亚好像"巫女"，也恰是由于米亚所进行的各类属花草的干燥"实
验"②，而对米亚来说，所有这些实验，"全部无非是发展她对嗅觉的依
赖"③。关于"实验"的起因，小说是这样解释的:

　　　　所有起因不过是米亚偶然很渴望把荷兰玫瑰的娇粉红和香味永恒
留住，不让盛开，她就从瓶里取出，扎成一束倒悬在窗楣通风处，为
那日日褪暗的颜色感到无奈。④

当目睹这束风干玫瑰"花香日渐枯淡，色泽深深黯去"，直至"变为另外
一种事物"，米亚好奇有没有机会改变这种"宿命"，"好奇心"趋使她
"启始了各类属实验"⑤。从一路追踪观察"满天星"、"矢车菊"、"锦
葵"、"猫薄荷"等干燥花，到制作药草茶、沐浴配备，再到压花、手制
纸，小说至少有两处十分详尽地描写了工序的细节:

　　　　老段……捡给她（米亚）一袋松果松针杉瓣。她用两茶匙肉桂
粉，半匙丁香，桂花，两滴熏衣草油，松油，柠檬油，松果绒翼里加
涂一层松油，与油加利叶扁柏玫瑰花叶天竺葵叶混拌后，缀上晒干的
辣红朝天椒，荆果，日日红，铺置于原木色槽盆里，圣诞节庆风味的
香钵，放在老段工作室。⑥

---

① 　朱天文:《世纪末的华丽》，第 154 页。
② 　同上。
③ 　同上书，第 157 页。
④ 　同上书，第 153 页。
⑤ 　同上书，第 154 页。
⑥ 　同上书，第 157 页。

　　将废纸撕碎泡在水里，待胶质分离后，纸片投入果汁机，浆糊和水一起打成糊状，平摊滤网上压干，放到白棉布间，外面加报纸木板用擀面棒擀净，重物压制数小时，取出滤网，拿熨斗隔着棉布低温整烫一遍。一星期前米亚制出了她的第一张纸笺，即可书写，不欲墨水渗透，涂层明矾水。这星期她把紫红玫瑰花瓣一起加入果汁机打，制出第二张纸。①

圣诞节风味的"干草香钵"与掺入花香、果香的"压干纸笺"，强调的都是混合香气的干燥过程，因此我们认为在《世》众多香气书写里对"干草之味"，即干燥花草混合气味的书写，完全有理由作为核心嗅觉意象进行分析。对此，我们将在后文逐步详述。

第二节　"芳草"之香:从《挪威的森林》到《下午最后一片草坪》

　　相比朱天文《世》对"干草之味"嗅觉意象的经营，村上春树笔下就较少如此集中的嗅觉书写，但"芳草之香"却常常散见于村上春树的许多小说。所谓"芳草"，在村上作品的形象，往往是"草原"、"芒草"、"蔓草"、"草屑"、"草坪"等整体意象，而不是具有个体形式的一花一草，所以，村上春树的"芳草"更接近普普通通的草，"芳草之香"也是普普通通的草香。林少华（1952—）认为，村上小说的艺术魅力恰源自这种"普通"的现实性②。

一　芳草气息与模糊人影

　　《挪》开篇，男主角渡边一度沉浸在 18 年前回忆之中，那是他与第一个恋人直子最后一次见面时，一起于山间草原散步的情形，而芳草的气

---

① 朱天文:《世纪末的华丽》，第 157 页。

② 林少华（1952—）:《村上春树的小说世界及其艺术魅力》，《村上春树和他的作品》，宁夏人民出版社 2004 年版，第 31—32 页。

息正是将其带进宁静平和氛围的媒介：

> ……我仍然还留在那草原上。我嗅着草的气息，用肌肤感觉着风，听鸟啼叫。那是一九六九年秋天，我即将满二十岁的时候。①

当时草原的风光，对 18 年后的渡边来说，"依然能够清楚地回想起"，主人公也"没想到在十八年后竟然还会记得那风景的细部"②：

> 草的气味、微微带着凉意的风，山的棱线、狗的吠声，那些东西首先浮了上来。非常清楚。因为实在太清楚了，甚至令人觉得只要一伸手好像就可以用手指一一触摸得到似的。③

然而，曾经让渡边那么在意的直子以及他自己，却在这片草原上消失无踪，"没有任何人在。直子不在，我也不在"④。渡边"甚至没办法立刻想起直子的脸"，能想起的，"只是没有人影的背景而已"⑤，"就像电影中象征的一幕场景"⑥：风吹草原，"到处摇曳着芒草的穗花"，"连续下了几天的轻柔的细雨"让十月的草原风景带上浓浓草香，只有这个景象在男主角脑海中不断浮现，挥之不去⑦。

　　类似情形，在《下》也以雷同的方式得到了体现。小说讲述主人公"我"凭记忆对 14 或 15 年前发生的事进行追溯，那时"我"刚与女友分手，开始了一段时期帮人家割草的工读生日子。小说详细记述了最后一次的外出工作，"野草的气息"、"干土的气味"、"房间的气味"均给男主角以鲜明的印象，然而小说中提到的两个年轻女性——分手的女友与不在家的少女——却如《挪》的直子一样，成为主人公记忆里极其"模糊"

---

　　①　［日］村上春树（HARUKI Murakami，1949—）：《挪威的森林》，赖明珠（1947—）译，时报文化出版企业股份有限公司 1997 年版，第 8 页。

　　②　［日］村上春树：《挪威的森林》，第 8—9 页。

　　③　同上书，第 9 页。

　　④　同上。

　　⑤　同上。

　　⑥　同上书，第 10 页。

　　⑦　同上书，第 8 页。

的存在：

> 我想起女朋友，并试着去想她穿什么衣服，简直想不起来。我能够想起来有关她的事，都只有模糊的印象。我快想起她的裙子的时候，衬衫就消失了，快要想起帽子的时候，她的脸又变成别的女孩的脸。①

> "她"的存在似乎一点一滴地潜入房间里来，"她"像一团模糊的白影子似的，没有脸、没有手和脚，什么也没有。在光之海所产生的些微扭曲里，她就在那里，……②

由此可见，嗅觉的记忆唤起功能，在村上的创作里，似乎成为对人物形象，特别是年轻女性形象的一种模糊化处理的手段。

二 蔓草遮盖的深井：芳草中的恐怖意象

除了鲜明芳草意象与模糊人物形象的对比式组合，村上春树的小说还有另外一则更为重要的意象组合模式，即蔓草与遮藏其中的深井。"井"在村上春树的作品，经常出现，至于理由，作家自言："我自己也不太明白为什么会怀有兴趣。我想大概是因为地下的世界有某些刺激我的地方吧。"③《挪》对"蔓草/深井"组合有十分具体的描述，借直子之口，小说写道：

> ……她跟我说到原野上井的事。……自从直子告诉我那井的事情之后，我变成没有那井的样子便想不起草原的风景了。实际上眼睛并没有见过的井的样子，在我脑子里却深深烙印在那风景中成为不可分离的一部分。我甚至可以详细地描写那井的样子。井在草原末端开始

---

① [日]村上春树：《下午最后一片草坪》，《开往中国的慢船》，赖明珠译，时报文化出版企业股份有限公司1998年版，第147页。
② 同上书，第148页。
③ 村上春树世界研究会：《村上春树的黄色辞典》，萧秋梅译，生智文化事业有限公司2000年版，第11—13页。

要进入杂木林的正好分界线上。大地洞然张开直径一公尺左右的黑暗洞穴，被草巧妙地覆盖隐藏着。周围既没有木栅，也没有稍微高起的井边石围。只有那张开的洞口而已。围石被风雨侵蚀开始变色成奇怪的白浊色，很多地方已经裂开崩落了。看得见小小的绿色蜥蜴滑溜溜地钻进那样的石头缝隙里去。试着探出身体往那洞穴里窥视也看不见任何东西。我唯一知道的，总之那是深得可怕而已。无法想象的深。而且在那洞里黑暗——好像把全世界的所有各种黑暗都熔煮成一团似的浓密黑暗——塞得满满的。①

草原中这口被蔓草隐没的"野井"，四周没有护栏或石屏，是一个随时可以吞噬生命的"黑洞"，无底的深邃混杂着"浓密黑暗"。井缘的石头、割裂崩塌的痕迹、石头缝隙里飞快进出的绿蜥蜴等共同构成的"深井"意象，使宁静平和的草原带上恐怖的色彩。"井"是女主角直子想象的产物，直子甚至连跌落井底的死亡也描述给渡边：

　　"很惨的死法啊。"她说着，把沾在上衣的草穗用手拂落。"如果就那样脖子骨折断，很干脆地死了还好，万一因为什么原因只有脚扭伤了就一点办法都没有了。尽管大声叫喊，也没有人听见，不可能有谁会发现，周围只有蜈蚣或蜘蛛在爬动着，周围散落着一大堆死在那里的人的白骨，阴暗而潮湿。而上方光线形成的圆圈简直像冬天的月亮一样小小地浮在上面。那样的地方一个人孤伶伶地逐渐慢慢地死去"。②

阴湿井底有蠕动着的"蜈蚣"、"蜘蛛"和散布的死人"白骨"，村上春树何以要在记忆中的芳草图画里添加恐怖的"深井"意象，以及这则恐怖意象与芳草之香的关联何在，不能不引起我们的思考。

---

① 　[日] 村上春树：《挪威的森林》，第10—11页。
② 　同上书，第11—12页。

第三节　迷宫叙事与嗅觉之旅：
从深井原型到气味差异

　　仅仅发掘气味在记忆中的呈现以及与记忆力的互动，并不完备，对作家想象模式的揭示，才是我们研究预设的目标。村上春树将"深井"与"芳草"并置，显然是十分特殊的文学想象，我们认为，这一意象搭配，并非《挪》独有的书写方式，《下》里也可从此模式入手分析。本节尝试从深井原型谈起，进而论述迷宫叙事在村上春树和朱天文笔下的显现，揭示两位作家同中有异的想象模式，尤其关注嗅觉书写在小说家想象力展现过程的重要作用。

一　两例"深井"意象

　　上文提到《挪》中的"深井"，从小说细节上考虑，它属于枯井意象，这与一般意义上的"井"（well）应加以区别。比德曼（Hans Biedermann, 1930—）《世界文化象征辞典》（*Dictionary of Symbolism*）指出，通常的"井"皆位于有泉水的地方，泉水则往往象征着"具有神秘威力的'深处的水'"，而史前传统中，来自地下的水具有疗病作用，这深刻影响了后来的基督教神学观念，非基督教传统也有"青春泉"的传说，以及与象征意义紧密关联的"净身沐浴"习俗①。同时，比德曼亦写道，与这种"井"相对立的，是"《启示录》第9章里的'无底洞'：火和硫磺从中喷涌而出，战败的魔鬼被囚禁其中，达一千年之久"②。不论是"井"，抑或"无底洞"，均可被视为通往地下世界的道路③。

　　村上笔下掩藏在芳草中的枯井，既非严格意义上的"接通生命之泉的井"，因为并没有那种具备起死回生作用或象征轮回的"水"意象，另一方面，亦非"喷涌火焰的无底洞"，它虽然吞噬生命，却也阴湿寒冷，

---

　　① ［德］比德曼（Hans Biedermann, 1930—）：《世界文化象征辞典》（*Dictionary of Symbolism*），刘玉红、谢世坚、蔡马兰译，漓江出版社 2000 年版，第 158 页。

　　② 同上书，第 158—159 页。

　　③ 同上书，第 53、158 页。

生命在那里，只能"一个人孤伶伶地逐渐慢慢地死去"①。应该说，这是一个介于"井"与"洞穴"（caves）两则原型意象之间的"地穴"意象，它既有"井"的垂直向下的特征，又具备"洞穴"的黑暗寓意②。因此，我们希望以"黑色深井"对村上小说的这一类意象加以指称，并据此审视这一意象在《下》里的体现。进一步地，我们也将揭示朱天文《世》的"蓝色深井"意象，从而进行比较分析。

（1）村上春树的"黑色深井"："大地子宫—恐怖女性"二元组合

"黑色深井"在《挪》中，突显为垂直向下的地穴形象，前面已对此做了初步阐明。而在《下》一文，情况就稍微复杂一些，但也更具原型解析的价值。目前已有论者留意到《下》"井"的隐喻，可惜尚欠缺更加深入的研究③。我们发现，《下》中那栋低矮的"古老房子"，以及"走廊—楼梯—阁楼房屋"的一系列空间意象，确实可以构成负面"大地子宫"的恐怖形象，而房屋女主人——一个"块头大得可怕的"中年女人——又以"恐怖女性"（terrible female）的无意识象征加强了我们对此的论断。

首先，所谓负面"大地子宫"意象，从神话与原型批评观点来看，在一切人群、时代和国家的传说与童话故事中，多表现为"地下致命的、吞噬的大口"、"地洞与山涧"、"深藏的暗穴"，等同于"地狱的深渊"、"坟墓和死亡吞噬的子宫"，其中"没有光明、一片空虚"④。人类对这类意象的心理积淀，必然是负面的、恐怖的，且看《下》的空间书写，时常可见对黑暗与可怕氛围的描摹：

> 我在门口停下莱特班，按了门铃，没回答，周围静得可怕，连个人影也没有。⑤

---

① ［日］村上春树:《挪威的森林》，第12页。

② ［德］比德曼:《世界文化象征辞典》，第54页。

③ 张羽:《〈下午最后的草坪〉:井的深处·冰样的清风》，《相约挪威的森林:村上春树的世界》，雷世文主编，华夏出版社2005年版，第183—188页。

④ ［德］诺伊曼（Erich Neumann, 1905—1960）:《大母神:原型分析》（Great Mother : An Analysis of the Archetype），李以洪译，东方出版社1998年版，第149页。

⑤ ［日］村上春树:《下午最后一片草坪》，第132页。

屋子里依然静悄悄的，从夏天午后阳光的洪水里突然进入室内，眼睑深处扎扎地痛，屋子里像用水溶化过似的漂浮着淡淡的阴影，好像从几十年前就开始在这里住定了似的阴影，并不怎么特别暗，只是淡淡的暗。①

走廊装有几扇窗，但光线却被邻家的石墙和长得过高的榉树枝叶遮住了。……走廊尽头是楼梯，她往后看看，确定我跟过来之后开始上楼梯，她每上一级，旧木板就发出咯吱咯吱的声音②

我们进到房间里，里面黑漆漆的，空气好闷，一股热气闷在里面，从密闭的遮雨窗板的缝隙，透进几丝银纸般扁平的光线，什么也看不见，只看见一闪一闪的灰尘浮在空中而已。③

另外，配合这栋"古老房屋"的可怖意象，小说还安插了"中年女主人"这一角色，用以强化无意识中令人恐惧的方面。年龄上来说，这个女人"恐怕有五十左右了"，外貌上来说，"块头大得可怕"，跟庭院中的"樟树"一样，与"个子虽然绝对不算小"的男主角比起来，"还高出三公分"，"肩膀也宽，看起来简直像在生什么气似的"④。《下》多次重复她的"两根粗壮的手臂"、"她的手比我的手还大……手指是粗的"、"打着呵欠"、打嗝、不停地抽烟喝酒等细节⑤，她给男主角的第一印象，就"不是那种令人产生好感的类型"，"浓眉方颚，说出去的话不太会收回来的那种略带压迫感的典型"⑥。除了年龄与外貌，或许更重要的，恰是这个"大块头中年女人"作为阴暗房子女主人的身份，并且正是她，引领男主角从"门口"到"玄关"、再经过"走廊"、"楼梯"最后到"二楼房间"，步步深入"古老房屋"的内部，牵引主人公"没来由的悲伤"与

---

① ［日］村上春树：《下午最后一片草坪》，第 142 页。
② 同上书，第 142—143 页。
③ 同上书，第 143 页。
④ 同上书，第 132、136 页。
⑤ 同上书，第 133、139 页。
⑥ 同上书，第 132—133 页。

"心头沉甸甸"的感触①。

通过上述引证,不论是"古老房子"还是"大块头中年女人",无疑都与"子宫"的正面象征意涵,即"正面女性特质"或"包容的母性空间"格格不入②,作为恐怖心理幻象的"地穴",也指示出与代表生育繁衍的"善良母神"(good mother)截然相反的"恐怖母神(terrible mother)的死亡子宫"意象③,这是对大地母亲(earth mother)否定方面的一种展现:万物在大地中腐朽,地女神原本即是"人类尸体的吞食者"和"坟墓的女主人和主妇"④。古印度文化中,对恐怖母神的经验,借由一例十分夸张的组合形式表达出来,便是"骷髅屋"与"佩戴骨环的骷髅屋女主人"迦梨(Kali)女神,她是"黑色"的代名词,可以"吞噬一切的时间"⑤。《下》的"古老房子"与独居其中的"大块头中年女人",或许正展现了这样一种原型组合模式。

(2)朱天文的"蓝色深井":"湖泊—无底洞—蓝色"三位一体链接

与村上春树"黑色深井"的"大地子宫—恐怖女性"二元组合不同,在《世》一文,我们看到了另外一种"深井"形象。有别于村上的"枯井",朱天文笔下的呈现,似乎更接近比德曼所指出的那种与"水"相关的一般意义上的深井原型:

> 云堡拆散,露出埃及蓝湖泊。萝丝玛丽,迷迭香。……年老色衰,米亚有好手艺足以养活。湖泊幽邃无底洞之蓝告诉她,有一天男人用理论与制度建立起的世界会倒塌,她将以嗅觉和颜色的记忆存

---

① [日]村上春树:《下午最后一片草坪》,第146页。

② [日]小森阳一(KOMORI Yōichi, 1953—):《村上春树论:精读〈海边的卡夫卡〉》,秦刚(1968—)译,新星出版社2007年版,第37—39页。

③ [德]诺伊曼:《大母神:原型分析》,第172,第179页。

④ Wilfred L. Guerin, *A Handbook of Critical Approaches to Literature* (New York: Oxford UP, 2005) 187. [德]诺伊曼:《大母神:原型分析》,第163页。

⑤ 印度神话中,黑神迦梨(Kali)是残暴女神,她青面獠牙,狰狞恐怖,四只手中的一只拎着滴血的巨人人头。她的耳环由小孩做成,项链由骷髅、蛇和她儿子们的头穿成,腰带由魔鬼的手结成。她是湿婆(Shiva)配偶德维(Deva)的一个化身。迦梨在漆黑的裸体上套上首骸,作为对西瓦(Siva)尸体的炫耀,以称职于地狱的判官。[英]艾恩斯(Veronica Ions):《神话的历史》(*History of Mythology*),杜文燕译,希望出版社2003年版,第54—55页。

活，从这里并予之重建。①

"湖泊—无底洞—蓝色"三位一体的链接，构成了朱天文"蓝色深井"意象，女主角米亚年华逝去，渐渐变作"年老色衰"的女人，"井"（这里以湖泊形式出现，亦属于神秘地下之水的一个变体）的原型治愈作用，使"蓝色深井"接近前文提到的"青春泉"意涵。但仅仅将其视作女性青春眷恋的叹老体现，远远不够，深层次来说，它更像是主角米亚女性意识觉醒的一个标志。

《世》中，"云堡"与"蓝湖泊"共筑了天空意象，但二者之间，是遮蔽与被遮蔽的关系。"云堡"暗喻"男人用理论与制度建立起的世界"，"蓝湖泊"则代表了某种有待"重建"的女性意识，"云堡"若不"拆散"，"蓝湖泊"便难以"露出"，这或许就是"米亚常常站在她的九楼阳台上观测天象"② 所悟出的道理。朱天文在《世》结尾安插"云堡"及"蓝湖泊"两例暗喻，彰显出米亚这一人物形象女性意识的觉醒，米亚用一系列"巫女实验"实践她的"解构—建构"策略："以嗅觉和颜色的记忆存活"，将倒塌的世界加以重建。然而，必须指出，就像众多女性意识觉醒者一样，《世》表现出的米亚的女权精神也面临重大的困境，简言之，就是处于"女性激进主义"与"女性自由主义"的裂缝之中③：一方面，她们坚持自己的"革命者"身份，诚如女权主义第二浪潮旗手米利特（Kate Milett，1934—）主张，父权制形成的根源，在于男性长期而普遍地控制了公众领域和私人领域，因此解放妇女，必须通过彻底的革命根除男性统治④；另一方面，却又站在自由主义立场上，迷恋"改良者"的角色，质疑如何确保性别评价的公正性，不致使得"解构—建构"策略演化为一半对另一半的极端行径⑤。因此，在反叛男性对于女性的界

① 朱天文：《世纪末的华丽》，第 158 页。

② 同上书，第 141 页。

③ ［美］童（Rosemarie Putnam Tong）：《女性主义思潮导论》（*Feminist Thought：A More Comprehensive Introduction*），艾晓明等译，华中师范大学出版社 2002 年版，第 68 页。

④ ［美］米利特（Kate Milett，1934—）：《性的政治》（*Sexual Politics*），钟良明译，社会科学文献出版社 1999 年版，第 36—39，84—88 页。

⑤ 刘小莉：《女性主义的解构策略何以可能？》，《中国女性主义》，荒林主编，广西师范大学出版社 2005 年版，第 93 页。

说、进而探索女性的真谛和出路时，难免矛盾重重：预设男性整体的堕落，从对立面发起攻击，实质是否定了现存的这个由男权建立起来的社会，无异于否定自身；但如果以女性的个体身份一味强调"分离"，使自己与社会完全隔绝，那么女性势必难以作为一个群体站在同一阵线，妇女解放便流于空谈①。

　　当然，米亚的觉醒未必能够达到上述层面的自我认知高度，这就更加导致了她的孤寂与痛苦，尽管在"以女性的经济上的机会和公民自由为妇女充分解放的必由之路"② 上，她是一个成功的个体，但"不拿老段的钱"、"有好手艺足以养活"③ 却最终成为米亚进行自我隔离的条件和借口。米亚抛弃家人关怀，"逃开大姐职业妇女双薪家庭生活和妈妈的监束"，也"绝不要爱情，爱情太无聊只会使人沉沦"④，所以同龄的男性朋友，像杨格、欧、蚂蚁、小凯、袁氏兄弟等，她最终也是一个都不爱。米亚选择与"已婚男人"老段在一起，却又绝非为了"做情人们该做的爱情事"，小说写道：

　　　　他们过分耽美，在漫长的赏叹过程中耗尽精力，或被异象震慑得心神俱裂，往往竟无法做情人们该做的爱情事。⑤

米亚也明白老段的年龄"会比较早死"，"她比老段大儿子大两岁。二儿子维维她见过，像母亲。她会看到维维的孩子成家立业生出下一代，而老段也许看不到"，所以米亚决定"必须独立于感情之外，从现在就要开始练习"⑥。这里，尤其需要强调的是，作为女性，米亚并没有将希望寄托在女性群体认同上，她既无意遵循妈妈的传统道德规范，也不赞许大姐的职业妇女双薪家庭生活，而又有别于身边安、乔伊、婉玉、宝贝、克丽丝

　　① 陈晓兰 (1963—)：《关于女性主义批评的反思》，载《兰州大学学报》1999 年第 2 期，第 167—172 页。刘小莉：《女性主义的解构策略何以可能?》，第 92—94 页。

　　② 刘小莉：《女性主义的解构策略何以可能?》，第 93 页。

　　③ 朱天文：《世纪末的华丽》，第 143—144、158 页。

　　④ 同上书，第 153 页。

　　⑤ 同上书，第 142 页。

　　⑥ 同上书，第 156—157 页。

汀、小葛等一众"女朋友们"。威顿（Chris Weedon，1952—）等学者曾指出，从 20 世纪末开始，女权主义理论正逐渐从追求男女平等转向强调妇女之间的差异性和差异的复杂性，质疑以往那种一统性的"正宗的（authentic）女性主体意识"同时，积极发掘女性主体意识的多元性和不断变化性①，米亚的特立独行或许恰好展现出这种后现代多元性差异②。

二 两套"迷宫"叙事

米亚决意自我隔离，实际上仍是处于进退维谷间隙中的无奈选择。小说末尾的细节颇具启发意义：米亚意识到应该"独立于感情之外"，是"城市天际在线堆出的云堡告诉她"的③，而世界的"倒塌"与"重建"，却是"湖泊幽邃无底洞之蓝告诉她"的④，这很大程度上揭示出米亚"自我隔离"所蕴含的两难迷途喻义。

1. 深陷"Maze"：困局中的迷宫探行者

其一，既然"云堡"作为男权社会的暗喻，那么"云堡告诉她"无疑表明，女性在男权社会惯例的控制作用下，根本没有多少选择的余地，以个体身份使自己与社会隔绝便成了一条宿命式的路途。就像小说所言，貌似"米亚愿意这样，选择了这种生活方式"，其实"开始也不是要这样的，但是到后来就变成唯一的选择"⑤。其二，"蓝色"又给米亚带来启示，生活在自己的世界里，不在乎外界想法，但必须"随着自我找寻的个性，依照自己的规矩寻求自己完美的路径"，走出"一条特立独行的路"⑥。米亚无法抗拒神秘而梦幻的"埃及蓝"诱惑，古代埃及的深蓝色，"尼罗河源头的守护神"之色，产生永恒的、生命的、轮回的感觉，带来

---

① Chris Weedon（1952—），*Feminist Practice and Poststructuralist Theory*（Oxford：Blackwell，1987）102—107.

② 苏红军：《成熟的困惑：评 20 世纪末期西方女权主义理论上的三个重要转变》，《西方后学语境中的女权主义》，广西师范大学出版社 2006 年版，第 36—37 页。

③ 朱天文：《世纪末的华丽》，第 157 页。

④ 同上书，第 158 页。

⑤ 同上书，第 142 页。

⑥ 张志雄：《生命的密码，色彩知道》，人本自然文化事业有限公司 2005 年版，第 129 页。

冷漠的气质①。当今许多色彩理论或色彩心理学理论大都认为，蓝色是追求完美的颜色，具有完美主义者的性质，"有宁为玉碎，不为瓦全的执着"。而当"完美"不存在于现实中时，蓝色便"发展出筑梦的个性"，为了"找寻一个永恒的梦，即使路程孤独坎坷也甘之如饴，绝不后悔"②。小说使用"蓝色"作为"深井"意象主导色，配合米亚的自我独立和自我隔绝，或许亦可得到解释。由此可见，与其说米亚的女性意识有所觉醒，倒不如说是徘徊在半梦半醒的状态，表面特立独行的她，实则依然深陷充满矛盾的局面，借用法国学者阿达利（Jacques Attali，1943—）在《智慧之路：论迷宫》（Chemins de Sagesse：Traité du Labyrinthe）一书的术语，女性自身意识与周围的社会文化为米亚编织了一座"难以穿越的迷宫（maze）"③，并将其困身于内。

迷宫本身可被视为一种最古老的原型及象征，是"集体想象"的产物，是人类集体无意识的表现，"迷宫绝非局部现象"，它具有原型的力量和价值，它不独属于一种文化、一个地域，"早在数千年前人们就已在世界各地……发现了出奇相似的迷宫草图"④。现实世界里，迷宫是使人们得以拥有直接领悟的原型之一，因为人们可以切身行走在迷宫里面，但它更是精神上的历程，以"隐喻与符号作为转变的锁钥"⑤，包含了从外部可见层面开始，最终到达内部不可见层面或内在核心的运动与过程，同时也包括了这样的从外到内以及从内到外的循环⑥。"难以穿越的迷宫"也被阿达利称作"走不出的迷宫"，这类迷宫所挑战的，是人们"要做抉

① ［德］布拉尔姆（Harald Bream，1944—）：《色彩的魔力》（The Colour's Magic），陈兆译，安徽人民出版社2003年版，第35、45—50页。

② 张志雄：《生命的密码，色彩知道》，第130页。

③ ［法］阿达利（Jacques Attali，1943—）：《智慧之路：论迷宫》（Chemins de Sagesse：Traité du Labyrinthe），邱海婴译，商务印书馆1999年版，第18页。

④ ［法］阿达利：《智慧之路：论迷宫》，第14、26、37页。郑振伟：《诗歌和迷宫：黄国彬的诗歌创作》，载《华文文学》2001年第1期，第30—39页。

⑤ ［美］艾翠丝（Lauren Artress）：《迷宫中的冥想：西方灵修传统再发现》（Walking a Sacred Path：Rediscovering the Labyrinth as a Spiritual tool），赵闵文译，商业周刊出版股份有限公司1999年版，第216—218页。

⑥ 申荷永（1959—）：《心理分析：理解与体验》，生活·读书·新知三联书店2004年版，第297页。

择的部分"①。可以说，它是宇宙与世界轨道的抽象，是"错综复杂"、
"黑暗所在"与"无规则性"之极致的代名词②。身处其中的行进者，必
将遇到许多绕到死胡同的回环歧路，他们随时都会迷路，甚至面临根本找
不到迷宫的中心和出口的危险。这种行进者被称为"迷宫探行者"（maze
traders），他们置身迷宫之中，对道路的情况模糊不清，不知其复杂性，
只有在前进中才逐步领悟，茫然无知与迷惘的感受无时无刻不伴其左
右③。米亚就是这样一个陷落在青春迷惘、流行文化、大众时尚、商品拜
物所组建的现代迷宫中的"迷宫探行者"，而 90 年代台湾社会政治图腾、
价值观念、道德操守的急剧转化，更加深了这座"难以穿越的迷宫"之
复杂多变④。年轻时代的米亚，曾经"立志奔赴前程不择手段"，"物质女
郎"，追逐时尚，"拜物，拜金，青春绮貌"，"崇拜自己姣好的身体"，沉
溺于和男朋友们的游戏之中，"不知老之降至"⑤。环绕在米亚周遭的是数
之不尽的多元时装风潮，是快速堆积与倾覆的流行商业品牌，是服食
"大麻"与"符片"等毒品、药物之后的"激亢癫笑不止"⑥。米亚所见
世纪末台北市之华丽，便是这样一幅声光绚烂、颓废享乐、目眩神迷的浮
世绘。阿达利说，"从古代起，城市就是迷宫中的迷宫"⑦，《世》中的台
北意象，完全就是一个迷宫的缩影和喻象，小说如是对其描绘：

> 终于，看哪，……前方山谷浮升出一横座海市蜃楼。云气是镜
> 幕，反照着深夜黎明前台北盆地的不知何处，幽玄城堡，轮廓
> 历历。⑧

米亚于山顶"气象观测台"鸟瞰台北，说它像"海市蜃楼"、"幽玄城

---

① ［美］艾翠丝：《迷宫中的冥想：西方灵修传统再发现》，第 89 页。
② ［法］阿达利：《智慧之路：论迷宫》，第 17 页。
③ 同上书，第 17—18 页。
④ 黄文成：《感官的魅惑与权力的重塑：台湾九〇年代女性嗅觉小说书写探析》，载《文学新论》2007 年第 6 期，第 77 页。
⑤ 朱天文：《世纪末的华丽》，第 147—148 页。
⑥ 同上书，第 147 页。
⑦ ［法］阿达利：《智慧之路：论迷宫》，第 90 页。
⑧ 朱天文：《世纪末的华丽》，第 147 页。

堡"，具有很明确的迷宫所指。米亚曾一度尝试摆脱这座迷宫，找寻出路，她毅然"提了背包离家"，"买了票随便登上一列火车"往南行，但"愈往南走，陌生直如异国，树景皆非她惯见"，在台中，她下车，"逛到黄昏跳上一部公路局"，"外星人"的感触趋使她"跑下车过马路找到站牌，等回程车"，踏出台北市只有一天，"米亚已等不及要回去那个声色犬马的家城"①。米亚的这次尝试以失败告终，却让她发觉了自己所在的这座迷宫的双重辩证性：世纪末台北的华丽既是囚禁她的监牢，又是护卫她的乡土。迷宫作为监狱的最原始形式，触及人类史的一项基本主题，即"监狱是一种保护"②。对米亚来说，"离城独处，她会失根而萎"，她熟悉的是"雪亮花房般大窗景的新光百货"、"塞满骑楼底下的服饰摊"、"樟树槭树荫隙里各种明度灯色的商店"以及"空中大霓虹桥"，回到台北，"米亚如鱼得水又活回来了"。相比这座迷宫以外的"异国"，"台北米兰巴黎伦敦东京纽约结成的城市邦联""才是她的乡土"，米亚"生活之中，习其礼俗，游其艺技，润其风华，成其大器"③。

2. 出入"Labyrinth"：单向道上的迷宫视图者

迷宫作为米亚生活经历和生存环境的隐喻，确实令我们体会到今时今日的迷宫"无处不有。可以想象的迷宫图像的数量是无限的"④。而不应忘记，与"走不出的迷宫"相对的，还有另外一种迷宫，即"走得出的迷宫"（labyrinth），它往往是一条单一的路线，只要有耐心探索路径，就必能穿越。这条明确的单向道通往一个出口或一个中心，它引导人们"走进中心，接着再走出来；无须任何谋略与巧思，人们在里面不会遇到死巷，也不会看到任何交错的路线"⑤。下面，让我们来审视村上春树《下》中，男主角出入这类迷宫，也就是深入那栋"古老房屋"内部再从中出来的经历。村上作品评论家岑朗天（1965—）曾以"有入口，便有

①　朱天文：《世纪末的华丽》，第155页。

②　[法] 阿达利：《智慧之路：论迷宫》，第12页。

③　朱天文：《世纪末的华丽》，第155页。李晨：《从"伊甸"到"风尘"：朱天文创作的文学地景转变》，《青年文学会议论文集：台湾作家的地理书写与文学体验》，台湾文学馆筹备处2007年版，第456—458页。

④　[法] 阿达利：《智慧之路：论迷宫》，第17页。

⑤　[美] 艾翠丝：《迷宫中的冥想：西方灵修传统再发现》，第88—90页。[法] 阿达利：《智慧之路：论迷宫》，第17页。

出口"定位村上春树的"后虚无主义"①，这里，我们打算配合阿达利的出入迷宫四环节，与小说中的描写一一对应，探讨主人公是如何从入口开始，最后走到迷宫出口的。

首先是"接近迷宫"，即阿达利所说的"站在迷宫的入口处，黑洞洞的豁口前"，这时的所见，往往只是一条"充满陷阱、没有出路的隧道"②。《下》中迷宫"入口"的标志，准确地说，就是那扇"玄关的门"：

> 按了第三次铃以后，玄关的门终于慢慢打开，出现一个中年女人③。

在这扇门打开之前，小说着实花费了一定笔墨描述迷宫外部景观：房子周围的寂静、房子的小巧精致、法国式砌砖围墙、玫瑰花绿篱等，而处于"玄关"的位置，男主角并没有立即开始迷宫之旅，却是"绕到院子里"看草坪以及割草坪，真正开始"进入迷宫"的第二环节，是从"走廊"起始的。前文我们曾说到"古老房屋"内部的恐怖气氛，主要也是集中由"走廊"范围才出现，这时，小说又一次提到了房屋女主人的引导作用：

> 不过我没有犹豫的余地，她已经拔脚走开，也不回头看我，我没办法只好跟在她后面走。……"在这边。"她说着，往笔直的走廊吧哒吧哒地走过去④。

"进入迷宫"后，紧接着便是第三环节"探游迷宫"。阿达利说，"在有些迷宫探游中，我们完全是由别人引导的"⑤，确实，"走廊"尽头是"楼

---

① 岑朗天（1965— ）：《村上春树与后续无年代：影子、流浪者》，书林出版有限公司 2005 年版，第 90—117 页。
② ［法］阿达利：《智慧之路：论迷宫》，第 110 页。
③ ［日］村上春树：《下午最后一片草坪》，第 132 页。
④ 同上书，第 142 页。
⑤ ［法］阿达利：《智慧之路：论迷宫》，第 72 页。

梯", 作为迷宫引导者, 那个"大块头中年女人""往后看看, 确定我跟过来之后开始上楼梯"①, 把迷宫内部的情形逐渐显露在男主人公眼前:

> 二楼只有两个房间, 一间是储藏室, 另一间是正规的房间。她……从洋装口袋掏出一串钥匙, 发出很大的声音把门锁打开。……"进来吧。"她说。②

这间"典型十几岁 Teenager 少女的房间"正是迷宫的中心所在, 原本是"一股闷气在里面"、"黑漆漆的"、"什么也看不见", 后来中年女人引领男主角到来, 便"把窗帘拉开, 打开玻璃窗, 又再咯啦咯啦地拉开遮雨板。眩眼的阳光和凉快的南风刹那间溢满整个房间"③。女主角曾对男主角说:"有一点东西想请你看一下"④, 所看的东西其实就是这个房间, 这个迷宫的中心。小说进而十分细致地叙述了房间中的书桌、小床、床单、枕头、毛毯、衣柜、化妆台、化妆品、梳子、小剪刀、口红、粉盒、笔记本、字典、笔盘、橡皮擦、闹钟、台灯、书籍、玻璃纸镇、墙上月历, 以及衣橱里面挂着的和放在三格抽屉的衣裤、衬衫、皮包、手帕、手镯、帽子和内衣、袜子等等, 房间"朴素"、"清爽"、"很棒"、"一切都那么清洁而整齐"⑤, 这是男主角的第一感觉, 但很快他亦意识到一种负罪感, 认为"在一个女孩子不在的房间里, 这样翻箱倒柜地乱翻——就算得到她母亲的许可——总觉得不是一件正当的行为"⑥。经历了迷宫中的探游, 最后一个环节就是"走出迷宫", 《下》对此的书写尽管十分简练, 却突出强调了一点, 即原路返回的循环:

> 我们又走下同一个楼梯, 回到同一个走廊, 走出玄关。走廊和玄

---

① [日] 村上春树:《下午最后一片草坪》, 第 142 页。
② 同上书, 第 143 页。
③ 同上。
④ 同上书, 第 142 页。
⑤ 同上书, 第 143—146 页。
⑥ 同上书, 第 146 页。

关跟刚才走过时一样凉飕飕的，被包围在黑暗里。①

"接近迷宫"、"进入迷宫"、"探游迷宫"、"走出迷宫"，四个环节在《下》一文，的确可以找到相当明显的对应，面对"古老房屋"这例迷宫意象，男主角完成了从其外部到达内部中心，再原路返回的运动过程，是一个由外到内，跟着又由内到外的循环轨迹。与"迷宫探行者"相比，《下》的男主角或者更近似"迷宫视图者"（labyrinth viewers），因为即便他之前没有来过这座"古老房屋"，但门、玄关、走廊、楼梯、二楼房间等仍是十分常见的日本式房屋建构布局，按阿达利的观点，男主角"一开始便对其复杂性一目了然"，理应"体会不到丝毫茫然无知与迷惘的感受"②。

三　两种"气味"差异

但《下》的男主角在探游"古老房屋"这座迷宫时，果真没有一丝迷惑感触吗？情况似乎不能如是简单化定论，前文提及男主角所意识到的负罪感和心头沉甸甸的、没来由的悲伤，无不说明，在经历了这一次迷宫之旅，其内心发生的某种变化。村上春树实则是将"迷宫探行者"的心态附加了一个"迷宫视图者"的身上，某种程度地，这是对传统的两套迷宫叙事模式的颠覆，而这种颠覆效果，正是利用迷宫内外的气味对比得到了恰如其分的表现。

1. 旧生活的气味 VS 芳草之香

"古老房屋"的气味是什么？小说给出相当明确的描摹：

走廊有各种气味，每一种气味都似曾相识，这是时间生出来的气味。由时间所产生，而有一天也将由时间抹消的气味。旧衣服、旧家具、旧书、旧生活的气味。③

---

① ［日］村上春树：《下午最后一片草坪》，第 149 页。
② ［法］阿达利：《智慧之路：论迷宫》，第 18 页。
③ ［日］村上春树：《下午最后一片草坪》，第 142 页。

在男主角"接近迷宫"的环节，小说其实已然有所揭示这座老旧房屋所代表的"建筑物的存在感"散发的"生活的气息"①。这种生活的气息透露出的陈腐的旧生活之味，若与村上笔下那些吞噬生命的黑色深井意象相配合，我们便不难领略吞噬年轻生命的，或许就是一口时间的深井。关于《下》中不在场的少女，男主角很肯定她处在"光之海所产生的些微扭曲"里，"她就在那里"，却"没有脸、没有手和脚，什么也没有"②。这个"光之海"的"些微扭曲"，正象征着时间长河中的小小的漩涡，它的引力足以把"一个感觉满好而规规矩矩的女孩子"扯入其中，而这个女孩儿就是那种普普通通、随处可见的女孩，"不大会强迫别人但是个性也不弱"、"朋友不是很多，不过感情很好"，但在时间的深井中，"她对很多事情都不太容易适应。不管是自己的身体、自己所追求的东西，或别人所要求的东西"③。在迷宫的中心——这个女孩儿的房间——男主角对他的这些发现感到十分迷惑：

> 我搞不清楚。我知道我说的是什么意思，可是我搞不清楚这能指谁或谁。我觉得非常累、而且困。如果能就这样睡着的话，或许很多事情就能搞清楚了吧。可是就算很多事情搞清楚了，却不觉得有什么轻松。④

迷惑、困倦、压抑感，可以说，这些自从男主角进入迷宫，就一直未曾离开过他，"天气热得我头有点迷糊"⑤、"一直盯着墙壁看时，竟感觉墙壁的上方像要倒到眼前来似的"⑥、"我有点迷惑不解"⑦……这一切均可视为迷宫心境的表现。而一旦走出迷宫，或是立足迷宫之外，男主角顿时便有全然不同的感受，当他在女主人的带领下原路返回，在门口告别时，小

---

① ［日］村上春树：《下午最后一片草坪》，第132页。
② 同上书，第148页。
③ 同上。
④ 同上书，第148—149页。
⑤ 同上书，第142页。
⑥ 同上书，第144页。
⑦ 同上书，第146页。

说写道:

> 我在玄关穿上网球鞋打开门时，真是松了一口气。阳光洒满我周
> 围，风里带着绿的气息。①

"绿的气息"便是我们前文提到的"芳草之香"嗅觉意象，在村上笔下，
野草的气息、蔓草的气味、草坪的味道等皆是它的变体。前文，我们曾分
析《世》米亚摆脱迷宫束缚的一次失败尝试：逃离台北的一次远行。在
《下》，我们同样也看到了小说男主人公的远行，即赴远郊最后一次剪草
坪工作。但他的远行不是逃离迷宫，反而是"接近迷宫"的序幕。男主
角"喜欢到远一点的地方"，"喜欢到远一点的庭院，去割远一点的草"，
"喜欢到远一点的路上，去看远一点的风景"，尽管小说讲这"并没有什
么特别的理由"，但越远离市中心，"风变得越凉快，绿色变得更鲜明，
野草的气息和干土的气味越来越强烈"②。可见，老房屋里"旧生活的气
味"与"芳草之香"所形成的鲜明嗅觉对比，是迷宫内外对比的一种指
示，这也正是我们所谓嗅觉之旅与迷宫叙事密切关联的表现。

2. 干草之味→太阳光味道

依循上述思路，针对《世》的研讨，我们曾在小说众多的气味书写
中提炼出"干燥花草"嗅觉意象，并指明米亚不厌其烦、不断操作的那
些"风干"与"去湿味"的"巫女实验"，从迷宫论角度，完全可视之
为女主角试图走出迷宫的第二次尝试。我们说，第一次以失败而告终的远
行，使米亚意识到，台北是座保护她的迷宫，它声色绚烂且华丽，时尚与
潮流的气息是她再熟悉不过的。离开台北一日，最先令她发觉不适应的，
便是某种不知名的异国的"奇香"：

> 车开往一个叫太平乡的方向，愈走天愈暗，刮来奇香，好荒凉的
> 异国。③

---

① ［日］村上春树:《下午最后一片草坪》，第149—150页。
② 同上书，第130页。
③ 朱天文:《世纪末的华丽》，第155页。

对于迷宫外的这种气味，米亚无法忍受，她返回迷宫之内，退守到自己的小天地：她"自己的小窝"，"自己这间顶楼有铁皮篷阳台的屋子"①，米亚开始在其中制造属于自己的气味，于是进行各类属花草的干燥实验。之前我们认为，这种"以嗅觉和颜色的记忆存活"的"解构—建构"策略，本质上并不能达成对男性世界的彻底瓦解，因而导致米亚更深层次的困惑与迷茫，以及身处困境难以自拔。从嗅觉书写的角度，此处恰好有一例代表男性世界的气味意象：老段身上的"太阳光味道"，而它正是米亚不论如何努力都无法企及和人为制造出来的。

　　二十岁时，"米亚便不想玩了"②，正是此时她遇到老段，"老段使米亚沉静"③。米亚被老段身上的两个特点所吸引，第一是代表成熟男性的"浪漫灰"，第二是"良人的味道"。相比之下，后者更为关键，因为"五十岁男人"普遍具有的这种"风霜之灰，练达之灰"，是普遍意义上的"唤起少女浪漫恋情"，而老段身上独有的气味，却是特别地被"很早已脱离童骏"的米亚所识别④：

　　　　……嗅觉，她闻见是只有老段独有的太阳光味道。……一股白兰洗衣粉洗过晒饱了七月大太阳的味道。……良人的味道。那还掺入刮胡水和烟的气味，就是老段。⑤

"太阳光味道"是米亚自幼便曾接触到的，在她幼小心智中，这种气味又与男权社会不能违逆的"禁忌"紧密相连：

　　　　妈妈把一家人的衣服整齐叠好收藏，女人衣物绝对不能放在男人的上面，一如坚持男人衣物晒在女人的前面。她公开反抗禁忌，幼小心智很想试测会不会有天灾降临。⑥

---

①　朱天文：《世纪末的华丽》，第153—154、157页。
②　同上书，第149页。
③　同上书，第152页。
④　同上书，第143页。
⑤　同上。
⑥　同上。

老段是个集父亲与情人于一体的男性人物形象，米亚"稚龄也够做他女儿"①，他身上的"太阳光味道"既是天空的气味也是男人的气味。天空本身就是一种传统的"男性—父亲"象征②，《世》中多次重复米亚"常常站在她的九楼阳台上观测天象"、"罩着蓝染素衣靠墙栏观测天象"③。与其说米亚的女性意识是要最终解构天空所代表的男权世界，不如说是先要企图无限地趋近于天空，是要在天界占有一席之地，进而以女性"蓝湖泊"与男性"云堡"分庭抗礼。米亚强调和看重她的九楼阳台以及楼顶阳台，坚守这一阵地，实质就是与天空拉近距离的不懈努力。老段曾想帮米亚订一间"Dink 族与单身贵族的住宅"，却立即遭到婉绝，"米亚喜欢自己这间顶楼有铁皮篷阳台的屋子"，原因就是"她可以晒花晒草叶水果皮"，可以制造属于她自己的干燥花草气味④。干草之味虽然不能取代太阳光气味，可对米亚来说，却是实现她"解构—建构"策略不可或缺的手段，她要存活于嗅觉的记忆，以此作为走出迷宫的再次尝试。

第四节　嗅觉意象的开源功能与想象的二维四向动力模式

当阿达利明确将迷宫的"启蒙意义"区别于"旅行意义"、"考验意义"和"复活意义"时，就已注定如下事实：不论是迷宫探行者，还是迷宫视图者，只要一个人在迷宫中历经探游，便都具备变成"新人"的可能。阿达利说穿行迷宫的"一切考验，一切牺牲，一切战胜妖魔鬼怪的胜利，一切发掘宝藏的成功"均可看作"无意识或有意识的"启蒙，这"是人类命运的一种表述形式"⑤。

---

① 朱天文：《世纪末的华丽》，第 156 页。

② ［美］科尔曼（Arthur Colman）：《父亲：神话与角色的变换》（*The Father Mythology and Changing Roles*），刘文成、王军译，东方出版社 1998 年版，第 11 页。

③ 朱天文：《世纪末的华丽》，第 141、157 页。

④ 同上书，第 157 页。

⑤ ［法］阿达利：《智慧之路：论迷宫》，第 42—43 页。

《世》中米亚面对生活的际遇，在第二次尝试穿行迷宫的过程，表现出女性意识的进一步觉醒与切实的行动，而《下》的男主角则是无意识地经历了一次完整迷宫之旅，在接受迷宫启蒙奥义的层面上，他（她）们并没有本质区别，二者皆"进入了一种新的生活"①。"干草之味"与"芳草之香"两例核心嗅觉意象的功用，恰在于开启一种身处迷宫表里以及穿游迷宫进程的"内在感受"，恰在于唤醒那种潜伏在人心深处的围绕迷宫古老原型而展开的最原始的想象。我们曾指出，巴什拉所谓的想象力，就是把知觉提供的意象加以变形的能力，具体则要求出人意表的意象结合与意象爆炸，从而解放原初意象、改变惯常意象。嗅觉意象的这种开源功能，在我们着重分析的两位小说家笔下，或许可以从巴什拉"想象的二维四向动力论"上再做延展性的简要说明。

一　动力想象力的二维四向

巴什拉"动力想象力"（dynamic imagination）的关键，在于强调人类的诗意创造意志，想象的动力学思想将"物质的无限深入"与"精神的无限可塑性"对应起来。"动力想象力"的提出是巴什拉早期诗学专著的重要创见，后来在其现象学转向的作品里更得到了加强和完善，这一改进很大程度地表现在对动力想象力的两个维度、四重向度的研究和补充。所谓两个维度，即"纵向意识"（consciousness of verticality）与"中心轴意识"（conciousness of centrality），所谓四个向度，即沿着"纵向意识"与"中心轴意识"分别展开的"上升"（rising）、"坠落"（falling）、"内向性"（introversion）、"外向性"（extroversion）四重想象。《空间诗学》（*The Poetics of Space*）在述及"家屋心理学"时，明确使用了"纵向意识"与"中心轴意识"两例术语："……家屋被想象为一种垂直的存有。它向上升起。它透过它的垂直纵深来精细区分自己，它求助于我们的纵向意识；……家屋被想象为是一种集中的存有，它诉求的是我们中心轴的意识。"②

---

① ［法］阿达利：《智慧之路：论迷宫》，第43页。

② ［法］巴什拉：《空间诗学》（*The Poetics of Space*），龚卓军（1966—）、王静慧译，张老师文化事业股份有限公司2003年版，第80页。Gaston Bachelard, *The Poetics of Space*, trans. Maria Jolas（Boston：Beacon Press, 1994）12, 17.

二 纵向意识：上升、坠落的想象力

"纵向意识"主要表现为上升与坠落两个向度的想象模式，《空气与幻想》（*Air and Dreams：An Essay on the Imagination of Movements*）中，巴什拉比较了"上升的隐喻"和"坠落的隐喻"，提出"上升情结"（complex of height）[①]以及"向上坠落"等命题，进而讨论了苍空、星辰、云彩、风等诗意形象[②]。后来《空间诗学》扩展至家屋的"地窖"和"阁楼"这两个端点所确立的"垂直纵深"，并指明"这两个端点为一门想象力现象学打开了两种非常不同的观点"[③]。对"纵向意识"的关注一直延续到巴什拉生前最后的作品《烛之火》（*The Flame of a Candle*），其中讨论火苗"沉醉于自身的扩大和上升"、"保存自己的垂直实力"、"烛火的上升存在的真正动力"[④]等章节，皆可圈可点。

朱天文《世》"干草之味→太阳光味道"这条线索所指示的对天界的无限趋近意识、女主角对于高处居所的坚守、米亚对天空"蓝色深井"的凝视，确实展现出某种极其类似"上升情结"的遐想；而村上春树作品的"黑色深井"以及与此相关的"大地子宫—恐怖女性"二元组合，则或许正隐含着向下的"坠落的隐喻"，而"古老房屋"中旧生活的气味，又引导我们体验到垂直维度上"两种恐惧"的综合："在阁楼中的恐惧，和在地窖中的恐惧。"[⑤]

三 中心轴意识：内与外的辩证

有关"中心轴意识"这一维度，牵涉"纵深的私密感价值"及"辽

---

① ［法］巴利诺（André Parinaud，1924—）：《巴什拉传》（*Bachelard*），顾嘉琛（1941—）、杜小真（1946—）译，东方出版中心 2000 年版，第 252 页。Gaston Bachelard, *Air and Dreams：An Essay on the Imagination of Movements*, trans. Edith R. Farrell and C. Frederick Farrell（Dallas：Dallas Institute Publications，1988）16，91.

② ［日］金森修（KANAMORI Osamu，1954—）：《巴什拉：科学与诗》（*Bachelard*），武青艳（1973—）、包国光（1965—）译，河北教育出版社 2002 年版，第 163—170 页。

③ ［法］巴什拉：《空间诗学》，第 80 页。

④ ［法］巴什拉：《火的精神分析》（*The Psychoanalysis of Fire*），杜小真、顾嘉琛译，岳麓书社 2005 年版，第 138、185 页。

⑤ ［法］巴什拉：《空间诗学》，第 82 页。

阔的宇宙感"之间的辩证,巴什拉《空间诗学》直接把"中心轴"叫做"私密感凝聚的轴心",一切文学想象在其看来,"就是在这些轴心上汇聚在一起的"①。"中心轴意识"观念的形成,发端于下述两部著作的构思,一是《大地与意志的梦想》(*Earth and Reveries of Will*:*An Essay on the Imagination of Matter*),一是《大地与休息的梦想》(*Earth and Reveries of Repose*:*An Essay on the Imagination of Intimacy*),前者集中讨论"外向性想象力",后者则偏重"内向性想象力"②,而《空间诗学》和《梦想的诗学》(*The Poetics of Reverie*:*Childhood*,*Language*,*and the Cosmos*)将二者进一步融合,《空间诗学》讲述"内与外的辩证",提出"内部与外部"的想象"翻转"③,《梦想的诗学》更以"童年"与"深井"两则原型作为宇宙梦想的轴心。

对于"井"意象,巴什拉说:"井是一种原型,是人类心灵最严肃的形象之一"④,如果分别视朱天文"蓝色深井"与村上"黑色深井"为作家想象"中心轴"的两例呈现,那么本章将其统摄和推演至"迷宫论"的层面,并以迷宫原型加以配合,或许更能突出"内向/外向"想象的动力模式。《下》中迷宫内部"旧生活的气味"对比迷宫外部"芳草之香",《世》"异国奇香"与"干草之味"等诸多的差异,在揭开作家想象动力模式上,具有不可忽视的作用。应当指出,"纵向意识"与"中心轴意识"之间并没有明确的界限,想象力的四个向度也不宜割裂考虑。

本章选取中国台湾作家朱天文与日本小说家村上春树笔下的两例核心嗅觉意象——"干草之味"与"芳草之香"——为分析范例,从比较研究的角度具体呼应"身体感—嗅觉—想象"言说体系,同时涉及现象学、迷宫论、神话原型批评、女性主义等理论。在此,小结如下:

(1)朱天文与村上春树均是善于描摹感官细节的作家,目前已有为数颇众的专著、散论分别涉及两位小说家作品中的嗅觉议题,却大多仍以嗅觉书写的记忆唤起功能为主要关注点,没有在文学想象力的层面上予以

---

① [法]巴什拉:《空间诗学》,第92—95页。
② [日]金森修:《巴什拉:科学与诗》,第170—171页。
③ [法]巴什拉:《空间诗学》,第328页。
④ [法]巴什拉:《梦想的诗学》,第143—144页。

开发，本章的研讨初衷即希望对此有所反思和补充。

（2）朱天文笔下的"干草之味"与村上春树小说的"芳草之香"呈现给我们的，恰好是嗅觉书写作为身体感意象的绝佳范例，两例典型意象不仅触及小说家的时间意识与空间意识，更突显了独有的创造性想象力特色。

（3）朱天文《世纪末的华丽》是以"烧一土撮安息香"开篇，最终以"萝丝玛丽，迷迭香"收束，开端结尾之间穿插了众多气味的状写，如作家所言，不同的气味代表着女主角不同时段"当时的心情"，揭示出米亚对自身际遇与周遭环境的不同态度。而在众多气味主题中，"干草之味"，即干燥花草的混合气味，完全有理由作为小说家极具代表性的核心嗅觉意象进行分析。

（4）相比朱天文，村上春树笔下较少对嗅觉的集中描摹，"芳草之香"常常散见于村上的许多小说。所谓"芳草"，在村上作品的形象，往往是"草原"、"芒草"、"蔓草"、"草屑"、"草坪"等整体意象，而不是具有个体形式的一花一草，所以，村上春树的"芳草"更接近普普通通的草，"芳草之香"也是普普通通的草香。

（5）"芳草之香"的嗅觉的记忆唤起功能，在村上的创作里，似乎成为对人物形象，特别是年轻女性形象的一种模糊化处理的手段。而蔓草与遮藏其中的深井更成为营造恐怖氛围的惯常意象搭配模式，这在《挪威的森林》与《下午最后一片草坪》中十分明显。

（6）村上小说里掩藏在芳草中的枯井是一个介于"井"与"洞穴"两则原型意象之间的"地穴"意象，它既有"井"的垂直向下的特征，又具备"洞穴"的黑暗寓意，可用"黑色深井"对村上的这一类意象加以指称，"黑色深井"意象展现了"大地子宫—恐怖女性"二元组合的想象世界。

（7）与村上春树的"黑色深井"不同，在《世纪末的华丽》一文，我们看到了另外一种"深井"形象。有别于村上的"枯井"，朱天文笔下的呈现，似乎更接近一种与"水"相关的一般意义上的深井原型。

（8）"湖泊—无底洞—蓝色"三位一体的链接，构成了朱天文"蓝色深井"意象，而"云堡"与"蓝湖泊"又共筑了天空意象，"云堡"暗喻"男人用理论与制度建立起的世界"，"蓝湖泊"则代表了某种有待

"重建"的女性意识。

（9）从迷宫论的角度分析，朱天文使用"蓝色"作为"深井"意象主导色，彰显出女性自身的局限意识与周围的社会文化给女主角编织了一座"难以穿越的迷宫"（maze），并将其困身于内。而村上春树《下午最后一片草坪》的男主角则经历了"接近迷宫"、"进入迷宫"、"探游迷宫"、"走出迷宫"的四个环节，属于"迷宫视图者"（labyrinth viewers）的类型。

（10）上述两类迷宫书写均伴有不同的气味作为引导和标识。"干草之味"与"芳草之香"两例核心嗅觉意象的功用，恰在于开启一种身处迷宫表里以及穿游迷宫进程的"内在感受"，恰在于唤醒那种潜伏在人心深处的围绕迷宫古老原型而展开的最原始的想象。这又可通过巴什拉"想象的二维四向动力论"做一定程度的延展性说明。

辑三　孤独心态

第 九 章

陈染小说的孤独感研究：
以《另一只耳朵的敲击声》为例的文本细读

这一种离开，不是逃避，而是为了长久回忆，为了守住孤独，和继续上路寻找那不存在的家乡⋯⋯

——陈染（1962—）①

在中国当代文坛，陈染（1962—）是为数不多的坚持个人化写作的作家之一，她大胆细腻地描摹了女性自身独特的经历和体验，具有强烈的女性自我意识。陈染以其敏悟、善思创造了一个深邃复杂、颇具女性魅力的艺术世界，展示了女性自我繁复曲折的内心。在这个世界里，弥漫着无边无际的孤独气息，这给陈染的小说带来了独特的声音②。孤独感既代表着陈染的创作心境，也成为陈染小说的一个重要旋律。作家自言，"10 余年来，我在中国文学主流之外的边缘小道上吃力行走，孤独是自然而然的"③。本章选取《另一只耳朵的敲击声》为着眼点，通过文本细读，尝试对小说中表现出的孤独意识加以探讨。

《另一只耳朵的敲击声》是一部刻意宣谕女性独立身份的作品，以炫

---

① 陈染（1962—）：《另一只耳朵的敲击声》，《凡墙都是门》，华艺出版社 1996 年版，第 75 页。

② 崔桓、管卫中：《独唱的诗人：陈染的个人化写作解读之一》，载《社科纵横》1998 年第 1 期，第 55—58 页。

③ 杨敏：《论陈染小说创作的孤独意识》，载《华中理工大学学报》1997 年第 2 期，第 93 页。

目的方式表达了女性的精神焦虑和内心压抑。小说共七个小节,每小节冠以独立标题,分别是: (1) 寡妇门,在门栓后; (2) 绝命的日历簿; (3) 女人像头发般纷乱; (4) 向日葵惊叫; (5) 残垣自语; (6) 从石棺中苏醒; (7) 哭泣的潘笛。故事的线索是女主角黛二丢失及找寻日历簿,事件情节涉及了黛二母亲、伊堕人、大树枝等人物形象。母亲长期以来的窥视、身边男性的卑琐无能、女友的不可信赖,使黛二心中充斥着紧张、无助和彷徨,在反抗不公正传统的同时,她也承受着更加深重的无奈与孤独。故事以黛二的逃亡为结局,以此传达了女性意识深层巨大的苦楚。与陈染绝大部分作品一样,《另一只耳朵的敲击声》通过女主人公对孤独的深刻体验和感悟,表现了当代女性关于自身生存意义的探究和追求,从而揭示出当代女性的孤独感和精神困境。

第一节　与生俱来的孤独感

文明时代人类社会异化(alienation)程度的加深,早在 19 世纪就被马克思 (Karl Marx, 1818—1883) 所洞察。所谓异化即是指"人的非人化",这给人类精神带来巨大的危机,孤独感随即成为当今时代的通病[1]。20 世纪世界文学中孤独感的描述已成为诸多作家创作的母题,最为著名的有马尔克斯 (García Márquez Gabriel, 1928—) 的《百年孤独》(*One Hundred Years of Solitude*)、卡夫卡 (Franz Kafka, 1883—1924) 的《孤独三部曲》(*The Solitude Trilogy*) 等。陈染强烈的女性自我意识集中表现在女性的孤独。虽然她所书写的这种个人化的生命感受不一定具有深厚的历史文化内涵,却立足于人性的提升、完善和女性成长与解放这一女性主义理想的立场上,是有普遍性和深刻性的[2]。美国圣安东尼奥得克萨斯大学健康科学中心的卢珂丝 (Sandra Loucks) 指出,孤独感作为人类社会进程中异化的一种表现形式,是人类普遍经历的一种痛苦的情感经验,人

---

① 管卫中:《独唱的陈染》,载《社科纵横》1998 年第 5 期,第 51—58 页。
② 曹燕云:《陈染:孤独感觉中的女性形象》,载《中山大学学报论丛》2004 年第 2 期,第 196 页。吴宁宁:《蓝色舞者的孤独飞翔:陈染小说创作中的生命"残缺"意识》,载《佳木斯大学社会科学学报》2004 年第 6 期,第 70—73 页。

所共有①。鉴于此,我们将从孤独感的产生入手,对文本进行分析。

一　摇篮·乡愁·高孤独

日本文学家、心理学家箱崎总一（HAKOZAKI Sōichi, 1928—）在《孤独心态的超越》一书中认为:"孤独的产生,并不限于一个人因不能合群而被摒弃于团体之外,或是一个学生因在升学考试中失败而幽闷独处时才会感觉到的。孤独的情绪会以各种不同的姿态,在各种不同的场合中存在。因此,世界上的每个人,都不可能避免孤独的感觉。……就好像一个在沙漠中孑然独存的人一样,真正的孤独会在你日常生活的无形沙漠中成长、滋蔓。"孤独感与生俱来,"它可以说从一个人出生开始,就一直随伴着,正如影之随行,亦步亦趋,终其一生,是永远也不能摆脱的一种心理感受"②。

（1）船的"摇篮"作用

孤独感的"与生俱来"可结合兰卡（Otto Rank, 1884—1939）出生受伤和回归母体的理论来解释。兰卡指出,在母亲分娩的过程,婴儿受到恐惧和痛苦的震荡,出生创伤于是成为所有心理因素的根源,与创伤一起产生的,就是回归母体天堂的愿望③。兰卡进一步认为,"母体（乘载婴儿的子宫）其实是人类产生乡愁的原因,婴儿是浮于羊水中的","船"的意象往往"具有的摇篮作用,是唤起无意识的乡愁的原因"④。陈染在《另一只耳朵的敲击声》开篇写道:

> 我的心从没有家乡,像我纷乱空洞的胸口内部某一处脱离我肢体的地方,无所归属。在我身体的这个故乡,我永远坐在那只浮漂水上

---

① Sandra Loucks, "Loneliness, Affect, and Self-Concept: Construct Validity of the Bradley Loneliness Scale," *Journal of Personality Assessment* 2 (1980): 142.

② ［日］箱崎总一（HAKOZAKI Sōichi, 1928—）:《孤独心态的超越》,何逸尘译,巨流图书公司1981年版,第3页。

③ ［苏联］巴赫金（Mikhail M. Bakhtin, 1895—1975）:《弗洛伊德主义述评》（*Freudism*）,汪浩译,辽宁人民出版社1987年版,第92—96页。

④ 黎活仁（1950—）:《海、母爱与自态:冰心的"前俄狄浦斯阶段"分析》,《中国现代文学国际研讨会论文集:民族国家论述——从晚清、五四到日据时代台湾新文学》,木川印刷有限公司1995年版,第222页。

的木筏一样的沙发里，或者斜倚在那张波浪的水床之上。

我的船！

我的神游之桨！①

这里，"漂浮水上的木筏"、"我的船"，以及第七节提到的"梵高的花园"，还有诸多暖色调的用词，如"绵延的黄絮"、"殷红"的葡萄酒、"火焰般"的颜色②，均可联想到母体"子宫"的意象。精神上的"乡愁"，直接造成黛二的孤独意识。

（2）强烈的"乡愁"意识

陈染小说孤独感的营造几乎都与"家"、"故乡"、"他乡"、"归宿"等概念有关，女主角也往往是女性心路历程上的漂泊者。强烈的"乡愁"意识使她们在流浪而无着落的心灵之旅中独自承受着巨大的孤独和缺失，仿佛失去了彼岸和方向，但尽管道路如"绳索"③，她们却又坚持寻求一块属于自己的"精神家园"④。于是主人公离家出走的情形反复再现："我将独自漫游"，"我将不再有家"⑤；"故乡是他乡，总在寻找，思念着远处不知在哪的模糊不清的家乡"（《凡墙都是门》⑥）；"我将开始茫茫黑夜漫游了"（《空的窗》⑦）。她们缺少归依感，由此只能导致一个直接的结果："在现代发达的文明社会中，人与人之间，尤其是性别之间难以逾越的鸿沟所造成的孤独感无所不在"⑧。可见，陈染小说所饱含的"乡愁"意识超越了单纯的"怀乡"局限，而是对故乡在哪里的深层次思考。《另一只耳朵的敲击声》最后一节，女主人公黛二的自述或许道出了

---

① 陈染：《另一只耳朵的敲击声》，第 29 页。

② 同上。

③ 陈晓明（1959—）：《无限的女性心理学：陈染略论》，载《小说评论》1996 年第 3 期，第 71 页。

④ 黄树红、张伟平：《孤独的探索者：试论陈染小说的女性形象》，载《广东教育学院学报》2004 年第 3 期，第 64 页。

⑤ 陈染：《另一只耳朵的敲击声》，第 76 页。

⑥ 陈染：《凡墙都是门》，《凡墙都是门》，第 22 页。

⑦ 陈染：《空的窗》，《凡墙都是门》，第 108 页。

⑧ 黄树红、张伟平：《孤独的探索者：试论陈染小说的女性形象》，第 66 页。魏颖：《"嫦娥奔月"神话在陈染女性书写中的当代变形》，载《中国文学研究》2003 年第 4 期，第 104—107 页。

作者的心声:

> 我要离开,我要离开老地方,我要回到老地方。我永远都陷在"离开"这个帝王般统占我一生的字眼里。这一种离开,不是逃避,而是为了长久回忆,为了守住孤独,和继续上路寻找那不存在的家乡……①

（3）对"高孤独"的追求

上段引文里,陈染力图"守住"的"孤独",是孤独感的一种高级型态即"高孤独"。箱崎总一将孤独感从本质上划分为两种不同的型态,即"低孤独"和"高孤独"。其著作《孤独心态的超越》中有如下的论述:

> 孤独在本质上有两种型态,那就是"低孤独"和"高孤独"。"低孤独"会使人有一种拘束、局限的感觉,令你有寂寞、凄苦、困顿而又排遣不了的情绪和感触。"高孤独"是人们为了达成某一较高层面的生活目标,必须要暂时摆脱尘俗中的纷扰,使能超然独处,以充实智慧,发掘灵性而着意保持的一种情操。
>
> 由此不难理解,"低孤独"是在你不情愿之时所产生,使你感到痛苦而急于摆脱的心理状态。"高孤独"则是你主动积极地追寻,你要用敏锐的感触去捕捉、用缜密的思维去创造的一种心理状态。②

通过"低孤独"和"高孤独"两个层面,我们不难理解陈染笔下的女性对孤独的矛盾态度:在陷入异化现实中人际困境的"低孤独"时,她们"寻找真爱,寻找痛苦的分担者"③;同时,她们又"坚决摒弃功利之爱而逃回自我,建立个人精神领域的强大帝国"④,她们的痛苦正在于未能超越"低孤独"而达到"高孤独"。

陈染迄今为止的小说作品中,或许仅有《空的窗》一篇赋予了女主

---

① 陈染:《另一只耳朵的敲击声》,第 75 页。
② [日]箱崎总一:《孤独心态的超越》,第 3—4 页。
③ 杨敏:《论陈染小说创作的孤独意识》,第 96 页。
④ 同上。

角——每天清晨开窗眺望远方的盲女——"高孤独"的特质：她用心灵寻找光明，在面对黑暗与光亮这个既相悖又贯通的生命双刃剑时，显示出巨大的勇气。这是一个"高孤独"者，生命中的光亮击退了生命中的黑暗，她不再为"低孤独"苦恼、困惑，在超越现实之际达到了自由的境界①。

二　"精神分裂"与"冥想型"性格

陈染笔下的绝大多数女性为了摆脱外在异化现实的束缚，追寻自我独立与尊严，而陷入孤独之境，即表现为对"低孤独"的逃避和对"高孤独"的追求。她们向往"拥有一些不被别人注意和妨碍的自由，保持思考的姿势，站在人群之外，眺望人的内心"②。然而，对独自天地的渴求往往使她们沉湎于终日的冥想，丧失了外部行动的能力，饱受自我分裂与异化的煎熬。《另一只耳朵的敲击声》便可看出此倾向，女主角黛二小姐明显是具有"精神分裂"性格和"冥想型"性格的人。她的理性冥想与主观欲求、身体行为相背离，在自我实现的同时自我毁灭，最终导致一片虚无与绝望。

（1）黛二的高瘦体貌与其"精神分裂"特质

德国精神科病理学家克列基马（Ernst Kretschmer，1888—1964）开创"依据人的体型所配合的"性格分类法，将人的性格按它们本质上的歧义区分成下属四类：（1）高瘦型的人是分裂性格；（2）痴肥型的人是躁郁型的性格；（3）肌肉质健壮型的人是癫痫的性格；（4）发育不全型的人是神经质性格③。其中，"高瘦型的人是分裂性格"可以与文本中的黛二相吻合。

陈染笔下的女主人公，几乎都具有容貌纤丽、清秀的特点，黛二也不例外。《另一只耳朵的敲击声》黛二的外貌几乎都是借助第三人称的视角

---

① 陈骏涛：《寂寥和不安分的文学探索：陈染小说三题》，载《文学评论》1992 年第 6 期，第 29 页。李洁：《一份独立女性生存体验的自陈：试析陈染作品〈凡墙都是门〉》，载《伊犁师范学院学报》2002 年第 3 期，第 28—31 页。

② 朱霞：《孤独人生的意义：陈染小说解读》，载《商洛师范专科学校学报》2001 年第 1 期，第 55—57 页。杨敏：《论陈染小说创作的孤独意识》，第 96 页。

③ ［日］箱崎总一：《孤独心态的超越》，第 23 页。

展现在读者面前:

> 黛二是个年轻的瘦女人,手背上四条可爱的骨缝深深地陷进去,赫然醒目。……如今满街都是肉感的那一类女孩,这越发显得黛二不合时尚。①(大树枝)

> 她瘦削的肩曾在我的臂中激烈不安地抖动。②(伊堕人)

> 她很美,也很柔弱。③(黛二母亲)

> 我只能隔着门缝看到她瘦弱的身影,弯垂在书桌上写字……④(黛二母亲)

黛二隐藏于"高瘦型"外貌之下的分裂性格在文本中也有多方面的体现。首先是通过黛二的自白:

> 我的脑中永远是纷乱的局部,我庞大的思维与心理从来都是通过局部的幻象进行伸展。我无限地热爱着一些局部,包括人体之外的世界上被多数人冷落或遗弃的局部,……我用独特的办法拒绝整体,只消闭上眼睛,让幻想的帘幕永远垂挂。

> 一个人就是一个理论,一本书。打开,你才会穿透外皮,看到一个由碎裂而纷乱的局部组装起来的女人,是多么的分裂,多么的绝望。⑤

> 不拒绝精神的挑战,正如同不拒绝肉体的堕落。
> 自我实现也自我毁灭,两只互相悖离置人于死地的手枪同声在世

---

① 陈染:《另一只耳朵的敲击声》,第45页。
② 同上书,第57页。
③ 同上书,第66页。
④ 同上。
⑤ 同上书,第34页。

界上空叫喊①。

　　我的困境也正在于此：我是分析者，同时又是被分析者。

　　我永远是一边自虐般砌着自己的墙壁，一边享受着毁坏自己墙角的愉快。

　　破坏自己，令人兴奋！②

　　我和我的身体已多年无法和睦相处，我与我心灵可以安睡的那个隐庐，它们的距离同岁月的流逝一起拉长。③

其次是从他人或第三者的视角，如：

　　黛二是个矛盾重重的女子，她既要解放了的现代女性的感官体验欲求，直接纯粹的身体行为；同时又无法摆脱深埋骨中的古典性的沉思冥想。她向着彼岸的圣界和此岸的感性，同时迈出她分裂的双腿。④（大树枝）

　　那个使她的精神安谧的归宿，那个令她向往的素衣粗食的女人庵堂生活，只能存在于她梦想里，她的肉体只能存活于现代化的物质文明之中。

　　精神与肉体多年来各行其是，无法沟通，一种分裂与自相诋毁并存一体。⑤

黛二在陈染笔下显示出诸多"分裂"的特征，从外貌到性格等不同角度的描述来看，完全是一种精神病症的表现，即布洛伊勒（Eugen Bleuler，

---

①　陈染：《另一只耳朵的敲击声》，第 36 页。
②　同上书，第 38 页。
③　同上书，第 57 页。
④　同上书，第 54 页。
⑤　同上书，第 69 页。

1857—1939）说的"大脑分裂"（split brain）或荣格（Carl Gustav Jung，1875—1961）所谓的"精神分裂症"（schizophrenia）①。那么，小说以此所要表达的意义是什么？或许可以借用德鲁兹（Gilles Deleuze，1925—1995）对"精神分裂"的看法来简要分析。德鲁兹认为"精神分裂症"有特殊的含义，1972 年，他与神经科医生加塔利（Felix Guattari，1930—1992）合著了《反俄狄浦斯：资本主义和神经分裂症》（Anti - Oedipus：Capitalism and Schizophrenia），以俄狄浦斯象征资本主义制度，其中将"精神分裂症"归于"精神变态"的范畴。"精神分裂症"患者活在自己的世界里，对知觉世界中"不许"、"禁止"等声音置若罔闻，这是对知觉世界的一种抗衡。而知觉世界中"不许"、"禁止"等警告多是来自律法，或曰俄狄浦斯情结中的"父亲"，"精神分裂症"患者抗衡知觉世界，实际上是对俄狄浦斯情结的扬弃。所以，在德鲁兹看来，"精神分裂症"患者是抗衡现实世界的英雄②。

《另一只耳朵的敲击声》中，充斥着黛二与现实世界的对抗。她"从来都喜欢禁忌的事物，譬如男女群居，欲望与艺术的审美同时完成"③，喜好"穿黑衣，怪衣"、"有秃头欲"④，喜欢诸多"她的母亲终生也说不出口的"词汇，如"操"、"婊子"、"干"、"独自"、"秃树"、"妓院"、"荒原"、"大烟"、"鬼"、"两肋插刀"、"再见"等⑤。无疑，小说试图借女主人公与现实世界近似变态的对抗行为，展现个人对生命残缺的体验，以及种种孤独、虚无、绝望乃至灵魂的漂泊之感⑥。

---

① ［美］霍普克（Robert H. Hopcke，1958—）：《导读荣格》（A Guided Tour of The Collected Works of C. G. Jung），蒋韬译，立绪文化事业有限公司 1997 年版，第 142—145 页。

② 罗贵祥：《德勒兹》，海啸出版事业有限公司 1997 年版，第 81—108 页。［日］筱原资明（SHINOHARA Motoaki，1950—）：《德鲁兹：游牧民》（Deleuze），徐金凤译，河北教育出版社 2001 年版，第 86—104 页。

③ 陈染：《另一只耳朵的敲击声》，第 30 页。

④ 同上书，第 35 页。

⑤ 同上书，第 36 页。

⑥ 孟繁华：《忧郁的荒原：女性漂泊的心路秘史》，载《当代作家评论》1996 年第 3 期，第 60 页。

（2）"冥想型"性格

对于前面提到的克列基马式的性格分类法，英美的精神科医生们并不拘泥于此，而认为将原本极其复杂的性格，仅仅分成四类，难免有些牵强。他们主张顺着生活和感情所接近的常轨和人性的趋向来作分类。按照他们的观点，与孤独特质息息相关，并容易走向孤独的性格有如下12类：（1）立即反抗型；（2）不择手段型；（3）心情多变型；（4）评论型；（5）冥想型；（6）牢骚型；（7）个人主义型；（8）斤斤计较型；（9）狂热信仰型；（10）顽固不化型；（11）溺爱小动物型；（12）自我爱慕倾向型①。

箱崎总一在《孤独心态的超越》中论述"冥想型"性格又有以下的特点：（1）尽力避免和人交往而让自己独个儿沉湎在独立的思考中；（2）不会使感情轻易地表露出来；（3）就人际关系来说，他不愿和旁人做竞争；（4）也很讨厌具有决定性胜负的游戏，因为那种游戏对胜负的判定太肯定，太明显了。具备这种"冥想型"性格的人，在性格分类中，是属于孤独性最高的类别②。

黛二将自己封闭在房间，关窗锁门，紧闭窗帘，与外界隔绝，在P城的家中如此，在伦敦的住宅亦然。这完全符合上述"冥想型"性格的第1点。关于"冥想"，在小说第1节，黛二就有这样饱含神往之情的独白：

再譬如冥想：

抽象很美，就会在梦中凉滑的舌尖上垂挂一只摇坠的乳房，李子般幽幽芳香；

触摸无底的心像内涵，如目光触及深邃而光辉的文字语码，就会散射一阵高潮般的怦然心动；

井田样的稿纸是舞台，文字是脸孔，世界就会大得无边。③

---

① ［日］箱崎总一:《孤独心态的超越》，第23—24页。
② 同上书，第28页。
③ 陈染:《另一只耳朵的敲击声》，第30页。

黛二对母亲长期以来的屈从,对男友大树枝谎言的妥协,对女伴伊堕人的依赖,又显示出不愿与旁人竞争的心态。

可见,黛二的性格是十分复杂和矛盾的,就像小说第 4 节"伊堕人独白"中所言:"在黛二小姐身上纠缠着一股自相矛盾、彼此冲撞的矛盾气息"①,她"是一个多么矛盾的统一体啊……"②

第二节　孤独的个体:陌生的"狗"

黛二性格之复杂、矛盾,还不仅限于前面讨论的几点。"狗"的形象在文本《另一只耳朵的敲击声》中多次提及,下面我们将围绕孤独感主题对此进行探讨。

一　"狗"的自我称谓

日本早期象征主义诗人萩原朔太郎（HAGIHARA Sakutarō, 1886—1942）在他的诗集《向月亮狂吠》中有一章诗篇,名为《陌生的小狗》:

> 有一只陌生的小狗跟随着我! /那是一头肮脏的,跛着后脚的残废的狗。/你会说,谁能知道我将走向何方? /我寂寞凄清地走经道路的一角,投影在一幢小公寓的篱笆上,随风摇荡。/在路旁一片荫凉的空地上,一片片枯萎了的树叶在随风飘舞。/你又在喃喃地默念着,我将要走向何方! /月亮像有生命似的潜伺在我过路的前方,/然而,在我背后那片荒凉的空地上,/那一只肮脏的、陌生的小狗,细小的尾巴尖端,却拖在地面上跟踪着我。/它到底要追随我到何处? /这只不知名的陌生野狗,一直跟着我! /在肮脏的地面上,它的尾巴一直垂拖着,/那是一直跟在我身后拖着坡脚的病狗。/在遥远的另一边,它像是忧心忡忡,向着凄清凉月吠叫一声,那一只浸沉在酸楚中的不幸的狗! ③

---

① 陈染:《另一只耳朵的敲击声》,第 56 页。

② 陈染:《另一只耳朵的敲击声》,第 63 页。刘卫东:《选择孤独与崇拜自我:论陈染、林白的"私人化写作"》,载《研究生论坛》1999 年第 4 期,第 53—55 页。

③ 〔日〕箱崎总一:《孤独心态的超越》,第 6—7 页。

萩原朔太郎将内心的感触，幻化成一只陌生的、衰弱的、寂寞的小狗，借以形容自己的孤独感觉，有如莫可奈何，茫然无助的吠月的病犬。陈染笔下的黛二，同样是把自己的孤独感灌注于"狗"的自我称谓中，在黛二的心里，"狗"是自己的代名词：

> 我在城堡里是一只珍贵的名牌狗，我浑身涂满同样沉默的麦黄色——拒绝的颜色。①

> 我又变成一条负疚的狗立在母亲床前，内心有一声惊雷郁滞多年无法炸响。②

> ……我从这块日历簿的遗失地出发，凭着感觉，像一条嗅觉灵敏的狗那样向"猎物"寻去。③

> 男人们在观赏我时，从来只看到我的外貌，像观赏一只名牌的长毛狗。我就是一条狗，在舞台表演、一任自己的本质一丝丝被聚光灯吸走、抽空。④

> 我的身份再清楚不过了，我只是一条供人观赏的狗！⑤

除了由黛二亲口交代这一点之外，作者通过其他人的视角和第三人称的评论也多次重复着"狗"这一隐含着孤独感的意象：

> 然后，她会累了，疲倦不堪，又是活着回家，如一条无法野生的

---

① 陈染：《另一只耳朵的敲击声》，第31页。
② 同上书，第32页。
③ 同上书，第42页。
④ 同上书，第56页。
⑤ 同上书，第73页。

珍贵的家狗,卧到她自己的软床上去睡觉。①

　　黛二忽然掉转头,吃吃地自己笑了起来。说,"你看我们俩像什么?不过是两只四腿动物,我在刚刚完事的占有物身旁喘息。"②(大树枝)

　　她真像一只美丽而珍贵的母狗,在我的胸部舔来舔去。③(大树枝)

　　……她听到一个男人的嗓音从纸页上翩翩地飘出来,哼着一只轻松的爱情歌曲,像亲近一只母狗那样亲近黛二……④

以"狗"称谓女性,或者使用"母狗"一词,在现今社会的惯常用语中一般都含有负面的意义,又尤其与贪色、乱交、乱性、在爱欲面前丧失道德原则相关⑤。因此,黛二对自己以"狗"、"母狗"称呼,除了含有孤独的成分之外,显然还具有与孤独感密切相关的"受虐"性格倾向。同时,我们也可以在文本中找到与"受虐"性格相对的"施虐"性格具有者——黛二母亲。

二　受虐者与施虐者的孤独

　　弗罗姆(Erich Fromm,1900—1980)是20世纪著名的心理学家、社会学家和哲学家,人本主义精神分析学的创始人。弗罗姆学说的核心是:现代人的困境与出路。在《逃避自由》(Escape from Freedom)中,弗罗姆提出他的性格类型理论,将人在社会化过程中所形成的不健康的性格倾向分为:受虐(masochism)倾向、施虐(sadism)倾向、破坏(destruc-

---

① 陈染:《另一只耳朵的敲击声》,第33页。

② 同上书,第50页。

③ 同上书,第52页。

④ 同上书,第70页。

⑤ [英]汉娜(Barbara Hannah,1891—1986):《猫、狗、马》(The Cat, Dog and Horse Lectures),刘国彬译,东方出版社1998年版,第161页。

tiveness）倾向与迎合（automation conformity）倾向，而健康的性格倾向应该是自发性（spontaneity）①。

（1）受虐倾向者——黛二

黛二明显是一个有着受虐倾向的人。受虐者的特点是深感自卑、软弱无力和无足轻重。他们不由自主地轻视自己、贬损自己，甚至自我伤害和自我折磨，成天进行自我谴责和自我批评。似乎这样就可以克服孤立无援和微不足道之感。黛二的受虐心态在文本中有两处明显的指示，第一处是黛二自己坦白"自虐般砌着自己的墙壁"②，第二处则是借第4节"伊堕人独白"讲出："这个自虐的令人心碎的小暴君！"③ 这种指示与我们前面讨论的"狗"的自我称谓紧密联系，后者是对前者的充分证明。此外，"黛二不在乎做一个自食其力的婊子！……在人群里角逐，她永远都只能是一个可笑的逃跑者和失败者。……她只求能当上一个她认为可以去做的婊子就已经可以感到安慰、安全的活下去。"④ 也是例证。

（2）施虐倾向者——黛二母亲

弗罗姆同时指出，施虐倾向是与受虐倾向相对立的倾向，有三种类型，其中第一种类型是：强迫他人依赖自己，对他人拥有绝对的无限的统治权，把他人当工具使用，把他人视为泥瓦匠手中的泥土，任意摆布、任意宰割。施虐者一旦要失去受虐者，就会感到软弱无力。这种施虐倾向的性格常常表现出对他人异乎寻常的关心和爱护，常常表现为慈爱⑤。施虐者往往用"爱"来解释对他人的统治。好像说"我太爱你了，我不能丢下你不管"，实际上"只因为统治了你，我才爱你"。他可以提供一切，但有一样东西必须除外，这就是：自由和独立的权利。这种情况最常见于父母与子女的关系中。父母往往用一种自然的关心、照顾和爱护来掩盖对子女的控制。子女有如关在金色笼子中的鸟，有吃有喝，应有尽有，就是不能飞出这个笼子。孩子长大成人，就怀着双重恐惧：一是害怕笼子外面

①　郭永玉：《孤立无援的现代人：弗罗姆的人本精神分析》，湖北教育出版社1999年版，第155页。

②　陈染：《另一只耳朵的敲击声》，第56页。

③　同上书，第57页。

④　同上书，第69页。

⑤　郭永玉：《孤立无援的现代人：弗罗姆的人本精神分析》，第156页。

的世界，同时也害怕爱。因为对他而言，爱就意味着被关在笼子里，意味着堵塞了通向自由之路①。弗罗姆引用巴尔扎克（Honoré de Balzac，1799—1850）《幻灭》（*Illusions Perdues*）中的两个形象——年轻人吕西安和伪装为神甫的囚犯埃雷拉——来说明这种仁慈的施虐倾向②。

黛二母亲便是一个"仁慈的"施虐倾向性格的具有者。她无时无刻不在监视和窥探着女儿的一举一动，黛二是她"唯一的果实"③，是她"疲惫生活的唯一支撑"④。黛二母亲惧怕步步逼近的死亡，但她坚信"我对黛二的爱，到死也会继续"⑤。《另一只耳朵的敲击声》第5节，黛二母亲发出了内心深处的叫喊："黛二她活着是我的，死了也是我的……"⑥这是她施虐倾向的充分暴露。从黛二方面而言，黛二也知道，"她永远得做母亲的'好孩子'。"⑦

施虐倾向和受虐倾向一样，都是为了避免孤独和分离而依赖他人。弗罗姆认为，施虐和受虐的根源都在于人的处境，都是为了帮助人摆脱不堪忍受的孤独感和无能为力之感。具有这种性格特征的人总是陷入一种孤立无援的恐怖之中，但这种感受通常是潜意识的，往往被自以为高明和了不起的表现所补偿，所掩盖⑧。黛二母女都深深为孤独所困扰，《另一只耳朵的敲击声》结尾以黛二的口吻称母亲为"远方孤独的母亲"⑨，暗示了受虐倾向的黛二与施虐倾向的母亲之间一种互相依赖的"共生"关系。

三　焦虑意识与女性的"杀母"困难

英国心理学家、儿童精神病理学家波尔比（John Bowlby，1907—1990）认为感情联结的角色，特别是母亲与子女之间的感情关系在病态

---

① 郭永玉:《孤立无援的现代人:弗罗姆的人本精神分析》，第157页。

② 同上书，第158页。

③ 陈染:《另一只耳朵的敲击声》，第66页。

④ 同上。

⑤ 同上书，第67页。

⑥ 同上书，第68页。

⑦ 同上书，第65页。

⑧ 郭永玉:《孤立无援的现代人:弗罗姆的人本精神分析》，第160页。

⑨ 陈染:《另一只耳朵的敲击声》，第76页。

焦虑的形成上有着重要的影响①。母爱阻止女儿成长，《另一只耳朵的敲击声》在展示这一矛盾时，一方面对母亲充满了同情，另一方面也展露出这种过分的母爱所隐藏的残忍，它势必扼杀子女的个性，对逐渐走向成熟的女性来说尤甚②。就如同小说中的黛二，在这种无边无际的母爱笼罩下，陷入深深的焦虑，像她自己所说的那样，"我的母亲就在隔壁的房间，目光盯住我火一样灼热忧虑。我四周的墙壁永远惊醒着站立，被她的某种担心和提防，焦虑得无法睡去"③。

这种复杂的焦虑意识源自女性的"杀母"困难。法国思想家、精神分析学家克里斯托娃（Julia Kristeva, 1941—）在她的《被感知的时间：普鲁斯特与文学体验》（*Time and Sense：Proust and the Experience of Literature*）中，透视了构成自己理论关键的诸多重要主题，日本学者西川直子（NISHIKAWA Naoko, 1942—）将其总结为七大主题系列，最重要的就是与母亲的"融合/分离"关系的各种形式——有对母亲的乱伦的热爱，有杀母、母亲之死，有母亲的丧与罪责感，有对母亲的侵犯以及升华④。克里斯托娃认为，女儿是拥有与母亲相同性别的女性，对她们来说，"母亲的身体与母亲的自我的采纳是更直接的，使杀母冲动向带来死亡的母亲这一形象进行反转的这种转移即使是不可能的，也是非常困难的"，结果"自我对母亲怀有的憎恶，没有对外行使，而被封闭在自我之中，没有憎恶，只有在内部破裂的感觉"⑤。这一点在《另一只耳朵的敲击声》，表现为黛二对母亲的负疚情结，且看下面的引文：

　　　　用一分钟时间，去换让她睡个好觉这件事，我从来不会拒绝。这

---

① ［美］斯托曼（K. T. Strongman）：《情绪心理学》（*The Psychology of Emotion*），游恒山译，五南图书出版有限公司1996年版，第316页。

② 黄树红、张伟平：《孤独的探索者：试论陈染小说的女性形象》，第65页。黄健：《陈染文本中的焦虑意识》，载《黑龙江社会科学》2004年第4期，第85—88页。

③ 陈染：《另一只耳朵的敲击声》，第31页。

④ ［日］西川直子（NISHIKAWA Naoko, 1942—）：《克里斯托娃：多元逻辑》（*Kristeva*），王青（1964—）、陈虎（1962—）译，河北教育出版社2002年版，第332页。黄百刚：《池莉与陈染"女性成长故事"之比较：兼谈新世纪女性主义文学的发展》，载《郧阳师范高等专科学校学报》2002年第4期，第93—97页。

⑤ ［日］西川直子：《克里斯托娃：多元逻辑》，第295页。

是我永恒的责任与爱的负疚。①

　　我又变成一条负疚的狗立在母亲床前，……②

　　母亲，是我永恒的负疚情结。多么害怕有一天，我的母亲用死来让我负疚而死。③

对于母亲来说，黛二的成长意味着远离与背叛；对于黛二来说，母亲的监控则成了作为女儿怀着永恒的负疚情结所抗拒的最亲密却又最遥远的爱。随着故事情节的发展，这一矛盾最终达到激化的顶点：

　　她（黛二）的鞋子像附了魂，带着她的腿，一个箭步窜过去，哗啦一声打开房门。……黛二的母亲刚好立在门外，她的沧桑有力的一只手正悬在半空……④

面对"杀母"困难所造成的内心的焦虑，黛二最终选择了逃避，"落荒而逃，远离 P 城"⑤。然而，她的逃跑，并没有彻底摆脱这种焦虑以及随之而来的孤独、乡愁与心灵的空虚，"所有的故事都将重新开始，永无结局"⑥。

第三节　孤独的群体："香烟"与女性

　　承接上文我们提到的"焦虑意识"，波尔比曾表示，"有两类的行为特别与主观情感的焦虑有关：逃避行为和依附行为。逃避是突然的、陌生

---

① 陈染：《另一只耳朵的敲击声》，第 31 页。
② 同上书，第 32 页。
③ 同上书，第 33 页。
④ 同上书，第 72 页。
⑤ 同上书，第 74 页。
⑥ 同上。

的事件所造成的结果;依附则是发生在'配对连结'的成员被彼此分离时"①。《另一只耳朵的敲击声》女主角与母亲之间受虐和施虐的"共生"关系、黛二的逃跑,完全可以与波尔比提出的"依附行为"、"逃避行为"分别对应,可见小说对"焦虑"这一主题之重视。对此,前文已有相关讨论,不多赘述。下面这一部分,我们将对由"焦虑"而引出的某些与孤独感有联系的问题作深一层的思考。

一　香烟的二元对立

香烟的二元对立性,首先表现为吸烟时尼古丁产生的两种不同的生理效应,它们互相配合产生作用:刚开始融入血液的时候,尼古丁突然地、通常也是戏剧性地使脉搏加快并使血压升高;紧接着,尼古丁又使脉搏和血压的变化慢了下来,产生一种明显的放松感②。从生理上来说,对于一个吸烟者,不论什么时候,当他(她)感到焦虑时,抽一支香烟,借此得到的缓解和抚慰是不言而喻的。《另一只耳朵的敲击声》中具有反叛意义的女性形象——黛二——与香烟可以说是形影不离。对此,我们做以下几方面的分析。

1. 焦虑与战争

前面我们说过,陈染在女性的"焦虑"这一主题上可谓颇费笔墨,当然,她也没有忽视香烟对焦虑的舒缓作用,并且将香烟作为了刻画人物时的重要道具。

"焦虑感就是不知道正在焦虑的东西是什么"③,而之所以有焦虑,则是因为一个人对将要发生的事情根本无法预知。焦虑与恐惧不同,恐惧是一个人面对已经出现的、可以确定的可怕事物时的逃避性的心理反应,焦虑却往往指向不确定的目标对象。吸一根香烟的功效恰在于,先是"将焦虑感转变成对即将来临的事物的恐惧,焦虑感就消失了",然后吸烟者感到"自己变得脆弱渺小,对自己的'存在'毫无自信"。恐惧感反而带给焦虑中的吸烟者以宁静。"既然死亡是生命必然的结局,将生存的不确

① 〔美〕斯托曼:《情绪心理学》,第316页。
② 〔美〕克莱恩(Richard Klein, 1941—):《香烟:一个人类癖习的文化研究》(Cigarettes Are Sublime),乐晓飞译,中国社会科学出版社1999年版,第211—213页。
③ 〔美〕克莱恩:《香烟:一个人类癖习的文化研究》,第210页。

定的焦虑转换为像死亡一样宁静的恐惧使'他们'觉得更舒适"①。这一
点对战争中的兵士来说更加明显,可见,香烟在众多战争题材的文艺作品
中成为军人之友并非毫无依据。

《另一只耳朵的敲击声》黛二与母亲之间的矛盾便有着"战争"的隐
喻。小说第 1 节明确提出了"黛二和母亲十几年来绵延无尽的战争"② 的
说法,后文的"侦探"与"反侦探"也是战争中常用的术语。存在主义
哲学之父、丹麦的克尔凯戈尔(Soren Aabye Kierkegaard,1813—1855)
曾指出,软弱者更易于焦虑③。黛二在母亲面前软弱无力,她只能借助一
根接一根的吸烟来缓解和麻痹与母亲这场无休止的"战争"中的焦虑感。
在小说里,黛二对香烟的依赖大多仍是借他人之眼来观察的:

> 她斜靠在我的沙发里,一支支吸烟。④(大树枝)

> 她其实只坐在沙发上一动不动,吸着烟,眉头微蹙。⑤(大树枝)

> 她只是一支接一支吸烟,烟圈在寂静的空气中张满一只只青灰的
> 嘴。她的头颅微微扬起,烟头一亮一暗。⑥(伊堕人)

> 黛二终日坐在房中……我只能隔着门缝看到她……倚靠在沙发里
> 吸烟。⑦(黛二母亲)

> 点上一支烟,深深靠进沙发里,回忆伊堕人和大树枝的脸孔。⑧

---

① [美]克莱恩:《香烟:一个人类癖习的文化研究》,第 211 页。
② 陈染:《另一只耳朵的敲击声》,第 33 页。
③ 杨大春(1965—):《沉沦与拯救:克尔凯戈尔的精神哲学研究》,人民出版社 1995 年
版,第 165 页。
④ 陈染:《另一只耳朵的敲击声》,第 45 页。
⑤ 同上书,第 49 页。
⑥ 同上书,第 55 页。
⑦ 同上书,第 66 页。
⑧ 同上书,第 70 页。

在极度恐惧和焦虑的时刻，香烟是黛二给予自己的小小礼物，帮助她保持镇定，使她重新获得自我，获得给予的自由和攻击的能力。香烟将黛二的精神从此时此地的孤独无助提升到某种更高的境界——站在某种更高的位置俯视周遭的一切。

2. 焦虑的孤独感意义

我们花费了一定篇幅讨论"焦虑"这个话题，不仅是因为其在陈染文本中占据重要的席位，更主要的原因在于"焦虑"与"孤独感"二者有着千丝万缕的关系。

前文引用的克尔凯戈尔关于焦虑的思想是在宗教意义上展开的，他把焦虑和基督教的"罪"的观念联系起来考察，认为罪的产生恰恰因为焦虑的心境。根据《圣经》(*The Holy Bible*)，上帝最初创造了亚当，而亚当是孤独的，为了消除他的孤独，上帝才创造了夏娃，但夏娃只是亚当的重复，因为夏娃乃亚当的一根肋骨做成的。蛇很狡猾，它利用了人的焦虑，首先诱惑女人，因为女人作为男人的派生物是很软弱的，而越软弱越容易焦虑。通过夏娃，亚当也被诱惑了。蛇利用他们的软弱和焦虑使他们吃了智慧果，从而违背了神的禁令，因此罪在他们身上产生了[①]。按照克尔凯戈尔的理论，黛二的焦虑意识最初源自她的孤独心态（作为一个女人，她是亚当的派生物，同样具有亚当的孤独），由于这种与生俱来的孤独感使黛二负罪并不断堕落。

黛二生活的堕落，文本也是通过香烟来表现的。香烟可以消磨时间。法国19世纪最著名的现代派诗人波德莱尔(Charles Baudelaire, 1821—1861)曾写道，女人"用吸烟来消磨时间，带着东方人听天由命的消极"[②]。这与黛二"无聊就是生活的力量[③]"的信念相吻合。另外，小说第2节，反复提及的那只"老小姐"牌挂钟，多少年如一日地每隔半小时就当地一响，并有一位"老小姐"从里面走出来说一句"伟大的事业在等待着你"[④]，令黛二觉得"自己像没活过似的"[⑤]。这与波德莱尔的看

---

① 杨大春：《沉沦与拯救：克尔凯戈尔的精神哲学研究》，第171页。
② [美] 克莱恩：《香烟：一个人类痼习的文化研究》，第33页。
③ 陈染：《另一只耳朵的敲击声》，第41页。
④ 同上书，第39页。
⑤ 同上书，第40页。

法又一次不谋而合。波德莱尔在《时钟》（*The Clock*）里，对钟表发出的呓语般的死亡暗示深感震惊："香烟消磨的正是用时钟计算的时间，也就是对生命的一种刻板的、机械性的度量单位。时钟所记录的时刻不仅是一连串的'现在'，而且是一种减少死亡前所余秒数的死亡预警"①。

　　奥地利心理学家、精神病学家弗洛伊德（Sigmund Freud，1856—1939）关于原始的"出生焦虑"（birth—anxiety）的情境有过专门论述。在《精神分析引论新编》（*New Introductory Lectures on Psychoanalysis*）第四章"焦虑与本能生活"中，弗洛伊德对兰卡的"出生受伤"学说基本上持赞同态度，认为兰卡"对于精神分析本曾有许多有价值的贡献，对于出生及和母亲分离一事的注意也大有功绩。……出生的焦虑经验为其后各种危险情境的原型（prototype）"②。

　　"出生的焦虑经验"与"孤独感的与生俱来"可以由兰卡的"出生受伤"理论进行互通诠释。另外，我们前文提到，与出生创伤一起产生的，就是回归母体天堂的愿望。这一点又可跟弗洛伊德"死亡本能"（death - instinct）形成互文。弗洛伊德在《超越快乐的法则》（*Beyond the Pleasure Principle*）中称"死亡本能"是快乐法则的前提条件，它将肌体间断地释放出的各种杂乱的情绪调节成循环往复的可以预知的形态。"死亡本能"涵盖消极的经历、痛苦的感觉和死亡的体验，这些都可以约束冲动③。回到文本《另一只耳朵的敲击声》，这种"约束冲动"的作用，以及与焦虑、孤独感的互文关系，都汇集在了"香烟"这一神奇的意象上。吸烟使得黛二可以舒适的享受香烟带来的死亡的永恒宁静，一种片刻的回归母体的满足，安全感在烟头熄灭之前驱走了孤独。黛二借着吸一支烟而吞食一定量的尼古丁（有害健康的毒素），肌体加速了自身的死亡，用这种属于她掌握范围内的死亡方式替代了原本完全不受她控制的生命进程④。黛二"宁愿以确定的方式去死，也不愿以不可忍受的方式活着"⑤。从这一

---

　　①　［美］克莱恩：《香烟：一个人类瘾习的文化研究》，第 13 页。

　　②　［奥］弗洛伊德（Sigmund Freud，1856—1939）：《精神分析引论新编》（*New Introductory Lectures on Psychoanalysis*），高觉敷（1896—1993）译，商务印书馆 1987 年版，第 69 页。

　　③　［美］克莱恩：《香烟：一个人类瘾习的文化研究》，第 212 页。

　　④　同上。

　　⑤　同上。

角度,吸烟对黛二来说是一个真正的"没有操纵者的对象的奇妙自杀事件",是"一种蓄意的自我慢杀",是"某种结束的象征"①。

二　菲勒斯的欠缺与卡门的魔性

关于香烟与陈染文本中弥漫的死亡气氛,我们在后文还将联系空间诗学的理论作更多的阐释,现在暂时告一段落,转入探讨香烟对陈染表达女性解放意识的重要作用,以及作家所面临的孤独的挑战。

1. 作为"象征代码"的香烟

巴特(Roland Barthes,1915—1980)所创立的符号论(semiology),是20世纪50、60年代西方社会科学和人文科学发展中的一件大事。根据科恩(Steven Cohan)和夏尔斯(Linda M. Shires,1950—)的《讲故事:对叙事虚构作品的理论分析》(*Telling Stories: A Theoretical Analysis of Narrative Fiction*)一书第五章的概括,"代码"是一种法则,讯息由此传达转换成为另一种可以辨认的意义,例如职业服装、交通讯号(红绿灯)、宴会上的礼仪等②。巴特在《S/Z》一书将巴尔扎克的中篇小说《萨拉辛》(*Sarrasine*)分解成561个阅读段(lexia),逐段进行分析,并且分别归诸五种"代码"③,分别是:(1)行动(proairetic)代码,(2)义素(semic)代码,(3)诠释(hermeneutic)代码,(4)象征(symbolic)代码,(5)指涉(reference)代码。其中的"象征代码"又可归纳为七个重点,而部分特点在篇幅不长的《另一只耳朵的敲击声》中可以找到多处例证,如象征代码的特征四和特征五分别是:象征代码存在性别的差异,譬如"男人",有着"人类"或"人"的意义;巴特以精神分析学定义男性/女性,男性等同于"菲勒斯"(phallus,即生殖器),菲勒斯在拉康(Jacques Lacan,1901—)又相当于父权、权力,相对而言,女性则由于没有菲勒斯而呈现欠缺④。

---

① 陈染:《另一只耳朵的敲击声》,第41、57页。
② [美]科恩(Steven Cohan)、[美]夏尔斯(Linda M. Shires,1950—):《讲故事:对叙事虚构作品的理论分析》(*Telling Stories: A Theoretical Analysis of Narrative Fiction*),张方译,骆驼出版社1997年版,第126页。
③ 赵毅衡(1948—):《符号学文学论文集》,百花文艺出版社2004年版,第550页。
④ [美]科恩、[美]夏尔斯:《讲故事:对叙事虚构作品的理论分析》,第137—140页。

《另一只耳朵的敲击声》中，香烟便是一个"象征代码"。黛二对香烟明显有着菲勒斯（男性生殖器）的指涉，并且菲勒斯的意象在小说中不止一次出现：

> 一根雪白的香烟——纤秀的阴茎替代品，初叼在我饥渴的唇中，玫瑰色芬芳在齿间穿梭闪烁。①

> 门栓是一只修长的阴茎……②

> 我害怕人群，森林般茂盛的人群犹如拔地而起的秃山和疯长的阳具，令我怀有无以名状的恐惧。③

从香烟联想到菲勒斯，并不是陈染的独创，而应当说这是现代人精神想象的一大显迹。美国康奈尔大学的法国文学教授克莱恩（Richard Klein，1941—）在《香烟：一个人类瘾习的文化研究》（*Cigarettes are Sublime*）一书第三章"香烟超凡"中借鲁米斯（Charles F. Lummis，1859—1928）《我的香烟》一诗，写道：

> 鲁米斯之所以要强调他咏唱的是"我的"香烟，或许正是因为他下意识地把香烟联想成了阴茎——这个"著名的"难以得到的"私有物"，许多男人为它花费了一生，不仅是要拥有它（为了确保拥有它），他们甚至企图把自己变成它——一根阴茎。"香烟与阳具"……鲍嘉饰演的瑞克——电影《卡萨布兰卡》中那个不停吸烟的"汉子"——就和他的香烟合而为一了。④

一定意义上，"香烟"确实象征了男性生殖器，这反而成为女性解放道路上的一大障碍，同时也是对为何"许多世纪以来，吸烟被视为是男人的

① 陈染：《另一只耳朵的敲击声》，第 30 页。
② 同上书，第 34 页。
③ 同上书，第 36 页。
④ ［美］克莱恩：《香烟：一个人类瘾习的文化研究》，第 83—84 页。

特权，男性一直禁止和拒绝接受女性抽烟"① 的一种解释。

2. 从《香烟颂》到《卡门》

然而，关于香烟，这里还有一个与"菲勒斯"恰好相反的隐喻，又一次证明了香烟的"二元对立"特质。法国象征主义诗人、"自由体诗"创始人之一的拉弗格（Jules Laforgue，1860—1887）曾在1881年写过一首《香烟颂》（The Cigarette），其中一再重复的最早的一个隐喻，便是把香烟比喻为"美丽而危险的女人"，或"漂亮轻佻的年轻女人"，或"轻佻的年轻女缝纫工"，或是"波希米亚女人"，赞美香烟就像恭维一束"恶之花"（the flowers of evil）②。

香烟使女人变成一束"恶之花"，最典型的例子莫过于在梅里美（Prosper Merimee，1803—1870）的小说和比才（Georges Bizet，1838—1875）的同名歌剧《卡门》（Carmen）中的女主角——一个人所熟知的文学人物，一个吉普赛姑娘。比才的歌剧里，她成为大胆、神秘、艳丽、野性的化身。她爱上了西班牙士兵唐·何塞（Don Jose），最后又背叛了他，并且毫不惧怕死亡的威胁。她一出场就带着不祥的惊人美貌，嘴里叼着一支香烟，面对旧时代人们对妇女吸烟的敌视而毫不在意。她喜欢女人应该憎恶的东西，这便暴露了卡门的背叛性格——她想得到女人不该得到的欢乐，她想成为自己欢乐的主人。她的香烟成为这个反叛女性用来作为追求自由的象征，于是，"香烟从始至终为卡门的个人自由而燃烧"③。

"卡门的魔性"——一种不祥的慑人心魄的美丽——在陈染笔下的黛二身上得到了充分体现。小说第3节，大树枝完全无法抵挡黛二的诱惑，吸烟时的黛二在他眼里"流光溢彩、灼热撩人"④，"具有一股无法抵抗的诱惑力"⑤。对大树枝来说，这是抽烟女人带来的极度肉欲的兴奋。两人之间毫无爱情可言的性行为，在黛二看来就像吸烟，只是为了消遣，以消磨一段无聊难耐的时光。

除了黛二，小说另一个现代女性形象伊堕人也是一个忠实的吸烟者。

---

① ［美］克莱恩：《香烟：一个人类癖习的文化研究》，第238页。
② 同上书，第29页。
③ 同上书，第6页。
④ 陈染：《另一只耳朵的敲击声》，第46页。
⑤ 同上书，第49页。

她身上同样具有"卡门的魔性",比之黛二似乎有过之而无不及。二人初次见面时,小说如是写道:

> 伊堕人为黛二倒茶水时,短短的一小截烟头夹在食指与中指间,……黛二焦虑紧张地盯住那截烟头,红火星就要烧到她的手指了。她难道不知道?抑或来自一股其它什么力量而引发的自虐精神?
> 伊堕人终于被黛二僵直的眼神吸引到她自己的手指上。她用力吸了一口,然后用指尖轻轻一弹,烟蒂就一个弧度掉落在茶几中间的烟灰缸里,瞬间熄灭。①

这一点,甚至给读者造成了两人合二为一的错觉。第 4 节更通过"黛二独白"向读者进行提示:"我只能说,伊堕人,你是我的前世,我的守护神"②。有所不同的是,伊堕人吸烟时的那种"静观、冷僻而病态的美"③,小说并非通过男性来表现,而是通过描述黛二的感受进行揭示:

> 烟雾使伊的脸孔渐渐模糊不清,这种模糊不清终于使黛二有勇气直视伊美丽而沧桑的脸孔。……黛二看到她美得触目惊心,石头也会发出惊叫。伊堕人掩埋在光线黯淡的阴影里,倚着沙发扶手一动不动,轮廓优雅而神秘。她那夹着香烟的弯弯的细手指十分纤美而有力。④

3. 陈染的女性解放意识与孤独感

陈染借"香烟"对女性解放意识的隐含提示或许可以联系一则广告语进行破解:"走过遥远路途,你来了"(You've come a long way, ba-by——香烟广告语)⑤。这句广告语,说明了女性吸烟所代表的女性解放意义重大的一步:赢得吸烟的权利。这则广告将女性解放比喻为一个遥远

---

① 陈染:《另一只耳朵的敲击声》,第 58 页。
② 同上书,第 55 页。
③ 同上书,第 43 页。
④ 同上书,第 62 页。
⑤ [美] 克莱恩:《香烟:一个人类痼习的文化研究》,第 84 页。

的路程，切实触及女性内心的深处，她们从历史和她们自己的经历中都体会了太多的歧视，尤其是长久以来对她们吸烟的歧视和反对。吸烟作为一个男人与一个女人之间私下的对抗，象征了女性决心反抗被男性决定了的命运，不愿意在男人的呼吸里呼吸。"她每吸一口烟都是在告诉他，她决心拥有自由的完全属于自己的呼吸。"① 《另一只耳朵的敲击声》第 3 节从大树枝的视角，至少两次直接提到黛二默默地吸烟：

> 她斜靠在我的沙发里，一支支吸烟。②

> 她其实只坐在沙发上一动不动，吸着烟，眉头微蹙。③

陈染刻意令作为男性的"大树枝"这一人物形象远离"烟火"，在黛二面前成为一个无能和彻底的失败者。这是陈染对其笔下男性形象惯有的一种讽刺④。如伊堕人所说：

> 告诉你，黛二，没有男人肯于要你，因为你的内心与我一样，同他们一样强大有力，她们恐惧我们，避之唯恐不及。若我们不在一起，你将永远孤独，你的心将永无对手……⑤

应该说，香烟意象反映的，正是陈染在女性解放道路上所体验到的孤独感的矛盾性。正如克莱恩所说，"只要和香烟有关，事情就不那么简单。香烟在许多方面都是二元对立的不断重复"⑥。面对香烟所代表的强大的菲

---

① 　[美] 克莱恩：《香烟：一个人类痼习的文化研究》，第 176—94 页。宋旭红：《生活在尘世边缘的一个高贵而孤独的群体：陈染笔下的女性生存方式和生存价值分析》，载《妇女学苑》1997 年第 4 期，第 34—36 页。

② 　陈染：《另一只耳朵的敲击声》，第 45 页。

③ 　同上书，第 49 页。

④ 　陈平：《圣殿的坍塌：陈染对父权制神话的解构》，载《邢台学院学报》2003 年第 2 期，第 32—34 页。胡颖华：《浅析陈染小说中的父亲形象》，载《新余高专学报》2004 年第 4 期，第 28—29 页。

⑤ 　陈染：《另一只耳朵的敲击声》，第 63 页。

⑥ 　[美] 克莱恩：《香烟：一个人类痼习的文化研究》，第 33 页。

勒斯中心（phallocentric），陈染笔下的女性处于孤独、苦闷的包围之中，不得不选择边缘性的生存策略。世界在她们看来，是一个充满欲望、孤独、病态的社会，她们对一切质疑，对一切不抱希望，虚化男性而达到驱逐菲勒斯的目的①，就像大树枝在黛二眼里只是一只矫健的雄性动物一样。与此同时，她们意识到作为女性保持自我人格独立的重要，因而努力试图改变现状超越自我。但是，由于她们的内心世界无法转移成外在现实，令理想与现实悖离，加深了女性自身的矛盾。比如说吸烟在一定意义上证明了女性人格的独立和自我的价值，但这种独立并没有给她们带来凯旋之感。她们在孤立无援的时候深切感到，个人的力量还没强大到支撑自己，不能在较高层面上独自承担一切，因而只能徘徊在现实和理想的边缘，承受巨大的孤独，这是生硬割裂社会生活关系必然要付出的代价②。

在现实世界里，小说家所追求的孤独只能是一个少数人的神话，一定程度上反映着陈染对当代女性定位的迷惘。陈染笔下的孤独感作为建构一个与男性世界相对的女性世界的起点，寻找两性关系的最终去向，成为了陈染不得不追问的终极命题。两性之间的关系"决不是简单的对立"，"失去男性呼应的女性世界是对人性的泯灭"③。

第四节　孤独的空间:死亡作为归宿

我们通过前两个小节，对小说中的孤独意识进行了"个体"和"群体"两方面的分析。女主角黛二作为孤独个体的典型代表，集中体现了陈染所力图表达的女性群体的孤独感意义，叩击着当今女性主义的时代之音。陈染作品的思想内容在反映女性孤独主题和女性"真正的存在"等问题时，对死亡的描述和思考是有意识的、自觉的。可以说，陈染小说里死亡意识、自杀主题的反复出现，使她的作品"拓展到更广阔、更深远

---

① 陈国和:《陈染小说:孤寂、执着的女性探索》，载《咸宁师专学报》2001 年第 1 期，第 59 页。

② 曹燕云:《陈染:孤独感觉中的女性形象》，第 197 页。

③ 严昕、严冰:《在逃离中走向孤独:解读陈染小说中的孤独意识》，载《南平师专学报》2004 年第 1 期，第 80 页。

的领域，在更高层次上体现了一个作家的思想境界"①。下面，我们拟由文本的空间描写入手，结合巴什拉（Gaston Bachelard，1884—1963）"空间诗学"和存在主义的某些论述，探讨陈染小说中的死亡意识与孤独感的联系。

一　封闭的房间与遗失的日历簿

巴什拉在《空间诗学》（*The Poetics of Space*）第六章《角落》和第七章《微型》里集中论述了"微型空间"的理论。认为即便是微小的空间，也拥有独特的世界。巴什拉研究了壁橱、小箱子、巢、贝壳、角落等一般微型模型。"无论多么杂乱的房屋中都有仿佛享受特权性秩序那样的壁橱。又如整齐迭放的床单啦，哪里有什么啦，总是有受到管理的细小秩序"②。正如巴什拉所言，"角落是这样的藏身处，他让我们确认一种存有的初始特质：静定感。这是一处让我的静定感确切无虞、临近显现的地方。角落像是半个箱子，一半围墙、一半门户。……身体因而以为当我们托庇于角落时就可以隐藏得万无一失。阴影成为墙堵，家私筑成围栏，挂饰托出整片屋顶。……存有者……在一艘船的隐蔽角落里幻想这样的居所"③。角落是已经封闭的空间吗？这是我们希望藏身的场所，虽说没有完全封闭，但是对于想象力来说，它仍然是孤独的封闭空间。角落是为我们提供坚定感觉的避难所。当有些不快或者感到孤独时，人们背后就会出现角落。这个角落有时是墙壁，有时是箱子④。

《另一只耳朵的敲击声》中黛二的房间永远都是"紧闭门扇，轻手轻脚的将窗帘的缝角拉严"⑤，黛二称之为"隐蔽静僻的寓所"⑥。在这个封闭的房间中，黛二一方面逃避着孤独，形成"自闭的心理"⑦，在自闭中

---

① 姚丽芳：《论陈染的死亡意识》，载《丹东师专学报》2001 年第 2 期，第 6 页。

② ［日］金森修（KANAMORI Osamu，1954—）：《巴什拉：科学与诗》（*Bacheard*），武青艳（1973—）、包国光（1965—）译，河北教育出版社 2002 年版，第 234 页。

③ ［法］巴什拉（Gaston Bachelard，1884—1963）：《空间诗学》（*The Poetics of Space*），龚卓军（1966—）、王静慧译，张老师文化事业股份有限公司 2003 年版，第 224—225 页。

④ ［日］金森修：《巴什拉：科学与诗》，第 234—235 页。

⑤ 陈染：《另一只耳朵的敲击声》，第 30 页。

⑥ 同上书，第 40 页。

⑦ 同上书，第 56 页。

找寻安全的感觉;另一方面,她也是一个"囚徒","被囚禁在自己思想
和某一种残缺里"①。黛二的日历簿可以看成是"小箱子式的微型空间",
因为它是"隐藏物品的秘密场所",第 2 节写道:

> 日历簿上记载了她太多的秘密,她感到她的一部分私人生活已经
> 随着它的自杀举动,悄悄地、秘密地转移到一个未知的人手中。②

文本其他地方也有诸多"微型空间",下面简单列一表格,以作统计:

微型空间	举例	页码
沙发	……我(黛二)永远坐在那只浮漂水上的木筏一样的沙发里……	29
	她(黛二)斜靠在我(大树枝)的沙发里,一支支吸烟。	45
	……她(黛二)其实只坐在沙发上一动不动,吸着烟,眉头微蹙。	49
	伊堕人退回到自己的沙发里,神态忽然变得格外低沉。……悒闷、孤独,无所寄托。	60
	伊堕人似乎站立不住,跌坐在沙发里。	63
	点上一支烟,深深靠进沙发里,回忆伊堕人和大树枝的脸孔。	70
抽屉	黛二迅急转身,检查她所有的抽屉。锁着和未锁的抽屉一律打开,拉出,它们立刻像一只只舌头伸向她。	70
床角	我(黛二)缩在床角再也不肯下来。	37
保险箱	黛二盼望在她僵紧的身体崩溃之前,……把她的心和身体安放在这个无人打扰的保险箱里,为她遮挡恐怖的人群,使她实现她梦寐以求的隐居幽闭的生活。	68

---

① 陈染:《另一只耳朵的敲击声》,第 57 页。
② 同上书,第 42 页。

续表

微型空间	举例	页码
烟灰缸	她（伊堕人）用力吸了一口，……烟蒂就一个弧度掉落在茶几中间的烟灰缸里，瞬间熄灭。	58
	我（黛二）把烟缸端起来让母亲看。我早已把烟缸里满满的烟蒂倒掉，为了不露痕迹，为了不显示得刻意的修饰整理，我特地在倒掉满满的烟灰后，留下一个烟蒂和一支香烟所能拥有的那么多的烟灰。	72
珍珠	在一片庞大的瓦砾堆下，透过死亡般的黑色，黛二看到只有伊堕人的房间，像一颗珍珠，在她失明的眼中，熠熠生辉。	65

二　"忧郁质者"的梦与死亡意识

关于四元素诗学的构想，巴什拉在《水与梦：论物质的想象》（*Water and Dreams：An Essay on the Imagination of Matter*）的序言有这样的说法：古代一部叫做《长生术》的书，曾经把物质四要素（即火、水、气、土四大元素）与器官四气质（或称气质学说，胆汁质、多血质、粘液质、忧郁质）作了有机的整合，认为"胆汁质者"的梦，多是与火、火灾、战争、杀人有关；"多血质者"与鸟的飞翔、竞争、饮宴、音乐会等事情有关；"粘液质者"的梦与湖水、大河、泛滥等事情有关；"忧郁质者"的梦与埋葬、墓、幽灵、逃亡等悲惨的事情有关。这些不同气质的人所作的梦，与性格相近的物质元素相应，四元素诗学就是要从物质去解释诗意梦境，因此巴什拉将自己的方法界定为物质元素的精神分析[①]。

《另一只耳朵的敲击声》中黛二的梦显示出她"忧郁质者"的气质特征：

　　　　梦中的时辰好像是天朦朦亮，我听到窸窸窣窣的声音，房门忽悠

---

　　① ［英］迪瓦恩（Elizabeth Devine，1961—）：《20世纪思想家辞典：生平·著作·评论》（*Thinkers of the Twentieth Century：A Bibliographical and Critical Dictionary*），贺仁麟译，上海人民出版社1996年版，第25—26页。

闪开，一团阴影晃晃摇摇滑进来。然后我便有一种冰凉的手指轻轻滑过脸颊的感觉。我猛地睁开眼，一个女人形的身体从头顶披着一块垂至腰际的大黑布俯身站在我的床前，贴近我的脸孔，她的很长的冰条手指正悬在我的眼睛上方……我失真走形地惊叫起来，从脚底一直凉到头顶。……我晕晕乎乎就随伊堕入到了她的房间。……我悄悄而神秘的对她说，告诉旁屋那女人，我再也不去那屋了。①

幽灵一般的阴影在梦中给黛二笼上死亡的气息，第 6 节更以"从石棺中苏醒"作为标题，使"坟墓"的意象更为鲜明突出。

透过"微型空间"反映出的自闭心理和黛二的忧郁梦境，我们可以看出文本中弥漫着浓厚的死亡气息，尤其是黛二"自杀"的意念和死的欲望多次重复：

从十三层楼的我的窗口跳下去的欲望狠狠地抓住我。②

街上人们摇摇悠悠的影子与五彩缤纷的城市景观，梦一样从她身边凉凉穿过，她脑子里满满地想着活下去的理由。③

死亡经常缠绕在我的颈间，成为我的精神脱离肉体独立成活的氧气。④

这是一个没有操纵者的对象的奇妙自杀事件。
这是某种结束的象征。⑤

忽然黛二失声尖叫："我要死！"⑥

---

① 陈染：《另一只耳朵的敲击声》，第 37 页。
② 同上书，第 31 页。
③ 同上书，第 33 页。
④ 同上书，第 35 页。
⑤ 同上书，第 41 页。
⑥ 同上书，第 74 页。

黛二的死亡意识属于一种被巴什拉称之为"恩培多克勒情结"（the Empedocles complex）的心理情绪，它是对外部世界"戚戚之声里埋伏着太多的世事炎凉"①的厌弃。巴什拉《火的精神分析》（*The Psychoanalysis of Fire*）第二章《火与遐想》对恩培多克勒情结进行了分析，即一种对火的崇拜以及生的本能和死的本能结合在一起的情绪。主要有以下几个要点：（1）炉火前的遐想及炉中火，火在诉说，在飞舞，在唱歌；（2）火让人产生变化的欲望，加快时间的欲望，使整个生命告终、了结的欲望，奔向死亡；（3）柴火堆的召唤，绝望的爱情表现为对柴火燃尽的渴望②。"恩培多克勒情结"通常是通过"飞蛾扑火"的意象来表达对烈焰、火山的向往，从而于冷酷无情的世界中得以超脱。这一点可以跟我们前面分析的"香烟"意象相联系，令黛二心神安宁的"房间"可以说总是弥漫着小小的一点火星中散发出来的烟雾：

> ……吸烟，青黛色的雾云在我的房间里爱情一般致命。③

> 房间里一时沉默无声，只有香烟随着那一闪一灭的烟头，发出尖细的咝咝声。④

> 烟雾使伊的脸孔渐渐模糊不清……⑤

> 透过昏黯的烟雾，黛二看到房门仿佛在摇晃……⑥

吸烟为黛二创造了另一个时空，她将自己置身于寻常时空之外的烟雾缭绕

---

① 陈染：《另一只耳朵的敲击声》，第 44 页。
② ［法］巴什拉：《火的精神分析》（*The Psychoanalysis of Fire*），杜小真（1946—）、顾嘉琛（1941—）译，岳麓书社 2005 年版，第 19—26 页。
③ 陈染：《另一只耳朵的敲击声》，第 30 页。
④ 同上书，第 59 页。
⑤ 同上书，第 62 页。
⑥ 同上书，第 71 页。

的气氛里，似乎这灰色的烟雾可以延缓梦想的消失。黛二用呼出的烟填满房间，将自己周围的空间塞得满满的，像一个子宫，温暖而安全，她恍若入眠，暂时逃避了无边的困扰，她感到自己已经死了并且来到了天堂。这是潜意识里回归母体的表现，是对"热"的追求，是一种"恩培多克勒情结"。同时，用呼出的烟填满房间，也是占有房间的容积及其表面和角落的一种方式，在烟雾中黛二便可以将"空间圈定起来，并随意变换分割"①，这是一种无忧无虑的自由。而与黛二的房间形成鲜明对比的便是黛二母亲统治下的阴冷、森严的"城堡"，以及噩梦中"冰条手指"② 等意象，这些恰是黛二的"房间"以外寒冷世界的象征。黛二长久以来借不停吸烟所渴望体味的正是一种焚身以火的慢性自杀的快感，是对香烟带来的极乐园之幻象的迷恋，正如文本中伊堕人对黛二的评价，"她那常年的远离沸沸扬扬的外部世界，这简直是一种蓄意的自我慢杀，一种预谋地向着生存的无限性的自我切断"③。可以说，拥抱死亡成为了黛二对抗孤独的最后武器。

黛二拥抱死亡的自杀情结，准确而言，是对"低孤独"的抗争，不仅如此，更表现了女性"高孤独"的追求意识。从存在主义的立场出发，死亡是对现实生活的否定，海德格尔（Martin Heidegger, 1889—1976）认为，真正的"存在"必须对"自我"、对"我在"有真正的体验，但是这种存在总是受到现实生活中周围事物的干扰。因此，真正的存在只有在完全孤立的具体存在中才能体现出来。而平时不可能实现"真正存在"的个人，在死亡面前恰成为自我孤立的了，达到了纯粹的"我在"。死亡否定现实生活，否定"非真正的存在"，却是通向"真正存在"的道路④。

死亡是不可替代的，其"唯一性"决定了对每个死去的人来说，都是"我的死"。"我的死"又意味着什么呢？那就是："我在这个世界上的那种受人摆布、受自然界限制的'非存在'宣告结束；而'非存在'的

---

① ［美］克莱恩:《香烟:一个人类痼习的文化研究》，第 108 页。

② 陈染:《另一只耳朵的敲击声》，第 37 页。

③ 陈染:《另一只耳朵的敲击声》，第 57 页。郑崇选:《孤独的生存体验 执着的精神追求:陈染创作论》，载《广西师范大学学报》2000 年第 1 期，第 111 页。

④ 高宣扬（1940—）:《存在主义概说》，天地图书有限公司 1986 年版，第 74—75 页。

结束，就为我的'真正的存在'开始创造了先决条件"①。只有当一个人把自己的"非存在"彻底毁灭，他才能真正的从现实生活中超越，才有可能得到"真正的存在"，这与"高孤独"的追求何其相似。黛二强烈的自杀意念，证明了她认识到自己的现实生活是"非真正的存在"的，她意识到她的生活的"非人性"极不可忍受。许多试图自杀的人常常会说："我忍受不了这种非人的生活"，"我厌恶这种生活"②，像他们一样，黛二内心的呐喊甚至更为强烈：

> 那无法摆脱的游魂般缠绕的绝望，那毫无灵性的刻板的生活……早已厌倦……③

以黛二为代表的女性形象，在极端痛苦、压抑、绝望的情况下产生对死亡的向往，试图以自杀了结生命，使自己从痛苦的内心矛盾中解放出来，这是一种与世界较量、提出抗议的方式，是坚持自己信仰的表现，同时更是一种对孤独、冷漠、厌倦的生活的否定，对不完美的甚至肮脏的世界喊"不"，以及对自身真正的存在价值的彰显④。

陈染在很多场合曾公开表示，自己的创作受到西方女权主义、精神分析和后现代主义等观念的影响⑤，这一点通过我们对《另一只耳朵的敲击声》孤独感的分析，可以得到充分证明。有评论者认为，"《另一只耳朵的敲击声》是陈染至今最为复杂的作品，它为我们的解读提供了相当丰富的内容，或者说，它包含了迄今为止女性主义文学最先锋的内容。在艺术上它又浑然不成，并无先入为主的概念化印痕，它显示了陈染作为小说家的成熟。"⑥ 这无疑也得益于小说对孤独感成功的描摹。不单单是《另

---

① 高宣扬：《存在主义概说》，第 76 页。

② 同上书，第 77 页。

③ 陈染：《另一只耳朵的敲击声》，第 62 页。

④ 吴红光、熊华勇：《陈染孤独之原因论析》，载《襄樊学院学报》2003 年第 6 期，第 57—62 页。

⑤ 李鸿：《是门，又是墙：陈染小说模式机制》，载《内蒙古民族大学学报》2003 年第 3 期，第 35 页。

⑥ 孟繁华：《忧郁的荒原：女性漂泊的心路秘史》，第 60 页。

一只耳朵的敲击声》,陈染笔下的女性世界处处充斥着孤独的气氛,她的小说所塑造的绝大多数女性形象在以独立的姿态寻找自己精神家园的同时,也饱受着心灵的创伤,以及孤独所带来的对生命的失望。然而,正是这种将孤独作为一种来自心理深层的驱动力,使陈染避开了文坛的火热场面而勤奋不怠地创作,并永无止境地进行着自己及先辈作家没有做过的探索和尝试①。本章要点总结如下:

(1)陈染的作品大胆而细腻地描摹了女性自身独特的经历和体验,创造了一个深邃复杂、颇具女性魅力的艺术世界,展示了女性自我繁复曲折的内心。在这个世界里,弥漫着无边无际的孤独气息,这给她的小说带来了独特的声音。

(2)孤独感既代表着陈染的创作心境,也成为陈染小说的一个重要旋律。本章选取《另一只耳朵的敲击声》为着眼点,对小说中表现出的孤独意识进行了发掘和探讨。

(3)《另一只耳朵的敲击声》是一部刻意宣谕女性独立身份的作品,以炫目的方式表达了女性的精神焦虑和内心压抑。与陈染绝大部分作品一样,这篇小说通过女主人公黛二对孤独的深刻体验和感悟,表现了当代女性思索、追问自身生存意义时的困境。

(4)孤独感与生俱来,精神上的"乡愁"直接是黛二孤独意识的根源。小说中以舟、船、木筏等"子宫"意象,表现出潜意识回归母体天堂的愿望。陈染小说孤独感的营造几乎都与"家"、"故乡"、"他乡"、"归宿"等概念有关,女主角也往往是女性心路历程上的漂泊者。

(5)陈染笔下的绝大多数女性为了摆脱外在异化现实的束缚,追寻自我独立与尊严,而陷入孤独之境。陈染小说所饱含的"乡愁"意识超越了单纯的"怀乡"局限,而是对故乡在哪里的深层次思考。

(6)对独自天地的渴求使陈染笔下的女性沉湎于终日的冥想,丧失了外部行动的能力,饱受自我分裂与异化的煎熬。《另一只耳朵的敲击声》便可看出此倾向,女主角黛二小姐明显是具有"精神分裂"性格和

---

① 杨敏:《论陈染小说创作的孤独意识》,第96页。李月华:《在清寂的边角小道独自漫走:我看陈染》,载《嘉兴学院学报》2002年11期,第165—167页。汪登存:《孤独的贵族:读陈染的〈声声断断〉》,载《当代文坛》2001年第2期,第50—51页。

"冥想型"性格的人。她的理性冥想与主观欲求、身体行为相背离，在自我实现的同时自我毁灭，最终导致一片虚无与绝望。

（7）黛二对自己以"狗"、"母狗"称呼，除了含有孤独的成分之外，还具有与孤独感密切相关的"受虐"性格倾向。同时，我们也可以在文本中找到与"受虐"性格相对的"施虐"性格具有者——黛二母亲。施虐倾向和受虐倾向一样，都是为了避免孤独和分离而依赖他人。

（8）《另一只耳朵的敲击声》黛二与母亲之间的矛盾有着"战争"的隐喻。黛二在母亲面前软弱无力，她只能借助一根接一根的吸烟来缓解和麻痹与母亲这场无休止的"战争"中的焦虑感。"香烟"由于具有对舒缓焦虑的作用，并且隐含提示了女性的解放意识，因而成为陈染刻画人物时的重要道具。

（9）陈染作品的思想内容在反映女性孤独主题和女性"真正的存在"等问题时，对死亡的描述和思考是有意识的、自觉的。借助"微型空间"意象和"忧郁质者"的梦境描述，表现出黛二的"恩培多克勒情结"，一种对外部世界"戚戚之声里埋伏着太多的世事炎凉"的厌弃情绪。

（10）黛二拥抱死亡的自杀情结，准确而言，是对"低孤独"的抗争，更表现了女性"高孤独"的追求意识。以黛二为代表的女性形象，在极端痛苦、压抑、绝望的情况下产生出对死亡的向往，是一种对孤独、冷漠、厌倦的生活的否定，也是对自身真正的存在价值的极端化彰显。

第 十 章

沮丧与孤独的色彩空间:闻一多、郑愁予诗歌"黑"、"白"特质下的孤独意识

> 孤独的情绪会以各种不同的姿态,在各种不同的场合中存在。因此,世界上的每个人,都不可能避免孤独的感觉。……就好像一个在沙漠中孑然独存的人一样,真正的孤独会在你日常生活的无形沙漠中成长、滋蔓。……它可以说从一个人出生开始,就一直随伴着,正如影之随行,亦步亦趋,终其一生,是永远也不能摆脱的一种心理感受。

——箱崎总一(Hakozki Sōichi, 1928—)[1]

由"色彩"入手,对新诗意境、形式、创作技法等进行美学、诗学上的研究,并非鲜有人涉足的蹊径。中国传统诗论,自古即说"诗画同源",清代诗评家叶燮(1627—1703)就将有"章采"的"文辞"喻为画家所用的颜色[2]。在西方,古希腊抒情诗人西蒙奈底斯(Simonides, 556BC–468BC)则有名句:"诗是有声画,犹如画是无声诗。"英国诗人、剧作家、批评家德莱顿(John Dryden, 1631—1700)亦言:"写作中

---

① [日]箱崎总一(Hakozki Sōichi, 1928—):《孤独心态的超越》,何逸尘译,巨流图书公司1981年版,第3页。

② 叶燮(1627—1703):"夫诗,纯淡则无味,纯朴则近俚,势不能如画家之有不设色。古称非文辞不为功;文辞者,斐然之章采也。"叶燮:《原诗》,郭绍虞(1893—1984)主编,人民文学出版社1998年版,第18页。邱文治:《闻一多诗歌的"绘画美"蠡测》,载《昆明师院学报》1982年第2期,第34页。

的词藻" 就好像 "绘画中的色彩。"① 可见，诗歌作为原本平面的语言艺术，正是借助有色感的文字才得以唤起读者的艺术想象，使之成为绘画式立体的空间艺术。马克思（Karl Marx，1818—1883）将色彩的感觉视作一般审美感观中 "最通常的形态"②，由此可窥一斑。

然而，纵观中国学界有关新诗 "色彩意象" 或称 "颜色词" 的评论，大多局限在主观式总结的表面层次，很少有论者运用统计等科学方法测量诗人的色彩特质，鲜见触及诗人为何对某种或某些色彩情有独钟，以及色彩与诗人性格特质之间的关系等问题。尽管 90 年代以来，新诗评论家们大量引进了西方哲学的理论和方法，如结构、解构主义、原型批评、比较文学形象学方法、叙事学研究方法、精神分析学说等，但就诗歌颜色研究的领域而言，却少有心理学及精神分析学上的深入探究。有鉴于此，本章拟选取两位活跃于 20 世纪中国诗坛的重量级诗人，闻一多（闻家骅，1899—1946）、郑愁予（郑文韬，1933—）及其诗歌世界中弥漫的孤独感和沮丧意识作为研究对象，尝试借用精神分析学、心理学、四元素诗学和空间诗学等理论，通过比较研究，探讨诗人常用色彩对其人格特质的反映，以及形诸文字的原因③。

第一节　色彩、空间与孤独感主题

一　心理学领域的色彩研究与空间意象的原型分析

人类生存在一个色彩的世界，但 "色彩" 对我们来说，是一个既古老又陌生的词汇。真正科学意义上的色彩分析，起源于牛顿（Issac Newton，1642—1727）的 "关于用三棱镜分解光的实验"。光的世界，则是色的世界，色是依附于物质的一种属性，同时又具有作为人类共通语言的象

---

① 邱文治：《闻一多诗歌的 "绘画美" 蠡测》，第 34 页。

② ［德］马克思（Karl Marx，1818—1883）：《政治经济学批判》（*Capital*：*A Critique of Political Economy*），郭沫若（1892—1978）译，群益出版社 1950 年版，第 196 页。郑守江：《论闻一多新诗的美学特征》，载《北方论丛》1987 年第 5 期，第 34 页。江锡铨（1950）：《试论闻一多关于新诗绘画美的理论和实践》，载《北京大学学报》1983 年第 2 期，第 20—32 页。

③ 相较而言，闻一多（闻家骅，1899—1946）新诗的色彩应用更为长久和广泛地引发学界讨论，特别是闻一多 1926 年发表《诗的格律》，明确提出了 "绘画美" 诗学主张，闻诗的色彩议题至今仍是研究的热点。就此议题，我们在本章附论部分有专门的论述。

征性和逻辑性①。

　　心理学方面的色彩研究在西方可追溯至古希腊哲学家毕达哥拉斯
（Pythagoros，570BC—469BC）"色彩"与"音乐"的理论。美国当代著
名"色彩与音乐治疗家"巴斯诺（Mary Bassano）在《音乐与色彩疗法：
初学者指南》（Healing with Music and Color：A Beginner's Guide）中，将
"七种光谱色"（红、橙、黄、绿、蓝、靛、紫）与西方文化中被视作标
准的"七声音阶"（C，D，E，F，G，A，B 音调）互相关联，提出"七
种光谱色"和"七声音阶"之间存在着可比较的振动频率。而每种"色
彩"与"音调"的共振结合又可以治疗疾病。例如，"紫色"与"B 调"
结合，可治疗"神经病症"或"精神疾病"；"蓝色"和"G 调"结合，
可治疗高血压、皮肤病、癌症等②。另外，比琤（Birren Faber，1900—
1988）的"色彩心理"说法也认同色彩可以医好宿症、造福人类③。近
来，"光学治疗"与"色彩疗法"更成为医学界和心理学界炙手可热的研
究课题，如赖勃曼（Jacob Liberman）便有《光：未来的医学》（Light：
Medicine of the Future）等专题著作④。20 世纪以来，东方学者对色彩的研
究也贡献良多。80 年代日本理论家城一夫（JŌ Kazuo，1937—）有专著
《色彩史话》，以人类文明史为线索，引用了大量有关色彩理论的文献和
历史资料，以色彩美学为轴心，从时代、环境、民族、民俗等不同角度对
色彩的历史发展作了深入和全面的探索。中国台湾当代心理学家张志雄在
总结前辈研究成果的基础上，更首创了"色彩密码学"，指出"每一个人
的身上，都有九种色彩，红、橙、黄、绿、蓝、靛、紫、黑、白。每一种
色彩都代表了不同的意义，有着不同的特质。每个人拥有独一无二的色彩
组合，世界上找不到两个色彩组合一模一样的人"，并作出了"万事万物

　　①　[日] 城一夫（JŌ Kazuo，1937—）：《色彩史话》，亚健、徐漠译，浙江人民美术出版社
1990 年版，第 1—10、119—123 页。

　　②　张志雄：《生命的密码，色彩知道》，人本自然文化事业有限公司 2005 年版，第 4—5
页。

　　③　[韩] 许世旭（HŎ Se - uk，1934—2010）：《闻一多诗的色彩规律》，载《国外社会科
学》1995 年第 10 期，第 47 页。

　　④　[美] 赖勃曼（Jacob Liberman）：《光：未来的医学》（Light：Medicine of the Future），黄
淑贞译，世茂出版社 1997 年版。张志雄：《生命的密码，色彩知道》，第 5 页。

都是能量与色彩"的大胆论断①。

法国诗人阿贺诺（Noël Arnaud，1919—2003）有一首著名小诗:"我即是我所在的空间（I am the space where I am）。"② 假如配合张志雄"每一个个体都是色彩"的提法，或许能得出这样一则题设:每个个体都有其所占据的空间，而个体所具有的色彩也赋予空间独具的色彩。这一"空间"或"个体"可大至整个宇宙，亦可是微小的介壳;可以是具体的，也可以是抽象的。而将此放诸文学领域，则是借助想象而形成的文学意象。

当我们在阅读中遇到某个清新的意象时，往往会受其感染，禁不住兴发起白日想象并倚恃它另眼看待现实生活的冲动。这种没来由的激动与另一类眼光的萌生，或称为一种不能以因果关系解释的阅读心理现象，便是巴什拉（Gaston Bachelard，1884—1963）《空间诗学》（*The Poetics of Space*）③ 阅读现象学的起点，巴什拉称之为"回荡"（retentissement）④。巴什拉认为空间并非填充物体的容器，而是人类意识的居所⑤。有关文学意象与空间的关联，巴什拉在《空间诗学》"导论"部分，将"语言空间"的概念提升到首位阐释，认为孤立的诗意象一旦经过持续的锻造而成为诗句，就可发生现象学式的"回荡"，使人感受到灵光乍现的极微现象。这些最不可捉摸的心灵事件，在诗意想象的初步现象学研究中，即表现为语言空间的形构，包括"孤立的诗意象"、"发展它的诗句"以及"偶有诗意想象在其中光芒四射的诗节"等，对此应运用"场所分析"

---

① 张志雄:《生命的密码，色彩知道》，第18页。

② ［法］巴什拉（Gaston Bachelard，1884—1963）:《空间诗学》（*The Poetics of Space*），龚卓军（1966—）、王静慧译，张老师文化事业股份有限公司2003年版，第224页。Gaston Bacheelard，*The Poetics of Space*，trans. Maria Jolas（Boston：Beacon P，1994）137。

③ 《空间诗学》一书的法文版出版于1957年，当时正处于现代主义晚期建筑文化快要窒息，现象学以及象征意义的追求为建筑注入丰厚养分的氛围。巴什拉借此时机，开展了对于钟爱空间的系统性分析，也就是"场所分析"（topoanalysis），并且重点关注文学意象的心理动力。毕恒达（1959—）:《家的想象与性别差异》，《空间诗学》，第12—20页。

④ 巴什拉的"回荡"，是援引自现象学家闵科夫斯基（Eugène Minkowski，1885—1972）的哲学术语，巴什拉对此赋予了新的意涵。［法］巴什拉:《空间诗学》，第36—37、59—61页。龚卓军:《空间原型的阅读现象学》，《空间诗学》，第23页。

⑤ 毕恒达:《家的想象与性别差异》，第12—20页。

（topoanalysis）来加以研读①。这里所谓"语言空间"的"场所分析"，是建立在现象学心理学分析的基础之上的。例如，就"回荡"的概念，巴什拉是明确与我们比较常经验到的阅读现象——共鸣——严格区分开来的。"共鸣"仅散布在生活的不同层面，处于共鸣之中的人也仅是"听见了诗"；"回荡"则不然，它"召唤我们给自己的存在以更大的深度"，令我们"诉说着诗"，使诗"化入我们自身"。随之而来的是一种"存在的转变"——"诗人的存在"变成了"我们的存在"，通俗的说，即所有充满热情的诗歌爱好者都曾有过的那种熟悉感受："诗歌彻头彻尾占据了我们"②。因而，巴什拉十分重视空间方面的原型意象，而他所谓的原型，本身即为原初意象、物质意象，也是共通于人类的意象。正因为这种"共通性"，读者才会被诗歌和意象彻底占领，灵魂被深深打动，感受到处于"回荡"中的震撼。诗意在读者的存在处境下被重新诉说，读者的过去因而被唤醒，以为这种诗意似曾相识，甚至以为这种诗意是自己创造出来的，从而以自身过去的相关经验对照诗歌意象所呈现的情境，在精神上掌握到"某种意象的典型特质"，在知性上发现到这些特质是潜藏于以往的生活经验脉络之中③。

二　孤独感与沮丧

巴什拉在《空间诗学》中提到的原型空间意象主要有十五个，并认为所有人（人类）对于这些空间意象都有模式类似、但个别面貌殊异的心灵反应④。这种心灵反应，经过巴什拉所谓的"场所分析"以及"现象学心理学"的分析，显示出其现实意义的来源和正面意象或是负面意象带给读者的不同阅读体验。而不论是正面还是负面意象，其空间原型所具有的色彩性、光亮度与作用于心理反应的影响是不可分割的。譬如，在家屋阴暗的地窖、角落中经常会感受到恐怖感；早期对家屋、公共厕所在阴

---

① ［法］巴什拉：《空间诗学》，第47页。
② 同上书，第41—42页。
③ 龚卓军：《空间原型的阅读现象学》，第23页。
④ 十五个空间原型意象为：1. 家屋；2. 阁楼；3. 地窖；4. 抽屉；5. 匣盒；6. 橱柜；7. 介壳；8. 窝巢；9. 角落；10. 微型；11. 私密感；12. 浩瀚感；13. 巨大感；14. 内外感；15. 圆整感。龚卓军：《空间原型的阅读现象学》，第28页。

雨、夜晚时分的畏惧等。这种对于黑暗、密谋、暴力威胁的不信任感,通常会与那些阴郁蒙尘、阴影暗部的家屋反面意象联系。

在"心灵反应"或是"白日梦"范畴中,巴什拉非常看重被原型空间唤起的孤独感的心理分析,他将其叫做"到达日梦的境界,这种境界是我们身在自己孤寂独处之空间时经常达到的境界"①。在这些孤寂独处的空间,人们遭受"孤寂之苦"、"孤寂之乐"、"孤寂之欲求"与"危害孤寂",这一切留在人们心中,难以磨灭,并非人们无计可施,而"显然是因为存有者不想要磨灭掉它们。他以本能知道这些孤寂的空间具有形构力"②。面对"度过孤寂时刻的所有地方",巴什拉认为场所分析师至少要考察下面几个重要方面: (1) 房间宽敞与否; (2) 阁楼是否杂乱; (3) 角落暖不暖和;(4) 光线从哪里来;(5) 在零零落落的空间中存有者如何得到宁静;(6) 在孤寂地做日梦的时候存有者如何品味各种僻静角落的特有宁静③。其中,第3至6点可以说都与色彩明暗有关。并且,巴什拉的整个理论体系,对颜色的研究也占有相当的比重。如,对家屋、微型等暗部的研究;整片遍布天地的雪白与我们感受到的宇宙的否定状态之关系;水银隐藏着内部的颜色;黑色隐藏在牛奶中等等。

在巴什拉之前,孤独感 (loneliness) 作为文明时代人类社会发展异化 (alienation) 的主要表现,早已被现代人所觉察,它是人类普遍经历的一种痛苦的情感经验④。伴随孤独感可能复合产生的众多情绪体验中,沮丧 (depression) 是极为重要的一项。许多作家、心理学家、病理学家对孤独感的描摹、研究都会或多或少地体现和探讨沮丧。然而,两者是否互为表里,是否互为因果,人们至今仍无法得到彻底和明晰的答案。美国华盛顿大学医学院威克斯 (David G. Weeks) 等人有《孤独与沮丧:对等式结构分析》("Relation Between Loneliness and Depression: A Structural Equation Analysis") 一文,通过结构模型 (structural model) 的统计式调查,提出从产生原因的相关性上来看,长期的孤独一般来说极有可能是造

---

① [法] 巴什拉:《空间诗学》,第70页。

② 同上书,第71页。

③ 同上书,第70—71页。

④ Sandra Loucks, "Loneliness, Affect, and Self – Concept: Construct Validity of the Bradley Loneliness Scale," *Journal of Personality Assessment* 2 (1980): 142.

成沮丧的原因;而沮丧又会使人减少社交活动,进而产生孤独感;其他一些因素,诸如与亲朋好友情感上的决裂等,可能同时造成孤独与沮丧。研究归纳起来得出四点结论:(1)尽管孤独与沮丧关系甚为密切,但二者还是有明显区别的;(2)短期来看,孤独与沮丧不能互为充分必要条件,即前者可能造成后者,但不是必然一定的,反之亦然。例如,今天感觉到孤独,或许会由此而产生沮丧,但明天未必仍然沮丧,孤独却持续下去;(3)长期来看,孤独与沮丧都具有相对稳定的特性;(4)孤独与沮丧的来源极有可能是由相同因素造成的[①]。

　　沮丧与色彩的关系,或可由其定义来进行追溯。根据心理学家贝克(Aaron Temkin Beck,1921—),我们今天所说的沮丧,也就是"抑郁",属于"忧郁"的范畴。早在公元前 4 世纪古希腊医学之父希波克底拉(Hippocrates,460BC – 370BC?)就对忧郁有过诊疗学上的描述,并注意到了躁狂(mania)、沮丧(抑郁)与忧郁的相似性[②]。"忧郁"在英语中对应"melancholy"一词,源于希腊文"melancholia",韦氏词典的解释为:"black bile: in medieval times considered to be one of the four humors of the body, to come from the spleen or kidneys, and to cause gloominess, irritability, or depression"[③]. 即黑胆汁(忧郁液),中世纪时认为能决定人的健康与性格的四种体液之一,会产生忧伤、烦躁和抑郁[④]。希波克底拉坚信,黑色胆汁本身是一种非常奇特的物质,它的作用更让人感到惊奇。黑胆汁主管失败感、狂躁、忧郁、沮丧、恼怒、皮肤病和癫痫,当它过热或过冷时,体液之间的平衡便会被打破,由此引起身体上的损伤和精神疾

　　① David G. Weeks, John L. Michela and Letitia Anne Peplau, Martin E. Bragg, "Relation Between Loneliness and Depression: A Structural Equation Analysis," *Journal of Personality and Social Psychology* 6 (1980): 1238 – 1244.

　　② Aaron Temkin Beck (1921—), *Depression: Causes and Treatment* (Philadelphia: U of Pennsylvania P, 1967) 4.

　　③ 英文释义参: David B. Guralnik (1920—), *Webster's New World Dictionary* (New York: Simon and Schuster, Inc., 1984) 844。

　　④ 中文释义参[美]弗莱克斯纳(Stuart Berg Flexner)主编:《蓝登书屋韦氏英汉大学词典》(*Random House Webster's College Dictionary*),蓝登书屋韦氏英汉大学词典编译组编译,商务印书馆 1997 年版,第 236、1430 页。汪榕培:《杜丽娘的东方女子忧郁情结:〈牡丹亭〉译后感之一》,汪榕培、王晓娜主编:《忧郁的沉思》,商务印书馆 2000 年版,第 6 页。

病，如疯狂或痴呆等①。古希腊的"四种体液（humors）"说，除了黑色胆汁外，还有血液，主管激情，包括勇敢、情欲；黏液，主管麻痹、冷淡、淡泊；黄胆液，主管暴烈、易怒。此四种体液在每个人身上的不同配合就形成这个人的性格②。"四体液人格形成理论"与我们前面提到的"色彩人格理论"相比照，胆汁的黑色、胆液的黄色与血液、黏液呈现的色泽大致亦可归属于七种光谱色和黑、白两色之中。

第二节　闻一多、郑愁予诗歌的色彩测量

围绕孤独感与沮丧等议题，对色彩构成的空间原型意象进行分析，是我们理论层面总体探究的行进方向。下文将以闻一多、郑愁予诗歌世界里的色彩应用为具体着眼点，尝试研究这两位诗人各自的色彩特质及其在诗意表达过程中的体现。闻一多和郑愁予都是运用颜色词的高手，诗中色彩意象俯拾皆是，就此无须赘言，我们关注的重点，在于诗人的色彩特质是什么，通过具有何种色彩的原型空间意象，孤独感与沮丧是如何得以体现的。有鉴于此，我们首先运用统计学，对诗人作品中的色彩进行计量；同时，将考察的对象锁定为闻一多的《红烛》、《死水》③和郑愁予的《郑愁予诗集·卷 I》④、《郑愁予诗集·卷 II》⑤（下文简写作《郑 I》、《郑 II》）。以诗人的经典作品为测定文本，会更具代表性意义。

一　测量一：色彩出现比率的测量

考虑到统计准确性，我们的测量首先剔除了主观争议性较强的色彩意象和融色（混合色）的成分，例如"银灰色的鸽子"⑥、"铅灰色的树影"⑦ 等。我们仅对涉及红、橙、黄、绿、蓝、靛（青）、紫、黑、白等

---

① 单杰宁：《卡夫卡〈在法律面前〉的"忧郁"思考》，《忧郁的沉思》，第 81 页。

② 杨周翰（1915—1989）：《性格特写》，《十七世纪英国文学》，北京大学出版社 1996 年版，第 59—79 页。朱源：《忧郁与中英浪漫主义诗歌》，《忧郁的沉思》，第 141 页。

③ 闻一多（闻家骅，1899—1946）：《红烛·死水》，三联书店 1999 年版。

④ 郑愁予（郑文韬，1933—）：《郑愁予诗集·卷 I》，洪范书店 2003 年版。

⑤ 郑愁予：《郑愁予诗集·卷 II》，洪范书店 2004 年版。

⑥ 闻一多：《秋色》，《红烛·死水》，第 120 页。

⑦ 闻一多：《小溪》，《红烛·死水》，第 128 页。

原色的字、词作纯数字上的计算,以求数据更具说服力。先来看闻一多,详见列表10—1,如下:

表10—1

		红	橙	黄	绿	蓝	靛/青	紫	黑	白
						闻一多				
出现	《红烛》	45	0	17	25	7	11	13	25	30
次数	《死水》	7	0	11	7	1	6	0	11	17
	总次数	52	0	28	32	8	17	13	36	47
颜色词出现总次数						233				
百分比		22.3%	0	12.0%	13.7%	3.4%	7.3%	5.6%	15.5%	20.2%

经过计算,《红烛》与《死水》中九种颜色词共有233处,除橙色外,其余均有出现。同样方法,考察郑愁予的作品,见列表10—2:

表10—2

		红	橙	黄	绿	蓝	靛/青	紫	黑	白
						郑愁予				
出现	《郑Ⅰ》	30	0	15	20	31	21	5	19	33
次数	《郑Ⅱ》	37	1	11	17	21	27	8	42	72
	总次数	67	1	26	37	52	48	13	61	105
颜色词出现总次数						410				
百分比		16.3%	0.2%	6.3%	9.0%	12.7%	11.7%	3.2%	15.0%	25.6%

通过以上列表,可得出:(1)闻一多诗歌色彩应用百分比由高到低依次是红、白、黑、绿、黄、靛(青)、紫、蓝、橙;(2)郑愁予诗歌色彩应用百分比由高至低依次为白、红、黑、蓝、靛(青)、绿、黄、紫、橙。

二　测量二:色彩分布比率的测量

仅从测量一的结果,我们并不足以就诗人色彩特质做任何实质的判断,但十分明显,闻一多《红烛》、《死水》中出现频率较高的是红、

白、黑，其出现率都超过了 15%；郑愁予的两部诗集，出现频率超过
15% 的也是这三种颜色。红、白、黑似乎备受两位诗人的青睐。事实是否
如此，我们还必须从色彩分布的角度，即考察各种色彩所占篇目的数量，
来进行第二轮测量论证。

表 10—3

闻一多									
颜色词		红	橙	黄	绿	蓝	靛/青	紫	黑	白
所占	《红烛》	17	0	9	15	6	9	7	16	15
篇数	《死水》	5	0	8	5	1	5	0	8	10
总篇目数		22	0	17	20	7	14	7	24	25
颜色词出现总篇数		136								
百分比		16.2%	0	12.5%	14.7%	5.1%	10.3%	5.1%	17.6%	18.4%

表 10—3 显示，分布篇目百分比超过 15% 的色彩依次是白色、黑色
和红色，可以看出，以上三种颜色在闻一多《红烛》和《死水》中分布
范围较广，不考虑排列次序的话，与测量一的结果一致。再来看郑愁予的
色彩分布比率：

表 10—4

郑愁予									
颜色词		红	橙	黄	绿	蓝	靛/青	紫	黑	白
所占	《郑 I》	23	0	11	18	27	18	5	17	24
篇数	《郑 II》	25	1	10	10	8	16	7	26	37
总篇目数		48	1	21	28	35	34	12	43	61
颜色词出现总篇数		283								
百分比		17.0%	0.4%	7.4%	9.9%	12.4%	12.0%	4.2%	15.2%	21.6%

通过表 10—4，郑愁予的两部诗集，白、红、黑三种颜色的分布比率
均超过了 15%，这与测量一中的结论也是一样的。

相应的，若将闻一多与郑愁予色彩出现比率和分布比率都分为四个等

级，则如下表所示，以便比较:

表 10—5

色彩应用　　　　色彩等级	色彩出现比率		色彩分布比率	
	闻一多	郑愁予	闻一多	郑愁予
第一等级（≥15%）	红、白、黑	白、红、黑	白、黑、红	白、红、黑
第二等级（10%—15%）	绿、黄	蓝、靛（青）	绿、黄、靛（青）	蓝、靛（青）
第三等级（5%—10%）	靛（青）、紫	绿、黄	紫、蓝	绿、黄
第四等级（≤5%）	蓝、橙	紫、橙	橙	紫、橙

将测量一与测量二综合起来，不难看出:（1）红、白、黑是两位诗人应用最为普遍的颜色，具有普遍性;（2）这三种色彩各自的出现比率与分布比率在闻一多，既不存在正比也不存在反比关系，而在郑愁予，却似乎存在正比关系，即出现比率高的，分布比率也较高;（3）红、白、黑以外的其他色彩，两次测量均按一定的次序排列，呈现相对稳定关系。

三　测量三: 红、白、黑三色稳定性的测量

根据上面的第一点结论，可同时将两位诗人色彩特质的考察范围由九种色彩缩小至红、白、黑三色，这对我们的研究很有帮助。闻一多与郑愁予喜用红、白、黑这一特点十分相似。然而，就此下结论还不全面，因为这只是局限于色彩应用普遍性的层次，并没有考虑到这三种色彩两次测量的变化幅度。例如测量一中，闻一多的红色出现比率排在这三种颜色的首位，测量二红色的分布比率却是最后一位;同样，白色、黑色两次测量排序也不同程度地出现了变化。而在郑愁予，相对来说三种颜色排序的变化就不这么明显，而呈正比关系。但是，这种直观上的判断尚不能说明什么，恰恰反映了前面测量结论第二点、第三点所隐含的问题，简言之，就是一个色彩运用稳定性的问题，仅由测量一与测量二是不足以解决的，因此进行第三轮测量十分必要。

通常，统计学上是综合"平均值"和"标准方差"来测量数据或数据稳定性的。平均值又被简称为均值，是数理统计中最常用的指标之一。

用统计学方法计算的平均数,能说明事物的本质和特征,可用来衡量一定条件下的测量水平和概括地表现测量资料的集中情况。例如,平均值在人体测量学和人类工效学中占有重要的地位,许多设计标准就是根据平均值确定的。所谓标准方差,又叫做均方差,表示某一测量值分布在距离平均值一定范围之内的概率,即表明一系列变量距平均数的分布情形。方差大表示各变量分布广大,远离平均数;方差小,表示各变量接近平均数。方差常用来确定某一范围的界限[1]。在我们研究的领域内,色彩使用的平均值 ($\overline{x}$) 即等于某种色彩出现的总次数与出现总篇数的比值;标准方差 (s) 则可代入下面的统计公式[2]:

$$s = \sqrt{S^2}$$

$$s^2 = \frac{1}{n-1}\left[(x_1 - \overline{x})^2 + (x_2 - \overline{x})^2 + \cdots + (x_n - \overline{x})^2\right]$$

经过计算,我们得到以下的数据:

表 10—6

闻一多			郑愁予		
红色	使用的平均值	2.36	红色	使用的平均值	1.40
	标准方差	3.06		标准方差	0.17
白色	使用的平均值	1.88	白色	使用的平均值	1.72
	标准方差	1.13		标准方差	1.58
黑色	使用的平均值	1.50	黑色	使用的平均值	1.42
	标准方差	0.72		标准方差	0.70

对于应用最为普遍的红、白、黑三色,稳定性的差异是显而易见的。闻一

---

① John A. Rice (1944—), *Mathematical Statistics and Data Analysis* (Belmont, California: Wadsworth Publishing Company, 1995) 122 – 126.

② 公式中 s 代表"标准方差" (standard deviation),s^2 称作"方差" (sample variance),n 为某种色彩出现的总篇数,x_1 为第一篇中这种色彩出现的总次数,x_2 为第二篇中这种色彩出现的总次数,依此类推直至 x_n (第 n 篇中这种色彩出现的总次数),$\overline{x}$ 为这一色彩平均在每篇中出现的次数,即平均值。Bruce L. Bowerman, *Business Statistics in Practice* (New York: The McGraw - Hill Companies, Inc, 1997) 66.

多使用黑色十分稳定,使用红色却极不稳定,也就是说,在使用黑色意象的所有诗歌中,黑色的出现次数大致是相同的,而红色却集中出现在了一首或是几首里;郑愁予色彩运用的突出特点则是运用白色的极不稳定和黑色的相对稳定。

第三节　一个命题的提出

我们借助统计学工具,从三个不同的角度对闻一多和郑愁予诗集中红、橙、黄、绿、蓝、靛(青)、紫、黑、白这九种色彩分别进行了测量。红、白、黑的普遍应用和平均值偏高的特点为我们带来数据上的启发,但是这三种色彩稳定性的测量结果却并不尽如人意,似乎两位诗人诗集中色彩使用平均值越高的,反而越不稳定,平均值低的反而趋近稳定。

鉴于本次研究以孤独感和沮丧为轴心,我们不妨在眼下的研究阶段,根据三轮统计的测量结果提出一个命题,并在后文对这一命题进行多方位的论证,那就是:闻一多是一位显现黑色稳定特性的诗人,郑愁予则是一位显现白色不稳定特性的诗人,二者不同的色彩人格特性决定了不同的孤独感特点,并且直接印证威克斯关于孤独与沮丧的关系。

第四节　第一步论证:世纪末的异化与孤独

将统计学角度的色彩测量暂时告一段落,而对上述命题展开进一步的论证和诠释,原因在于对诗意和想象,纯粹科学上的计算有时并不能反映实际的全貌。正像巴什拉晚年所说,"即使是科学哲学家,在要考察诗性想象力的时候,也必须断然舍弃自己过去的一切认识",这里"过去的一切认识",一定程度上涵盖了他早年提出的"元素诗学"那种尽可能站在客观立场上,遵守作为科学哲学家的习惯,排除欲采纳个人解释的诱惑,从而对意象进行观察的方法①,这也正是我们前一部分统计时所遵循的原则。关于"元素诗学"的问题,后文还将有所涉及,这一部分,我们将

---

① [日]金森修(KANAMORI Osamu, 1954—):《巴什拉:科学与诗》(Bacheard),武青艳(1973—)、包国光(1965—)译,河北教育出版社2002年版,第226—227页。

对上面提出的命题作第一步论证，从而把讨论的重点转向：（1）诗人所处时代的色彩倾向与孤独感本质之间的关系；（2）这种联系对诗人孤独感特质成因之影响。

一　世纪末的色彩倾向与现代人的心理重负

城一夫《色彩史话》用了两个章节，集中讨论 19 世纪与 20 世纪初的时代色彩特质，对应他的理论，出生于 19 世纪末的闻一多与 20 世纪前期在诗坛崭露头角的郑愁予都不同程度地受到了这一时代特有色彩倾向的影响。

根据城一夫，19 世纪是病态的黄色时代，典型人物首推画家梵高（Vincent van Gogh，1853—1890）。19 世纪后半叶以狂气著称的梵高在名作《向日葵》（*Still Life：Vase with Fourteen Sunflowers*）中以"米黄色的墙壁为背景，以各种黄色的变化来描绘向日葵的大轮廓"，色彩的强度得以表现，探索事物本质的同时进行了再创造①。城一夫认为，金黄色的向日葵无意中表达了梵高的"狂气和病态的本质"②，这一点可由梵高书简里多次流露的"我孤独——这是无可奈何的③"等思想得到证实。同样，《欧仁·波许肖像》（*Portrait of Eugène Boch*）及《黄房子》（*The Yellow House*）里，梵高的黄色倾向表现得更为淋漓尽致，对他来说，黄色是"神秘性和精神不安定以及狂气的象征"④。在割了左耳、精神异常的梵高笔下，这种黄色屡屡出现，似乎只有这种神秘的黄色，才能控制住他的心境。与梵高同时期的著名画家高更（Paul Gauguin，1848—1903）也嗜好黄色，《黄色的基督》（*The Yellow Christ*）是其代表作，画中柠檬黄色的基督被捆绑在十字架上，处以极刑，周围的风景均用柠檬黄色系来描绘，象征性地表现了世界所存在的矛盾、罪恶和不安⑤。

---

①　［日］城一夫：《色彩史话》，第 143 页。

②　同上。

③　［荷］梵高（Vincent van Gogh，1853—1890）：《梵谷书简全集》（*The Complete Letters of Vicent van Gogh*），史东（Irving Stone，1903—）编，雨云（曾雅云，1948—）译，艺术家出版社 1990 年版，第 415 页。

④　［日］城一夫：《色彩史话》，第 144 页。

⑤　同上书，第 146 页。

　　黄色作为病态 19 世纪的象征色，一直持续到 19 世纪的 90 年代。作为传达世纪末的焦躁、不安和狂气，黄色依然是适合的颜色。然而，这种高明度和高彩度的色，却逐渐被黑与白所替代。即使是梵高，在运用黄色、黄与紫等强烈补色对比之后，也在黑与白的对比中作了新的探索。他曾把"画具店买来的黑与白大胆的放置在调色板上并原封不动地进行使用"[①]。黑和白在梵高看来"也是色彩，这种补色的对比就如绿色与红色一样具有刺激性"，黑和白的对比是所有色系之间的对比之根本所在[②]。实际上，在西方历史及美术史中，白色和黑色至 19 世纪末还未正式提出和讨论过，从这一角度看，19 世纪末黑和白的时代既是终点，又是起点[③]。

　　病态的 19 世纪造就了世纪末的时代色彩，黑与白开启的 20 世纪又给现代人施以何等重负呢？让我们先来看一下日本心理学家土居健郎（DOI Takeo，1920—）有关"依赖"的理论。前文我们曾涉及了孤独与异化的概念，土居健郎在《依赖心理的结构》中将"异化"一词更定义为 20 世纪流行的术语之一。为什么"异化"这个词如此脍炙人口，土居氏认为，首先在于当今社会人们对科技的加速进步感到恐怖，抱有怀疑，作为文明的代价，人类失去了许多宝贵的东西，这种恐怖与怀疑取代了过去为科技发展构筑现代文明的自豪感。诚如闻一多在《女神之时代精神》中所说，"物质文明的结果便是绝望与消极"，这是那一时代"青年们所同有的"，尽管诗人仍坚信"人类底灵魂究竟没有死"，但对"异化"已是深有感触。其次，土居健郎肯定了加赛特（Josè Ortega Y Gasset，1883—1955）的看法，人类社会新一代接替老一辈，而新生命都必须从零出发，因此人的生命不能被"纯理性和神的启发信仰"完全支配。自从人类开始沐浴近代文明之曙光，那种相信"靠理性能达到自力和自我满足"的渴望在现实面前成为了泡影，文艺复兴时代兴隆起来的纯理性，到了现代则成了人们竭力抗争的对象，他们本能地感到现代文明的威胁。在这一问题的阐述上，土居健郎两次借用日本小说家夏目漱石（NATSUME Sōseki，

---

① ［日］城一夫：《色彩史话》，第 145 页。
② 同上书，第 145—146 页。
③ 同上书，第 150 页。

1867—1916)《行人》（*Passersby*）中人物之口描述新一代的心理，其中引用道：

> 世界是这样地动摇，我注视着这种动摇，可是我不能参加进去，我自己的世界与现实的世界并列在一起，但却彼此不接触。世界这么动摇，它将会弃我而去，真令人不安。①

土居健郎将这种"弃我而去"的被遗弃感觉设置在依赖心理的前提条件下，"当母亲弃儿而去的时候，幼儿感到生命的不安，而这种不安实质上正是现代人的异化感觉"②，土居氏的依赖理论也恰是以母子关系中的婴幼儿心理为基础的。

　　土居健郎所建构的依赖理论，就西方心理学而言，当可对应"依附"（attachment），按土居氏的术语即为"爱着"，主要指婴儿与母亲的联系，希望能经常看见"爱着"的对象，或是感觉"爱着"对象的存在。西方的依附理论由英国精神医生鲍比（John Bowlby，1907—1990）所创建，与"依赖"不同之处在于是否带有感情色彩。土居氏认为"爱着"等学术用语仅道出"建立亲密关系"这个现象，不带有任何感情色彩，而"依赖"则不然。西方与依附理论联系在一起的是有关坚强性的理论。"坚强的人"是那些身份定位稳定或者有较强自我的人；"不坚强的人"则往往会把世界看作"无意义的"、"无聊的"和"有威胁性的"。后者不会去改变生活，不相信自己能够掌握自己的命运，而必须回到依附对象的身边寻求安全与支持，否则将终日被疑虑所折磨、被软弱无力感所困扰、被孤独感和失落感所淹没，从根本上讲，这是抑郁的一种表现形式③。由此可见，"依赖"与"依附"虽存有少许的差异，但在引发孤独感这一点上，却具有相同的效能。这里，我们尝试用美国心理学家华尔顿（James William Worden，1932—）对

---

① ［日］土居健郎（DOI Takeo，1920—）：《依赖心理的结构》（*The Anatomy of Dependence*），王伟、范作申、陈晖译，济南出版社1991年版，第165页。

② ［日］土居健郎：《依赖心理的结构》，第165页。

③ ［德］卡斯特（Verena Kast，1943—）：《无聊与兴趣》，晏松译，上海人民出版社2003年版，第26—27页。

"依附"的论述，比较、配合土居健郎依赖心理学，作为在这一问题上的补充和旁证。华尔顿认为"依附行为"的目的在于"维持情感连接"，如果这种"结合"受到危及，人们就会产生某些"特定反应"。若那些"最具力量的依附行为"（如"黏人"、"哭泣"、"生气"等）获得成功，并恢复了联结关系，那么"压力"和"沮丧"便会减轻；相反，一旦失败，则"退缩"、"冷漠"、"绝望"等情绪必将随之而来①。事实上，引发孤独感的众多因素中，围绕"依赖"的种种心理成分仅是一个部分，这是因为孤独感原本就具有"与生俱来"的特质。

二　孤独感特质在闻一多、郑愁予诗歌中的体现

土居健郎引用夏目漱石的小说论述"异化"时，不知是否有意忽略了引文中的一个意象:"世界是这样的动摇"、"我注视着这种动摇"、"世界这么动摇"。不长的引文里，夏目漱石显然是有意突出"动摇"一词的，何以土居氏未曾详论，我们无意深究，但"动摇"的意象却与孤独感"与生俱来"的特质关系密切。在前一个章节，我们联璧了日本心理学家箱崎总一（HAKOZAKI Sōichi，1928—）与奥地利精神分析派学者兰卡（Otto Rank，1884—1939）的理论，指出孤独感随时都有可能产生，孤独情绪会以多种姿态存在于各种不同的场合，所有人都不可能避免孤独的感觉，甚至终其一生也无法摆脱这种心理感受，这恰是孤独感最大的特质——与生俱来②。在闻一多、郑愁予的诗歌世界，孤独感"与生俱来"的特质亦得到不同程度的表现。

按照兰卡"出生受伤"和"回归母体"的观点，出生时的创伤是造成孤独感的根源，婴儿在母体子宫中处于天堂般的幸福状态，一旦降世便经历痛苦，于是无意识地希望重返母体天堂，回归子宫这一摇篮。婴儿是浮于羊水之中的，因此唤起无意识乡愁的文学意象往往是"船"或者

---

① ［美］华尔顿（James William Worden，1932—）:《悲伤辅导与悲伤治疗》（*Grief Counseling and Grief Therapy*），李开敏等译，心理出版社1995年版，第4页。

② ［日］箱崎总一:《孤独心态的超越》，第3、5页。

"舟"的形象①。中国古典文学里可找到不少例证，如杜甫（712—770）的怀乡主题作品，"船"的意象便至关重要，"孤舟一系故园心"（《秋与八首·玉露凋伤枫树林》②）；"老病有孤舟"（《登岳阳楼》③）等千古名句，均是借一只小船在故园之中荡漾的憧憬来抒发对故乡的怀念，并且通常与孤独感相辅相成（"孤舟"的"孤"字便是体现）。

1. 流浪与孤独

闻一多和郑愁予诗歌有关"舟"、"船"等"动摇"的意象都有出现，特别是郑愁予，试举数例，见下表：

表 10—7

	闻一多	郑愁予
"舟"的形象	我是狂怒的海神，/你是被我捕着的一叶轻舟。/我的情潮一起一落之间，/我笑着看你颠簸；/我的千百个涛头/用白晃晃的锯齿咬你，/把你咬碎了，/便和樯带舵吞了下去④。	尚忆及我们湘水的横渡，/南来的风突吹落我们底伞，/小舟衹是断桥，浪太大了又有何用⑤？
		灯光在水面拉成金的塔楼。/小舟的影，像鹰一样，像风一样穿过……⑥
		这是一枚红叶，一只载霞的小舟/是我的渡，是草履虫的多桨/是我的最初⑦
		莞然于冬旅之始/拊耳是辞埠的舟声/来夜的河汉　一星引纤西行⑧
		妹子　总要分住/便分住长江头尾/那时酒约仍在　在舟上/重量像仙那么轻少⑨

---

① ［苏联］巴赫金（M. M. Bakhtin，1895—1975）：《弗洛伊德主义述评》（*Freudism*），汪浩译，辽宁人民出版社 1987 年版，第 92—96 页。黎活仁（1950—）：《海、母爱与自恋：冰心的"前俄狄浦斯阶段"分析》，《中国现代文学国际研讨会论文集：民族国家论述——从晚清、五四到日据时代台湾新文学》，木川印刷有限公司 1995 年版，第 223 页。
② 杨伦（1747—1803）：《杜诗镜铨》，上海古籍出版社 1980 年版，第 643 页。
③ 杨伦：《杜诗镜铨》，第 952 页。
④ 闻一多：《红豆》，《红烛·死水》，第 146 页。
⑤ 郑愁予：《风雨忆》，《郑愁予诗集·卷I》，第 14 页。
⑥ 郑愁予：《港夜》，《郑愁予诗集·卷I》，第 89 页。
⑦ 郑愁予：《草履虫》，《郑愁予诗集·卷I》，第 96 页。
⑧ 郑愁予：《一〇四病室》，《郑愁予诗集·卷I》，第 102 页。
⑨ 同上书，第 103 页。

续表

	闻一多	郑愁予
"舟"的形象	"假如最末的希望否认了孤舟,/假如你拒绝了我,我的船坞!/我战着风涛,日暮归来/谁是我的家,谁是我的归宿?"①	西窗还有些暗紫　正是夜游/乘舟的好时刻　她　神思遥远②
		捣衣声正急　沿着秋岸泛舟而下/才华是不辞而逝的③
		舟中呢?/一些人是睡着的,/一些人袖了手观赏:/那地平线从左向右戏剧性地/燃烧过去……④
		我有一匹白马是诗人赠的/我有一只舟是自己漂来⑤
"船"的形象	但不记得那天夜半,我被捉上楼船!/我企望谈谈笑笑,学着仲连安石们,/替他们解决些纷纠,扫却了胡尘⑥。	港的蓝图晒不出一条曲线而且透明,/一艘乳色的欧洲邮船,/像大学在秋天里的校舍……⑦
		小小的波涛带着成熟的慵懒,/轻贴上船舷,那样地腻,与软⑧。
		一个小小的潮正拍着我们港的千条护木/所有的船你将看不清她们的名字⑨
		冥然间,儿时双连船的纸艺挽臂漂来/莫是要接我们回去! 回到最初的居地⑩
		而是晚/酒亭主人下了十二道逐客令/灯山渐次阑珊　雾迷楼船⑪
		禁不住要望船/船是从容的样子⑫

① 闻一多:《大鼓师》,《红烛·死水》,第159页。
② 郑愁予:《宁馨如此》,《郑愁予诗集·卷II》,第3页。
③ 郑愁予:《题甄后绣像》,《郑愁予诗集·卷II》,第84页。
④ 郑愁予:《EXCALIBUR》,《郑愁予诗集·卷II》,第244—245页。
⑤ 郑愁予:《访友预备》,《郑愁予诗集·卷II》,第345页。
⑥ 闻一多:《李白之死》,《红烛·死水》,第15—16页。
⑦ 郑愁予:《晨景》,《郑愁予诗集·卷I》,第75页。
⑧ 郑愁予:《港夜》,《郑愁予诗集·卷I》,第89页。
⑨ 郑愁予:《夜谒》,《郑愁予诗集·卷I》,第128页。
⑩ 郑愁予:《右边的人》,《郑愁予诗集·卷I》,第142页。
⑪ 郑愁予:《酒亭》,《郑愁予诗集·卷II》,第103页。
⑫ 郑愁予:《金山湾远眺》,《郑愁予诗集·卷II》,第144页。

续表

	闻一多	郑愁予
"船"的形象	带了满船你不认识的,/但是你必中意的贡礼。/我兴高采烈地航到这里来,/那里知道你的心……唉!还是一个涸了的海港!/我悄悄地等着你的爱潮膨涨,/好浮进我的重载的船艘;/……还是老等,等不来你的潮头!①	那小教堂的尖塔无非是想浮在爱司寇波上一片白衣的/赞诗上——从晨雀鸣在雾中开始,教堂便徒徒如一/艘单桅出港的船,远方,不厌倦地等着潮没丘陵的/阳光的海②。
		原以为我倚着的老松也坚实如壁/而回头间　竟摇响如船/将我漂入群峦如岛的云海中③
		反正床单会在你航行的梦中起伏/就像船行江水的波动/……只画一条船　张着帆/一行灰雁横江渡过④

可以说,"舟"、"船"意象下的漂泊感,正是两位诗人孤独意识的自然流露。相比较而言,郑愁予尤甚,或许与其早年生活经历有关。在自述"流浪"情怀及"流浪"生涯时,郑愁予曾言:

> 我 1933 年生于北方,十四岁开始写诗。……1949 年随家人迁往台湾,路上居留过武汉、长沙、衡阳、桂林等地……流浪的情怀,就是从那时候形成的。因为我的童年始于战乱,在抗战与内战中成长,所以我的生活体验可说是得自流浪。……我觉得人的一生基本上就是整个流浪的过程,所以我常常觉得我本来就是在宇宙中流浪,不过现在是在地球上流浪而已。我很小的时候就有这种感觉。⑤

且看诗人创作于 1954 年的《偈》:

> 不再流浪了,我不愿做空间的歌者,/宁愿是时间的石人。/然

---

① 闻一多:《贡臣》,《红烛·死水》,第 56 页。
② 郑愁予:《登音桥》,《郑愁予诗集·卷 II》,第 156 页。
③ 郑愁予:《佛芒特日记》,《郑愁予诗集·卷 II》,第 201 页。
④ 郑愁予:《纪念簿题歌》,《郑愁予诗集·卷 II》,第 347 页。
⑤ 王伟明(1954—):《游子与水巷:与郑愁予对谈》,《诗人诗事》,诗双月刊出版社 1999 年版,第 281 页。

而，我又是宇宙的游子，/地球你不需留我。/这土地我一方来，/将八方离去。①

正是对"故乡在何方"、"流浪去何处"等问题的执著追问，恰构成了郑愁予诗作孤独情怀最原创之所在，《乡音》一首便是这类作品的代表:

> 我凝望流星，想念他乃宇宙的吉普赛，/在一个冰冷的围场，我们是同槽拴过马的。/我在温暖的地球已有了名姓，/而我失去了旧日的旅伴，我很孤独，//我想告诉他，昔日小栈房炕上的铜火盆，/我们并手烤过也对酒歌过的——/它就是地球的太阳，一切的热源；/而为甚么挨近时冷，远离时反暖，我也深深纳闷着。②

此外，《陨石》、《船长的独步》、《卷帘格》、《努努嘎里台》、《边界酒店》、《老水手》、《旅梦》、《无终站列车》、《望乡人》、《纤手》、《野柳岬归省》、《青空》、《大峡谷（Grand Canyon）》等均可归列这一主题之下③。

2. 伤病与孤独

闻一多的孤独感也可通过"舟"、"船"意象得以窥见，但从这一意象上阐发出来的漂泊感和流浪意识却不及郑愁予浓郁。《太平洋舟中见一明星》里"我才知道我已离了故乡，/贬斥在情爱底边徽之外——/飘簸在海涛上的一枚钓饵④"或者可算得上较为明显；而将宇宙与乡愁联系的也不过《太阳吟》等诗中"大宇宙许就是你的家乡罢。/可能指示我我底家乡底方向?⑤"和"我的家乡不在地下乃在天上"几处。固然闻一多一生行止亦多动荡，清华、美国、北京、上海、南京、青岛、武汉、昆

---

① 郑愁予:《偈》,《郑愁予诗集·卷 I》,第 6 页。
② 郑愁予:《乡音》,《郑愁予诗集·卷 I》,第 12 页。
③ 廖祥荏:《宇宙的游子:愁予浪子诗评析》,载《中国语文》2000 年第 520 期,第 69—73 页。
④ 闻一多:《太平洋舟中见一明星》,《红烛·死水》,第 101 页。
⑤ 闻一多:《太阳吟》,《红烛·死水》,第 113 页。

明，每一处都留下过他的足迹①，其诗作也着实"流泻出浓烈的思乡念国之情"②，但孤独感与生俱来这一特质，闻一多并非以"舟"、"船"意象为主来表现，而是通过描述"伤病"来传达的。

　　闻一多的诗歌出现伤病意象的例子颇多，像《晴朝》最后一节："一个厌病的晴朝，/比年还过得慢，/像条负创的伤蛇，/爬过了我的窗前。"③便将自己的感触幻化作一条"伤蛇"，用"厌病"拟人化"晴朝"。又如，《秋深了》："秋深了，人病了。/人敌不住秋了；/镇日拥着件大氅，/像只煨灶的猫。"④《废园》里也有："一只落魄的蜜蜂，/像个沿门托钵的病僧，/游到被秋雨踢倒了的/一堆烂纸似的鸡冠花上，/闻了一闻，马上飞走了。"⑤还有《寄怀实秋》中"丧家之犬"⑥的喻象。另外，《印象》、《红豆·十四》、《心跳》、《罪过》、《孤雁》等，均可找出更多例证，这些篇目在《红烛》和《死水》两部诗集中占了相当的比重。闻一多诗作的伤病书写很容易让我们联想起萩原朔太郎（HAGIHARA Sakutarō，1886—1942）那首表现孤独意识的著名诗篇《陌生的小狗》⑦，其相似之处在于，两位诗人均将内心原本抽象的孤独意识具象化为陌生的、衰弱的、寂寞的伤病存在。萩原朔太郎与闻一多笔下，不论是"病狗"、"肮脏的狗"、"残废的狗"还是"伤蛇"、"病人"、"病僧"，这些健康出现问题的物象始终纠缠着诗人，恰道出了孤独如影随形、亦步亦趋、与生俱来的特点。

　　从隐喻的角度而言，疾病常常被用以发泄"对社会腐败或不公正的指控"，传统上主要是一种愤怒的表达方式，而疾病的现代隐喻则并不仅限于发泄不满，它一方面被用来表达对社会秩序的焦虑，另一方面也显示

---

　　① 杨联芬（1963—）：《闻一多人格精神的两极》，载《北京师范大学学报》1999年第4期，第48—53页。

　　② 孟芳：《闻一多思乡爱国诗在当时文坛的位置》，载《中州大学学报》1996年第3期，第21—24页。

　　③ 闻一多：《晴朝》，《红烛·死水》，第110页。

　　④ 闻一多：《秋深了》，《红烛·死水》，第124页。

　　⑤ 闻一多：《废园》，《红烛·死水》，第127页。

　　⑥ 闻一多：《寄怀实秋》，《红烛·死水》，第107页。

　　⑦《陌生的小狗》一诗可参考本书第五章的相关引述。[日]箱崎总一：《孤独心态的超越》，第6—7页。

出社会与个体之间那种"深刻的失调"，社会被视为个体的"对立面"①。联系闻一多的生活背景，当时中国社会正处于"五四"巨变时期，国家千疮百孔，人心浮动，外有强敌环伺，内则腐朽衰败，封建文化给国人造成种种麻木、愚昧、保守、狭隘等精神病态。新文学作家们对旧的封建文化全面讨伐，纷纷以自己的作品参与到民族文化的批判与更新之中②。闻一多是新文化运动主将之一，集"诗人"、"学者"、"斗士"于一身。与鲁迅（周樟寿，1881—1936）弃医从文唤醒大众、医治国人的精神相比，闻一多则是以"斗士"的姿态对抗社会的"顽疾"，而且最终也是以"斗士"的身份，"以一种极致之境完成了他作为诗人的最完美的形式"③。这一点，恰是桑塔格（Susan Sontag，1933—2004）所谓的疾病之"军事隐喻"："疾病常常被描绘为对社会的入侵，而减少已患之疾病所带来的死亡威胁的种种努力则被称作战斗、抗争和战争。"④ 桑塔格曾提及20世纪20年代意大利进行的反结核病运动中的一幅海报，上书"对苍蝇开战"，显示苍蝇携带的那些疾病的致命危害，苍蝇本身被描画成朝着无辜居民投掷死亡炸弹的敌机。这不禁使人联想到闻一多《口供》中的名句："可是还有一个我，你怕不怕？——/苍蝇似的思想，垃圾桶里爬。"⑤两幅画面何其相似，或许从疾病的角度解释此诗，会十分新趣。

反观郑愁予，其诗集中对疾病的描写并不多，主要的"疾病"意象，"病虫"一例重复出现过两次（《旅程》⑥、《衣钵》⑦），当算较为重要。

① 　［美］桑塔格（Susan Sontag，1933—2004）：《作为隐喻的疾病》（"Illness as Metaphor"）：《疾病的隐喻》（Illness as Metaphor and AIDS and Its Metaphors），程巍（1966—）译，上海译文出版社2003年版，第65—66页。

② 　黄少平：《寻找精神的家园：闻一多诗论》，载《广东教育学院学报》1996年第2期，第31—34页。

③ 　杨联芬：《闻一多人格精神的两极》，第53页。

④ 　［美］桑塔格：《艾滋病及其隐喻》（"AIDS and Its Metaphors"）：《疾病的隐喻》，第87页。

⑤ 　闻一多：《口供》，《红烛·死水》，第153页。

⑥ 　《旅程》："而先　病虫害了的我们/在两个城市之间/夕阳又照着了可是妻/妻/被黄昏的列车辗死了……咳。"郑愁予：《郑愁予诗集·卷I》，第201页。

⑦ 　《衣钵》："立刻　一堂学子就快意地哭了/当病虫害已久的海棠叶刚被/烈士的血漂清当金铰剪/神话般地行动于一夜间/男人们总算在齐耳的短发下昂超额门/啊　这年代啊"，郑愁予：《郑愁予诗集·卷I》，第303页。

但"病虫"意象直接表现孤独感这一主题却不甚显著，大概是比起闻一多，郑愁予所处的年代距病态的 19 世纪较远使然。

不同的生活背景造就了闻一多和郑愁予对孤独感不同的体味，两位诗人敏锐地洞察着人类异化程度的加深，以诗歌这种独特的语言艺术书写切身体验。郑愁予凸显"舟"、"船"意象，暗示现代人灵魂的周游，出生受伤和回归母体即是对母性的憧憬，恰若歌德（Johann Wolfgang von Goethe，1749—1832）《浮士德》（Faust）剧中最后的台词所示："永恒的女性，领我们飞升。"① 这在土居健郎，便属于依赖心理的一种，现代人正像浮士德一般，只有依靠母性或纯洁无私的女性之爱才能抗拒"靡菲斯特（Mephisto，魔鬼）的引诱"②。闻一多的诗虽然强调"疾病"意象居多，实则也包含了回归母体的内蕴，这一点我们会在后面的行文予以说明。

第五节　第二步论证：色彩人格特性反映出沮丧与孤独的关系

前文，我们从时代的色彩倾向着眼，追溯了 19 世纪以及 19 世纪末 20 世纪初的主色调，并对闻一多、郑愁予孤独感特质的不同显现作了讨论。两位诗人作为独立的个体，色彩人格特性如何？与孤独感有何关联？是否影响着沮丧与孤独的关系？这些问题是本节探讨的重点。

一　黑色的稳定特性与白色的不稳定特性

回到本章所提出的命题，它直接检验着我们前面所提出的观点，也指导着下一步的分析，即"闻一多是一位显现黑色稳定特性的诗人，郑愁予则是一位显现白色不稳定特性的诗人"。

1. 黑色特质的诗人闻一多与黑色的稳定性

黑色是红、橙、黄、绿、蓝、靛（青）、紫七种基本色彩之外的特

---

① ［德］歌德（Johann Wolfgang von Goethe，1749—1832）：《浮士德》（Faust），钱春绮译，上海译文出版社 1989 年版，第 737 页。［日］土居健郎：《依赖心理的结构》，第 164 页。

② ［日］土居健郎：《依赖心理的结构》，第 164 页。

殊色彩，是帮助七彩的运作的辅助性色彩。根据城一夫的色彩研究，黑色的意义与文化内涵有五个不同的阐释角度[①]：（1）黑色吸收光的属性为印度破坏神西瓦（Siva）和妻子以及迦梨（Kali）女神[②]；（2）中国阴阳五行学说中，黑色是作为北方和冬天之色，象征着通往极乐世界的道路；（3）对绝大多数国家而言，黑色是死丧之色，莎士比亚（William Shakespeare，1564—1616）把黑色写成"地狱的象征"、"地牢之色"、"黑夜的衣裳"；（4）在等级职位上，黑色是基督教徒阶层之色。在日本，自古以"染黑衣裳"象征穿黑服的僧侣阶层；（5）日常生活中，黑色一般是贬义之词，指阴暗面或罪恶。

　　对比城一夫的观点，张志雄"色彩密码学"理论似乎更适切于我们分析诗人闻一多的黑色稳定特性。张志雄将黑色的特质分为九个层次，依序是：吸收、消除、减低对比、融合七种色彩、无密度、色彩消失、隐性、黑洞和停留[③]。张志雄在这里所谓的九个特点，依次呈层递关系，即后一个特点是建立在前一个特点正常运行基础上的，黑色的"停留特质"当为最高层次。而每一种特点无不显示出黑色是一种极具稳定性的颜色。我们没有必要讨论诗人闻一多到底达到了九个层次中的哪个境界，单看其诗歌中反映出来的特性，便与黑色的稳定性有诸多映射。仅举闻一多喜好描写"疾病"意象来说，观照张志雄的理论，黑色特质的第四、第五、第六层次便是明显的对应，在此略作归纳整理，以便因应：（1）相对于色彩，黑色所象征的空间像是一个自我色彩的疗伤处，自身所有过剩的、运作不好的、不知该如何处理的色彩，均可丢入这个空间；（2）黑色具有与明矾一样的作用，原本的七种色彩，因为混色、不健康的部分，已被黑色处理安置妥当了，而使各个单一色彩因此得以健康、正常地运作；（3）相对于个人，黑色所比拟的空间就像是自己身体的免疫系统；（4）当黑色消除特质发挥得好，融合七种色彩特质展现得好，则自己的身体会越健康，才能够提供一个健康、无密度的空间[④]。

---

①　[日]城一夫:《色彩史话》，第163—164页。

②　[日]城一夫:《色彩史话》，第163页。[英]艾恩斯（Veronica Ions）:《神话的历史》（History of Mythology），杜文燕译，希望出版社2003年版，第54—55页。

③　张志雄:《生命的密码，色彩知道》，第232—237页。

④　同上书，第234页。

从上述角度审视闻一多诗歌中的"疾病"意象，似乎也可以解释桑塔格关于疾病"军事隐喻"的理论。闻一多恰是力求运作黑色的稳定特性而进行自我"疗伤"，更寄予了诗人渴求当时整个中国社会"健康"起来的赤子之心。至于黑色的空间意象，我们放在后面讨论。

2. 白色特质的诗人郑愁予与白色的不稳定性

作为诗人，黑色稳定特性是闻一多最大的特点，我们以色彩理论对此进行了一定程度的说明。再来看一下郑愁予诗歌反映出来的色彩人格特点。同样借助张志雄的分类方法，白色的色彩特性亦可分为 9 个层次，分别是：反射、衬托、加强对比、淡化七种色彩、高密度、无法依附、显性、尖锐和穿透①。

白色是继黑色之后的另一个特殊色彩，不属于七色之内，是七种色彩的组合体，也是七种色彩的辅助色彩。与色彩人格理论不同，从历史和文化的角度，城一夫则如是定义白色："所谓白色，是未经染色的纯净色。"② 跟追溯黑色一样，《色彩史话》对白色也分了五个不同的角度③：（1）众神钟爱的颜色。印度教中生命保护神修那和其妻智慧女神拉萨斯瓦特喜欢白色；希伯来祭司在赎罪时，身着白色作为驱散罪孽的象征；基督教中，白色是上帝的颜色；古希腊之神穿白色衣服；埃及之神以白布缠身；（2）白色意味神圣。在日本，是自古以来的受尊敬之色；佛教中白象、白牛作为释迦牟尼的使者而受到尊敬；（3）象征一种职业和阶层。基督教中是教皇的礼服色；白色十字、白衣天使都传达一种和平、纯洁、清净的形象；（4）含有一切圆满的善意。白色是月亮和银河之色；（5）白色有时也是带来灾难的颜色。

对比两位色彩理论家的立场，立足点虽然不同，但对白色富于变化、难以捉摸的特性却是不谋而合的，这一特点也正是白色不稳定特性的体现。反观诗人郑愁予，早年多漂泊的经历，难以磨灭的流浪情怀，都成为造就其白色不稳定特性的因素。诗人自己对白色也有着深切的感悟，在《白是百色之地》一文中，郑愁予写道：

---

① 张志雄：《生命的密码，色彩知道》，第 204—208 页。

② ［日］城一夫：《色彩史话》，第 164 页。

③ 同上书，第 164—165 页。

"白"，在我看来是最富哲学意味的颜色，白是漂净一切颜色之后最后的颜色，自古使用白色是有放弃别的颜色的意义，志士成仁之前亦着白衣，乃有"满座衣冠似雪"的坦然境界。"白"，是生命的道场。①

对照前面几个部分，透过郑愁予的诗歌世界所看到的白色不稳定特性，总体上是与我们借用的两家色彩理论相吻合的，再参照诗人的现身说法，更说明我们在第三部分色彩测量时得到的结果绝非巧合：白色在郑愁予的诗歌中，出现频率和分布比率都远远超过了其他色彩（"放弃别的颜色"），而稳定性却欠佳，无怪乎诗人要称白色为"最富哲学意味的颜色"了。

二　色彩特质决定孤独与沮丧的关系

从三轮色彩测量到世纪末的色彩倾向，包括上面的论述，我们使用了不少篇幅阐释两位诗人各自的色彩特质，很重要的一个目的就是希望借助诗人的色彩人格特性对孤独与沮丧的关系进行更为深入的分析。或许可以说，诗人的色彩特质如何，其笔下孤独与沮丧的关系便如何。

1. 闻一多诗歌世界中孤独与沮丧的相对稳定关系

沮丧，在心理学上也被称为"抑郁"，无论在汉语还是英语中都存在了很多个世纪，通常是指一种以心境低落为主要特征的综合征，依据不同情况而合并诱发愤怒、悲伤、忧愁、自罪感、羞愧等情绪。这种障碍可能从情绪的轻度不佳到严重的忧郁，它有别于正常的情绪低落②。沮丧与孤独之间的联系，我们在前文曾有简要的介绍，理论依据是美国威克斯等心理学家相关方面的研究成果。其中第 2 点结论——"短期来看，孤独与沮丧不能互为充分必要条件，即前者可能造成后者，但不是必然一定的，反之亦然"——恰好可以指导我们本节的讨论。

考察闻一多，沮丧在其诗歌中属于主流情绪之一，而且常常会与孤

① 郑愁予：《郑愁予谈自己的诗：色（一）白是百色之地》，载《联合文学》2002 年第 214 期，第 10 页。

② 孟昭兰：《情绪心理学》，北京大学出版社 2005 年版，第 307—311 页。心灵工房：《不再抑郁》，利文出版社 2003 年版，第 10 页。

独同时出现，互为引发另一方的原因，呈现稳定关系。当今比较常用的抑郁症自测方法主要有三个：《伯恩斯抑郁症清单》（The Burns Depression Checklist）、《流行病学用抑郁自评量表》和《贝克抑郁自评量表》①。我们不妨借用其中第一个，即美国新一代心理治疗专家、宾夕法尼亚大学伯恩斯（David D. Burns）提供的方法粗略测试闻一多诗歌中的沮丧情绪：

表 10—8②

伯恩斯抑郁症清单	伯恩斯的术语解释	《红烛》、《死水》中的诗句（每项仅举一例）
悲伤	你是否一直感到伤心或悲哀？	朋友！我们来勉强把悲伤葬着③
泄气	你是否感到前途渺茫？	中途的怅惘，老大的蹉跎，/他知道中年的苦泪更多④
缺乏自尊	你是否觉得自己没有价值或自以为是一个失败者？	这岂不自作的孽，自招的罪？……/那里？我那里配得上谈诗？不配，不配⑤
自卑	你是否觉得力不从心或自叹比不上别人？	我不相信宇宙间竟有这样的美！/啊，大胆的我哟，还不自惭形秽⑥
内疚	你是否对任何事都自责？	我一生底失败，一生底亏欠，/如今要都在你身上补足追偿⑦
犹豫	你是否在作决定时犹豫不决？	跟着有一缕犹疑的轻烟，/左顾右盼，/不知往那里去好⑧
焦躁不安	这段时间你是否一直处于愤怒和不满状态？	我是狂怒的海神，/你是被我捕着的一叶轻舟⑨

---

① 心灵工房：《不再抑郁》，第 29—30 页。
② 同上书，第 26 页。
③ 闻一多：《谢罪以后》，《红烛·死水》，第 80 页。
④ 闻一多：《泪雨》，《红烛·死水》，第 168 页。
⑤ 闻一多：《李白之死》，《红烛·死水》，第 15 页。
⑥ 同上书，第 17 页。
⑦ 闻一多：《死》，《红烛·死水》，第 62 页。
⑧ 闻一多：《记怀实秋》，《红烛·死水》，第 107 页。
⑨ 闻一多：《红豆》，《红烛·死水》，第 146 页。

续表

对生活丧失兴趣	你对事业、家庭、爱好或朋友是否丧失了兴趣?	满河一片凄凉;/太阳也没兴,卷起了金练,/让雾帘重往下放①
丧失动机	你是否感到一蹶不振,做事情毫无动力?	牵延着欲断不断的弥留的残火,/在夜底喘息里无效地抖擞振作②
自我印象可怜	你是否以为自己已经衰老,失去魅力?	谁说生命的残冬没有眼泪?/老年的泪是悲哀的总和③
食欲变化	你是否感到食欲不振?或情不自禁的暴饮暴食?	(似无明显例子)
睡眠变化	你是否患有失眠症?或整天感到体力不支,昏昏欲睡?	从此狰狞的黑黯,咆哮的静寂,/便扰得我辗转床笫,通夜无睡④
丧失性欲	你是否丧失了对性的兴趣?	(似无明显例子)
臆想症	你是否经常担心自己的健康?	秋深了,人病了。/人敌不住秋了⑤
自杀冲动	你是否认为生存没有价值,或生不如死?	哦!我自杀了!/我用自制的剑匣自杀了!/哦哦!我的大功告成了⑥!

没有 0 分;轻度 1 分;中度 2 分;严重 3 分

伯恩斯划分的抑郁程度,按照积分高低有五个级别:(1)0—4 分,没有抑郁症;(2)5—10 分,偶尔有抑郁情绪;(3)11—20 分,有轻度抑郁症;(4)21—30 分,有中度抑郁症;(5)31—45 分,有严重抑郁症。如果仅考虑闻一多的诗歌而不考虑其他因素,很明显,诗人当属中度甚至是严重的抑郁症患者。当然,这个结论未必准确,毕竟上面的"自评"量表是凭我们的推测而替诗人"代评"的,但有一点可以肯定,沮丧与孤独在闻一多的诗歌世界里存有很大的交集,几乎是有沮丧的地方便有孤独,孤独产生的时候,沮丧亦如影随形。例如众多疾病意象,反映孤独感的同时,也对应了悲伤、泄气、自卑、焦躁不安、自我印象可怜等沮丧测

---

① 闻一多:《西岸》,《红烛·死水》,第 32 页。
② 闻一多:《李白之死》,《红烛·死水》,第 11 页。
③ 闻一多:《泪雨》,《红烛·死水》,第 168 页。
④ 闻一多:《幻中之邂逅》,《红烛·死水》,第 53 页。
⑤ 闻一多:《秋深了》,《红烛·死水》,第 124 页。
⑥ 闻一多:《剑匣》,《红烛·死水》,第 29 页。

评表中的项目。可以说,这一特点在闻一多黑色稳定特性的色彩特质下,显露无遗,正是对前面色彩特质判定的佐证。

2. 郑愁予诗歌世界中孤独与沮丧的不稳定关系

相对闻一多的黑色稳定特质,诗人郑愁予白色不稳定特性决定了其笔下孤独与沮丧之间的不稳定关系,即表现孤独感的诗句或是章节,不一定并发性地存有沮丧的感情色彩。读郑愁予的诗,很少见到直接宣泄情绪的字眼,而诸如"悲伤"、"孤独"、"泄气"等抽象的词汇更是少有,即使有,也都辅以鲜明的具体意象。例如,表现乡愁,郑愁予的《边界酒店》是这样写的:

> 秋天的疆土,分界在同一个夕阳下/接壤处,默立些黄菊花/而他打远道来,清醒着喝酒/窗外是异国//多想跨出去,一步即成乡愁/那美丽的乡愁,伸手可触及/或者,就饮醉了也好/(他是热心的纳税人)/或者,将歌声吐出/便不只是立着像那雏菊/只凭边界立着。①

郑愁予将"乡愁"揉碎了放在"秋天"、"疆土"、"夕阳"、"黄菊花"、"酒"、"异国"、"歌声"等实词中间,烘染凄清悲凉的情绪,暗示心绪的反复惆怅和满腔的悲情。特别是"黄菊花"的象征意涵,既影射了黄皮肤的主人公及他的身份归属问题②,也有沉默与无动于衷的心态③,还有一种悼念故国的哀思,更有论者则说,"'黄色'作为主色,……有温暖感,……金黄色的抽象联想就是一种温暖,满足的感觉"④。我们前面分析过,乡愁是诗人传达孤独感的主要手段之一,这在《边界酒店》中隐约可感,而其他感情色彩就不是那么明显,至于是否带有沮丧,也颇具争议,我们甚至无法走相同的路子用沮丧测量清单进行鉴别。但有些时候,字里行间还是可以嗅到沮丧的气息,如《旅梦》中

---

① 郑愁予:《边界酒店》,《郑愁予诗集·卷 I 》,第 199 页。

② 张汉良(1945—)、萧萧(萧水顺,1947—):《现代诗导读》,故乡出版社 1979 年版,第 140 页。张梅芳:《郑愁予诗的想象世界》,万卷楼图书有限公司 2001 年版,第 31 页。

③ 萧萧:《现代诗纵横观》,文史哲出版社 1991 年版,第 366 页。张梅芳:《郑愁予诗的想象世界》,第 32 页。

④ 萧萧:《现代诗纵横观》,第 367—369 页。张梅芳:《郑愁予诗的想象世界》,第 32 页。

"我底眼是湿润而模糊的/这里是诳人的风沙的晴季/不必让我惊醒吧/我仍走在异乡的土地……"[①] 一节，孤独与沮丧在乡愁的主题下交织出现，而沮丧应是艺术加工之后的含蓄表达。这两首诗，似乎正是郑愁予白色特质里"淡化七种色彩"的表现，诗人把内心情绪有意淡化和隐藏起来，使得沮丧游离在孤独周边，时隐时现，呈不稳定关系。

　　箱崎总一将孤独感划分为两种不同型态："低孤独"和"高孤独"[②]。闻一多、郑愁予如何对"低孤独"进行描摹，在本节的论证中基本上得到了解决，尽管这一步论证的初衷和重点并非在此。闻一多黑色稳定的色彩特质与郑愁予白色不稳定的色彩特质，使我们清楚看到诗人笔下孤独与沮丧之间的关系。这一关系稳定也好，不稳定也罢，都属于"低孤独"的讨论范畴，也就是威克斯所谓的"短期"内孤独与沮丧会存有稳定、不稳定关系的区别，而长期看来，这一区别是不存在的，即他提出的第 3 点结论："长期来看，孤独与沮丧都具有相对稳定的特性"。这里的"相对稳定的特性"只有通过对两位诗人"高孤独"的考察才能体现出来。

第六节　第三步论证：黑与白的孤寂空间

　　本章第一节，我们由心理学角度的色彩理论引出了空间书写的原型意象分析。理论上来讲，诗歌中正面或是负面的空间意象，具有兴发起读者"白日想象"的功能，巴什拉的术语为"回荡"。在巴什拉提出的 15 个空间原型意象中，我们有选择地归列出两个范畴：（1）微型空间；（2）浩瀚宇宙。下面将结合闻一多、郑愁予的色彩特质，对文本中含有黑、白色彩意象的空间书写进行具体分析，以此进一步印证孤独与沮丧的关系。

---

　　① 郑愁予：《旅梦》，《郑愁予诗集·卷Ⅰ》，第 245 页。
　　② 箱崎总一对此有如下的解释："'低孤独'会使人有一种拘束、局限的感觉，令你有寂寞、凄苦、困顿而又排遣不了的情绪和感触。'高孤独'是人们为了达成某一较高层面的生活目标……'低孤独'是在你不情愿之时所产生，使你感到痛苦而极欲摆脱的心理状态。'高孤独'则是你主动积极的追寻……"［日］箱崎总一：《孤独心态的超越》，第 3—4 页。

一　微型空间的静定感与闻一多诗歌里的"对人恐怖"

"微型空间"的理论在巴什拉《空间诗学》得到了多方位的讨论，主要集中在此书的第六章《角落》和第七章《微型》，其核心思想简言之，就是认为即便是最微小的空间，也拥有独特的世界。巴什拉式的经典微型空间包括壁橱、小箱子、巢、贝壳、角落等，其中均隐藏着"受到管理的细小秩序"①。

微型空间在我们所考察的两位诗人的作品里都有出现，如闻一多《美与爱》：

> 屋角底凄风悠悠叹了一声，/惊醒了懒蛇滚了几滚②

郑愁予的《未题》最后两节：

> 而我底——/我正忙于打发，灰尘子常年的座客/以坦敞的每个角落，一一安置你的摆设//啊，那小巧的摆设是你手制的/安闲地搁在，那两宅心舍的，那八间房室③

可以看出，两首诗一个是现实中的"屋角"，一个是心房的"角落"，虽同属微型，却有截然的区别，给人开启的现象学回荡也大不一样。不仅如此，相比较而言，闻一多更注重对微型空间的描绘。对此如何解释呢？我们尝试联结巴什拉与土居健郎两人的理论作答。

角落，如巴什拉所言，是优良的藏身之处，它能使人确认那种存有的初始特质——"静定感"，并且是一处让这种感觉"确切无虞、临近显现的地方"。存有者因而以为当托庇于角落时就可以"隐藏得万无一失"。例如"家屋"原型的角落可以是半个箱子，一半围墙或一半门户……甚至"阴影"可以成为"墙堵"，"家私"能够筑成"围栏"，"挂饰"烘托

---

① ［日］金森修：《巴什拉：科学与诗》，第 234 页。
② 闻一多：《美与爱》，《红烛·死水》，第 47 页。
③ 郑愁予：《未题》，《郑愁予诗集·卷I》，第 97 页。

出"整片屋顶"①。有关角落的封闭性,巴什拉说这是我们希望藏身的场所,虽然没有完全封闭,但对于想象力,它仍然是独立的"封闭空间"。当一个人感到不快或者孤独时,背后就会出现角落,甚至小箱子也可以变成一个"提供坚定感觉的避难所"②。这一点,"小箱子的心理学"更明确,因为它是隐藏物品秘密的所在。日本学者金森修(KANAMORI Osamu,1954—)概括巴什拉"微型空间"时,便对这一"能够凝聚和容纳任何秘密的不可思议的空间"倍加重视。关闭小箱子,它就与"普通事物的秩序"融为一体,成了"公共事物联系中"的一分子;打开小箱子,"公共的外部世界就消失了,之后就只有新奇和惊愕表现出来"③。

闻一多的诗歌,在角落或是微小空间中藏身的倾向与渴望是比较明显的。《剑匣》里"人们的匣是为保护剑底锋铓,/我的匣是要藏他睡觉的。/哦,我的剑匣修成了,/我的剑有了永久的归宿了!"④ 不正是一种"小箱子的心理学"吗?《睡者》中"啊!让我睡了,躲脱他的醒罢!/可是瞌睡像只秋燕,/在我眼帘前掠了一周,/忽地翻身飞去了,/不知几时才能得回来呢?"⑤ 在"眼帘"前翻飞的"秋燕",广义上地,也可视为微型意象的例证。这些按土居健郎的观点,应是逃避"对人恐怖"的征兆。土居氏认为,"对人恐怖"的发生最初源自婴幼儿的"认生"行为,这一行为标志着幼儿从心理上依赖母亲的开始。据这一事实,土居健郎推论婴幼儿期以后出现的认生行为也源于依赖心理。除此之外,造成"对人恐怖"还包括其他一些因素,如当个人脱离亲人共同体,在一个完全陌生的社会环境中生活的情况下,对人恐怖更容易发生。而要逃避这种恐怖,"角落"无疑是最佳的选择。

但角落是否真的足以提供对抗恐怖的静定感呢?审视闻一多的诗,似乎并非如此。我们曾说,阴郁幽暗的黑色空间往往作为负面的空间意象给人带来恐怖和孤独的感触,黑色与沮丧更有直接的联系。闻一多笔下的微

① [法]巴什拉:《空间诗学》,第224—225页。
② [日]金森修:《巴什拉:科学与诗》,第235页。
③ 同上书,第234页。
④ 闻一多:《剑匣》,《红烛·死水》,第26—27页。
⑤ 同上书,第39—40页。

型空间多数是以黑色作为主色调的，如 "在说话时，他没留心那黑树梢头"①、"黑黯好比无声的雨丝"②、"屋里朦胧的黑暗凄酸的寂静"③、"黑黯的烟灶，/竟能吸引你的踪迹!"④、"记忆渍起苦恼的黑泪"⑤、"乌鸦似的黑鸽子"⑥、"我的肉早被黑虫子咬烂了"⑦ 等等诗句，虽未必全部表现 "对人恐怖"，但孤独感与沮丧却是不言而喻的，这完全可以看作闻一多黑色稳定特质的又一显现。

二　浩瀚宇宙与郑愁予的无常观

与微型空间相对的，当为自然、天地与宇宙的意象，这些意象是浩瀚空间的代名词。《空间诗学》一书的主题 "并不限于家屋空间的现象学描述"，对 "家屋外的自然、天地与宇宙意象" 巴什拉其实也花费了许多篇幅来铺陈，并对其进行 "场所分析"⑧。在两卷《郑愁予诗集》里，自然、宇宙和天地的意象十分引人注目，尤其是这一范畴中由白色构成的两大意象群，更加不容忽视。

首先是以 "白浪" 或 "云" 组成的海洋意象。这种组合方式在郑愁予早期的诗歌创作里已见端倪。像《赋别》中 "云出自岫谷，泉水滴自石隙，/一切都开始了，而海洋在何处?"⑨；《山外书》: "来自海上的云/说海的沉默太深"⑩；《崖上》: "然则，即千顷惊涛，也不必慨赏/即万里云海，也不必讶赞"⑪；《爱，开始》: "当你跑上生命最高的海拔，/那时，你甚么也不看见，/那时，将是一片云海了……"⑫ 《南海上空》:

---

① 闻一多:《李白之死》,《红烛·死水》,第 12 页。
② 闻一多:《黄昏》,《红烛·死水》,第 41 页。
③ 闻一多:《幻中之邂逅》,《红烛·死水》,第 53 页。
④ 闻一多:《孤雁》,《红烛·死水》,第 99 页。
⑤ 闻一多:《记忆》,《红烛·死水》,第 111 页。
⑥ 闻一多:《秋色》,《红烛·死水》,第 120 页。
⑦ 闻一多:《烂果》,《红烛·死水》,第 130 页。
⑧ 龚卓军:《空间原型的阅读现象学》,第 31 页。
⑨ 郑愁予:《赋别》,《郑愁予诗集·卷 I》,第 17 页。
⑩ 郑愁予:《山外书》,《郑愁予诗集·卷 I》,第 36 页。
⑪ 郑愁予:《崖上》,《郑愁予诗集·卷 I》,第 42 页。
⑫ 郑愁予:《爱，开始》,《郑愁予诗集·卷 I》,第 61 页。

"远山覆于云荫/人鱼正围喋着普陀/挽笼而涉的群岛在海峡小憩"①；《编秋草》："惦记着十月的港上，那儿/十月的青空多游云/海上多白浪"②；《云海居》："云如小浪，步上石墀了/白鹤儿噙着泥炉徐徐落地"③ 等皆是诗人 20 岁前后的作品，曾一度"使以海洋诗人知名的覃子豪（覃基，1912—1963）望洋兴叹"④。

广义上着眼，海洋意象属于"水"的范畴。巴什拉在《私密的浩瀚感》一章里引用狄欧累（Philippe Diolé，1908—1979）的话描述那种"心理上的技艺"："……这是海水，或者倒不如说是海水的回忆。这种妙计满足了我对这个令人气沮胆丧的荒旱世界加以人性化的需要，让我与它的碛石、寂静、孤寂……和解。我的疲惫甚至可以藉此减轻。我梦见自己肉身的沉重休憩在这想象的水。"⑤ 或许如同闻一多逃避"对人恐怖"一样，郑愁予也要对抗"荒旱世界"的孤独感，只是前者寻求的是微型空间带来的"静定"，后者则是追求与浩瀚空间的"和解"。

另一个与"水"有关，且反映白色这一主色调的空间意象，就是遍布"白雪"的天地。雪的意象在两卷诗集里，可谓贯穿始终，并且往往与"白"这个字眼同时出现。中国象征文化研究者罗建平认为，雪有诸多的象征意义，质地柔软，因而可以是柔情的象征；雪花纷飞为丰茂的象征；雪色纯白是纯洁美丽的象征⑥。郑愁予诗歌的雪意象，大多有如上内涵，但更重要的，"雪也是一种虚象（融化而消解其种种品性），表示虚无。……雪煮而化水、化空，如同竹篮打水一场空"⑦。由此，雪的象征意义便有引发沮丧的所指，诗人赴美前写过一首悼诗《手术室初冬》，便有这层意蕴。诗中"新雪在窗外/雪上一列/新的靴痕"，"那人去了/白色

①　郑愁予：《南海上空》，《郑愁予诗集·卷Ⅰ》，第 130 页。

②　郑愁予：《编秋草》，《郑愁予诗集·卷Ⅰ》，第 147 页。

③　郑愁予：《云海居》，《郑愁予诗集·卷Ⅰ》，第 176 页。

④　杨牧（王靖献，1940—）：《郑愁予传奇》，载《幼狮文艺》1973 年第 3 期，第 25 页。
廖祥荏：《船长的独步：郑愁予海洋诗评析》，载《中国语文》2001 年第 553 期，第 70—75 页。

⑤　［法］巴什拉：《空间诗学》，第 304 页。

⑥　罗建平：《夜的眼睛：中国梦文化象征》，四川人民出版社 2005 年版，第 44 页。

⑦　同上书，第 44—45 页。

比别的多/死亡的白　是/介于护士白与雪白之间的"等均是暗示①。而郑愁予建构浩瀚的白色空间意象，其目的远不止如此，诗人是要"使'白'成为处世潜在的心境，使空白成为生命中隐藏的休息之所"，因此"选了'白'和依附'白'的各种意义为诗的主题"②，这正是佛教所说的无常观。

我们知道，佛教所具有的世界观是以人类为中心，故佛教持有的人生观第一是"无我"，第二是"无常"，第三是"苦"③。所谓"无常"，即"认为宇宙万物，是处于动流与多变的状态之中，好像人与人间悲欢离合那样的常变"④。站在这一角度，再来审视郑愁予的白色不稳定特性、浓郁的流浪意识以及孤独感、沮丧等种种情绪，便不难理解诗人为何多次否认"浪子诗人"等标签式的称谓了⑤。郑愁予有一首《静的要碎的渔港》，收录于近期诗集《寂寞的人坐着看花》，诗歌写道：

> 我穿着白衫来/亦自觉是衣着白云的仙者/而怎忍踏上这白色的船/她亦是白衫的比丘/正在水面禅坐着/而她出窍的原神坐在水的反面/却更是白的真切//我也坐下　在码头的木桩上/邻次的每一木桩上/都有白衫者在坐定/我知道他们是一种白衣的鸟/他们知道我是一种白衣的人//蓝天就印出这种世界/我与同座的原神都是/衣冠似雪而我的背景——/莲白的屋舍　骨白的灯塔/都是月亮的削片搭成的//港湾弱水/静似比丘的心/偶逢一朵白云/就撞碎了。⑥

---

① 郑愁予：《手术室初冬》，《郑愁予诗集·卷 II》，第 301 页。郑愁予：《悼亡与伤逝（一）》，载《联合文学》2003 年第 224 期，第 72—76 页。郑愁予：《悼亡与伤逝（二）》，载《联合文学》2003 年第 225 期，第 78—83 页。

② 郑愁予：《郑愁予谈自己的诗：色（一）白是百色之地》，第 12 页。

③ 陈寿昌（1921—）：《存在主义解析》，幼狮书店 1978 年版，第 36 页。金勋（1883—1976）：《无常与日本人的美意识》，《中日近现代佛教的交流和比较研究》，楼宇烈（1934—）主编，宗教文化出版社 2000 年版，第 66—76 页。

④ 陈寿昌：《存在主义解析》，第 36 页。金勋：《无常与日本人的美意识》，第 66—76 页。

⑤ 王伟明：《游子与水巷：与郑愁予对谈》，第 280 页。孟樊（陈俊荣，1959—）：《浪子意识的变奏：读郑愁予的诗》，载《文讯月刊》1987 年第 30 期，第 150—163 页。

⑥ 郑愁予：《静的要碎的渔港》，《寂寞的人坐着看花》，洪范出版社 1993 年版，第 4—5 页。

诗人对这首诗曾自述胸臆："这首诗是我'刻意'用'白'来表现我'无意'间踏入的'静'，……白色的鸥鸟，白色屋舍，白色的灯塔以及我穿着白衫来。在佛教中，僧侣着有色袈裟（便装亦有色），未出家的居士则着白衣。我自然不是居士，只是一踏入这个近乎真如的世界，不知这一切是不是都是假的或无生的。不由得拟想'禅'这个幻境。船的倒影是船的原神，我徐徐坐在白鸟之旁，纹丝不动的白鸟像是我的原神……静的要碎的渔港其实是一个白的雕塑品。"① 诗人自己的剖析在此，我们又何须多言呢，只赘述一句以提示我们的论述主题：无常观是郑愁予追求高孤独的直接体现。

三　元素诗学的启示

上面的分析，或许带来这样一种错觉：不同于郑愁予，闻一多的黑色稳定特性使其作品中的孤独与沮丧紧密相连，诗人的痛苦完全来自低孤独的困扰而没有高孤独的精神寄托。情况确实如此吗？答案是否定的。这里，我们将借助巴什拉的元素诗学理论做一解释。

1. 从恩培多克勒情结到大叙事精神

先于巴什拉的空间理论，其四元素诗学更早为世人所知。1938 年完成的《火的精神分析》（*The Psychoanalysis of Fire*）集中体现了巴什拉从科学认识论出发在诗学理论方面的创新与发展，在当时法国文学批评与美学理论界引起极大的反响。巴什拉认为，作家的诗意想象可按照火、水、气和土四种元素进行分类，即物质的四重想象。巴什拉说，一个真正的作家，是忠实于自己的本源性语言、不理会驱使一切感觉的折中主义冲突的人，那么，要"识破"一个作家的"秘密"，"只须一句话就足够了：'告诉我，你的精灵是什么？是地精蝾螈，水精还是气精？'"②。我们不打算展开讨论诗人闻一多的诗意"精灵"是什么，因为这无疑是一项工程浩大的任务，但是，借用元素诗学的部分理论却可以指导我们解析闻一多诗歌里的高孤独这一主题。

---

① 郑愁予：《郑愁予谈自己的诗：色（一）白是百色之地》，第 14 页。

② ［法］巴什拉：《火的精神分析》（*The Psychoanalysis of Fire*），杜小真（1946—）、顾嘉琛（1941—）译，岳麓书社 2005 年版，第 93—94 页。

我们曾指出，《火的精神分析》第二章《火与遐想》讲述了"恩培多克勒情结"（the Empedocles complex），即一种对火的崇拜以及生的本能和死的本能结合在一起的情绪①。这种情结通常是以"飞蛾扑火"的意象表达对"烈焰"、"火山"的向往，而从冷酷无情的世界中得以超脱。恩培多克勒情结在闻一多诗歌里十分显著，首先是"冬夜"与"冰冷天宇"的浩瀚空间意象，单以《红豆·三三》为例：

> 冬天底长夜，/好不容易等到天明了，/还是一块冷冰冰的，/铅灰色的天宇，/那里看得见太阳呢？/爱人啊！哭罢！哭罢！/这便是我们的将来哟！②

闻一多面对此等冰冷的世界，理想的超脱的方式，或说高孤独追求的境界就是引火自焚，甚至将自己与火同化。诗人曾说："'五四'后之中国青年，他们的烦恼悲哀真像火一样烧着，……他们觉得这'冷酷如铁'，'黑暗如漆'，'腥秽如血'的宇宙真一秒钟也羁留不得了"③，"我只觉得自己是座没有爆发的火山，火烧得我痛，却始终没有能力（就是技巧）炸开那禁锢我的地壳，放射出光和热来。"④ 这在其诗中也得到了充分的表露：

> 哎呀！自然底太失管教的骄子！/你那内蕴的灵火！不是地狱底毒火，/如今已经烧得太狂了，/只怕有一天要爆裂了你的躯壳⑤。

> 让雷来劈我，火山来烧，全地狱翻起来/扑我，……/……愿这蜕壳化成灰烬，/……那便是我的一刹那/一刹那的永恒——一阵异香，

---

① ［法］巴什拉：《火的精神分析》，第19—26页。

② 闻一多：《红豆》，《红烛·死水》，第146页。

③ 闻一多：《女神之时代精神》，《闻一多全集·卷3》，孙党伯（1934—）、袁謇正主编，湖北人民出版社1993年版，第357页。苏志宏：《论闻一多诗学的时代矛盾》，载《无锡教育学院学报》1999年第4期，第2页。

④ 闻一多：《给臧克家先生》，《闻一多全集·卷3》，第638页。吴奔星（1913—2004）：《中国现代诗人论》，陕西人民出版社1988年版，第163页。

⑤ 闻一多：《十一年一月二日作》，《红烛·死水》，第60页。

最神秘的／肃静，……／……最浑圆的和平……①

闻诗的恩培多克勒情结从根本上说，是诗人对"大叙事"（metanarrative）精神的反思。利奥塔（Jean‐Francois Lyotard，1924—1998）于《后现代状况：关于知识的报告》（*The Postmodern Condition：A Report on Knowledge*）一书把现代状况定义为对所有"大叙事"的怀疑。利奥塔认为西方世界启蒙运动的求真精神和自由解放精神，促成两套"大叙事"，一是法国大革命为代表的激进的独立解放思考模式，二是以德国黑格尔（Friedrich Hegel，1770—1831）为代表的思辨真理②。中国辛亥革命是受法国大革命影响产生的，属于第一套"大叙事"，而以马克思主义史观作为衡量的标准，辛亥革命是失败的，后来无产阶级起来革命，否定资本主义，中国才得以脱离苦海，"说明了中国的资产阶级没有能力领导中国革命取得胜利"③。闻一多作为诗人，大致上是从"五四"运动到1929年④，这期间，闻一多反思着辛亥革命的失败，也目睹了1924—1927年国民大革命的惨败，面对大动乱、大分化、大改组的中国社会，诗人陷于极度的矛盾，对工农大众的革命性缺少认识，对"五四"后引进的资产阶级政治思想与文艺思潮也认识不清⑤，在两套大叙事之间荷戟独彷徨，孤独与沮丧在所难免，这里的孤独是对国家民族命运的思考，应该说，属于高孤独的范畴。

2. 元素诗学的"悖论"与诗人的色彩特质

闻一多是一位趋近火元素的诗人，这一点就上文而言，似乎显得十分明确。我们在分析闻诗的疾病意象时，有一个悬而未决的问题，为什么说

---

① 闻一多：《奇迹》，《红烛·死水》，第200—201页。

② 朱立元（1945—）：《当代西方文艺理论》，华东师范大学出版社2005年版，第372—373页。黎活仁（1950—）：《阿Q正传与九十年代流行的后现代言说：赵毅衡、杨泽和刘康研阅的整合》，《九十年代两岸三地文学现象国际学术研讨会》，香港大学亚洲研究中心2000年版，第586—619页。

③ 北京师范大学历史系中国现代史教研室：《中国现代史》，北京师范大学出版社1983年版，第4页。黎活仁：《新诗的杂文化：戴天诗的"大叙事"精神》，《香港新诗的大叙事精神》，佛光大学南华管理学院1999年版，第109—134页。

④ 吴奔星：《中国现代诗人论》，第162页。

⑤ 同上书，第154—155页。

诗人对疾病的描绘本质上也是回归母体的表现，从火元素的角度，便可迎刃而解了。《火的精神分析》最后一章，巴什拉提出了"火与纯洁"这一主题，"火使一切变得纯洁，因为它去除了令人作呕的味道"①，巴什拉称之为"理想化的火"，疾病在烈火中尽数消失，剩下一个"无菌"的世界。虽然巴什拉同样说过"人类在已经消灭细菌的宇宙中生活，根本不可能幸福"②，但相对于"冷酷如铁"的现实，闻一多确实向往回到温暖而舒适的"子宫"，逃避无边的困扰，甚至感到自己已经死了并且来到了天堂。这是潜意识里对母体的回归，是对"热"的追求，是"恩培多克勒情结"。

　　然而，这一切足以断言闻一多的诗学元素吗？我们可以说"闻一多是一位火元素的诗人"吗？恰在此时，整体考察巴什拉元素诗学的理论体系，却戏剧性地出现了一个"悖论"。金森修在《巴什拉：科学与诗》一书的绪论部分，曾介绍巴什拉的晚年生活：

　　　　晚年时期，他亲切地谈论自己在水源丰富的田园小城度过的美好生活。在生命的最后阶段，他在围绕着火的幻想中结束了一生。与成为最后主题的不死鸟即火鸟初次相逢后，唤起了翠鸟那突然俯冲到河水中的形象。与空想的不死鸟相逢的这种反论性的心理现象，从在水边遇到火这种意义上而被双重反论化了。水元素与火元素似乎摇曳着混淆起来③。

"在水边遇到火"、"双重反论化"、"混淆"的说法再一次显示了这位思想巨匠的胆识，这是巴什拉对自己毕生理论的挑战，最明显之处莫过于与《火的精神分析》第六章下面一段的针锋相对：

　　　　……通过火的形式，通过空气的形式，通过土的形式进行幻想的心灵是十分不同的。特别是水和火在遐想中依然是对立的，聆听小溪

---

① ［法］巴什拉：《火的精神分析》，第105页。
② ［日］金森修：《巴什拉：科学与诗》，第136页。
③ 同上书，第11页。

流水的人难以理解侧耳细听火焰丝丝声的人:他们使用的不是同一种语言。①

巴什拉晚年关于"火鸟"的想象到底如何,这毕竟是其生前未完成的工作,有待后人猜想和证实,我们就此打住,不再深究。提出这一点的意图,仅是想将本部分的论述最终牵引到闻一多与郑愁予的色彩特质上来。闻一多的黑色稳定特性使他趋近火元素的特质较明显和集中地展现在其诗歌意象里;而郑愁予白色不稳定特性,及佛教"无常观"对诗人的影响则大大增加了分析的难度,白浪和云组成的海洋、雪等与水有关的意象能否说明郑愁予是"水"元素的诗人?白色的天宇、陨石的坠落是否证明郑愁予是"空气"的诗人?郑愁予喜好登山,写山的诗篇也占有很大数量,就此可以断定其"本源性语言"为"土"元素吗?抑或根本不存在一元性"非此即彼"的答案,四种元素终将"混淆"起来?本章对此希望留下一个开放式的余论。

立足于统计方法所得的基础数据,我们以闻一多、郑愁予两位诗人诗歌中的色彩应用为研究的切入点,深入探讨了诗人的色彩特质,并以此为指导,观测孤独、沮丧以及二者之间的关系是如何在文本中体现出来的。闻一多作为一个显现黑色稳定特性的诗人,描摹低孤独的困扰、高孤独的追求时,沮丧的情绪往往会随孤独感表露无遗;诗人郑愁予的白色不稳定特质则决定了当面临低孤独的侵袭,沮丧似乎有意被隐藏,或称作是一种含蓄的表达,而诗人的高孤独又与佛教的"无常观"存在一定关联,这愈发隐匿了沮丧,不易为读者觉察。诗人的色彩特质受到时代色彩倾向的影响,诗歌中流露出来的沮丧与孤独既是一己心声的真切表达,也反映出现代人对异化的体验与领悟。本章重点见下述十项:

（1）将色彩理论与心理学、精神分析学相结合,对新诗进行分析是一条切实可行的道路。

（2）通过三轮色彩统计,我们测量了闻一多、郑愁予诗歌世界里色彩应用的频率、分布和稳定性,以此引出对两位诗人各自色彩特质的

----

① 〔法〕巴什拉:《火的精神分析》,第93页。

讨论。

（3）闻一多是一位呈现黑色稳定特性的诗人，郑愁予的色彩特质则为白色的不稳定性。

（4）作为个体，诗人的色彩特质首先是时代色彩特质下的产物。病态的黄色19世纪末与黑、白开启的20世纪，对诗人影响巨大。

（5）孤独感与生俱来这一本质，在闻诗中主要是透过"疾病"意象来传达的，而郑愁予则借助"舟"、"船"意象。诗意象虽然不同，却都具回归母体的内涵。

（6）闻一多的色彩特质使其诗歌中孤独与沮丧保持相对稳定的关系，特别是描摹低孤独时，沮丧往往同时出现；而郑愁予诗中的沮丧情绪却不易被人发觉，是一种有意隐匿之后的含蓄表达。

（7）富有色彩的正、负面空间意象可以引发巴什拉式的阅读"回荡"效果。闻一多善用黑色的微型空间，是土居健郎依赖心理的体现；郑愁予则多写以"白"为主的浩瀚宇宙，表达流浪意识。

（8）高孤独在闻一多，是一种"恩培多克勒"情结，是对冷酷黑暗现实的抗争；在郑愁予，则有佛教"无常观"的思想。

（9）闻一多是一位趋近火元素的诗人，黑色稳定特质使这一点表现得十分显著；郑愁予的白色不稳定特性，则给诗学元素的判定造成了困难。

（10）四元素诗学的"悖论"启示我们，对诗人元素性的考察是非常复杂和浩大的工程，甚至面临"双重反论化"的情形。但就本章研究而言，诗人的色彩特性与元素特质颇有相通之处，某些程度上彼此可以互为印证。

本章附论：关于闻一多新诗色彩
研究的三点反思

　　自从 1926 年闻一多发表《诗的格律》，提出“绘画美”① 诗学主张至今，学术界对闻一多新诗色彩运用问题的讨论就一直未曾间断②。近年来，更加涌现出为数众多，且立论、求证俱佳的著述，特别是 2004 年 8 月，在武汉大学召开的闻一多国际学术研讨会上，吕进（1939—）、李冰封（1979—）等学者就闻一多后期诗作“黑色意象”进行的阐释③，较诸以往偏重诗歌语言设色方面的言说，具有“超越性”进展和启发意义，“为闻一多诗意象研究提供了新的思路和再思考的可能性”④。然而，纵观闻一多诗歌色彩运用与色彩意象方面的现有研究成果，笔者认为尚有三点

---

　　① “绘画美（词藻）”、“音乐美（音节）”与“建筑美（节的匀称和句的均齐）”共同构成闻一多的新格律诗“三美”理论，最初载 1926 年 5 月 13 日《晨报》副刊《诗镌》第 7 号。“三美”理论的提出标志着新月诗派正式确立了其具体的形式标准和美学原则。闻一多：《诗的格律》，《闻一多全集·第 2 卷》，孙党伯、袁謇正主编，湖北人民出版社 1993 年版，第 137—144 页。陈卫（1970—）：《闻一多诗学论》，广西师范大学出版社 2000 年版，第 133—152 页。王国绶：《闻一多“绘画美”内涵的再探究》，《2004 年闻一多国际学术研讨会论文选》，陆耀东（1930—）、李少云、陈国恩（1956—）主编，武汉大学出版社 2006 年版，第 168—173 页。

　　② 在新诗“绘画美（词藻）”论点中，词藻呈现的“色彩”意象占举足轻重的地位。闻一多曾于 1923 年答吴景超（1901—1968）的信里，以袁枚（1716—1797）“其色夺目”的说法类比和解释“绘藻”内涵（闻一多将“幻像”、“感情”、“音节”、“绘藻”称为诗的“四大元素”）。目前学界亦普遍赞同闻一多所谓的“绘画美”主要表现在运用富于“色彩”和“形象”的词藻构思“一幅或多幅艺术图画”。闻一多在自己的新诗创作里非常注重“画面色彩的选择和配置”，这已是研究者们基本一致的看法，更有论者指出，闻一多笔下的“色彩”蕴含着“相对确定的感情象征意义”。闻一多：《致吴景超》，《闻一多全集·第 12 卷》，孙党伯、袁謇正主编，湖北人民出版社 1993 年版，第 156 页。郑守江：《论闻一多新诗的绘画美》，《闻一多研究四十年》，季镇淮（1913—1997）主编，清华大学出版社 1988 年版，第 264—266 页。江锡铨：《闻一多：诗画歌吟——闻一多与新诗绘画美关系述略》，载《江苏教育学院学报》2006 年第 9 期，第 69—72 页。

　　③ 吕进（1939—）、李冰封（1979—）：《闻一多后期诗歌“黑色”意象的诗学阐释》，《2004 年闻一多国际学术研讨会论文选》，第 94—105 页。

　　④ 孙玉石（1935—）：《新的冲刺 新的突围：2004 年闻一多国际学术研讨会闭幕词》，《2004 年闻一多国际学术研讨会论文选》，第 8 页。李乐平（1958—）：《新时期长篇闻一多研究的历史回顾及新世纪国内外闻一多研究动态（下）》，载《河池学院学报》2008 年第 8 期，第 22 页。

值得思索。

其一，对闻一多诗作中出现的"色彩"以及常见"颜色词"的采撷，论者大多停留在印象式的总结和提取层面，由此得出的论断，难免导致较为主观的结果：有的是对闻诗的色彩运用仅采取泛泛的概论策略，陷进失之笼统、难以深入的境地；有的则是持先入之见、或"见木不见林"地对某种或某几种"色彩"重复相同或相似的意见。

其二，观察近来的论述，尽管"色彩学"①、"色彩学理论"②、"纯色"③ 等隶属色彩研究领域的词汇或概念，频现于闻一多"绘画美"讨论范畴，却大都点到即止，没有作出进一步的挖掘。其实早在 20 世纪 80 年代，吴诠元就曾撰文借用绘画艺术的"互补色原理"、"光色科学原理"讨论闻一多新诗的"色彩"，可惜多属散论性质的文章，在理论阐释方面似乎有待深入④。而吕进等学者虽然指出，闻一多"常在诗中运用色彩对比，追求完美的诗意。……究其原因，还得去诗人性格深处探寻"⑤，但如何对"性格深处"予以界定仍是悬而未决的问题，并且到目前为止，依旧尚未见到专门的论著，从心理学和精神分析学角度研究闻一多新诗的色彩议题，的确令人颇感遗憾。

其三，红色与黑色逐渐成为当前闻一多诗歌色彩研究的施力点，其中更以黑色较为显著：闻一多"对色彩极为敏感，尤其是红色和黑色，是他的诗作当中的具有象征意义的重要颜色。……意象的由'红'到'黑'，显示了诗人审美取向及文化取向甚至人生道路的转向与深入"⑥。从方法论层面来看，现有研究在得出此类观点及其论证上，大致都是从两

---

① 吕进：《〈中国现代诗学〉主持人语》，载《西南师范大学学报》2006 年第 4 期，第 13 页。

② 韩亚楠（1967—）、姚素英（1950—）：《论王统照与闻一多诗歌的绘画美》，载《吉林师范大学学报》2007 年第 2 期，第 73 页。

③ 范黎来（1979—）：《论闻一多诗歌的色彩美》，载《武汉科技大学学报》2006 年第 1 期，第 102 页。

④ 吴诠元：《闻一多的新诗和绘画之间的关系》，载《华南师范大学学报》1984 年第 4 期，第 112 页。吴诠元：《试论美术对闻一多的影响》，载《汕头大学学报》1987 年第 2 期，第 91—98 页。

⑤ 吕进、李冰封：《由红到黑：对闻一多诗歌意象的一种阐释》，载《西南师范大学学报》2006 年第 4 期，第 13 页。

⑥ 吕进、李冰封：《由红到黑：对闻一多诗歌意象的一种阐释》，第 13 页。

条进路着手,一是"追溯诗人和美术的关系",例如,闻一多早年留洋西方、学习绘画的经历①。二是找寻影响诗人的"域外的渊源",特别是闻一多所受的近代西方文化熏陶,例如,现实存在的"丑与黑暗"冲击并质疑了传统的"至善至美"观念以及"美和光明"的绝对信仰②。然而,上述两条进路似乎更多的偏向了文学史学的研究,其考量的元素大部分外于文学作品自身。闻一多在美国学习油画期间,具有"艺术家的派头":"头发养得很长,披散在颈后,黑领结,那一件画室披衣,东一块红,西一块绿,水渍油痕,到处皆是,揩鼻涕,抹桌子,擦手,御雨,全是它"③;闻一多的书屋"全部用黑色电光纸裱糊"、"沙发也是黑色的";闻一多的诗集《死水》封面设计也是"一体墨黑"④——所有这些,都可能使文学史学家大感兴趣,但是,首先作为诗歌的普通读者,人们很少会为了了解这些情况才去反复阅读经典的诗作,毕竟经典作品本身蕴含着不朽的价值,与其在作品以外的因素或考虑上徘徊,我们认为,不如将发掘的力度更多地放在文本自身⑤。

　　陆耀东(1930—)在《闻一多诗学论》的序言中,曾提倡把闻一多诗学研究的"视野放得宽些,论述更深一点、新一点、细一点"⑥。从一个新视角着眼闻一多的色彩书写,或者说从一个新的课题拓展闻诗阅读,正是我们研究计划的根本意图,而只有开辟和斩获新的路径、发现新的方

---

　　① 　吕进、李冰封:《由红到黑:对闻一多诗歌意象的一种阐释》,第13页。吴诠元:《闻一多的新诗和绘画之间的关系》,第108—115页。

　　② 　李冰封:《由"红"到"黑":对闻一多诗歌意象的一种阐释》,硕士论文,西南师范大学,2005年,第2—3页。

　　③ 　季镇淮:《闻一多先生年谱》,《闻一多全集·第12卷》,第478页。

　　④ 　吕进、李冰封:《由红到黑:对闻一多诗歌意象的一种阐释》,第13页。李冰封:《由"红"到"黑":对闻一多诗歌意象的一种阐释》,第2页。

　　⑤ 　这里,我们借鉴了"形式主义批评方法(formalistic approach)"的某些意见。形式主义认为,面对"文学作品是什么?文学作品的形式和效果是怎样的?这些形式和效果是如何实现的?"等问题,一切解答"都应该直接来自作品文本"。然而,也必须说明,我们讨论的诸多方面,并不仅仅限制在形式主义批评的范畴之下。古尔灵(Wilfred L. Guerin)等:《文学批评方法手册》(*A Handbook of Critical Approaches to Literature*),姚锦清等译,春风文艺出版社1988年版,第94—95页。

　　⑥ 　陆耀东:《序言》,《闻一多诗学论》,第2页。

法,才能切实做到"有所前进,有所超越"①。所以,本章借用统计学的某些测量手段考察诗人的色彩运用,围绕"孤独感"主题,以色彩构成的空间意象分析为大的方向,在学理上探寻一条新诗色彩分析的道路,从心理学及精神分析学角度思考诗人为何对某种或某些色彩情有独钟,以及色彩与诗人性格特质之间关系等,也是希望对"闻一多诗研究"有所裨益。

---

① 陆耀东:《序言》,《闻一多诗学论》,第2页。

附　辑

附 录 一

《神雕侠侣》的场景与叙事研究：以杨过、小龙女 "聚散模式"为焦点

一、引言

《神雕侠侣》作为金庸（查良镛，1924—）唯一"三部曲"（即"射雕三部曲①"）中承前启后的第二部，其写作风格及主题设定均具有很大特色。自问世以来，受到人们广泛关注，奉为武侠经典，亦曾多次被搬上荧幕，改编成电影、电视剧及动画②。如果说《射雕英雄传》重在言"侠"、"义"，《神雕侠侣》则对"性"、"情"青眼有加；如果说金庸笔下多"性情中人"，那么《神雕侠侣》则堪称金庸"性情世界"的代表之作。小说塑造了对爱情忠贞不贰、至死不渝的杨过、小龙女形象，历来深入人心，让无数读者为之动容③。金庸在《神雕侠侣·后记》中写道："读武侠小说，要热情洋溢地读，跟随热情、正直而冲动的角色，了解他做热情的事，做正直、不违自己良心的事……④"本文将以叙事学（nar-

---

① "射雕三部曲"是《射雕英雄传》、《神雕侠侣》、《倚天屠龙记》三部武侠小说的合称。因三部小说在故事情节上前后承接，故此得名。百度百科：《射雕三部曲》，2012 年 9 月 10 日，http：//baike. baidu. com/view/16411. htm#3。

② 李冲芝：《一场作者与读者共设的"骗局"：〈神雕侠侣〉之情爱与艺术幻觉》，载《安徽文学》2008 年第 1 期，第 74 页。

③ 陈尚荣（1964—）：《"至真、至情、至性"：金庸小说〈神雕侠侣〉中杨过形象之分析》，载《南京理工大学学报》2006 年第 2 期，第 19—22 页。百度百科：《神雕侠侣》，2012 年9 月 10 日，http：//baike. baidu. com/view/11229. htm。

④ 金庸（查良镛，1924—）：《神雕侠侣》，广州出版社 2005 年版，第 1602 页。

ratology）的"场景"研究为核心，配合"错时"、"空白"、"不可叙述事件"等理论构建批评基石，从而跟随书中"热情、正直而冲动的角色"，探寻金庸是如何将这些鲜活的人物形象呈现在读者面前的。

二、"场景"与"伪时间"

叙事文学所谓的"场景"（scene），简言之，即"由简单语素组成的最小事件"①，用来描写小说重要环节、人物中心活动、故事紧急事件或矛盾冲突的高潮等。场景不同于"场所"（place）等空间概念，叙事理论家巴尔（Mieke Bal，1946—）指出，场所为场景提供的是一个"行为者所处和事件所发生的地理位置"②，事件发生在某个场所，由于读者具有空间想象的一般趋向，所以"当场所未被指明时，读者将会简单地填补一个。他们将对场景作出想象，为了便于这样做，他们须将它置于某处，不管想象中的场所是多么模糊"③。而场景通常以对话为基本形式，在场角色的一系列行为、活动是其突出表现的对象，与叙事的情节（plot）、节奏（rhythm）、频率（frequency）有很大关联，本质上说属于叙事"时间性"研究的范畴。因为对话的出现，可以造成叙述者讲述某段话所需的时间与故事人物说此段话的时间大体一致（当然不可能完全一致），所以场景为文本时间长度均等于故事时间长度提供了一个可能性④。

热奈特（Gérard Genette，1930—）在《叙事话语》（*Narrative Discourse*：*An Essay in Method*）中将"叙事时间"称为"伪时间（pseudo-temps）"，原因在于"叙事时间"近乎虚构，是一个相对于真实时间的虚假时间。其后，热奈特又补充道："（书面）叙事的时间是个'伪时间'，因为读者凭经验知道这是一段文字空间，只有阅读可以把它变换为（恢

---

① 梁工（1952—）：《圣经叙事艺术研究》，商务印书馆 2006 年版，第 149—153、212 页。

② ［荷］巴尔（Mieke Bal，1946—）：《叙述学：叙事理论导论》（*Narratology*：*Introduction to the Theory of Narrative*），谭君强（1945—）译，中国社会科学出版社 2003 年版，第 156 页。Mieke Bal（1946—），*Narratology*：*Introduction to the Theory of Narrative*，trans. Christine van Boheemen（Toronto：U of Toronto P，1997）132，214.

③ ［荷］巴尔：《叙述学：叙事理论导论》，第 256—257 页。

④ 王先霈（1939—）、王又平（1949—）主编：《文学理论批评术语汇释》，高等教育出版社 2006 年版，第 367 页。

复为）一段时间。"与"叙事时间"相对应,"故事时间"是被讲述事情的时间,而由于严格意义上"时间顺序只能在只有一条故事线乃至只有一个人物的故事里出现。一旦有两个以上人物,几个事件就会同时发生,故事就常常是多线型,而不是单线型",这与人们常把故事时间看成单线型相悖,鉴于此,里蒙－凯南（Shlomith Rimmon – Kenan）将"故事时间"同样也看成是一种"伪时间"①。

"叙事时间"和"故事时间"历来被叙事学家看作叙事文中两大时间序列,其关系是讲述和被讲述,所以又称"叙述时间"（"能指"时间）和"被叙述时间"（"所指"时间）。作为叙述手法的组成部分,叙事时间与故事时间的关系构成了"时序（order）"研究的内容。时序研究的重点是"错时"（anachronie）及其各种形式。所谓"错时",又称"逆时序"、"时序到错"或"时间畸变",指的是"故事时序和叙事时序之间各种不协调的形式"。叙述者可以描述过去或未来的事件,被回忆或被预见的事件可能距叙事的"现在"几分钟或几年,亦可能处在整个叙事的时间段之内或之外②。托多洛夫（Tzvetan Todorov,1939—）认为,叙述时间的顺序与被叙述时间的顺序永远不可能完全平行,必然存在"前"与"后"的相互倒置,理由在于叙述时间是线性的,而故事时间则是多维的③。热奈特曾以古希腊史诗《伊利亚特》（*Iliad*）为例指证叙事错时性:诗歌开篇五个组成要素在叙事中出现的顺序为 A、B、C、D、E,而在故事时序里却占据着 4、5、3、2、1 的位置,二者时序关系为:A4 →B5 →C3 →D2 →E1,这近似于一种反向规则的运动④。

在《神雕侠侣》,我们发现错时现象往往出现于杨过与小龙女的多次"聚散"过程中。

---

① ［法］热奈特（Gérard Genette,1930—）:《叙事话语·新叙事话语》（*Narrative Discourse: An Essay in Method · Narrative Discourse Revisited*）,王文融译,中国社会科学出版社 1990 年版,第12—13、204—205 页。

② 王先霈、王又平主编:《文学理论批评术语汇释》,第360 页。

③ 同上书,第361 页。

④ ［法］热奈特:《叙事话语·新叙事话语》,第14—15 页。

三、《神雕侠侣》的"聚散模式"与
小龙女的翩然而至

《神雕侠侣》的男女主人公杨过、小龙女,既是师徒又是夫妻,两人之间有着极为奇异的感情,人生经历了重重的劫难。《神雕侠侣》前后 40 回,主要情节可以说正是以杨过与小龙女之间的情事波折为主要的线索,小说第 30 回回目"离合无常"或许一语点破玄机。纵观整部小说,我们不妨用这样六个"聚散模式"对杨龙二人的曲折故事予以概括和梳理:

表附一1

		人物与空间背景		时间跨度	所占章回
第1次聚散	聚	重阳宫—古墓—钟南山山脚		数年	第5—7回
	散	杨过	钟南山山脚—某客店—豺狼谷—小市镇—往江南途中—耶律楚府—武关—华山绝顶—陕南—汉水畔—大胜关—陆家庄	数月	第7—12回
		小龙女	钟南山山脚—古墓—陆家庄		
第2次聚散	聚	陆家庄—某镇酒楼—某客店		数日	第12—14回
	散	杨过	某客店—树林—荒山茅屋—铁铺—荒山茅屋—忽必烈王帐—绝情谷大石屋	数十日	第14—17回
		小龙女	某客店—绝情谷大石屋		
第3次聚散	聚	绝情谷大石屋		一日	第17—18回
	散	杨过	绝情谷大石屋—丹房—鳄鱼潭—厉鬼峰—水仙庄大厅	一日夜	第18—19回
		小龙女	绝情谷大石屋—水仙庄大厅		
第4次聚散	聚	水仙庄大厅—襄阳郭府		数日	第19—21回
	散	杨过	襄阳郭府—蒙古大营—襄阳郭府	一日	第21—22回
		小龙女	襄阳郭府		

续表

		人物与空间背景		时间跨度	所占章回
第5次聚散	聚	襄阳郭府		数日	第22回
	散	杨过	襄阳郭府—襄阳城外—城外山洞—西郊村落—山谷—独孤山洞—武氏兄弟比剑处—郭府—襄阳城外荒山—独孤山洞—襄阳城—市镇—镇外荒山—钟南山—玉虚洞	数月	第22—27回
		小龙女	襄阳郭府—襄阳城外—武氏兄弟比剑处—襄阳—郭府—襄阳城外—蒙古大营—蒙古军帐外山洞—重演宫—玉虚洞		
第6次聚散	聚	玉虚洞—重阳宫后殿—古墓—雪谷木屋—绝情谷—谷间草地		月余	第27—32回
	散	杨过	谷间草地—断肠崖—古墓—襄阳—城外荒山—独孤山洞—东海之滨—中原江南—黑龙潭—百花谷—黑龙潭—万兽山庄—襄阳—宜城—嘉兴铁枪庙—绝情谷断肠崖—谷底茅屋	16年	第32—39回
		小龙女	谷间草地—断肠崖—谷底茅屋		

从上表中，我们发现，在杨龙二人聚少散多的情况里，每次分散，小说通常的叙述策略是以杨过为主线，小龙女往往突然之间翩然而至。仅有第5次聚散是一特例，我们看到两条主线同时穿插展开，男主角杨过一段时间退出舞台，转向幕后。而每当杨龙相聚时，金庸总会以一定的篇幅追述不在场一方过去一段时间所发生的事情，这就形成了"错时"。

四、《神雕侠侣》的"错时"特点

按照巴尔（Mieke Bal, 1946—）的叙事学理论，错时类型从不同角度可以作出不同的区分。以叙述方向性来说，错时具有两种可能：错时中表现的事件位于过去，或者位于将来。前者称为"追述"（retroversion），后者对应"预述"（anticipation），巴尔以之区别于较常见的术语"倒述"（flashback）和"提前叙述"（flashforward），避免某些含混及心理内涵的影响①。从"距离"（distance）来看，错时状态中的事件总会通过或大或小的间隔与"现在"分离，当一种追述（或预述）发生于主要素材的时间跨度（span）以外，便可称作"外在式追述/预述（external retroversion/anticipaiton）"。假如追述（或预述）发生在主要素材的时间跨度以内，就构成了"内在式追述/预述（internal retroversion/anticipaiton）"。如果追述（或预述）从主要时间跨度之外开始，而在其内部结束，则叫做"混合式追述/预述（mixed retroversion/anticipaiton）②。巴尔所谓的"跨度"，表明了错时涵盖的时间范围，如果某封信这样写道："去年，我到印度尼西亚去了一个月。"那么，"去年"就表示了追述的距离为一年，而"一个月"则标明了追述的跨度。像距离一样，错时的跨度也可以有很大变化。从跨度着眼，错时又有两套区分方式：（1）"不完全的错时"与"完全的错时"；（2）"点状的（punctual）错时"与"持续的（durative）错时"。"不完全的错时"指的是在追述中再次出现一个前跃，使一部分有关过去情况的不连贯的信息出现，或在预述的情况下，有关未来的一部分情况出现了。"完全的错时"则与之相反。第二套方式中，"点状的"时间用来表明只有一个过去或未来的瞬间被展现，"持续的"时间则意味着牵涉一个较长的时间段。通常来说，一个点状时间的错时唤起一个简短而重要的事件，而持续时间的错时则概括出一个可能是或可能不是某一个事件的结果的情境。

根据表附—1，最易被读者所觉察的是"追述"现象，小龙女每次翩

---

① ［荷］巴尔：《叙述学：叙事理论导论》，第 98 页。

② 同上书，第 105—106 页。

然而至,叙述者必然打断当下的叙述,对过去一个时间距离以外小龙女的经历予以补充说明。若从时间跨度的方面来看,则"点状错时"较为明显。按照表附—1 六次散后重聚的空间背景设置(第五次暂且不论),我们可以依次测量《神雕侠侣》"点状错时"追述的特点。

第 1 次别后重逢的场所为"陆家庄",英雄大宴上朱子柳与霍都正在比武,小龙女忽然出现在众人面前,小说此时展开追述:

> 这少女正是小龙女。
>
> 她自与杨过别后,在山野间兜了个圈子,重行潜水回进古墓石室。她十八岁前在古墓中居住,当真是心如止水,不起半点漪澜,但自与杨过相遇,经过了这一番波折,再要如旧时一般诸事不萦于怀,却是万万不能的了。每当在寒玉床上静坐练功,就想起杨过曾在此床睡过;坐在桌边吃饭,便记起当时饮食曾有杨过相伴。练功不到片刻,便即心中烦躁,难以为继。如此过了月余,再也忍耐不住,决意去找杨过,但找到之后如何对待,却一无所知。她自听了李莫愁挑拨之言,明知杨过已经变心,当时一悲而去,过得几天,便想:"他变心就由他变心,我总之是离不开他。"
>
> 下得山来,但见事事新鲜,她又怎识得道路,见了路人,就问:"你见到杨过没有?"肚子饿了,拿起人家的东西便吃,也不知该当给钱,一路之上闹了不少笑话。但旁人见她美若天仙,天真可爱,也不自禁的都加容让,倒也无人与她为难,在饭店中饮食了不给钱,也没人强要索讨。一日无意间在客店中听见两名大汉谈论,说是天下有名的英雄好汉都到大胜关陆家庄赴英雄宴,她想杨过说不定也在那儿,于是打听路途,到得陆家庄来。①

数个月的时间跨度,杨龙自钟南山山脚分离后,男主角杨过从某客店→豺狼谷→小市镇→往江南途中→耶律楚府→武关→华山绝顶→陕南→汉水畔→大胜关→陆家庄,其间遇到陆无双、程英、李莫愁师徒、耶律齐兄妹、洪七公、欧阳锋、郭靖、黄蓉等,而小龙女就没有如此之多的境

---

① 金庸:《神雕侠侣》,第 461—462 页。

遇。小说其他几次相聚的叙述情形也大致相似,例如第 2 次重逢在"绝情谷大石屋":

> 这柳姑娘正是小龙女的化名。她那晚在客店中听了黄蓉一席话后,左思右想,长夜盘算,终于硬起心肠,悄然离去。心想若回古墓,他必来寻找,于是独自踽踽凉凉地在旷野穷谷之中漫游,一日独坐用功,猛地里情思如潮,难以克制,内息突然冲突经脉,引得旧伤复发,若非公孙谷主路过将她救起,已然命丧荒山。①

第 3 次与第 4 次重逢,则干脆取消直接的追述,读者便不知道分开期间小龙女的经历。直到第 6 次相聚,这次杨龙二人分开 16 年,是书中追述时间跨度最长的一次:

> 两人并肩坐在石上互诉别来情事。杨过不住口的问这问那。小龙女讲了一会话,言语渐渐灵便,才慢慢将这一十六年中的变故说了出来。
>
> 那日杨过将半枚绝情丹抛入谷底,小龙女知他为了自己中毒难治,不愿独生。又听黄蓉说断肠草或能解情花之毒,当晚思前想后,惟有自己先死,绝了他念头,才得有望令他服食断肠草解毒。但若自己露了自尽的痕迹,只有更促他早死,思量了半夜,于是用剑尖在断崖前刻下了那几行字,故意定了十六年之约,这才跃入深谷。如果杨过天幸保得性命,隔了长长的十六年后,即使对自己相思不减,想来也决不致再图殉情。②

16 年间,杨过"遭际自比独居深谷的小龙女繁复千百倍",小龙女的生活却给读者一种空白的感觉。关于小龙女山谷幽居的日间琐事、病体痊愈及养蜂刺字等过程,小说借杨龙二人的对话告知读者:

---

① 金庸:《神雕侠侣》,第 665—666 页。
② 同上书,第 1529—1530 页。

……两人默然良久。杨过又问："你跃入这水潭之中，便又怎样？"小龙女道："我昏昏迷迷的跌进水潭，浮起来时给水流冲进冰窖，通到了这里，自此便在此处过活。这里并无禽鸟野兽，但潭中水产丰富，谷底可见天日，生有果木，水果食之不尽，只是没有布帛，只能剥树皮做衣衫了。"

杨过道："那时你中了冰魄银针，剧毒浸入经脉，世上无药可治，却如何在这谷底居然好了？"他凝视小龙女，虽见她容颜雪白，殊无血色，但当年中毒后眉间眼下地那层隐隐黑气却早已褪尽。

小龙女道："我在此处住了数日后，毒气发作，全身火烧，头痛欲裂，当真支持不住，想起在古墓中洞房花烛之夕，你教我坐在寒玉床上逆运经脉，虽然不能驱毒，却可稍减烦恶苦楚。这里潭底结着万年玄冰，亦有透骨之寒，于是我潜回冰窖，在那边逆运经脉，竟然颇有效验。此后时常回到那边水潭之旁，向上仰望，总盼能得到一点你的信息。有一日忽见谷顶云雾之中飞下几只玉蜂，那自是老顽童携到绝情谷中来玩弄而留下的。我宛如见到好友，当即构筑蜂巢，招之安居。后来玉蜂越来越多。我服食蜂蜜，再加上潭中的白鱼，觉得痛楚稍减，想不到这玉蜂蜂蜜混以寒潭白鱼，正是驱毒的良剂，如是长期服食，体内毒发的次数也渐渐减少，间歇加长。初时每日发作一两次，到后来数日一次，进而数月一发，最近五六年来居然一次也没再发，想是已经好了。"

杨过大喜，道："可见好心者必有好报，当年你若不是把玉蜂赠给老顽童，他不能带到绝情谷来，你的病也治不好。"小龙女又道："我身子大好后，很想念你，但深谷高逾百丈，四周都是光溜溜的石壁，怎能上得？于是我用花树上的细刺，在玉蜂翅上刺下'我在绝情谷底'六字，盼望玉蜂飞上之后，能为人发见。数年来我先后刺了数千只玉蜂，但始终没有回音带转，我一年灰心一年，看来这一生终是不能再见你一面了。"

杨过拍腿大悔，道："我忒也粗心。每次来绝情谷，总是见到玉蜂，却从来没捉一只来瞧瞧，否则你也可以少受几年苦楚了。"小龙女笑道："这原是我无法可施之际想出来的下策。其实，谁又能想到这小小蜜蜂身上刺得有字？这字细于蝇头便有一百只玉蜂在你眼前飞过，你也看不到它翅上有字。我只盼望，甚么时候一只玉蜂撞入了蛛网，天可怜见给你看到了，你念着咱俩的恩义，定会伸手救它出来，那时你才会见到它翅上的细字。"她却不知蜂翅上的细字被周伯通发见，而给黄蓉隐约猜到了其中含义。但黄蓉一心挂念女儿，却只想到郭襄身上。①

虽然最后一次聚散模式中，对小龙女的追述较为详尽，但整体上说仍为"点状错时"，而对这些追述大多发生在主要素材，即杨过经历的时间跨度以内，所以从距离的角度划分，属于一种"内在式追述"。第 5 次的聚散之所以特别，在于小龙女追杀赵志敬及甄志丙至钟南山成为了叙述的主要故事时间（primary story - time），杨过断手练武的过程则作为追述展现，而且属于"持续性追述"。巴尔认为，点状性错时的频繁运用有时可以营造一种有条理的风格的形成，而点状性与持续性追述的系统结合又可以产生一种阅读印象：即叙述根据清晰的因果规律而发展，一个特定的事件引起一种状况出现，而这种状况又使另一个事件成为可能，如此等等。如果持续性的追述占支配地位，读者很快就会觉得，没有什么特别引人注目的事情发生，叙述似乎是一系列必然发生的状况的续联②。所以金庸对小龙女的经历频繁使用点状式追述，偶尔配合持续性追述，这是一个效果颇佳的叙述策略。

五、从叙述"空白"到"不可叙述事件"

小说对小龙女"追述"的情况，往往使人们联想到叙述的"空白"（blank）。叙述中的空白造成讯息的限制，德国美学家伊瑟尔（Wolfgang Iser，1926—2007）指出"空白"破坏了文本的可联结性，悬置了读者所期待的良好绵延（good continuation），产生可填补空间令读者加以联想③。而波兰哲学家英伽登（Roman Ingarden，1893—1970）在《艺术的和审美

---

① 金庸：《神雕侠侣》，第 1530—1532 页。
② ［荷］巴尔：《叙述学：叙事理论导论》，第 110 页。
③ 李克和：《试析中西文论中的空白范畴》，载《佛山科学技术学院学报》2004 年第 2 期，第 9—12 页。

的价值》中更认为任何类型的艺术作品都应该在其自身之内包含有显示特性的"空白",而且并非所有特性都是处于实现状态,而是有些只是潜在的,需要观赏者使作品具体化,"重建"作品的原型。不过"空白"的条件是不会妨碍观赏者的"重建",而具体化的可能不止取决于作品本身,更在于观赏者的能力和条件[①]。

然而,我们发现《神雕侠侣》追述小龙女经历的部分并不能简单以"空白"的概念来涵盖一切情况。搜索杨、龙二人分散的章回,"小龙女"或"姑姑"的字样时常出现于字里行间,在此仅举如下一个例子进行简要的分析。

小龙女第 1 次离开杨过之后,杨过巧遇陆无双躲避其师李莫愁追杀,在见到陆无双之前,小说中多次出现杨过误以为是小龙女,因而跟随全真教道士来到"豺狼谷",希望遇见小龙女并暗中相助:

> 杨过心道:"我且躲在一旁,瞧姑姑怎生发付那些歹人。最好别让姑姑先认出我来。"想起当日假乡农少年耍弄洪凌波之事,甚是得意,不妨依样葫芦,再来一次,走到一家农舍后院,探头张望,见牛栏中一条大牡牛正在发威,低头挺角,向牛栏的木栅猛撞,登登大响。杨过心念一动:"我就扮成个牧童,姑姑乍见之下,定然认我不出。"
>
> ……
>
> 红日渐渐移到中天,他心中越来越慌乱,生怕小龙女不理对方约会,竟然不来。[②]

当杨过发现来者不是小龙女时,起先心中愤恨,认为陆无双"不是好人,不论谁胜谁败,都不必理会",又想陆无双不配称作"白衣美貌女子","给我姑姑做丫鬟也不配"。但是当陆无双为情势所迫,眉宇间表现出的怒色却使杨过想到小龙女生气时也是一样,因此缠住陆无双不放,又多番

① [波] 英伽登(Roman Ingarden, 1893—1970):《艺术的和审美的价值》,《二十世纪西方美学经典文本》卷 2,陆扬(1953—)编,复旦大学出版社 2000 年版,第 735—752 页。

② 金庸:《神雕侠侣》,第 285—286 页。

相救：

> 杨过见她扬眉动唇的怒色，心中剧烈一震："姑姑恼我之时，也是这般神色。"只因那少女这一发怒，杨过立时决心相助，当下拾起七八块小石子放入怀中，但见她左支右绌，神情已颇狼狈。……
>
> 杨过见她危在顷刻，再也延缓不得，牵过牛头对住六人，翻身上了牛背，随即溜到牛腹之下，双足勾住牛背，伸指在牛臀上一戳。那牯牛放开四蹄，向六人直冲过去。①

> ……那少女恼了，秀眉上扬，沉脸骂道："没啦，傻瓜！"转身便走。杨过见了她发怒的神情，不自禁的胸头热血上涌，眼中发酸，想起小龙女平日责骂自己的模样，心意已决："一时之间若是寻不着姑姑，我就尽瞧这姑娘恼怒的样儿便了。"伸手抱住她右腿，叫道："你不能走！"那少女用力一挣，却给他牢牢抱住了挣不脱，更加发怒，叫道："放开！你拉着我干么？"杨过见她怒气勃勃，愈加乐意，叫道："我回不了家啦，你救命。"跟着便大叫："救命，救命！"②

> ……再过一阵，杨过心想也作弄她得够了，放开双足，转过身来，虽在黑暗之中，她脸上的气恼神色仍是瞧得清清楚楚。她越发怒，似乎越与小龙女相似，杨过痴痴的瞧着，那里舍得闭眼？其实陆无双相貌比小龙女差得远了，只是天下女子生气的模样不免大同小异，杨过念师情切，百无聊赖之中，瞧瞧陆无双的嗔态怒色，自觉依稀瞧到了小龙女，那也是画饼之意、望梅之思而已。③

某种程度上来说，杨过这种由陆无双而回忆和投射到小龙女的想象，无形中起到了一种预述效果。在标准的预述情形中，一个极为有效的运用手法是所谓重复性预述（iterative anticipation）。事件在某个系列中第一次表现

---

① 金庸：《神雕侠侣》，第291页。
② 同上书，第293页。
③ 同上书，第301页。

出来之后，所谈到的场面详细展现，读者会将每一特别之处视为将来会多次出现事物的例证。而这种传达越充分，其重复性的特性就越不可信。杨过由陆无双联想到小龙女之前对他的气恼神色，小龙女生气的模样一次又一次重复出现，但实际上此时的小龙女已倾心杨过，要做杨过的妻子而不是师傅，所以在小说以后的情节，小龙女再没有对杨过生气，也就无从谈起小龙女的恼怒神色。正如巴尔所说:"有些预述是肯定要实现的，有些预述则不能肯定"①，在此，显然符合后者的类型。

女性主义理论家沃霍尔（Robyn R. Warhol）在其专论新叙事的文章《新叙事:现实主义小说和当代电影怎样表达不可叙述之事》（"Neonarrative; or, How to Render the Unnarratable in Realist Fiction and Contemporary Film"）认为叙事文本中"涉及未发生事件的话语"（the disnarrated）与"涉及未叙述事件的话语"（the unnarrated）同属于一个更大的范畴，即"不可叙述的事件"（the unnarratable）②。沃霍尔区分了四种"不可叙述的事件"，分别是:（1）"不必叙述者"（the subnarratable），涉及大家都知道，因而不必叙述的事情;（2）"难以叙述者"（the supranarratable），指难以言表的事情;（3）"不应叙述者"（the antinarratable），包括社会规约认为不应叙述的事情;（4）"不能叙述者"（the paranarratable），涉及形式规约认为不能叙述的事情③。

对照追述小龙女情景的篇章，大多属于"不必叙述"的范畴。小龙女与杨过第1次分离，小说仅用了不足两页的篇幅叙述，大概认为不值得叙述，这些事件或因是明摆着的，不够可叙述性的门槛，或因太过微不足道、太平庸，不必表达出来。而根据沃霍尔的观点，尽管那些不可叙述事件在叙述中有时干脆不着一字，但不可叙述事件并非总是导致文本上的无

---

① ［荷］巴尔:《叙述学:叙事理论导论》，第 113 页。

② ［美］沃霍尔（Robyn R. Warhol）:《新叙事:现实主义小说和当代电影怎样表达不可叙述之事》（"Neonarrative; or, How to Render the Unnarratable in Realist Fiction and Contemporary Film"），宁一中译:《当代叙事理论指南》（A Companion to Narrative Theory），［美］费伦（James Phelan, 1951—）等主编，申丹（1958—）等译，北京大学出版社 2007 年版，第 241—256 页。

③ 沃霍尔:《新叙事:现实主义小说和当代电影怎样表达不可叙述之事》，第 243—250 页。费伦:《当代叙事理论的传统与创新》（"Tradition and Innovation in Contemporary Narrative Theory"），申丹译，《当代叙事理论指南》，第 7—8 页。

声或空白，这样的事件都会有文字的表述①。就像我们上面引证的部分，杨过由陆无双而回忆和投射到小龙女的恼怒神色，或许就是这样一种文字的表述，借预述效果补充了追述造成的空白。因此，虽然对小龙女实际追述的文字很少，但却不会妨碍读者对文本及小龙女形象进行"重建"和具体化。

六、结语

我们围绕《神雕侠侣》男女主人公聚散模式，分析了小说在叙述错时性方面的某些特点，亦对小龙女翩然而至的形象及场景做了简要梳理和概括。文章最后一部分关于"空白"及"不可叙述事件"的讨论有益于研究金庸小说中的叙述时间性，亦是值得深入开掘的议题。

---

① 沃霍尔：《新叙事：现实主义小说和当代电影怎样表达不可叙述之事》，第 244 页。

附 录 二

《梦断西湖》的互文性刍议

一、引言

中篇小说《梦断西湖》是香港青年诗人、学者、小说家杜若鸿（1976—）于 2009 年推出的新作，这部小说经北京作家出版社刊行，先后以印刷版和网络电子数字版面世，广受好评。《梦断西湖》是杜若鸿以香港创作者的身份，关照浙江西湖人文与美学的系列作品之一，与诗集《若鸿的诗》①、摄影集《西湖之梦》② 合称"西湖三部曲"，就此，杜若鸿曾撰文解题："三部作品……皆以'诗境'贯穿，追求浪漫主义特色，而主题又以西湖为中心，故有是称"③。可见，《梦断西湖》不仅是此系列的压卷之作，更展示出作者旺盛的创作精力，以及对不同文体的多方位尝试。香港艺术发展局文学组主席蔡益怀（1962—）曾有推介，谓此书"是一部难得的才情之作。作者穿越时空的想象力和表现力，现实与梦幻，今生与前世，互为交织，且笔底饱蕴深情，令一段现代爱情故事濡染了古代才子佳人传奇的氤氲，读来令人心驰神往，不愧为新一代才人的手笔。其文字凝练古雅，颇有诗情画意的古典意趣，这也是小说的一大特

---

① 杜若鸿（1976—）：《若鸿的诗》，暨南大学出版社 2008 年版。
② 杜若鸿：《西湖之梦》，中华书局 2009 年版。
③ 杜若鸿：《〈西湖三部曲〉的创作背景和艺术特色》，"中西与新旧：香港文学的交会"学术研讨会（香港中文大学中文系、香港中国语文学会、香港中文大学联合书院、香港作家联会、香港中文大学香港文学研究中心主办，2010 年 6 月 25 日），第 1 页。

点，值得展读欣赏。"① 本文拟定《梦断西湖》为研读对象，以"互文性"（intertextuality）为理论视点，从《梦断西湖》的诗、景、情三方面着手，透过观测"西湖三部曲"的内在性横向互文，及外在性纵向互文，初步探讨这部小说的艺术特色。

二、故事梗概与创作背景

作为一部"诗式小说"，《梦断西湖》承继和延续了"西湖三部曲"系列以"诗性"与"诗意"贯穿的创作特色，营造凄美浪漫又唯美含蓄的诗化意蕴，故事讲述的是"一段缠绵悱恻的三角恋，写得婉约迷离，荡人心旌"②。男主角柳文汐与女友杨依柔在香港香江大学一年一度的文学聚会邂逅，对古典诗词的共同兴趣与爱好促成柳、杨情定香江。三年时光飞逝，毕业在即，柳文汐决心负笈深造，求学江南，不料在西子湖畔却意外重逢了千年前便已相痴相爱的恋人艾婉柔，柳文汐与艾婉柔梦中前世今生的四度相会，致使二人一见倾心，难舍难分。由此展开了柳、杨、艾三人之间一场扑朔迷离、哀怨缠绵、诗情画意交汇的宿世情怨。故事的背景发生在香江和杭州两地，以西湖断桥引入高潮，又以断桥为终点，全篇情调古雅，人物刻画精致细腻，新盟旧约中缘孽交织，最终留下令人唏嘘的千秋之约。

考察《梦断西湖》的创作背景，不难发现，其行文构思、语言风格、写作手法等均与作者自身的游学经历和学术专长颇有关联。作者生于泉州，长于香港，香港大学法律学士毕业之后，又赴浙江大学研习古典文学并取得硕士学位，后返回香港大学专攻唐宋诗词和文化研究，获得博士学位。《梦断西湖》酝酿于 2004 年，当时杜若鸿正值浙江大学攻读硕士学位期间，回港后小说结构方始成型，创作则一气呵成，完稿于香港。作者曾说："故事和当时成长过程中，在香港和杭州的所见所闻关系密切，想表达的不唯是爱情，还有很多对现实生活层面的思考，有'创'有'作'

---

① 蔡益怀（1962—）：《〈梦断西湖〉推介》，〈http：//itunes. apple. com/us/app/id407474611？ mt=8〉，2011 年 7 月 8 日。

② 蔡益怀:《〈梦断西湖〉推介》，〈http：//itunes. apple. com/us/app/id407474611？ mt=8〉，2011 年 7 月 8 日。

亦带点'实'"①，可以说，《梦断西湖》的构思很大程度上是基于对现实生活的浪漫想象与文学加工。

三、"对话性"·"互文性"·"文本"

俄国文艺学家、文艺理论家、批评家巴赫金（Mikhail Bakhtin，1895—1975）在20世纪20年代曾指出，小说这种文体具有强烈的"对话性"（dialogism）特质，即任何一种作为"表述"（utterance）的文本都不可能独立存在，而是与前人所做的表述、那些表述被接受的方式，以及其中的意识形态和沟通媒介保持着密切的关系，因此文本的表述必然产生于特定的历史时刻与社会条件，其意义也必然包含特定的历史社会特征。60年代中期以后，保加利亚裔法国后结构主义理论家克里斯托娃（Julia Kristeva，1941— ）借用和发展了巴赫金的上述观念，并且进一步提出"互文性"（intertextuality）概念，标识着60年代以来，后结构主义者对俄国形式主义、英美新批评、法国结构主义等流派理论家持有的那种割裂文学和外在现实的做法所进行的反思②。

"互文性"又称"文本间性"或"文本互涉"，特指文本与其他文本相互呼应的状况。克里斯托娃认为，叙述是由回声和其他文本的痕迹交织而成的，是一种"引用的马赛克"或"一张网"，含有对各种各样的广泛的源头的指涉③。换言之，"互文"就是从一个文本看到另一文本的存在，小至一个字、一个词，以至简单的情节，都可以引起这种的"互涉"联想，而且，"互文性"强调的是文化的累积，有时甚至连作者自己也不可能完全意识到④。克里斯托娃说，"文学作品乃是文学转换的组织结构，重新调配语言秩序，并关联沟通语言与各种较早或同时的陈述"，"每一

---

① 杜若鸿：《〈西湖三部曲〉的创作背景和艺术特色》，第4页。

② 柯思仁（1964— ）、陈乐：《文学批评关键词：概念·理论·中文文本解读》，南洋理工大学中华语言文化中心八方文化创作室，2008年，第41页。

③ ［英］西姆（Stuart Sim，1955— ）、［英］隆（Borin Van Loon）：《视读批评理论》（Introducing Critical Theory），宋沈黎译，安徽文艺出版社2008年版，第57、76、169页。

④ 乐黛云（1931— ）：《互文性》，《世界诗学大辞典》，乐黛云等主编，春风文艺出版社1993年版，第214页。殷企平：《谈"互文性"》，载《外国文学评论》1994年第11期，第39—46页。

个字（作品）乃是文字（许多作品）的交汇，从中至少可以读到另一个字。我们一旦在作品中谈到其他作品，我们便进入了相互指涉的空间"，"每一件作品都撷取自另一作品，并加以转化，于是相互指涉的观念取代了互为主体的观念"①。故而一部小说不是独立的一元式创造，而是依赖于"互文性"的产品，牵涉到所处文化内部的过去与现在所有话语交织成的整张复杂网络②。文本中的意义在后结构主义理论家看来，不单单是产生于文本与外在世界的对应关系，更产生于文本与文本之间的重复与变异，这些重复与变异可以表现在作家语言的重新分布、分解或重构，以及对既有文本的重新排列（permutation of texts）等③。

应该说，"文本"（text）一词在现代批评领域中，作为一个常常出现却十分复杂的术语，其范畴并不局限在"文学文本"（literary text）的概念（即所谓"文学的、书写下的文本"），更囊括着语言学、符号学、后结构主义、文化研究等范畴的多重用法和不同观点④。如果我们将杜若鸿的"西湖三部曲"视为一个相互指涉的互文网络，那么其中的小说《梦断西湖》和诗集《若鸿的诗》当为"文学文本"，而摄影集《西湖之梦》则是以平面图像符号呈现的另一种"图像文本"。如是区分，对我们的讨论颇有帮助，因为我们完全可以从互文的角度，借助同属"西湖"主题之下的诗集与摄影集观测小说《梦断西湖》中的诗式书写、景色描摹和抒情特色。

四、《梦断西湖》的诗、景、情：
"西湖三部曲"的文本间性

目前讨论《梦断西湖》"诗式小说"特质的研究文字，往往将重点放

---

① 毛崇杰、张德与、马驰主编：《二十世纪西方美学主流》，吉林教育出版社1993年版，第889—890页。

② ［英］西姆、［英］隆：《视读批评理论》，第57页。

③ 柯思仁、陈乐：《文学批评关键词：概念·理论·中文文本解读》，第42页。

④ 诚如本书绪言中所说，"文学文本"（literary text）由通常所谓的作品（work）引申而成，是作家创作的结果，是需要通过读者阅读体验而获得存在价值的文学实体，因而特指处于作者、读者、作品三方关系讨论中的"作品本身"。王先霈（1939—）、王又平（1949—）主编：《文学理论批评术语汇释》，高等教育出版社2006年版，第213—215页。

在小说中营造的美学氛围、中国传统浪漫境界和凄美诗意上，对小说中出现的诗、词、曲创作，却鲜见关注和分析。我们前文曾提到，《若鸿的诗》是"西湖三部曲"的第一部，实则为后来两部的创作定了基准音。《若鸿的诗》全书分为《艺篇》、《道篇》、《情篇》、《物篇》、《杂篇》、《西湖篇》六卷，尤其《西湖篇》最能体现杜氏在诗歌创作方面所追求的诗情哲理兼具，文字洗练、清劲、俊逸，意境绰约、凄美、典雅等特色，杜若鸿曾说其诗风正是"以开创'杂文诗'文学范式为目标"，"力求糅合诗、词、曲、小品、散文、随笔等文体的特色，使古典、诗情、浪漫、唯美风格错体交合之余，融入新的语言元素"①。诗评家张诗剑（张思鉴，1938—）谀文概括杜氏诗风，亦强调"杂文诗"的重要意义："若鸿的杂文诗短小精悍，……'杂文诗'之名，若鸿则更取其'打破众体（文体），汇通化成'以成诗之意，以博杂见长。"② 诚然，让我们看看《梦断西湖》如下一段文字：

> "你就是那个经常在我们文学刊物上发表……"依柔一时想不到措词，皆因文汐一年来所投过不下百篇的稿子，哲理、文学、人性种种无所不谈，形式上自出新意，似文非文，似诗非诗，而文情哲意，文彩意境，又胜比诗歌散文。"呵！是……是'文章'。"她心里想，用"文章"概之最为贴切。说着凝视着这位心仪已久的作者，眼里充满仰慕之情。
>
> "不，是杂文诗！这是与古典诗、新诗、散文诗一脉相承的新世纪文学体裁！"他细意打量眼前这位在文学系有"才女"之称的女子……③

上文所引，是主人公柳文汐与杨依柔在香江大学文聚会上第一次见面的情形，小说借男女主角对"稿子"体裁的一番讨论，表现出柳文汐的诗词创作观，实际上也揭示了作者自己的文学旨趣。小说中有大量的古典诗

---

① 杜若鸿：《卷首语》，《若鸿的诗》，第 1 页。
② 张诗剑（张思鉴，1938—）：《若鸿的诗》，载《香港作家》2008 年第 7 期，第 34 页。
③ 杜若鸿：《梦断西湖》，作家出版社 2009 年版，第 10 页。

词、现代诗歌，借助这些诗、词而展现人物关系的情节俯拾即是。例如，故事的主线便围绕篇首的《相逢在何时》一诗展开：

> 相逢在何时？在那烟雨茫茫的江南。相逢在何时？在那泛黄带红的深秋。／相逢，是梦，是幻，是千年的等待！／相逢，是痴，是狂，是宿世的情债！／相逢在何时？在那不经意的邂逅，在那冥冥中的安排……①

根据这首诗，小说的"情系香江"、"云雨红尘"、"断桥相遇"、"西湖寻梦"、"水云幽会"、"新盟旧约"、"断桥夜话"、"创伤·创伤"、"千秋之约"这九个回目方得以层层相扣推演而出。《梦断西湖》亦多有古典诗词的创作和援引，穿插于行文之间，对平添小说情趣、丰满人物形象也起到了不小的助力，试举：

> 有一次，依柔填了一阙词。
>
> "文汐，你看看，这是我新近的拙作。"依柔口中虽说是拙作，神情却显得极为自信。词调寄《相见欢》：
>
> 云窗暗渡春风，太匆匆，无边暮霭天际锁长空。
>
> 相逢事，离别意，几多重？地北天南长忆与君同。
>
> 可是文汐看完却批评道："哎，太直露，一点也无含蓄委婉之味。""那是首小令，当然坦率的好，岂不闻'林花谢了春红，太匆匆，无奈朝来寒雨晚来风。胭脂泪，相留醉，几时重？自是人生长恨水长东'？"
>
> "那不是女孩子填词应有的风格，不要得！不要得！还有，你道什么'云窗'，现在都已经用铝用铜来做窗子啦！又什么天南地北，讲到什么生离死别一样，现今社会交通信息发达，为词作情，不要得！不要得！"
>
> "你！你！"文汐还未讲毕，依柔已泪珠潸潸直下。②

---

① 杜若鸿：《梦断西湖》，第8页。
② 同上书，第14页。

文汐与依柔谈诗论词，一个是"文人智者"恃才轻狂，一个是"文静佳人"满心认真，青年男女之间的纯真无邪，跃然纸上。类似以诗词带出的情节，小说中还有很多，兹不赘举。

　　《梦断西湖》反映"西湖三部曲"互文性的另一层面，可表现在小说的写景状物，以及着力突显的一幅幅诗意图画上。小说中对于西湖景色的描写，完全可以看到摄影集《西湖之梦》的"诗画美学"。《西湖之梦》共收一百五十帧照片，内容涵盖：西湖之春、西湖之秋、西湖之夏、西湖之冬、西湖之晴、西湖之雨、西湖之月、西湖之雾、西湖之晨、西湖之昏、西湖之午、西湖之夜等子题，并且配诗入画，诗影相生，捕捉西湖刹那芳华。这对完成小说《梦断西湖》如梦似幻的景观状写，无疑极其关键。而尤其需要强调的，是"西湖之梦"的梦幻意识，杜氏曾说："西湖之梦，不单是笔者心中的梦，相信也是每人心中的梦，梦境无限，正如西湖之美亦无限，才千百年来令无数人魂牵梦绕"①。这一点在《梦断西湖》里，有很明显的承继和发扬，柳文汐创作了《梦》一诗：

　　　　轻拥古典温柔的爱眷／长居西子湖畔那幽逸的雅轩／闲来听听万籁的私语／或轻奏如梦的天音／……／或醒或醉或梦或死／或游离或痴痴或迷迷／相看相恋相依共天与地／共心爱的你／直至／直至幻灭时……②

女主角艾婉柔情所起处，一往而深，不惜欣然殉情，《梦断西湖》第九回"千秋之约"，当艾婉柔投湖自尽，小说达到情节发展的高潮，而西湖烟雨的诗情画意更增加了戏剧性张力和感染力，且看：

　　　　江南的三月是令人烦躁的，雨茸茸，最易引人伤怀。
　　　　这一日更是满天黑霾，倾盆大雨，午后才渐转小，但天色依然暗淡。艾婉柔提起憔悴的面容，轻描柳眉，薄搽胭脂，发髻淡淡梳成，穿上古典长袍，对着镜子，顾影自怜。然后提起琵琶，担着小伞，缓

---

① 　杜若鸿：《〈西湖三部曲〉的创作背景和艺术特色》，第4页。
② 　杜若鸿：《梦断西湖》，第22页。

缓从万松岭路走到西子宾馆，凭吊良久，然后从跨虹桥、东浦桥、压堤桥、望山桥、锁澜桥、映波桥一直走尽苏堤，眺望两岸，烟雨笼罩。西湖烟雨的诗情画意，此时此刻，都蒙上灰黯的色彩，她倚立良久，然后再向云隐路、西山路、南山路兜了一圈，最后落脚在"美人凤"，轻扬小艇，往北向三潭处驶去，绕过小瀛洲，然后东驶向平湖秋月处，放眼望去，但见无边丝雨，细细似愁，她珠泪凝眼，强行忍住，缓步向断桥行去，依旧斜倚在石栏，想起断桥一处，千年来，刻下了多少的悲欢离合，似乎一切冥冥中自有天定，半分由人不得，一曲《醉花阴》弹奏过后，没入了断桥脚下的西子湖水。①

杜若鸿曾说："情系天地，本非古人独有。而我们，都只是在历史的长河中，延续一点情脉而已。"② 诚然，不论小说集、摄影集还是诗集，贯穿"西湖三部曲"的核心思想无他，唯"情"一字。特别是《梦断西湖》的故事主旋律，隐然脱化于汤显祖（1550—1616）"因情成梦，因梦成戏"的"情至观"。如果说《梦断西湖》与《若鸿的诗》、《西湖之梦》构成三部曲的内在性横向互文，那么，这部小说与中国古典文学抒情传统的经典之作——《红楼梦》、《白蛇传》、《牡丹亭》等——则构成了外在性纵向互文。

杜若鸿有学术论文《〈牡丹亭〉的情感国度》，收于《梦断西湖》附录部分，专题研讨汤显祖的言情技法。文中指出，"言情，是汤显祖文学创作思想的核心"，进而认为，汤显祖"世总为情。情生诗歌，而行于神。天下之声音笑貌，大小生死，不出乎是"恰是汤氏文学本于情的论绪。杜若鸿秉承此种文学创作观，坚信由于人生有情，因而"思欢怒愁，感于幽微，流于啸歌，形诸动摇。或一往而尽，或积而不能休"，在似真似幻的梦境里，才能反映出广阔的情感世界。在这里，作家所面对的一切物象，所考虑的一切价值，都可以按照自己的价值去改造、升华，从而创造出一个意蕴深厚的精神世界③。由此，不难领略《梦断西湖》为何对

---

① 杜若鸿：《梦断西湖》，第 69 页。
② 杜若鸿：《卷首语》，《若鸿的诗》，第 1—2 页。
③ 杜若鸿：《梦断西湖》，第 160—161 页。

"梦"如此着重，其目的恰在于试图使小说中所提倡的"情"与世间那种杂乱的"俗情"、"常情"有所分别，正是持有一种对"真性情"的追求，女主角艾婉柔才可以为报恩等原因欣然殉情。在现实世界逻辑不能发生的事情，由于情之所至，在小说中便得到了合情入理的解释①。此外，在务求准确而传神、简洁而文华的语言风格上，作者明显有向《红楼梦》美学特征效法和致敬之处。《红楼梦》高雅而不流俗，精致而不粗滥，厚重而不轻佻，庄重而不轻薄等，均是杜若鸿《梦断西湖》所追求"红楼语言"美学实践的目标②。所以在《梦断西湖》，当读者体味到中国古典抒情传统的彰显、理性与感性的交融、诗的唯美等特质，便不足为奇了。当代诗人郑愁予（1933—）曾对杜若鸿的"抒情方式"做过如是评说："……是文字学的、音韵学的，而主要是诗学的，……洋溢着道家的潇洒、儒家的仁爱以及诗人的冥想……语意深沉、节奏明快，每一个字是一颗音符，这也几乎是我仅见的一种抒情方式。"③

五、余论

通过前文的分析，我们发现，《梦断西湖》作为"西湖三部曲"的重要一环，存在着从其他文本截取的表述，相互交错又碰撞回荡，而不同的文本之间更潜存着互涉相关与相对的联系。就像摄影集《西湖之梦》一样，既有的文本，不仅仅是由文字组成的文学文本，也包含了文化、社会、历史的涵构，这些文本生成了我们所面对的小说《梦断西湖》这一特定文本，同时更成为其中不可分割的一部分。

《梦断西湖》于2009年推出了网络电子数位版，而不论是文学创作还是文学传播，媒介作为讯息传递的载体，在文学生产、文学流通、文学接受三者之间扮演着极为重要的角色，时刻制约着文学的发展与形态。一般来说，最初的文学传播形式是以口语为起点，后出现书面的文字记录，再到印刷术的盛行，早期口语文学便逐步被边缘化。时至今日，印刷术的

---

① 杜若鸿：《〈西湖三部曲〉的创作背景和艺术特色》，第6页。

② 杜若鸿：《梦断西湖》，第150—151页。

③ 郑愁予（1933—）：《封底文》，《若鸿的诗》，封底。

辉煌亦成为历史，传统媒介与新形式媒介的交替日趋频繁，随之而来的是书面记录模式向数字化（digital）操作的积极转变。伴随着信息的数字化处理，以及对数字媒介庞大功能的借助，文学用数码方式运作，已然改变了其自身的存在面貌。不可否认，将文字、声音与影像结合为一的"数字文学"或"电子文学"，以其便捷性、多元性、生动性、超前性等优势，打破了传统平面印刷的限制，开拓出新的生机。"西湖三部曲"本身便具备着数字化操作的诸多特质，如何对之加以文学批评角度的审视，将是学界研讨的可行方向和路径。

附录三

书评二则

毫芒雕刻·诗小情长——《张默小诗帖》[①]

　　但凡对台湾现代诗有所了解的读者,"张默"这个名字一定不会感觉陌生。1954 年秋,张默(张德中,1931—)与洛夫(莫洛夫,1928—)、痖弦(王庆麟,1932—)共同组办《创世纪》,迄今五十余年刊行不衰,这离不开张默的奋斗与坚持,而台湾新诗运动的蓬勃发展,若没有张默的不懈努力,也不会取得今日的辉煌成效。张默集写诗、办刊物、编辑、出版于一身,素来被诗坛人士誉为"台湾新诗运动的火车头"、"诗坛总管",实至名归。1964 年,张默第一本诗集《紫的边陲》问世,数十年间,共创作诗集十六种,诗评论集六种,成果颇丰。2010 年 5 月《张默小诗贴》由创世纪诗杂志出版,收集了诗人从 1954 年到 2010 年间的小诗创作,是张默创作一甲子以来的第一部小诗集,意义非凡,学者廖咸浩(1955—)作序说:"张默的这本小诗诗集是台湾诗坛的一大盛事"。诗人在此书"编后小记"中,则自谦这册小诗"用意十分单纯,只是便利爱诗人选读而已",足见诗坛耆宿张默的谦逊。

　　《张默小诗贴》按照内容编为七卷,约收录诗作二百首,每卷冠以四字标题,依序分别为:"卷一:人文烛照"、"卷二:生活刺绣"、"卷三:组诗渐沥"、"卷四:人物签注"、"卷五:台湾拾穗"、"卷六:大陆浮雕"、"卷七:海外沧浪",对此,诗评家陈义芝(1953—)认为显示出张

　　① 本文刊于深圳《晶报》"深港书评"栏目,2010 年 11 月 14 日,B7。张默(张德中,1931—):《张默小诗贴》,创世纪诗杂志社 2010 年版。

默几十年来的"创作生气、认真精神，一生致力于意象钻研的成果"。谈
及张默与小诗的渊源，除了诗人身体力行的创作实践，也不应忽略其在上
世纪八十年代为尔雅出版社编纂的《小诗选读》和 2007 年编的《小诗·
床头书》（作为编者，张默并没有近水楼台地先将自己的作品刊录其中），
这是因为，张默对小诗，一直以来都有着极为深刻的见解。小诗属于诗歌
的一种外在形式，如何界定，可谓众说纷纭。周作人（1885—1967）认
为应是一至四行，林焕彰（1939—）则推举六行之内，丁旭辉（1967—）
则称十行以下，白灵（庄祖煌，1951—）亦以"十行以内，百字以下"
为标杆，洛夫主张不多于十二行，龙彼德（1941—）称"应在十四行以
下，不含十四行"，罗青（罗青哲，1948—）主张十六行以内。张默的观
点是把小诗界定为十行以内，尽管小诗就篇幅而言难有定论，但张默坚持
一首优秀的小诗必须品质精纯，必须自成"一片小小的风景"，诗人对自
己的作品，不该做过多诠释，"理应保有若干创作的私秘"。而作为张默
小诗的读者，我们却不能不思考：张默小诗的"秘密"到底何在呢？

　　解答这一问题，或许可从中国诗歌传统美学观念得到启发，《毛诗·
大序》中有"情动于中，而形于言"，如果说小诗之"小"是"形于言"
的形式，那么"情动于中"的"情"正是张默小诗的精髓。张默小诗之
"情"有恋母之情，如《惊晤》一首，注视母亲的照片，诗人有感而发：

　　　　从梧桐细雨的深处，她巍颤颤的走着//我以极度且近乎窒息的狂
　　喜/希冀抚触她每一寸干涩的肌肤/三十八载未曾落泪的眼睛/一下子
　　汇集成滔滔不绝的洪水//今夜，我习惯漂泊的灵魂已经回家

张默少小离家，因时局之困，不得不与身在大陆的母亲隔海相望数十载，
而诗末"回家"一语堪称点眼之笔，所表现的不仅仅是一己的抒怀，更
反映出时代的沧桑，以及对台海两岸开放、统一的热切心愿。除了恋母之
情，身为一个父亲；张默有这样一首小诗：

　　　酷似爬在/热锅上的蚂蚁//我底儿呀

以"热锅上的蚂蚁"比喻一位关心儿子、为其操心却又无奈的老父心境，

可谓活灵活现，此诗题为《怒》，全诗言简意赅，形象生动，深得小诗三昧。亲情以外，友情也是张默常常吟咏的一大主题，《戏绘诗友十二则》有：

> 一向喜欢拈花／而花总被钉在不常生锈的贝叶之内／你瞧，他的缤纷的鬓沿／不时有一只只／稚嫩的蝶蛹　飞出

可以说，这些小诗都充满了人间真情、生活挚情，每每读来耐人寻味。诗歌是感性的艺术，诗人是感性想象王国的主人，但不应忽视的是，理性思维以及对人生、死亡、时间、宇宙的哲理性思索，在张默的小诗中也有非常精彩的演绎，诗人以传神艺术眼光和举重若轻的心灵加以观察和书写，同样是一种情味，一种哲思之情。试举《生日卡》为例：

> 尽管少则一行，两行／尽管多则七行，八行，以及十数行／它们传达的不过是／一项讯息／／你又向死神靠近一点点了

生日卡片上的祝福不论是一行、两行，还是七行、八行、十数行，在诗人看来，这些连同生日的欢愉都只不过是浮光而已，它们深层的讯息隐藏在匆匆易逝的年华里。这种对生命流逝的感慨在《面颜》一首也表达了相似的哲思：

> 跳动的时间／永远摆不平的时间／／沿着我的灰濛濛的发梢而下／哎哟，你的皱纹好深啊

镜中的"你"与镜外的"我"相对而视，"我"惊然慨叹"你"的皱纹之深，这一人称上的转换，使主客易位，无疑增添了这首小诗可供玩味的内蕴。

假如这类小诗读来略嫌深奥，那么《张默小诗贴》还有很多作品是以趣味性取胜的，像《动物诗五贴》中的《鸽子》、《雁》、《猫》、《壁虎》、《驼鸟》等，《十二生肖小集》中的诸多生肖，以及写给小外孙女的《狗狗》、《自画像》、《爸爸》、《异形》等等，读来颇能会心一笑，称之

为富有"情趣"的诗作，亦未尝不可，而爱好"情趣"之"情"的读者，不妨翻来一阅了。

灵偃蹇兮·神话复兴——
《我敢读希腊罗马神话人名》①

凭借神力歌唱，是上古时代诗人、哲学家坚定不移的信念。《荷马史诗》肇始于向诗神吁请佑助；柏拉图（Plato，427BC－347BC）《伊安篇》并举诗人与巫师，相信神灵附体因而奇迹般地吟诗占卜、代神说话；屈原（340BC－278BC）《东皇太一》描摹"神降而托于巫"的情形，写道："灵偃蹇兮姣服，芳菲菲兮满堂；五音纷兮繁会，君欣欣兮乐康"。自古以来，瑰丽的神话，神人的交融，不知引发后人多少美妙的遐想与艳羡的惊叹。

20 世纪 20、30 年代，著名学者、翻译家郑振铎（1898—1958）先生陆续出版了两部轰动一时的著作，其一《希腊罗马神话与传说中的恋爱故事》，其二《希腊神话与英雄传说》，两书后来由花山文艺出版社整理收入《郑振铎全集》第十八卷，成为近代中国读者接触西方神话的早期译介经典。郑振铎于 1934 年的序言中曾写下如是感慨："只要接触着西洋的文学和艺术，你便会知道不熟悉希腊神话里的故事，将是如何的苦恼与不便利。……但希腊神话，在中国却成了很冷僻的东西。……吃了希腊神话不熟悉的苦，因而失去了多少欣赏、了解最好的文艺的机缘！"

时隔近一个世纪，2010 年 5 月，洪子平率香港商务印书馆编辑组，在郑振铎专著基础上，推出"我敢读"系列丛书最新一套《我敢读希腊罗马神话人名》，精选二百个重要神祇、英雄和魔怪，配以彩色插图，扼要介绍他们的身世和故事，并且附有英文读音光碟，方便读者边听边看，学懂神话人物名字的准确读法，是集知识性、趣味性、实用性于一体的大众普及读本。香港中文大学历史系张学明博士推介："大家细心阅读本书，相信一定可以有很多得益。"

---

① 本文刊于深圳《晶报》"深港书评"栏目，2011 年 1 月 23 日，B07。洪子平：《我敢读希腊罗马神话人名》，商务印书馆有限公司 2010 年版。

　　当今世界，资讯发达，互联网便利，全球一体化进程突飞猛进，我们有越来越多的机会和渠道接触西方文化，而作为整个西方人文根基的希腊罗马神话，也与日俱增地出现在人们日常生活的方方面面。2006 年，明基西门子推出四款以希腊罗马神话人物命名的手机型号，分别是：EF71 型号的 Venus C3（美神）、E61 型号的 Hermes B（辩论之神）、CL71 型号的 Cupid（爱神）、S81 型号的 Ulysses B1（英雄），正在使用或使用过其中一款手机的朋友，你是否知道与之对应的故事呢？2010 年初上映的好莱坞电影《阿凡达》（Avatar），主要场景 Polyphemis 星球便是来自希腊神话中独眼巨人波吕菲莫斯的名字，其卫星称为 Planet Pandora，则是援引希腊传说中世界上第一个女人潘多拉。喜爱电影的朋友，你是否有所留意呢？去年的另一部影片《诸神之战》（Clash of the Titans）里，泰坦神族与天神宙斯（Zeus）、海皇波塞冬（Poseidon）、冥王哈迪斯（Hades）之间的恩恩怨怨，你又是否了解呢？与我们生活息息相关的希腊罗马神话还远不止这些，美国著名体育用品公司耐克（NIKE）、英国知名服装品牌保罗服饰（Polo Phoebe Philo）、国际香水经典的后起之秀爱耐丝（Anais Anais）等等，每一个都与西方神祇有着千丝万缕的联系。喜爱时尚、追逐潮流的你，如果全无所知，不是很可惜吗？

　　《我敢读希腊罗马神话人名》为我们提供了迅速查阅的便捷，每翻开书中一页，均可找到下述几个基本部分。首先，是中英文对照的神话人物名姓，旁边注明发音的要点，如重音位置在哪里、哪个地方较难读、哪几个字母不发音等。其次，是关于这个人物的简短介绍，大都百字以内，容易掌握、明了直白，左右两侧又提示"相关人物"和所在页码，便于本书内部检索查阅。第三部分是与本页人物直接联系的彩色图片，多选自世界名画截图或雕塑艺术相片。图片下方是由插图引出的阐释、发散性说明或延伸阅读，涉及星象星座、俗语典故、流行文化、时尚品牌、电影电视、文学作品、电子科技、心理学语汇等。全书按照希腊罗马人名英文首字母排序，读者既可以依序逐个阅读，也可以随意翻查，非常便利。由于两岸四地中文翻译或有不同，所以书末专门附录"内地及台湾译名对照表"，解决了因译文差异带来的困扰。尤其值得一提的是，除了收录"男神"和"女神"等基本神祇外，书中还有许多"双性/中性神"，例如海怪刻托（Ceto）、两性神赫耳玛佛洛狄托斯（Hermaphroditus）、九头蛇妖许德拉（Hydra）等，它们都有奇幻的背景和引人入胜的趣谈。

　　神话是人类童年时代的产物，对原始人类来说，自然界充满神秘异己的力量，日月星辰、河海山川，无不是大小神祇的居所，古人对神的存在笃信不疑。而随着人类的成熟和科技的进步，神话逐渐走向衰亡，现代人对神性、自然的向往不比古人，对神话世界的消失也不再感到忧伤。高度发达的工业化社会对现代人而言，成就了另一种神秘的异己力量，带来了所谓"现代工业的神话"。但与古代神话截然不同的是，现代神话明显缺少了动人的真诚和诗意的华美，荒诞背后更多的，不是想象而是理智，不是对大自然的赞叹，而是近乎狂欢式的冷嘲热讽。德国哲学家尼采（Friedrich Nietzsche，1844—1900）曾说："神已死去"，但尼采更认为近世文化的衰微正是由于"神话的毁灭"，在尼采看来，古代神话与文艺本质上就是同物异名，现代艺术的繁荣完全仰赖神话的复兴。对此，或许看罢《我敢读希腊罗马神话人名》，将有更为深入的体会与反思。

主要征引资料

一 作家作品

CHEN

陈染：《凡墙都是门》，华艺出版社 1996 年版。

CUN

［日］村上春树（HARUKI，Murakami）：《挪威的森林》，赖明珠译，时报文化出版企业股份有限公司 1997 年版。

［日］村上春树（HARUKI，Murakami）：《下午最后一片草坪》，《开往中国的慢船》，赖明珠译，时报文化出版企业股份有限公司 1998 年版。

DENG

邓绍基等主编：《中国古代十大诗人精品全集》，大连出版社 1998 年版。

DU

杜若鸿：《若鸿的诗》，暨南大学出版社 2008 年版。

杜若鸿：《西湖之梦》，中华书局 2009 年版。

杜若鸿：《梦断西湖》，作家出版社 2009 年版。

JIN

金庸：《神雕侠侣》，广州出版社 2005 年版。

LUO

洛夫：《石室之死亡：洛夫诗集》，创世纪诗社 1965 年版。

洛夫：《诗魔之歌：洛夫诗作分类精选》，花城出版社 1990 年版。

洛夫：《石室之死亡：洛夫诗集》，创世纪诗社 1965 年版。

洛夫：《无岸之河》，水牛出版社 1986 年版。

洛夫：《魔歌：洛夫诗集》，中外文学月刊社 1974 年版。

洛夫：《酿酒的石头：洛夫诗集》，九歌出版社 1983 年版。

洛夫：《月光房子》，九歌出版社 1990 年版。

洛夫：《天使的涅槃》，尚书文化出版社 1990 年版。

洛夫：《梦的图解》，书林出版社 1993 年版。

洛夫：《隐题诗》，尔雅出版社 1993 年版。

洛夫：《雪落无声》，尔雅出版社 1999 年版。

洛夫：《漂木》，联合文学出版社有限公司 2001 年版。

洛夫：《洛夫詩歌全集·卷 2》，普音文化股份事业有限公司 2009
年版。

洛夫：《雨想说的：洛夫自选集》，花城出版社 2006 年版。

WEN

闻一多：《红烛·死水》，香港三联书店 1999 年版。

YU

余光中：《余光中诗歌选集（一）》，时代文艺出版社 1997 年版。

余光中：《天国的夜市》，三民书局 1969 年版。

余光中：《天狼星》，尔雅出版社 1976 年版。

余光中：《五陵少年》，文艺书屋 1969 年版。

余光中：《莲的联想》，时报文化出版企业股份有限公司 1980 年版。

余光中：《敲打乐》，九歌出版社 1986 年版。

余光中：《在冷战的年代》，纯文学出版社 1970 年版。

余光中：《白玉苦瓜》，大地出版社 1974 年版。

余光中：《与永恒拔河》，洪范书店有限公司 1979 年版。

余光中：《紫荆赋》，洪范书店有限公司 1983 年版。

余光中：《隔水观音》，洪范书店有限公司 1983 年版。

余光中：《安石榴》，洪范书店有限公司 1996 年版。

余光中：《梦与地理》，洪范书店有限公司 1990 年版。

余光中：《藕神》，九歌出版社 2008 年版。

余光中：《高楼对海》，九歌出版社 2000 年版。

余光中：《五行无阻》，九歌出版社 1998 年版。

ZHANG

张默：《中国当代十大诗人选集》，源成文化图书供应社 1977 年版。

张默：《张默小诗贴》，创世纪诗杂志社 2010 年版。

ZHENG

郑愁予：《郑愁予诗集·卷 I》，洪范书店 2003 年版。

郑愁予：《郑愁予诗集·卷 II》，洪范书店 2004 年版。

郑愁予：《寂寞的人坐着看花》，洪范出版社 1993 年版。

ZHU

朱天文：《世纪末的华丽》，INK 印刻出版有限公司 2008 年版。

二　参考文献

A

［法］阿达利（Attali, Jacques）：《智慧之路：论迷宫》（*Labyrinth in Culture and Society：Pathways to Wisdom*），邱海婴译，商务印书馆 1999 年版。

AI

［美］艾布拉姆斯（Abrams, Meyer Howard）：《欧美文学术语辞典》

(*A Glossary of Literary Terms*)，朱金鹏、朱荔译，北京大学出版社 1990
年版。

［美］艾布拉姆斯（Abrams, Meyer Howard）：《镜与灯：浪漫主义文
论及批评传统》（*Mirror and the Lamp：Romantic Theory and the Critical Tra-
dition*），郦稚牛、张照进译，北京大学出版社 1989 年版。

［美］艾翠丝（Artress, Lauren）：《迷宫中的冥想：西方灵修传统再
发现》（*Walking a Sacred Path：Rediscovering the Labyrinth as a Spiritual
tool*），赵闵文译，商业周刊出版股份有限公司 1999 年版。

［美］爱德蒙森（Edmundson, Mark）：《文学对抗哲学：从柏拉图到
德里达——为诗一辩》（*Literature Against Philosophy，Plato to Derrida：A
Defence of Poetry*），王柏华、马晓冬译，中央编译出版社 2000 年版。

［英］艾恩斯（Ions, Veronica）：《神话的历史》（*History of Mytholo-
gy*），杜文燕译，希望出版社 2003 年版。

［美］艾克曼（Ackerman, Diane）：《感官之旅》（*A Natural History of
the Senses*），庄安祺译，时报文化出版企业股份有限公司 2007 年版。

［美］艾克曼（Ackerman, Diane）：《气味、记忆与爱欲：艾克曼的
大脑诗篇》（*An Alchemy of Mind：The Marvel and Mystery of the Brain*），庄
安祺译，时报文化出版企业有限公司 2004 年版。

艾农：《从"诗与台湾"到"诗与科技"：痖弦 VS. 杜十三》，载
《创世纪诗杂志》1999 年第 119 期。

AN

安道玉：《意识与意义：从胡塞尔到塞尔的科学的哲学研究》，中国
社会科学出版社 2007 年版。

ANG

［法］昂弗莱（Onfray, Michel）：《享乐的艺术：论享乐唯物主义》，
刘汉全译，生活·读书·新知三联书店 2003 年版。

BA

［荷］巴尔（Bal, Mieke）：《叙述学：叙事理论导论》（*Narratology：*

Introduction to the Theory of Narrative），谭君强译，中国社会科学出版社 2003 年版。

［苏联］巴赫金（Bakhtin, M. M.）：《拉伯雷研究》，《巴赫金全集·卷6》，李兆林、夏忠宪等译，河北教育出版社 1998 年版。

［苏联］巴赫金（Bakhtin, M. M.）：《弗洛伊德主义述评》（*Freudism Comment*），汪浩译，辽宁人民出版社 1987 年版。

［法］巴利诺（Parinaud, André）：《巴什拉传》（*Bachelard*），顾嘉琛、杜小真译，东方出版中心 2000 年版。

［法］巴什拉（Bachelard, Gaston）：《梦想的诗学》（*The Poetics of Reverie：Childhood, Language, and the Cosmos*），刘自强译，生活·读书·新知三联书店 1996 年版。

［法］巴什拉（Bachelard, Gaston）：《空间诗学》（*The Poetics of Space*），龚卓军、王静慧译，张老师文化事业股份有限公司 2003 年版。

［法］巴什拉（Bachelard, Gaston）：《火的精神分析》（*The Psychoanalysis of Fire*），杜小真、顾嘉琛译，岳麓书社 2005 年版。

［法］巴什拉（Bachelard, Gaston）：《水与梦：论物质的想象》（*Water and Dreams：An Essay on the Iimagination of Matter*），顾嘉琛译，岳麓书社 2005 年版。

［法］巴什拉（Bachelard, Gaston）：《科学精神的形成》（*The Formation of the Scientific Mind*），钱培鑫译，江苏教育出版社 2006 年版。

BAI

白灵：《脸上风华，眼底山水：余光中诗中的表情及其时空意涵》，载《韩中言语文化研究》2008 年第 5 期。

BEI

北京师范大学历史系中国现代史教研室：《中国现代史》，北京师范大学出版社 1983 年版。

BEN

［英］本尼特（Bennett, Andrew）、［英］罗伊尔（Nicholas Royle）：

《关键词：文学、批评与理论导论》（*An Introduction to Literature，Criticism and Theory*），汪正龙、李永新译，广西师范大学出版社 2007 年版。

BI

［德］比德曼（Biedermann，Hans）：《世界文化象征辞典》（*Dictionary of Symbolism*），刘玉红、谢世坚、蔡马兰译，漓江出版社 2000 年版。

毕恒达：《家的想象与性别差异》，《空间诗学》（*The Poetics of Space*），［法］巴什拉著，龚卓军、王静慧译，张老师文化事业股份有限公司 2003 年版。

BO

［古希腊］柏拉图（Plato）：《理想国》（*Repulic*），郭斌和，张竹明译，商务印书馆 2002 年版。

［德］波兰特（Bolante，Weila）：《文学与疾病：比较文学研究的几个方面》，方维贵译，《文学与治疗》，叶舒宪主编，社会科学文献出版社 1999 年版。

［英］波特（Porter，Roy）：《瘆病》，《理解灾变》（*Understanding the Catastrophy*），［英］波力奥（Janine Bourriau）主编，郑毅译，华夏出版社 2006 年版。

BU

［德］布拉尔姆（Bream，Harald）：《色彩的魔力》（*The Colour's Magic*），陈兆译，安徽人民出版社 2003 年版。

［比］布莱（Poulet，Georges）：《批评意识》（*Conscience Critique*），郭宏安译，百花洲文艺出版社 1993 年版。

［英］布莱克莫尔（Blackmore，Susan）：《意识新探》（*Consciousnes：A Very Short Introduction*），薛贵译，外语教学与研究出版社 2007 年版。

［英］布鲁克（Brooker，Peter）：《文化理论词汇》（*A Glossary of Cultural Theory*），王志弘等译，巨流图书公司 2003 年版。

CAI

蔡明谚：《一九五〇年代台湾现代诗的渊源与发展》，博士论文，台湾清华大学。

CAO

曹伟芳（1984—）：《梦想的诗学：试分析加斯东·巴什拉的想象观》，载《乐山师范学院学报》2008 年第 2 期。

曹燕云：《陈染：孤独感觉中的女性形象》，载《中山大学学报论丛》2004 年第 2 期。

曹中孚：《杜牧诗赏析》，广东人民出版社 2003 年版。

CEN

岑朗天：《村上春树与后续无年代：影子、流浪者》，书林出版有限公司 2005 年版。

CHEN

陈昌明：《先秦儒道"感官"观念探析》，载《成大中文学报》2002 年第 10 期。

陈昌明：《沈迷与超越：六朝文学之感官辩证》，里仁书局 2005 年版。

李冲芝：《一场作者与读者共设的"骗局"：〈神雕侠侣〉之情爱与艺术幻觉》，载《安徽文学》2008 年第 1 期。

陈芳明：《回望"天狼星"》，《火浴的凤凰：余光中作品评论集》，黄维梁编，纯文学出版社 1979 年版。

陈鼓应：《这样的"诗人"余光中》，大汉出版社 1978 年版。

陈国和：《染小说：孤寂、执着的女性探索》，载《咸宁师专学报》2001 年第 1 期。

陈静容：《"观看自我"的艺术：试论魏晋时人"身体思维"的释放与转向》，载《东华人文学报》2006 年第 9 期。

陈君华：《望乡的牧神：余光中传》，团结出版社 2001 年版。

陈骏涛：《寂寥和不安分的文学探索：陈染小说三题》，载《文学评论》1992 年第 6 期。

陈平:《圣殿的坍塌:陈染对父权制神话的解构》,载《邢台学院学报》2003 年第 2 期。

陈寿昌:《存在主义解析》,幼狮书店 1978 年版。

陈尚荣:《"至真、至情、至性":金庸小说〈神雕侠侣〉中杨过形象之分析》,载《南京理工大学学报》2006 年第 2 期。

陈淑彬:《余光中诗歌边陲性论析》,博士论文,香港大学,2002 年。

陈卫:《闻一多诗学论》,广西师范大学出版社 2000 年版。

陈晓兰:《关于女性主义批评的反思》,载《兰州大学学报》1999 年第 2 期。

陈晓明:《无限的女性心理学:陈染略论》,载《小说评论》1996 年第 3 期。

CHENG

[日] 城一夫(JŌ,Kazuo):《色彩史话》,亚健、徐漠译,浙江人民美术出版社 1990 年版。

CUI

崔桓、管卫中:《独唱的诗人:陈染的个人化写作解读之一》,载《社科纵横》1998 年第 1 期。

崔巍:《先验哲学中的想象力学说》,博士论文,吉林大学,2006 年。

崔焰焜:《论〈石室之死亡〉诗的思想》,《诗魔的蜕变:洛夫诗作评论集》,萧萧主编,诗之华出版社 1991 年版。

CUN

村上春树世界研究会:《村上春树的黄色辞典》,萧秋梅译,生智文化事业有限公司 2000 年版。

DA

[法] 达高涅(Dagognet,F.):《理性与激情:加斯东·巴什拉传》(*Gaston Bachelard*),尚衡译,北京大学出版社 1997 年版。

［法］达缅（Robert Damien）：《加斯东·巴什拉的多元主体论》，李成季、邓刚译，载《同济大学学报》2008 年第 3 期。

DI
［英］迪瓦恩（Devine, Elizabeth）：《20 世纪思想家辞典：生平·著作·评论》（*Thinkers of the Twentieth Century：A Bibliographical and Critical Dictionary*），贺仁麟译，上海人民出版社 1996 年版。

DING
丁旭辉：《台湾现代诗中的老庄身影与道家美学实践》，春晖出版社 2010 年版。
丁宗皓：《在传统与现代之间：余光中先生访谈录》，载《当代作家评论》1997 年第 6 期。

DU
杜声锋：《巴什拉尔的科学哲学》，载《法国研究》1988 年第 1 期。
杜小真：《理性与经验的和谐：代译序》，《理性与激情：加斯东·巴什拉传》（*Gaston Bachelard*），［法］达高涅（F. Dagognet）著，尚衡译，北京大学出版社 1997 年版。

FAN
［荷］范丹伯（Berg, J. H. van den）：《病床边的温柔》（*Psychology of the Sickbed*），石世明译，心灵工坊文化事业股份有限公司 2001 年版。
［法］梵第根（Tieghem, Paul Van）：《比较文学论》（*Littérature Comparée*），戴望舒译，吉林出版集团有限责任公司 2009 年版。
［荷］梵高（Gogh, Vincent van）：《梵谷书简全集》（*The Complete Letters of Vicent van Gogh*），史东（Irving Stone）编，雨云译，艺术家出版社 1990 年版。
范黎来：《论闻一多诗歌的色彩美》，载《武汉科技大学学报》2006 年第 1 期。

FEI

费勇：《附录二 洛夫年谱》，《洛夫与中国现代诗》，东大图书股份有限公司 1994 年版。

［美］费伦（Phelan，James）：《当代叙事理论的传统与创新》（"Tradition and Innovation in Contemporary Narrative Theory"），申丹译，《当代叙事理论指南》（*A Companion to Narrative Theory*），［美］费伦等主编，申丹等译，北京大学出版社 2007 年版。

FU

［英］福勒（Fowler，Roger）：《现代西方文学批评术语词典》（*A Dictionary of Modern Critical Terms*），周永明译，春风文艺出版社 1988 年版。

［奥］弗洛伊德（Freud，Sigmund）：《精神分析引论新编》（*New Introductory Lectures on Psychoanalysis*），高觉敷译，商务印书馆 1987 年版。

［美］弗莱克斯纳（Flexner，Stuart Berg）主编：《蓝登书屋韦氏英汉大学词典》（*Random House Webster's College Dictionary*），蓝登书屋韦氏英汉大学词典编译组编译，商务印书馆 1997 年版。

G

［美］G. 伽廷：《加斯顿·巴什拉的科学哲学》，兰征译，载《自然科学哲学问题》1988 年第 4 期。

GAO

高宣扬：《存在主义概说》，天地图书有限公司 1986 年版。

GONG

龚卓军：《身体与想象的辩证：尼采，胡塞尔，梅洛庞蒂（一）/导论：从身体哲学到哲学的肉身化》，载《文明探索》2002 年第 1 期。

龚卓军：《身体感：胡塞尔对身体的形构分析》，载《应用心理研究》2006 年第 29 期。

龚卓军：《身体感与时间性：以梅洛庞蒂解读柏格森为线索》，载

《思与言》2006 年第 1 期。

龚卓军:《空间原型的阅读现象学》,《空间诗学》(*The Poetics of Space*),[法]巴什拉著,龚卓军、王静慧译,张老师文化事业股份有限公司 2003 年版。

GU

[英]古德菲洛(Goodfellow,Peter N.):《描绘人体:人类基因组计划》("Mapping the Body:The Human Genome Project"),《身体》(*The Body*),[英]斯威尼(Sean Sweeney)、[英]霍德(Ian Hodder)主编,贾俐译,华夏出版社 2006 年版。

[美]古尔灵(Guerin,Wilfred L.)等著:《文学批评方法手册》(*A Handbook of Critical Approaches to Literature*),姚锦清等译,春风文艺出版社 1988 年版。

古继堂:《台湾新诗发展史》,人民文学出版社 1989 年版。

古远清:《台湾当代新诗史》,文津出版社有限公司 2008 年版。

古远清:《世纪末台湾文学地图》,扬智文化事业股份有限公司 2005 年版。

管卫中:《独唱的陈染》,载《社科纵横》1998 年第 5 期。

GUO

郭心怡:《气味的基本属性之探讨》,硕士论文,明新科技大学,2006 年。

郭永玉:《孤立无援的现代人:弗罗姆的人本精神分析》,湖北教育出版社 1999 年版。

HAN

[英]汉娜(Hannah,Barbara):《猫、狗、马》(*The Cat,Dog and Horse Lectures*),刘国彬译,东方出版社 1998 年版。

韩亚楠、姚素英:《论王统照与闻一多诗歌的绘画美》,载《吉林师范大学学报》2007 年第 2 期。

HE

何建南：《巴什拉尔》，《当代西方著名哲学家评传·卷 3·科学哲学》，涂纪亮等编，山东人民出版社 1996 年版。

［美］赫兹（Herz，Rachel）：《气味之谜：主宰人类现在与未来生存的神奇感官》 (*The Scent of Desire：Discovering Our Enigmatic Sense of Smell*)，李晓筠译，方言文化出版事业有限公司 2009 年版。

HU

胡亚敏：《英美高校文学理论教材研究》，载《中国大学教学》2006 年第 1 期。

胡颖华：《浅析陈染小说中的父亲形象》，载《新余高专学报》2004 年第 4 期。

HUA

［美］华尔顿（Worden，James William）：《悲伤辅导与悲伤治疗》(*Grief Counseling and Grief Therapy*)，李开敏等译，心理出版社 1995 年版。

HUANG

黄百刚：《池莉与陈染"女性成长故事"之比较：兼谈新世纪女性主义文学的发展》，载《郧阳师范高等专科学校学报》2002 年第 4 期。

黄海晴：《论余光中新古典主义诗学的特征》，载《海南师范学院学报》2004 年第 3 期。

黄海晴：《余光中新古典主义诗学论》，博士论文，华中师范大学，2004 年。

黄健：《陈染文本中的焦虑意识》，载《黑龙江社会科学》2004 年第 4 期。

黄俊杰：《中国思想史中"身体观"研究的新视野》，载《中国文哲研究集刊》2003 年第 20 期。

黄念然：《论中国文学批评观念的现代转型》，载《中国政法大学学报》2010 年第 6 期。

黄少平：《寻找精神的家园：闻一多诗论》，载《广东教育学院学报》

1996 年第 2 期。

黄树红、张伟平：《孤独的探索者：试论陈染小说的女性形象》，载《广东教育学院学报》2004 年第 3 期。

黄维梁编：《璀璨的五采笔：余光中作品评论集，1979—1993》，九歌出版社 1994 年版。

黄文成：《感官的魅惑与权力的重塑：台湾九〇年代女性嗅觉小说书写探析》，载《文学新论》2007 年第 6 期。

黄永林：《在现代与传统之间：论余光中诗歌创作的特色》，载《华中师范大学学报》2001 年第 2 期。

HUO

［英］霍克斯（Hawkes, Terence）：《论隐喻》（*Metaphor*），高丙中译，昆仑出版社 1992 年版。

［美］霍普克（Hopcke, Robert H.）：《导读荣格》（*A Guided Tour of The Collected Works of C. G. Jung*），蒋韬译，立绪文化事业有限公司 1997 年版。

JI

季镇淮：《闻一多先生年谱》，《闻一多全集·第 12 卷》，孙党伯、袁謇正主编，湖北人民出版社 1993 年版。

JIAN

简政珍：《洛夫作品的意象世界》，《诗魔的蜕变：洛夫诗作评论集》，萧萧主编，诗之华出版社 1991 年版。

JIANG

江少川：《乡愁母题、诗美建构及超越：论余光中诗歌的“中国情结”》，载《华中师范大学学报》2001 年第 2 期。

江锡铨：《试论闻一多关于新诗绘画美的理论和实践》，载《北京大学学报》1983 年第 2 期。

江锡铨：《闻一多：诗画歌吟——闻一多与新诗绘画美关系述略》，

载《江苏教育学院学报》2006 年第 9 期。

JIN

［美］津巴多（Zimbardo，Philip G.）、　　［美］格瑞格（Richard J. Gerrig）：《心理学导论》（*Psychology and Life*），游恒山编译，五南图书出版公司 1997 年版。

［日］金森修（KANAMORI，Osamu）：《巴什拉：科学与诗》（*Bachelard*），武青艳、包国光译，河北教育出版社 2002 年版。

金勋：《无常与日本人的美意识》，《中日近现代佛教的交流和比较研究》，楼宇烈主编，宗教文化出版社 2000 年版。

KA

［美］卡勒（Culler，Jonathan）：《文学理论入门》（*Literary Theory：A Very Short Introduction*），李平译，译林出版社 2008 年版。

［德］卡斯特（Kast，Verena）：《无聊与兴趣》，晏松译，上海人民出版社 2003 年版。

［英］卡瓦拉罗（Cavallaro，Dani）：《文化理论关键词》（*Critical and Cultural Theory：Thematic Variations*），张卫东等译，江苏人民出版社 2005 年版。

KANG

［德］康德（Kant，Immanuel）：《纯粹理性批判》（*The Critique of Pure Reason*），韦卓民译，华中师范大学出版社 1999 年版。

［德］康德（Kant，Immanuel）：《判断力批判》（*Critique of Judgement*），李秋零译，《康德著作全集·卷 5》，李秋零主编，中国人民大学出版社 2006 年版。

KAO

［美］考斯梅尔（Korsmeyer，Carolyn）：《味觉：食物与哲学》（*Making Sense of Taste*），吴琼、叶勤、张雷译，中国友谊出版公司 2001 年版。

KE

［美］科恩（Cohan, Steven）、［美］夏尔斯（Linda M. Shires）：《讲故事：对叙事虚构作品的理论分析》（*Telling Stories：A Theoretical A-nalysis of Narrative Fiction*），张方译，骆驼出版社 1997 年版。

［英］柯尔律治（Coleridge, Samuel Taylor）：《文学生涯》，刘若端译，《西方文艺理论史精读文献》，中国人民大学出版社 1996 年版。

［美］科尔曼（Colman, Arthur）：《父亲：神话与角色的变换》（*The Father Mythology and Changing Roles*），刘文成、王军译，东方出版社 1998 年版。

［美］克莱恩（Klein, Richard）：《香烟：一个人类痼习的文化研究》（*Cigarettes Are Sublime*），乐晓飞译，中国社会科学出版社 1999 年版。

柯思仁、陈乐：《文学批评关键词：概念·理论·中文文本解读》，南洋理工大学中华语言文化中心八方文化创作室 2008 年版。

LA

［美］拉比诺维兹（Rabinowitz, Peter J.）：《无尽的回旋：读者取向的批评》（"Whirl Without End：Audience—oriented Criticism"），王金凌、廖栋梁译，《当代文学理论》（*Contemporary Literary Theory*），［美］阿特金斯（George Douglas Atkins）、［美］莫洛（Laurd Morrow）编，张双英、黄景进中译主编，合森文化事业有限公司 1991 年版。

［法］拉图尔（Latour, Bruno）：《身体、控制论身体物体和肉体的政治》（"Body, Cyborgs and the Politics of Incarnation"），《身体》（*The Body*），［英］斯威尼（Sean Sweeney）、［英］霍德（Ian Hodder）主编，贾俐译，华夏出版社 2006 年版。

LAI

［美］赖勃曼（Liberman, Jacob）：《光：未来的医学》（*Light：Medicine of the Future*），黄淑贞译，世茂出版社 1997 年版。

LE

［法］勒盖莱（Guerer, Annick Le）：《气味》（*Le Pouvoir De L'*

Odeur），黄忠荣译，湖南文艺出版社 2001 年版。

LI

李冰封：《由"红"到"黑"：对闻一多诗歌意象的一种阐释》，硕士论文，西南师范大学，2005 年。

李晨：《从"伊甸"，到"风尘"：朱天文创作的文学地景转变》，《青年文学会议论文集：台湾作家的地理书写与文学体验》，台湾文学馆筹备处，2007 年。

李丹：《余光中与佛洛斯特比较论》，载《华文文学》2004 年第 3 期。

李汉伟：《台湾新诗的三种关怀》，骆驼出版社 1997 年版。

李鸿：《是门，又是墙：陈染小说模式机制》，载《内蒙古民族大学学报》2003 年第 3 期。

黎活仁：《关于"台湾文学经典"研究》，《痖弦诗中的神性与魔性》，黎活仁、萧映主编，大安出版社 2007 年版。

黎活仁：《海、母爱与自恋：冰心的"前俄狄浦斯阶段"分析》，《中国现代文学国际研讨会论文集：民族国家论述——从晚清、五四到日据时代台湾新文学》，木川印刷有限公司 1995 年版。

黎活仁：《阿 Q 正传与九十年代流行的后现代言说：赵毅衡、杨泽和刘康阅读的整合》，《九十年代两岸三地文学现象国际学术研讨会》，香港大学亚洲研究中心 2000 年版。

黎活仁：《新诗的杂文化：戴天诗的"大叙事"精神》，《香港新诗的大叙事精神》，佛光大学南华管理学院 1999 年版。

李洁：《一份独立女性生存体验的自陈：试析陈染作品〈凡墙都是门〉》，载《伊犁师范学院学报》2002 年第 3 期。

李克和：《试析中西文论中的空白范畴》，载《佛山科学技术学院学报》2004 年第 2 期。

李乐平：《新时期长篇闻一多研究的历史回顾及新世纪国内外闻一多研究动态（下）》，载《河池学院学报》2008 年第 8 期。

李丽娟：《造形与嗅觉意象之关联性研究：以香水为例》，硕士论文，大同大学，2003 年。

李润霞：《从超越的飞翔到回归的停泊：透视洛夫诗歌的思想内涵》，载《评论和研究》1997 年第 3 期。

［日］栗山茂久（KURIYAMA，Shigehisa）：《身体的语言：从中西文化看身体之谜》（*The Expressiveness of the Body and the Divergence of Greek and Chinese Medicine*），陈信宏译，究竟出版股份有限公司 2001 年版。

李诗信：《洛夫的诗路历程对现代汉诗的启示》，载《茂名学院学报》2004 年第 2 期。

李英豪：《论〈石室之死亡〉》，《诗魔的蜕变：洛夫诗作评论集》，萧萧主编，诗之华出版社 1991 年版。

李元洛：《隔岸品诗：代序》，《台湾新诗鉴赏辞典》，陶本一、王宇鸿编，北岳文艺出版社 1991 年版。

李元洛：《中西诗美的联姻》，《诗魔的蜕变：洛夫诗作评论集》，萧萧主编，诗之华出版社 1991 年版。

李元洛：《璀璨星光：读〈余光中集〉》，载《理论与创作》2004 年第 4 期。

［日］笠原仲二（KASAHARA，Chūji）：《古代中国人的美意识》，魏常海译，北京大学出版社 1987 年版。

李月华：《在清寂的边角小道独自漫走：我看陈染》，载《嘉兴学院学报》2002 年第 11 期。

李泽厚、刘纲纪编：《中国美学史·卷 1》，中国社会科学出版社 1984 年版。

LIANG

梁工：《圣经叙事艺术研究》，商务印书馆 2006 年版。

梁海：《文学批评的美学品格》，载《光明日报》2009 年 11 月 27 日第 9 版。

LIAO

廖炳惠：《关键词 200：文学与批评研究的通用词汇编》，江苏教育出版社 2006 年版。

廖汝文：《视觉与嗅觉之关联性研究：以香水包装为例》，硕士论文，中原大学，2005 年。

　　廖祥苴：《宇宙的游子：愁予浪子诗评析》，载《中国语文》2000 年
520 期。

　　廖祥苴：《船长的独步：郑愁予海洋诗评析》，载《中国语文》2001
年第 553 期。

　　LIN

　　林少华：《村上春树的小说世界及其艺术魅力》，《村上春树和他的作
品》，宁夏人民出版社 2004 年版。

　　LIU

　　刘聪：《疾病的隐喻与策略》，载《名作欣赏》2005 年第 3 期。

　　刘登翰等编：《台湾文学史·下卷》，海峡文艺出版社 1993 年版。

　　刘红林：《论台湾女性主义文学对身体自主的追求》，载《台湾研究
集刊》2001 年第 3 期。

　　刘介民：《意象是心灵上的图画》，《原典文本诗学探索》，宁夏人民
出版社 2006 年版。

　　刘介民：《比较意象诗学》，《原典文本诗学探索》，宁夏人民出版社
2006 年版。

　　刘裘蒂：《论余光中诗风的演变》，《璀璨的五采笔：余光中作品评论
集，1979—1993》，黄维梁编，九歌出版社有限公司 1994 年版。

　　刘若愚：《中国的文学理论》（*Chinese Theories of Literature*），赵帆声、
王振铎等译，中州古籍出版社 1986 年。

　　流沙河：《诗人余光中的香港时期》，《璀璨的五采笔：余光中作品评
论集，1979—1993》，黄维梁编，九歌出版社有限公司 1994 年版。

　　刘卫东：《选择孤独与崇拜自我：论陈染、林白的"私人化写作"》，
载《研究生论坛》1999 年第 4 期。

　　刘小莉：《女性主义的解构策略何以可能?》，《中国女性主义》，荒林
主编，广西师范大学出版社 2005 年版。

LONG

龙彼德：《大风起于深泽：论洛夫的诗歌艺术》，《诗魔的蜕变：洛夫诗作评论集》，萧萧主编，诗之华出版社 1991 年版。

龙协涛：《余光中作品乡国情的文化读解》，载《南通师范学院学报》2002 年第 1 期。

LUO

罗岗：《读出文本和读入文本：对现代文学研究和"文化研究"关系的思考》，载《文学评论》2002 年第 2 期。

罗贵祥：《德勒兹》，海啸出版事业有限公司 1997 年版。

罗建平：《夜的眼睛：中国梦文化象征》，四川人民出版社 2005 年版。

LÜ

吕进：《〈中国现代诗学〉主持人语》，载《西南师范大学学报》2006 年第 4 期。

吕进、梁笑梅主编：《二十世纪中国现代诗学手册》，巴蜀书社 2010 年版。

吕进、李冰封：《闻一多后期诗歌"黑色"意象的诗学阐释》，《2004 年闻一多国际学术研讨会论文选》，陆耀东、李少云、陈国恩主编，武汉大学出版社 2006 年版。

吕进：《由红到黑：对闻一多诗歌意象的一种阐释》，载《西南师范大学学报》2006 年第 4 期。

MA

［美］马格廖拉（Magliola，Robert R.）：《螽斯翼上之釉：现象学的批评》（"Like the Glaze on a Katydid–wing：Phenomenological Criticism"），李正治译，《当代文学理论》（Contemporary Literary Theory），［美］阿特金斯（George Douglas Atkins）、［美］莫洛（Laurd Morrow）编，张双英、黄景进中译主编，合森文化事业有限公司 1991 年版。

［奥］马赫（Mach，Ernst）：《感觉的分析》（The Analysis of Sensations），洪谦等译，商务印书馆 1997 年版。

　　［德］马克思（Marx，Karl）：《政治经济学批判》（*Capital*：*A Critique of Political Economy*），郭沫若译，群益出版社 1950 年版。

MAO

毛崇杰、张德与、马驰主编：《二十世纪西方美学主流》，吉林教育出版社 1993 年版。

MEI

　　［法］梅洛－庞蒂（Merleau－Ponty，Maurice）：《知觉现象学》（*Phenomenology of Perception*），姜志辉译，商务印书馆 2005 年版。

　　［法］梅洛－庞蒂（Merleau－Ponty，Maurice）：《知觉的首要地位及其哲学结论》（*The Primacy of Perception and Its Philosophical Consequence*），王东亮译，生活·读书·新知三联书店 2002 年版。

MENG

孟樊：《当代台湾新诗理论》，扬智文化事业股份有限公司 1995 年版。

孟樊：《浪子意识的变奏：读郑愁予的诗》，载《文讯月刊》1987 年第 30 期。

孟繁华：《忧郁的荒原：女性漂泊的心路秘史》，载《当代作家评论》1996 年第 3 期。

孟芳：《闻一多思乡爱国诗在当时文坛的位置》，载《中州大学学报》1996 年第 3 期。

孟昭兰：《情绪心理学》，北京大学出版社 2005 年版。

MI

　　［美］米利特（Milett，Kate）：《性的政治》（*Sexual Politics*），钟良明译，社会科学文献出版社 1999 年版。

NAI

［美］耐格尔（Nagel，Thomas）:《怎样才象是一只蝙蝠?》（"What Is It Like to Be a Bat?"），楼新跃译，载《自然科学哲学问题》1989 年第 2 期。

NUO

［德］诺伊曼（Neumann，Erich）：《大母神：原型分析》（*Great Mother：An Analysis of the Archetype*），李以洪译，东方出版社 1998 年版。

PAN

潘卫红:《想像与想象：兼论康德哲学中的 Einbildungskraft 的翻译问题》，载《湖北大学学报》2008 年第 3 期。

潘卫红:《康德的先验想象力研究》，中国社会科学出版社 2007 年版。

PANG

庞希云:《"法国学派"影响研究理论与体系的建立和完善：从梵第根到基亚》，载《广西大学学报》2006 年第 2 期。

PENG

彭聃龄:《普通心理学》，北京师范大学出版社 2001 年版。

彭富春:《哲学与美学问题》，武汉大学出版社 2005 年版。

彭懋龙:《巴什拉的想象力与在 Jean‐Pierre Jeunet 电影〈埃米莉的异想世界〉的运用》，硕士论文，淡江大学，2007 年。

QI

［美］祈雅理（Chiari，Joseph）:《二十世纪法国思潮：从柏格森到莱维‐施特劳斯》（*Twentieth‐century French Though：From Bergson to Lévi‐Strausst*），吴永泉、陈京璇、尹大贻译，商务印书馆 1987 年版。

QIAN

钱江:《论余光中诗艺成熟的轨迹》，硕士论文，安徽大学，2004 年。

钱学武:《余光中的诗传播色情主义?》，《璀璨的五采笔：余光中作品评论集,1979—1993》,黄维梁编,九歌出版社有限公司 1994 年版。

　　钱学武、黄维梁:《自足的宇宙:余光中诗题材研究》,香江出版有限公司 1998 年版。

　　钱钟书:《通感》,载《文学评论》1962 年第 1 期。

QIN
　　覃慧宁:《如何揭示被"隐喻"遮蔽的真实:评苏珊·桑塔格〈疾病的隐喻〉》,载《西北民族研究》2006 年第 2 期。

QIONG
　　[英]琼斯(Jones,Peter)编:《意象派诗选》(*Imagist Poetry*),裘小龙译,漓江出版社 1986 年版。

QIU
　　邱文治:《闻一多诗歌的"绘画美"蠡测》,载《昆明师院学报》1982 年第 2 期。

　　仇小屏:《论听觉、嗅觉空间定位之模糊化:以唐宋诗词为考察对象》,载《文与哲》2006 年第 9 期。

RE
　　[法]热奈特(Genette,Gérard):《叙事话语·新叙事话语》(*Narrative Discourse:An Essay in Method·Narrative Discourse Revisited*),王文融译,中国社会科学出版社 1990 年版。

RUI
　　[英]瑞恰兹(Richards,Ivor Armstrong):《文学批评原理》(*Principles of Literary Criticism*),杨自伍译,百花洲文艺出版社 1992 年版。

SAI
　　[英]塞尔登(Selden,Raman)、[英]威德森(Peter Widdowson)等著:《当代文学理论导读》(*A Reader's Guide to Contemporary Literary The-*

ory），刘象愚译，北京大学出版社 2006 年版。

SANG

桑林：《瘟疫：文明的代价》，广东经济出版社 2003 年版。

［美］桑塔格（Stontag, Susan）：《反对阐释》（"Against Interpreta-tion"），《反对阐释》（*Against Interpretation and Other Essays*），程巍译，上海译文出版社 2003 年版。

［美］桑塔格（Stontag, Susan）：《疾病的隐喻》（*Illness as Metaphor and AIDS and Its Metaphors*），程巍译，上海译文出版社 2003 年版。

SHAN

单杰宁：《卡夫卡〈在法律面前〉的"忧郁"思考》，《忧郁的沉思》，汪榕培、王晓娜主编，商务印书馆 2000 年版。

SHEN

申荷永：《心理分析：理解与体验》，生活·读书·新知三联书店 2004 年版。

沈孟颖：《台北咖啡馆：一个（文艺）公共领域之崛起、发展与转化（1930s—1970s）》，硕士论文，中原大学，2002 年。

SHENG

盛宁：《人文困惑与反思：西方后现代主义思潮批判》，生活·读书·新知三联书店 1997 年版。

SHI

施敏：《走出疾病隐喻的迷沼：评苏珊·桑塔格〈疾病的隐喻〉》，载《医学与哲学》2004 年第 4 期。

诗探索编辑部：《洛夫访谈录》，载《诗探索》2002 年第 1—2 期。

［英］史脱尔（Storr, Anthony）：《孤独》（*Solitude：A Return to the Self*），张嘤嘤译，知英文化事业有限公司 1995 年版。

SHU

束定芳：《隐喻学研究》，上海外语教育出版社 2000 年版。

SI

［美］斯托曼（Strongman，K. T.）：《情绪心理学》（*The Psychology of Emotion*），游恒山译，五南图书出版有限公司 1996 年版。

［英］斯威尼（Sweeney，Sean）、［英］霍德（Ian Hodder）：〈绪论〉（"Introduction"），《身体》（*The Body*），［英］斯威尼、［英］霍德主编，贾俐译，华夏出版社 2006 年版。

SONG

宋旭红：《生活在尘世边缘的一个高贵而孤独的群体：陈染笔下的女性生存方式和生存价值分析》，载《妇女学苑》1997 年第 4 期。

SU

苏红军：《成熟的困惑：评 20 世纪末期西方女权主义理论上的三个重要转变》，《西方后学语境中的女权主义》，广西师范大学出版社 2006 年版。

苏鹊翘：《台湾当代饮食文学研究：以后现代与后殖民为论述场域》，硕士论文，台湾中央大学，2006 年。

苏志宏：《论闻一多诗学的时代矛盾》，载《无锡教育学院学报》1999 年第 4 期。

SUN

孙玉石：《新的冲刺 新的突围：2004 年闻一多国际学术研讨会闭幕词》，《2004 年闻一多国际学术研讨会论文选》，陆耀东、李少云、陈国恩主编，武汉大学出版社 2006 年版。

TA

［法］塔迪埃（Tadié，Jean – Yves）：《20 世纪的文学批评》（*La Critique Littéraire au XXèmee Siècle*），史忠义译，百花文艺出版社 1998 年版。

TAI

［美］泰勒（Taylor，Victor E.）、［美］温奎斯特（Charles E. Winquist）编著：《后现代主义百科全书》（*Encyclopedia of Postmodernism*），李自修等译，吉林人民出版社 2007 年版。

TANG

唐文标：《什么时代什么地方什么人：论传统诗与现代诗》，载《龙族诗刊》1973 年第 9 期。

唐孝威：《意识论：意识问题的自然科学研究》，高等教育出版社 2004 年版。

TAO

陶东风：《新时期文学身体叙事的变迁及其文化意味》，载《求是学刊》2004 年第 6 期。

TONG

［美］童（Tong，Rosemarie Putnam）：《女性主义思潮导论》（*Feminist Thought：A More Comprehensive Introduction*），艾晓明等译，华中师范大学出版社 2002 年版。

童庆炳：《走向新境：中国当代文学理论 60 年》，载《文艺争鸣》2009 年第 9 期。

TU

涂纪亮主编：《现代世界哲学》，重庆出版社 1990 年版。

［日］土居健郎（DOI，Takeo）：《依赖心理的结构》（*The Anatomy of Dependence*），王伟、范作申、陈晖译，济南出版社 1991 年版。

WA

［荷］瓦润（Vroon，Piet）等：《嗅觉符码：记忆和欲望的语言》

（*Verborgen Verleider：Psychologie Van de Reuk*），洪惠娟译，汕头大学出版社 2003 年版。

WANG

王德威：《小说中国：晚清到当代的中文小说》，麦田出版有限公司 1993 年版。

汪登存：《孤独的贵族：读陈染的〈声声断断〉》，载《当代文坛》2001 年第 2 期。

王逢振：《意识与批评：现象学、阐释学和文学的意思》，漓江出版社 1988 年版。

王逢振：《文化研究和文学研究的关系》，载《天津社会科学》2000 年第 4 期。

王国绶：《闻一多"绘画美"内涵的再探究》，《2004 年闻一多国际学术研讨会论文选》，陆耀东、李少云、陈国恩主编，武汉大学出版社 2006 年版。

王灏：《变貌：洛夫诗情初探》，《诗魔的蜕变：洛夫诗作评论集》，萧萧主编，诗之华出版社 1991 年版。

王灏：《一种异数的存在：洛夫诗情再探》，载《中华文艺》1977 年第 5 期。

王健：《疾病的附魅与祛魅：为纪念苏珊·桑塔格而作》，载《医学与哲学》2005 年第 7 期。

王建文：《国君一体：古代中国国家概念的一个面向》，《中国古代思想中的气论及身体观》，杨儒宾主编，巨流图书公司 1993 年版。

王柯平：《〈理想国〉的诗学研究》，北京大学出版社 2005 年版。

汪民安主编：《文化研究关键词》，江苏人民出版社 2007 年版。

汪榕培：《杜丽娘的东方女子忧郁情结：〈牡丹亭〉译后感之一》，《忧郁的沉思》，汪榕培、王晓娜主编，商务印书馆 2000 年版。

王曙光、张胜康、吴锦晖：《疾病的文化隐喻与医学社会人类学的鉴别解释方法》，载《社会科学研究》2004 年第 4 期。

王伟明：《游子与水巷：与郑愁予对谈》，《诗人诗事》，诗双月刊出版社 1999 年版。

王先霈、王又平：《文学理论批评术语汇释》，高等教育出版社 2006 年版。

王一川：《通向询构批评：当前文学批评的一种取向》，载《当代文坛》2009 年第 1 期。

王岫林：《魏晋士人之身体观》，博士论文，台湾中山大学，2005 年。

王岳川：《现象学与解释学文论》，山东教育出版社 1999 年版。

汪云九、杨玉芳等著：《意识与大脑：多学科研究及其意义》，人民出版社 2003 年版。

汪正龙：《文艺学研究三十年》，载《文艺争鸣》2008 年第 11 期。

汪正龙：《2009 年文学理论研究扫描》，载《文艺争鸣》2010 年第 13 期。

汪正龙：《英美文学理论教材的现状与走向管窥：兼谈对我国文学理论教材改革的启示》，载《江汉论坛》2009 年第 6 期。

WEI

［美］韦勒克（Wellek，René）：《文学理论、文学批评和文学史》（"Literary Theory, Criticism, and History"），《批评的概念》（*Concepts of Criticism*），张今言译，中国美术学院出版社 1999 年版。

［美］韦勒克（Wellek，René）：《文学批评：名词与概念》（"The Term and Concept of Literary Criticism"），《批评的概念》（*Concepts of Criticism*），张今言译，中国美术学院出版社 1999 年版。

［美］韦勒克（Wellek，René）、［美］沃伦（Austin Warren）：《文学理论》（*Theory of Literature*），刘象愚译，江苏教育出版社 2005 年版。

［美］韦勒克（Wellek，René）：《文学论：文学研究方法论》（*Theory of Literature*），王梦鸥、许国衡译，志文出版社 1976 年版。

魏颖：《"嫦娥奔月"神话在陈染女性书写中的当代变形》，载《中国文学研究》2003 年第 4 期。

WEN

闻一多：《女神之时代精神》，《闻一多全集·卷 3》，孙党伯、袁謇正主编，湖北人民出版社 1993 年版。

闻一多:《给臧克家先生》,《闻一多全集·卷3》,孙党伯、袁謇正主编,湖北人民出版社1993年版。

闻一多:《诗的格律》,《闻一多全集·第2卷》,孙党伯、袁謇正主编,湖北人民出版社1993年版。

闻一多:《致吴景超》,《闻一多全集·第12卷》,孙党伯、袁謇正主编,湖北人民出版社1993年版。

WO

[美] 沃霍尔 (Warhol, Robyn R.):《新叙事:现实主义小说和当代电影怎样表达不可叙述之事》("Neonarrative; or, How to Render the Unnarratable in Realist Fiction and Contemporary Film"),宁一中译,《当代叙事理论指南》(*A Companion to Narrative Theory*),[美] 费伦 (James Phelan) 等主编,申丹等译,北京大学出版社2007年版。

WU

吴奔星:《中国现代诗人论》,陕西人民出版社1988年版。

吴红光、熊华勇:《陈染孤独之原因论析》,载《襄樊学院学报》2003年第6期。

伍蠡甫:《欧洲文论简史:古希腊罗马至十九世纪末》,人民文学出版社1985年版。

吴宁宁:《蓝色舞者的孤独飞翔:陈染小说创作中的生命"残缺"意识》,载《佳木斯大学社会科学学报》2004年第6期。

吴诠元:《闻一多的新诗和绘画之间的关系》,载《华南师范大学学报》1984年第4期。

吴诠元:《试论美术对闻一多的影响》,载《汕头大学学报》1987年第2期。

吴锡民:《"关系"探究图式的现实价值:重温梵第根的〈比较文学论〉》,载《广西教育学院学报》2006年第3期。

XI

[日] 西川直子 (NISHIKAWA, Naoko):《克里斯托娃:多元逻辑》

（*Kristeva*），王青、陈虎译，河北教育出版社 2002 年版。

奚密：《芳香诗学》，联合文学出版社 2005 年版。

［英］西姆（Sim，Stuart）、［英］隆（Loon，Borin Van）：《视读批评理论》（*Introducing Critical Theory*），宋沈黎译，安徽文艺出版社 2008 年版。

XIA

夏忠宪：《巴赫金狂欢化诗学研究》，北京师范大学出版社 2000 年版。

XIANG

［日］箱崎总一（HAKOZAKI，Sōichi）：《孤独心态的超越》，何逸尘译，巨流图书公司 1981 年版。

XIAO

［日］小森阳一（KOMORI，Yōichi）：《村上春树论：精读〈海边的卡夫卡〉》，秦刚译，新星出版社 2007 年版。

萧萧：《那么寂静的鼓声：〈灵河〉时期的洛夫》，《诗魔的蜕变：洛夫诗作评论集》，萧萧主编，诗之华出版社 1991 年版。

萧萧：《我们的血在雾起时尚未凝结：洛夫诗作座谈实录》，载《中外文学》1981 年第 8 期。

萧萧：《台湾新诗美学》，尔雅出版社有限公司 2004 年版。

萧萧：《余光中结台湾结：〈梦与地理〉的深情》，《璀璨的五采笔：余光中作品评论集，1979—1993》，黄维梁编，九歌出版社 1994 年版。

萧萧：《现代诗纵横观》，文史哲出版社 1991 年版。

［日］筱原资明（SHINOHARA，Motoaki）：《德鲁兹：游牧民》（*Deleuze*），徐金凤译，河北教育出版社 2001 年版。

XIE

谢冕：《承上启下的中生代：〈两岸四地中生代诗选〉序》，《两岸四地中生代诗选》，吴思敬、简政珍等编，作家出版社 2009 年版。

谢有顺:《文学身体》,《身体的文化政治学》,汪民安主编,河南大学出版社 2003 年版。

XIN

心灵工房:《不再抑郁》,利文出版社 2003 年版。

XU

徐喵埙:《间隙—流动的内在风景》,硕士论文,高雄师范大学,2006 年。

许宏香:《"味":古典美学范畴中感官用语的个案研究》,硕士论文,浙江师范大学,2004 年。

许悔之:《石室内的赋格:初探〈石室之死亡兼论〉洛夫的黑色时期》,《诗魔的蜕变:洛夫诗作评论集》,萧萧主编,诗之华出版社 1991 年版。

[韩] 许世旭(Hŏ,Se‐uk):《闻一多诗的色彩规律》,载《国外社会科学》1995 年第 10 期。

徐学:《余光中性爱诗略论》,载《福建论坛·人文社会科学版》2007 年第 6 期。

徐学:《古诗传统的现代转化:余光中与李贺》,载《台湾研究集刊》2002 年第 2 期。

徐学:《永远的精神家人:余光中与凡高》,载《书屋》2002 年第 3 期。

徐学:《火中龙吟:余光中评传》,花城出版社 2002 年版。

XUAN

禤展图:《沉重的家国乡愁:洛夫诗歌略论》,载《华南师范大学学报》2000 年第 4 期。

XUE

薛海华:《"存在的真实时刻:孤独"之绘画创作研究》,硕士论文,台北市立教育大学,2006 年。

YA

［古希腊］亚里士多德（Aristotle）：《论灵魂》（*On the Soul*），秦典华译，《亚里士多德全集·卷3》，苗力田主编，中国人民大学出版社1990年版。

YAN

阎嘉：《多元文化与汉语文学批评新传统》，巴蜀书社2005年版。

阎嘉：《21世纪西方文学理论和批评的走向与问题》，载《文艺理论研究》2007年第1期。

严昕、严冰：《在逃离中走向孤独：解读陈染小说中的孤独意识》，载《南平市传学报》2004年第1期。

颜学诚：《"身体研究"专辑前言》，载《思与言》2006年第1期。

YANG

杨大春：《沉沦与拯救：克尔凯戈尔的精神哲学研究》，人民出版社1995年版。

杨冬：《西方文学批评史》，吉林教育出版社1998年版。

杨光治：《奇异、鲜活、准确：浅论洛夫的诗歌语言》，《诗魔的蜕变：洛夫诗作评论集》，萧萧主编，诗之华出版社1991年版。

杨联芬：《闻一多人格精神的两极》，载《北京师范大学学报》1999年第4期。

杨敏：《论陈染小说创作的孤独意识》，载《华中理工大学学报》1997年第2期。

杨牧：《郑愁予传奇》，载《幼狮文艺》1973年第3期。

杨乃乔：《比较文学：一种无可回避的国际学术研究现象》，载《求是学刊》2006年第2期。

杨乃乔：《第三文化空间，兼论中国现当代文学研究的发展命脉》，载《文艺争鸣》2009年第11期。

杨乃乔主编：《比较文学概论》，北京大学出版社2006年版。

杨洋：《加斯东·巴什拉的物质想象论：兼论鲁迅〈野草〉中"火"

元素想象》,硕士论文,首都师范大学,2005 年。

杨周翰:《性格特写》,《十七世纪英国文学》,北京大学出版社 1996年版。

YAO

姚丽芳:《论陈染的死亡意识》,载《丹东师专学报》2001 年第2 期。

YE

叶维廉:《论洛夫》,《诗魔的蜕变:洛夫诗作评论集》,萧萧主编,诗之华出版社 1991 年版。

YI

[英]伊格尔顿(Eagleton,Terry):《二十世纪西方文学理论》(*Literary Theory:An Introduction*),伍晓明译,陕西师范大学出版社 1987年版。

YIN

殷企平:《谈"互文性"》,载《外国文学评论》1994 第 11 期。

YING

[波]英伽登(Ingarden,Roman):《艺术的和审美的价值》,《二十世纪西方美学经典文本·卷 2》,陆扬编,复旦大学出版社 2000 年版。

YU

余凤高:《瘟疫的文化史》,中华书局 2004 年版。

余光中:《用伤口唱歌的诗人》,《诗魔的蜕变:洛夫诗作评论集》,萧萧主编,诗之华出版社 1991 年版。

余光中:《象牙塔到白玉楼》,《唐诗论文选集》,吕正惠编,长安出版社 1985 年版。

余光中:《民歌的常与变》,《青青边愁》,纯文学出版社 1978 年版。

余光中：《散文的感性与知性》，《余光中散文》，浙江文艺出版社1997 年版。

余光中：《掌上雨》，文星书店 1964 年版。

余舜德：《物与身体感的历史：一个研究取向之探索》，载《思与言》2006 年第 1 期。

YUAN

袁靖华：《殊途同归寻找共同的家园：余光中、余秋雨创作比较分析》，载《华文文学》2002 年第 4 期。

袁行霈：《中国诗歌艺术研究》，北京大学出版社 1996 年版。

YUE

乐黛云主编：《世界诗学大辞典》，春风文艺出版社 1993 年版。

ZENG

曾肃民：《心理创伤与孤独的折射：讨论艺术创作的心理特质》，载《美育》2004 年第 138 期。

曾香绫：《余光中诗研究》，硕士论文，台湾师范大学。

ZHAN

［英］詹克斯（Jencks，Charles）：《解构：不在场的愉悦》（"Deconstruction：The Pleasure of Absence"），陈同滨译，《从现代向后现代的路上（II）》，《建筑师》编辑部编，中国建筑工业出版社 2007 年版。

［美］詹姆斯（James，William）：《彻底的经验主义》（*Essays in Radical Empiricism*），庞景仁译，人民出版社 1987 年版。

ZHANG

张秉福：《论想象力在康德认识论中的地位》，载《湖南第一师范学报》2005 年第 1 期。

张春兴：《现代心理学》，上海人民出版社 1994 年版。

张法：《中国文学理论学科发展回望与补遗》，载《文艺研究》2006

年第 9 期。

张海鹰:《安尼玛的吟唱:梦想之存在》,硕士论文,广西师范大学,2003 年。

张海鹰:《加斯东·巴什拉梦想理论的哲学背景探析》,载《东方论坛》2006 年第 4 期。

张汉良:《比较文学理论与实践》,东大图书公司 2004 年版。

张汉良:《论洛夫后期风格的演变》,《诗魔的蜕变:洛夫诗作评论集》,萧萧主编,诗之华出版社 1991 年版。

张汉良、萧萧:《现代诗导读》,故乡出版社 1979 年版。

张皓:《中国美学范畴与传统文化》,湖北教育出版社 1996 年版。

张梅芳:《郑愁予诗的想象世界》,万卷楼图书有限公司 2001 年版。

张默:《雪崩论》,载《幼狮文艺》1971 年第 6 期。

张默:《从〈灵河〉到〈魔歌〉》,《洛夫"石室之死亡"及相关重要评论》,侯吉谅主编,汉光文华事业股份有限公司 1988 年版。

张闳:《物之梦与巴什拉的诗学》,载《中国图书评论》2006 年第 9 期。

张明敏:《村上春树文学在台湾的翻译与文化》,联合文学出版社有限公司 2009 年版。

张沛:《隐喻的生命》,北京大学出版社 2004 年版。

张诗剑:《若鸿的诗》,载《香港作家》2008 年第 7 期。

张世英:《哲学导论》,北京大学出版社 2002 年版。

张世英:《论想象》,载《哲学研究》2004 年第 2 期。

张双英:《二十世纪台湾新诗史》,五南图书出版股份有限公司 2006 年版。

张诵圣:《朱天文与台湾文化及文学的新动向》,高志仁、黄素卿译,《性别论述与台湾小说》,梅家玲编,麦田出版社 2000 年版。

张文信:《西洋绘画艺术中"沐浴"的身心灵与空间研究》,硕士论文,中原大学,1999 年。

张小虹:《城市是件花衣裳》,载《中外文学》2006 年第 34 期。

张旭光:《加斯东·巴什拉哲学述评》,载《浙江学刊》2000 年第 2 期。

张旭光：《论巴什拉的科学辩证法》，载《宁夏大学学报》2002 年第 1 期。

张旭光：《巴什拉的"想象哲学"探析》，载《淮南师范学院学报》2001 年第 1 期。

张羽：《〈下午最后的草坪〉：井的深处·冰样的清风》，《相约挪威的森林：村上春树的世界》，雷世文主编，华夏出版社 2005 年版。

张志雄：《生命的密码，色彩知道》，人本自然文化事业有限公司 2005 年版。

ZHAO

赵光旭：《巴什拉的诗意想象论及其美学意义》，载《同济大学学报》2008 年第 3 期。

赵小琪：《余光中现代诗的中西视野融合》，载《广东社会科学》2004 年第 2 期。

赵炎秋：《应当重视文学基本问题的研究》，载《中国文学研究》2005 年第 2 期。

赵炎秋：《文学活动中作家与批评家的自由与不自由》，载《广州大学学报》2005 年第 3 期。

赵炎秋：《绝对、相对与多元：对建国后文论发展的反思》，载《湖南师范大学社会科学学报》2009 年第 4 期。

赵炎秋：《文学批评实践教程》，中南大学出版社 2007 年版。

赵炎秋：《对于文学批评困境的一种判断》，载《当代作家评论》2009 年第 3 期。

赵毅衡：《符号学文学论文集》，百花文艺出版社 2004 年版。

赵之昂：《肤觉经验与审美意识》，中国社会科学出版社 2007 年版。

ZHENG

郑崇选：《孤独的生存体验 执着的精神追求：陈染创作论》，载《广西师范大学学报》2000 年第 1 期。

郑愁予：《郑愁予谈自己的诗：色（一）白是百色之地》，载《联合文学》2002 年第 214 期。

郑愁予：《悼亡与伤逝（一）》，载《联合文学》2003 年第 224 期。

郑愁予：《悼亡与伤逝（二）》，载《联合文学》2003 年第 225 期。

郑愁予：《封底文》，《若鸿的诗》，封底。

郑慧如：《身体诗论（1970—1999·台湾）》，五南图书出版股份有限公司 2004 年版。

郑慧如：《一九九〇年代台湾身体诗的空间层次》，《空间、地域与文化：中国文化空间的书写与阐释》，李丰楙、刘苑如主编，中央研究院中国文哲研究所 2002 年版。

郑守江：《论闻一多新诗的美学特征》，载《北方论丛》1987 年第 5 期。

郑守江：《论闻一多新诗的绘画美》，《闻一多研究四十年》，季镇淮主编，清华大学出版社 1988 年版。

郑振伟：《诗歌和迷宫：黄国彬的诗歌创作》，载《华文文学》2001 年第 1 期。

ZHOU

周庆华：《身体权力学》，弘智文化事业有限公司 2005 年版。

周晓亮：《自我意识、心身关系、人与机器：试论笛卡尔的心灵哲学思想》，载《自然辩证法通讯》2005 年第 4 期。

周与沉：《身体：思想与修行——以中国经典为中心的跨文化关照》，中国社会科学出版社 2005 年版。

ZHU

朱立元：《当代西方文艺理论》，华东师范大学出版社 2005 年版。

朱霞：《孤独人生的意义：陈染小说解读》，载《商洛师范专科学校学报》2001 年第 1 期。

朱源：《忧郁与中英浪漫主义诗歌》，《忧郁的沉思》，汪榕培、王晓娜主编，商务印书馆 2000 年版。

朱智伟：《感性与知性的相融及其艺术表现：论余光中诗歌》，硕士论文，湖南师范大学，2006 年。

Bachelard, Gaston. *The Philosophy of No*: *A Philosophy of the New Scientific Mind.* Trans. G. C. Waterston, New York: Orion P, 1969.

Bachelard, Gaston. . *Water and Dreams*: *An Essay on the Imagination of Matter.* Trans. Colette Gaudin, Dallas: Spring Publications, c1987.

Bachelard, Gaston. . *The Poetics of Reverie*: *Childhood, Language, and the Cosmos.* Trans. Daniel Russell. Boston: Beacon, 1969.

Bachelard, Gaston. . *Air and Dreams*: *An Essay on the Imagination of Movements.* Trans. Edith R. Farrell and C. Frederick Farrell. Dallas: Dallas Institute Publications, c1988.

Bachelard, Gaston. . *The Poetics of Space.* Trans. Maria Jolas. Boston: Beacon P, 1994.

Bal, Mieke. *Narratology*: *Introduction to the Theory of Narrative.* Trans. Christine van Boheemen. Toronto: U of Toronto P, 1997.

Beck, Aaron Temkin. *Depression*: *Causes and Treatment.* Philadelphia: U of Pennsylvania P, 1967.

Bowerman, Bruce L. . *Business Statistics in Practice.* New York: The McGraw – Hill Companies, Inc, 1997.

Bressler, Charles E. . *Literary Criticism*: *An Introduction to Theory and Practice.* Upper Saddle River, N. J. : Pearson Prentice Hall, 2007.

Cavallaro, Dani. *Critical and Cultural Theory.* London; New Brunswick, New Jersey: Athlone Press, 2001.

Chalmers. "Facing Up to the Problem of Consciousness. " *Explaining Consciousness*: *The "Hard Problem"* . Ed. Jonathan Shear, Cambridge, Mass. : MIT Press, c1997, 9 – 30.

Ciardi, John. *How Does a Poem Mean ?* . Boston: Houghton Mifflin Company, 1975.

Dennett, Daniel Clement. *Consciousness Explained.* Boston: Little, Brown and Co. , c1991.

Ewing, William A. . *The Body*: *Photoworks of the Human Form.* London: Thames and Hudson, 1994.

Guralnik, David B. . *Webster's New World Dictionary.* New York: Simon and Schuster, Inc. , 1984.

Guerin, Wilfred L. . *A Handbook of Critical Approaches to Literature*. 6th ed. . New York: Oxford U P, 2011.

James, William. *Essays in Radical Empiricism*. Ed. Ralph Barton Perry. Lincoln: U of Nebraska P, c1996.

Johnson, Mark. *The Body in the Mind: the Bodily Basis of Meaning, Imagination, and Reason*. Chicago: U of Chicago P, 1987.

Kearney, Richard. *Poetics of Imagining: Modern to Post – modern*. Edinburgh: Edinburgh UP, 1998.

Loucks, Sandra. "Loneliness, Affect, and Self – Concept: Construct Validity of the Bradley Loneliness Scale. " *Journal of Personality Assessment* 2 (1980): 142.

Nagel, Thomas. "What Is It Like to Be a Bat? . " *The Philosophical Review*. 83. 4 (1974): 435 – 450.

Parker, Noel. "Science and Poetry in the Ontology of Human Freedom: Bachelard's Account of the Poetic and the Scientific. " *The Philosophy and Poetics of Gaston Bachelard*. Ed. Mary McAllester, Washington: Center for Advanced Research in Phenomenology & U P of America, 1989, 75 – 100.

Rice, John A. . *Mathematical Statistics and Data Analysis*. Belmont, California: Wadsworth Publishing Company, 1995.

Rodaway, Paul. *Sensuous Geographies: Body, Sense, and Place*. London: Routledge, 1994.

Rogers, Robert. *Metaphor: A Psychoanalytic View*. Berkeley: U of California, 1978.

Ryan, Michael. *Literary Theory: A Practical Introduction*. Malden, MA: Blackwell Publication, 2007.

Sallis, John. *Double Truth*. Albany: State Uof New York P, c1995.

Shipley, Joseph Twadell. *Dictionary of World Literature: Criticism, Forms, Technique*. Totowa, New Jersey: Littlefield Adams Company, 1968.

Smith, RochCharles. *Gaston Bachelard*. Boston: Twayne Publishers, 1982.

Webster, Roger. *Studying Literary Theory: An Introduction*. London: Arnold P, 1996.

Weedon Chris. *Feminist Practice and Poststructuralist Theory*. Oxford: Blackwell, 1987.

Weeks, David G. , John L. Michela and Letitia Anne Peplau, Martin E. Bragg. "Relation Between Loneliness and Depression: A Structural Equation Analysis. " *Journal of Personality and Social Psychology* 6 (1980): 1238 – 1244.

后　记

　　拙著终告完稿，并行将付梓，心中的喜悦自不待言。本书所录多为旧作，绝大部分是按学苑体制规范要求撰写的相对独立的学术文章，它们或曾宣读于各类学术研讨会议，或曾在期刊论集发表，正是这些论文构成了全书内容的基础。本书中，法国科学哲学家、诗学家巴什拉（Gaston Bachelard，1884—1962）的诗学理论可以说是三个主体专辑的灵感来源，也是笔者当时研读西方文论的兴趣所在。近半年时光，因改写修订而再次直面这批多年前的青涩之作，遮蔽于文字背后的彼时心境也逐一复现，颇有些许蓦然回首之感。经过重新编排润饰，删去枝蔓末节，十数篇文稿竟也渐渐能够归并出主题，浮现出脉络，集为一书，堪以出版。

　　尽管如此，就像日本禅学思想家铃木大拙（Suzukl Daisetz Teitaro，1870—1966）所做的比喻，"将自己很久前丢弃的旧草鞋重新拾起来修补，是不很愉快的事情"，毕竟其中含有许多羞赧与忐忑的成分。诚然，数年前自认为机巧的构思、严密的论证，当下观之，有些地方已不甚满意，总嫌"匠气"多过"匠心"，未能浑然天成，几番修葺依旧无法尽善，加诸时间紧迫，也只好在务求谬误降到最低的情况下，如是交卷了。然而，书中误植疏漏恐怕仍多，因此常怀不安，真心期盼广大的读者和同行专家不吝赐教，予以指正！